台湾80后小说创作论

创作论

张帆 著

九州出版社 全国百佳图书出版单位
JIUZHOUPRESS

图书在版编目（CIP）数据

台湾80后小说创作论 / 张帆著. -- 北京 ：九州出版社，2024. 8. -- ISBN 978-7-5225-3385-8

Ⅰ. I207.42

中国国家版本馆CIP数据核字第20247BC001号

台湾80后小说创作论

作　　者	张　帆　著
责任编辑	郝军启
出版发行	九州出版社
地　　址	北京市西城区阜外大街甲 35 号（100037）
发行电话	（010）68992190/3/5/6
网　　址	www.jiuzhoupress.com
印　　刷	北京星阳艺彩印刷技术有限公司
开　　本	720 毫米 ×1020 毫米　16 开
印　　张	16.25
字　　数	316 千字
版　　次	2024 年 9 月第 1 版
印　　次	2024 年 9 月第 1 次印刷
书　　号	ISBN 978-7-5225-3385-8
定　　价	68.00 元

目　录

绪　论

21世纪以来，台湾80后作家通过新媒体和各大文学奖迅速崛起，成为台湾文坛一股新的力量，他们不仅继承了已有的文学传统，还在文学形式、技巧、主题、题材上都有所创新。大量作品的出版，意味着台湾80后世代的创作已经成为一种台湾文学与文化的重要现象，预示着台湾文学新世纪的不同走向，对台湾当代文学世代交替的研究具有重要的学术意义。台湾80后作家作品中所体现的对于历史的想象、文化认同的思考、代际的价值冲突和当代台湾社会的族群、性别、阶级、生态、网络、统"独"等文化政治议题，使得它不仅仅是一种文学现象，还是折射21世纪台湾经济文化社会生活面貌的一种青年亚文化现象，反映了社会结构和社会文化的不同侧面。通过文学研究和文化研究相结合的方式，对青年作家写作现象以及作品进行整体观照，可以帮助我们了解台湾当代青年的亚文化格局，从审美和历史叙述的层面了解台湾当代青年的整体精神面貌、身份认同，对中华传统文化的继承与吸收，以及隐藏在青年亚文化背后的种种社会问题。

一、研究框架

本研究以台湾80后世代小说作者为研究对象，全书共分为三个部分，对台湾80后世代的文学思潮、美学流变、艺术特征、文学主题与作家个论进行研究。

总论部分，首先从时代理论、研究概况等方面对台湾80后时代进行命名，确定台湾80后世代作家的范围，以及研究界对于他们的正面与负面评价，阐述世代命名的内涵、意义与价值。其次，从台湾80后世代成长的政治经济社会文化思潮背景，以及培育他们成长的文化场域及文学体制，分析形成台湾80后世代独特感觉结构与文学观念的社会结构与文化环境。最后从美学特征、创作主题等角度，宏观地概述台湾80后世代小说创作的整体风貌、文学理念、美学形式、感觉结构与创新之处。

第二部分分别从台湾80后世代的历史书写、日据书写、妖怪书写、新移民书写、自然书写五个方面去展现80后文学丰富多元的主题以及创作面向。

第一章，台湾 80 后小说的历史书写与文化认同

80 后世代成长于台湾"解严"之后急遽变化的时期，也历经台湾"本土化"浪潮的兴起对台湾整体意识形态的改写，他们的历史想象与身份认同与前行世代有了很大的区别，这些都反映在他们的文学创作上，他们对历史的反思和诠释，既是对台湾当代社会思潮和社会变化的回应，也是对台湾历史书写传统的继承。本章通过分析台湾 80 后世代的历史书写，指出他们的历史书写既是对历史的重新建构，也是对当下台湾文化政治的折射隐喻。历史书写对于他们来说，不仅是对历史的重新梳理和历史认同的表达，也是文化反抗的一种重要形式，他们以个人化私人经验的强调和对于公众经验的远离来展现自我生存方式的独特性，呈现出更多的历史断裂和全新的时间体验，体现了台湾新世纪普遍的感觉结构。本章共分为三个部分：1. 概述台湾 80 后小说中历史书写的概况、主要作家作品、主要特点、发展脉络。分析台湾 80 后作家的历史书写与台湾当下社会思潮变化的关系，以及历史书写如何介入台湾意识形态领域的生产当中，表达着青年知识分子对台湾历史、政治和身份认同等问题的理解与重构。2. 选取具有代表性的几位作家如朱宥勋、黄崇凯、赖志颖等，分析他们历史书写的特点与意义。3. 论述台湾 80 后小说中历史叙事的危机。

第二章，台湾 80 后小说的日据书写与日据历史想象

本章试图通过解析青年作家的日据书写，分析 80 后世代表现日据历史与人物形象的内容与方式，他们如何选择性地挪用日据文学传统，并排除和遮蔽了一部分日据时代的现实与声音，他们所再现的日本形象、台湾意象与真实历史及个体经验的偏差，是通过浪漫主义的美学风格、异国情调的民俗文化以及对"殖民现代性"的讴歌建构出来的，体现了他们对于殖民历史、"殖民现代性"、文化传统与身份建构的认识，反映了"殖民现代性"崇拜与南方思维在台湾的衍异。同时"帝国时代"这一殖民时期所创造出来的意象在青年社会想象当中的死灰复燃，展现了 21 世纪台湾社会思潮的面貌并深刻地嵌入了台湾百余年复杂的地缘政治格局、意识形态冲突与阶级位置之中。从殖民这一具有强烈冲突性与历史脉络性的问题切入，能够细腻地把握后冷战情境下台湾青年的感觉结构，与战后台湾乃至东亚地区的精神脉络，并由此体认到东亚在面对殖民这一问题上的思想困境与问题，从而寻求超克这一问题的道路。

第三章，台湾 80 后小说的新移民书写与东南亚想象

21 世纪台湾 80 后青年对于东南亚的书写，是后冷战情境下青年对于自身在整个世界格局当中的他者身份的充分自觉，东南亚不仅是一个异域空间，还具有丰富的文化、阶级、历史、性别、族群的意涵。他们对于东南亚的思考，标示了一

种批判的位置，西方所象征的发展、进步、自由的现代性逻辑不再只是普遍性的价值观。他们在叙述东南亚的过程中，展现了一种非主流、弱势、被压抑的庶民位置，同时也将之与台湾的历史、现状相联系，辐射台湾历史、现实中的南北与内外跨域流动。

第四章，台湾 80 后小说的妖怪书写

台湾 80 后作家的妖怪书写，以现代化的多元形式重写古老的妖怪传说，从文学、民俗学、人类学、宗教学等多元视角去反思现代化社会中的生态、性别、历史、记忆、族群、身份认同等问题。21 世纪的本土妖怪书写主要呈现为民俗信仰、都市传说、少数民族神话、历史幻想、少年成长历险、恐怖故事等形式，展现出新的时代风貌和世代美学风格。这一现代社会对于传统文化的复魅想象，是台湾民间文化、在地历史在 21 世纪的复苏与转化，也是台湾 80 后世代努力突破狭隘身份与生活的局限，寻求自我认同、建构更为多元化的文化脉络的文化实践。

第五章，台湾 80 后小说的自然书写

80 年代以后，随着环境和生态议题的深入探讨，台湾的自然书写逐渐成为战后文学史中的一个重要风景，而 80 后世代对于自然的书写，既继承了前期自然书写所形成的艺术理念和艺术范式，又具有鲜明的世代特征和艺术创新，形成了新的美学风格、文化想象与价值追求。从 80 后世代的自然书写中可以观察到台湾 21 世纪以来的政治社会转型以及文化思潮的变迁，体现了台湾 80 后世代的公共意识和社会关怀。同时，他们通过对自然的探索来反思人与自然、人与人之间的关系，在人与自然的互动之中建构新的文化身份认同。

第三部分从具体的作家作品来分析 80 后小说的特点，选取具有代表性的青年作家进行重点论述，如杨富闵、黄崇凯、陈柏青、陈又津、连明伟、林秀赫等六位作家，从艺术理念、文学主题、语言风格、审美表达等方面来多维透视台湾 80 后小说的特质。

第六章，情义、民俗与地方想象——杨富闵小说创作论

杨富闵的乡土书写在 80 后世代中独树一帜，发展了台湾乡土文学新的美学风格与新的表现方式。他扎根于自己鲜活的生活经验，通过对乡土民俗与日常生活、家族关系的刻画，既温情细致地描绘了新时代的乡土人情风物，又展现了台湾民间社会深厚的中华文化基因。代表了新世代青年对于乡土社会伦理、传统文化与历史演变的感受，是对台湾长期以来狭隘、扭曲的本土意识形态的反叛，以更为包容、多元、开放的视角展现原乡的想象，在复杂多变的时代中谱写更加广阔的乡土景象。

第七章，异域与乡土的双重变奏——连明伟小说创作论

连明伟是台湾80后小说家中相当独特的一位，他的创作呈现了全球化时代下，台湾青年人新的迁徙与离散经验，他们在全球资本主义经济的裹挟下，不得不远离故土，在迁徙与离散中追溯祖先的脚步，追问自己的命运与身世。面对民族文化、历史、主体被消费主义、资本主义文化不断消解的时代情境，他们试图在异域与乡土的相互对照中，建构新的文化根脉与身份认同。

第八章，回归传统、历史意识与现实关怀——林秀赫小说创作论

林秀赫的小说创作深受中国古典文学的影响，他在小说中批判全球化、现代化、都市化进程所造成的历史断裂、个体失根的精神危机，复活中华文化在现代社会中所拥有的活力与生命力，以中国传统文学的美学形式与价值内涵，接续中国的精神史脉络，重建文化共同体与精神家园。林秀赫的创作，展现了中华传统文化的深远影响，体现了无论空间的阻隔与政治的干扰，台湾文学的书写、语言、意识始终处于中华民族的脉络之中，是中华民族集体潜意识的现代化再现。特别在西方现代性统摄全球，中国传统文学、中国文化在台湾青年中的影响日益"式微"的今日，林秀赫以回归中国文学传统姿态的小说之剑，突破了本质主义的、狭隘的、轻浮的历史文化想象，也是对不断增强的技术专制与商品化美学的反动，劈开了新世纪文学与文化的新路。

第九章，现代性下的主体危机与历史断裂——黄崇凯小说创作论

黄崇凯的小说以嬉笑怒骂的语言与戏谑、嘲讽、无厘头式的美学风格，描写了普通青年在晚期资本主义社会的异化状态，刻画了一群失去理想与热情，被平庸、碎片化的生活所吞噬、沉浸在孤独巨大的自我世界里的失败青年群像，形绘出新世纪台湾青年颓废消极的精神症候，并以此探究他们所面对的时代问题。这种对于日常生活的细腻关注，以及渺小个体与巨大世界相互对立的主体危机，同样也进入了黄崇凯的历史书写当中。他通过对大历史风暴中的个体日常生活的描绘，书写台湾自日据以来，因为殖民、内战、冷战而处于断裂、冲突的复杂历史与精神脉络。

第十章，亚文化风格及"新二代"书写——陈又津小说创作论

陈又津的小说深受流行文化的影响，体现了当代台湾青年亚文化的特征。她的小说始终关注都市更新、强制拆迁、老龄化、少子化、游民、核争议、失业、青年贫困、性别认同、外籍新娘、移民工、"新二代"等社会现实问题，以漫画式、搞笑的方式去书写城市边缘群体的生活困境，无论是非虚构的家族史书写还是虚构的都市冒险，陈又津的创作始终在探索如何面对死亡、迁移、过去、未来，如何在既定的社会规则、偏见当中寻求自我的道路，建构自己新的身份认同。本

章从陈又津小说中塑造的边缘人物及其折射出的价值观念、情感基调、精神向度以及作家的创作心理、创作方式等角度，剖析她小说中所具有的反叛性、边缘性、多元化和游戏性等青年亚文化特征，分析当代台湾多元的青年亚文化（如嘻哈亚文化、台客亚文化、物欲亚文化、动漫亚文化、网络亚文化及哈日亚文化等）的生成背景——在台湾特定的内外环境下，受到中华传统文化尤其是台湾地区的民俗文化，以及美国文化与日本书画的影响，其特有的生活态度与"反权威化"的价值偏好，冲击和消解着台湾社会的主流政治文化与社会价值观。

第十一章，视觉世代的恐怖记忆——陈柏青小说创作论

陈柏青的小说以后现代都市为背景，描绘出在新的资讯传播模式之下人的异化，视觉文化是这一时代的新的主宰文化，诞生了新的价值观与行为模式，在无限膨胀的观看欲望下，人的主体性和存在方式被改变，社会也陷入更大的冲突与分裂。他通过回忆与怀旧，以恐怖为美学，在血浆、鬼怪、诅咒中打开一条只属于 80 后世代的青春黑暗记忆。恐怖犹如一场集体记忆创造的幽暗诡异梦境，呈现出陈柏青世代意识中的焦虑与恐惧，一方面，他通过塑造 80 后世代的集体记忆与世代意识，打破社会对 80 后世代的刻板标签；另一方面，台湾当代社会的混乱、人性的黑暗、世代更替的焦虑、自我的反抗，都进入这场恐怖之中，而小说人物战胜恐怖、解开谜团的过程，也是突破世代局限，走向更加美好未来的过程。

二、重点难点

本研究的重点是分析台湾 80 后小说的概况、特点以及其与台湾当下的社会文化思潮的联系，阐释 80 后世代的历史叙事与认同建构的复杂关系。

三、思路方法

（一）运用整体考察的方法，较为全面地梳理台湾 80 后小说的文学脉络与总体思潮，为青年文学的论述提供参考坐标。

（二）运用文本细读法，对台湾 80 后小说的代表作家及其作品进行阐释，对其所表现的思想文化主题进行深入探讨，聚焦于台湾 80 后小说中的历史书写，观察 80 后世代如何重构台湾历史，以及在台湾"本土化"兴起的背景下，青年文学中对于"本土"符号的反思与批判。

（三）运用比较分析法，将青年文学与前行世代文学进行对比，发现其究竟"新"在何处，同时也阐明二者间的批判性继承和对话的关系。

（四）在理论方面引入社会学的"世代"概念，运用后现代、后殖民、第三空间、新历史主义、福柯的知识权力理论、女性主义、青年亚文化等概念进行实际批评。

（五）在史料的运用上，对同一个历史问题，尽量占有不同年代、不同身份的资料或著作，并且同等重视不同（政治 / 文化）立场的研究成果，以此做到对事件客观的了解和独立的判断。

四、创新之处

（一）台湾 80 后文学是 21 世纪台湾文学场域出现的新批评现象，而这个新的文学现象的主创者们（即 20 世纪 80 年代以后出生的作家群体）又正在逐步成长为当下台湾文坛的新生力量，因此对青年文学的关注和研究正逐步得到台湾学界的重视。相比较之下，大陆学界对台湾 80 后青年文学的创作现象和创作群体颇为陌生，对他们的认识和研究则更少，不少台湾 80 后青年作家的个案研究也很不充分。基于此，我认为有必要介绍和研究这一重要的文学现象和群体，让更多的大陆学者认识并有兴趣研究它，这是本选题的一大新意所在。

（二）将台湾 80 后青年文学放入中国当代文学的发展潮流中进行共时性和历时性的比较和审视，力图为台湾青年文学做出更宏观准确的文学史定位，这也是本研究的一大创新之处。

总论 台湾80后小说概观

21世纪以来，以80后世代为主体的新世代已经成为影响台湾社会的重要政治文化力量。它主要表现为：政治上，80后、90后世代积极参与社会运动、组织社会政治团体、提出政治社会抗议与改革主张；文化上，通过网络等新媒体形成囊括流行音乐、流行电影电视、街头文化等具有影响力的青年亚文化；文学上，逐渐形成一批80后作家群体，书写80后的生活经验、历史记忆、美学感受等，标榜80后与其他世代的不同，对象征权威的父祖辈提出挑战，体现了出生在台湾经济腾飞时期、成长在"解严"之后的新世代所具有的独特的世代意识和文化认同。台湾社会将80后称为七年级生，指涉的时间范围是1981年至1990年出生的人群，而大陆所称80后，则指1980年至1989年出生的人群，时间上相差一年，本书主要采用大陆的时间界定方法。台湾"80后"小说家有赖志颖（1981—）、陈柏青（1983—）、杨富闵（1984—）、黄崇凯（1981—）、朱宥勋（1988—）、陈又津（1986—）、林秀赫（1982—）、何敬尧（1985—）、潇湘神（1982—）、杨双子（1984—）、张郅忻（1982—）、连明伟（1983—）、林佑轩（1987—）、盛浩伟（1988—）、神小风（1984—）、包冠涵（1982—）、刘梓洁（1980—）、李奕樵（1987—）、朱嘉汉（1983—）、方清纯（1984—）、游善钧（1987—）、祁立峰（1981—）、黄暐婷（1984—）、李屏瑶（1984—）、李琴峰（1989—）、林妏霜（1981—）、陈育萱（1982—）、叶佳怡（1983—）等，这些作家的书写主题、美学风格各不相同，展现了台湾文学兴起的新典范，以及呈现出的多元风貌。本书从世代理论出发，将80后世代小说家视为一个具有相同时代经验，被相同的文学体制、文学场域、文化思潮所塑造与影响的群体，从他们的共性与个性之中，探索台湾80后青年与时代共振下的新感觉结构、精神肌理、美学新变与文化认同，以及他们对于文学传统的继承与转化，并以此勾勒新世纪台湾文学的总体思潮以及丰富多彩的创作实绩。

第一节　世代理论的历史演绎及其在文学研究中的意义

一、世代理论的演绎

以世代研究的视角和理论来观察台湾社会的整体政治文化结构具有重要的意义。

"'世代'是社会学研究中最常见的同期群研究对象，所谓'世代'，就是指特定年份、某个 10 年间或其他时间段内出生的人群。"[1] 世代理论作为一种重要的学术观点和理论视野，被广泛运用于社会学、经济学、政治学、传播学、人类学、心理学及文学等多种领域。世代理论的发展可以追溯至古希腊罗马时期柏拉图、亚里士多德对世代意识和代际关系的关注。但世代理论作为一个独立的、系统性的理论形态，真正确立于 20 世纪 20 年代。20 世纪 20 年代佛朗索瓦·芒特莱在《社会的世代》一书中系统地阐释过世代理论，1937 年，阿尔贝·蒂博代的《从 1780 年到今天的法国文学史》是第一部将世代划分运用于文学史编纂的著作。

德国社会学家卡尔·曼海姆是世代理论的奠基性人物，他从世代与历史意识和社会组织关系角度去研究世代问题。1952 年，他在《代问题》中指出，世代现象是产生历史发展动力的基本因素之一，是塑造历史的结构性因素之一；世代不仅是一个生物学概念，还是一种特殊的社会位置现象，社会历史经验是代际分化的根本原因。曼海姆将世代分为世代位置（generation location）、现实代（generation as actuality）和代单位（generation unit）等层面。世代位置与个体在社会中的阶级位置相似，由在社会整体中位置相似的个体组成，"属于同一代的个体、出生在同一年的个体，拥有在社会过程的历史维度中的同一位置"[2]。然而，仅有时间上的共时性并不一定导致"世代位置的一致性"，只有当同年龄段个体处于同一历史和文化区域并参与到他们的共同命运中，共享集体记忆，才会构成现实代。同时，现实代内部又包含不同的代单位，"代单位代表了一种比现实代更具体的联系。经历同一具体历史问题的青年可以被视为处于同一现实代，而同一现实代中的不同群体以不同的方式利用共同的经验，因此构成了不同的代单位"[3]。曼海姆认为，每一个时代都是先产生社会和精神的潮流或趋势，这些趋势的改变使得年轻一代得

[1]【美】诺瓦尔·D. 格伦著，于嘉译：《世代分析》（第二版），上海：格致出版社、上海人民出版社，2012 年，第 5 页。

[2]【德】卡尔·曼海姆著，徐彬译：《卡尔·曼海姆精粹》，南京：南京大学出版社，2002 年，第 80 页。

[3]【德】卡尔·曼海姆著，徐彬译：《卡尔·曼海姆精粹》，南京：南京大学出版社，2002 年，第 92 页。

以重建某些传统，从而也产生了世代实体。

传统史家往往只注意到部分突出的文学家的行为并认为社会进化方向取决于这些文人，而曼海姆则认为，"决定社会进化方向的关键动机并不产生于这些文人，而是产生于站在他们身后的、结合得更紧密的、相互对立的社会群体，这些群体使得两极分化的趋势得以产生。这种时代精神波浪式的变迁节奏纯粹是因为，根据主要的环境而言，趋势中两极交替地争夺着积极的青年，然后是'中间'代，尤其是那些疏离社会的个体"[1]。与仅仅突出个体和杰出人物作用的观点不同，曼海姆更强调在创造历史的过程中那些结合紧密的社会群体特别是年轻世代群体的积极作用。

世代问题在文学社会学中颇受重视。1958 年法国学者罗贝尔·埃斯卡皮在《文学社会学》中从文学生产的角度讨论世代与群体现象，在他看来，文学是一个社会现象，作家"世代"和"群体"的生成，与社会、历史、年龄等因素密切相关。他认为："文学生产是一个作家群的事实，随着岁月的流逝，这群人口也要跟其他人口集团一样，经历老龄化、年轻化、人口过剩、人口减少等相似的变异。"[2] 所谓"世代"是指每隔 30 至 35 年周期出现的"相对集中的作家群体、创作高峰、创作方法、文学样式的演变规律"[3]。虽然不能机械地认定这是一个严格的、一成不变的周期表，但每隔一定时期，文学的代际更迭就会出现一次根本性的变化。因此他说："当上一代的主力军超过 40 岁，新一代的作家才会冒尖。当有地位的作家的声望逐渐减弱，开始承认青年作家压力的时候，即从平衡出现的时刻起，群芳斗艳的局面似乎才会到来。"[4] 相对于世代概念的模糊性，埃斯卡皮又提出更为灵活与组织性的群体概念，所谓"群体""就是指一个包括所有年龄的（尽管有一个占优势的年龄）作家集团，这个集团在某些事件中采取共同的立场，占领着整个文学舞台，有意无意地在一段时间内压制新生力量的成长"[5]。而促使作家群体形成的决定性因素，"就是那些连同人事也发生变动的政治事件——朝代的更替、革命、战

---

[1]【德】卡尔·曼海姆著，徐彬译：《卡尔·曼海姆精粹》，南京：南京大学出版社，2002 年，第 106 页。

[2]【法】罗·埃斯卡皮著，王美华、于海译：《文学社会学》，合肥：安徽文艺出版社，1987 年，第 53 页。

[3]【法】罗·埃斯卡皮著，王美华、于海译：《文学社会学》，合肥：安徽文艺出版社，1987 年，第 13 页。

[4]【法】罗·埃斯卡皮著，王美华、于海译：《文学社会学》，合肥：安徽文艺出版社，1987 年，第 61 页。

[5]【法】罗·埃斯卡皮著，王美华、于海译：《文学社会学》，合肥：安徽文艺出版社，1987 年，第 62 页。

争等"[1]。韦勒克和沃伦也谈及世代概念在文学史及历史研究中的重要性："在某些历史时期，文学的变化无疑是受一批年龄相仿的青年人所影响的，某个'一代的'统一联合体似乎是由以下这样的社会和历史事实形成的，即只有在某一特定年龄上的一批人才能在同一个敏感的年龄时期内经验到如法国革命或两次世界大战这样重要的事件。"[2]

纵观世代理论的发展，世代既是一个生物学上的时间概念，同时也是与同时代的历史、社会经验密切共振的时代概念，世代理论往往关注世代的形成原因、发展规律、代际关系、世代在社会变迁中的作用等方面。在当代台湾复杂而急剧变迁的社会背景之下，以世代概念切入台湾文学，体现了一种新的历史视野，从出生于同一时间段的作家群体的整体面貌，以及他们与前行世代的区别与变化，反映出台湾文学因为代际更替引发的典范更新，从而打破旧的传统，树立新的典范，推出新的作家群体。同时，世代概念的文学研究将台湾文学理解为某一特定时代与历史的文学，与这一时代的社会生活有着千丝万缕的联系。通过群体与时代的复杂关系，展现了重大历史事件对于一个世代历史经验形成的深刻影响，以及一个时代特殊的心灵图谱和感觉结构。

二、世代命名的演绎

不同于中国以时间来划分世代，欧美国家往往以重大历史事件、经济、社会文化特征来为世代命名，欧美地区对 80 后世代的命名有着丰富多样的演绎。

（一）美国学者威廉·施特劳斯（William Strauss）和尼尔·豪（Neil Howe）在《世代：1584 年到 2069 年的美国未来历史》（*Generations:The History of America's Future，1584 to 2069*）和《世代风云》（*Millennials Rising*）中，将出生于 20 世纪 80 年代初至 20 世纪 90 年代中期之间的年龄群体称为千禧一代，"因为他们中年龄最大的那一批在公元 2000 年左右（即在第三个千禧年的开始）步入成年。大多数千禧一代的父母是婴儿潮一代（出生于 1946—1964 年之间的年龄群体）。千禧一代最引人注目的特征就是他们在自身成长的经历中见证了快速的经济全球化和前所未有的通信革命——特别是考虑到国际产业价值链的影响以及互联网、移动设备和社交媒体的进步"[3]。

---

[1] 【法】罗·埃斯卡皮著，王美华、于海译：《文学社会学》，合肥：安徽文艺出版社，1987 年，第 62 页。

[2] 【美】勒内·韦勒克、奥斯汀·沃伦著，刘象愚等译：《文学理论》，杭州：浙江人民出版社，2017 年，第 310 页。

[3] 李春玲：《代际认同与代内分化：当代中国青年的多样性》，《文化纵横》，2022 年 4 月。

（二）"2001 年初，由美国作家布鲁斯·图根（Bruce Tulgan）和卡罗琳·马丁（Carolyn A. Martin）共同撰写的新书《管理 Y 一代》（*Managing Generation Y*）正式将出生在 20 世纪 80 年代左右的年轻人称为'Y 一代'（Generation Y）。"[1]Y 世代是相对于 X 世代而言，意为接续 X 世代而来的世代，但也因此被批评这一命名缺乏对世代特征的精确把握。

（三）企业策略家与心理学家唐·泰普史考特 Don Tapscott 称 80 后世代为"N 世代"（Net Generation），认为他们是"徜徉在信息位元（bit）中的第一个世代"，充分运用与他们一起成长的数位科技，是他们与前行代最大的区隔。在 Don Tapscott 的分析中，1946—1964 年间出生者为"婴儿潮世代"，1965—1976 年间出生者为"X 世代——婴儿荒"世代，而 1977—1997 年间出生者为"婴儿潮回声——N 世代、Y 世代或千禧代"。他划分各个世代的标准是媒介，他认为"婴儿潮世代"成长于"电视时代"，因为 20 世纪 60 年代之后，在很多国家中，电视已超越电影、广播、报纸而成为最具影响力的媒介，电视几乎改变了婴儿潮世代的周边世界。X 世代在成年后开始参与网络世界，N 世代则成长于网络世界。随着 90 年代网际网络时代的来临，这些 80 年代后出生的新世代作家，也将开始面对信息媒体对自身的改变。"N 世代在许多方面正好是电视时代的反面。从单向的广播媒体，转移到互动媒体，对 N 世代产生深远的影响。"[2]

这些命名从美国社会的发展脉络去理解 80 后，试图从正面和负面对于美国 80 后世代进行定位，虽然众说纷纭，但共同特点都是数字化与全球化，这些命名也对台湾社会区隔与定位 80 后世代产生了重要的影响。

第二节　台湾 80 后世代的出发与世代意识的涌现

一、台湾 80 后世代在文学史上的崛起

世代是台湾文学史上的一个重要命题，作为文学史断代的一种方式，世代往往指涉的是一个世代群体共同的审美、意识、价值观等，并通过描绘这一促成文学改变、形成文学浪潮的年龄群体，来建构总体的文学转折与文学景象。台湾文学史上，世代的概念在频繁使用的过程中不断更迭。如原属地质学概念的"新生代"被普遍指涉年轻世代群体，"新生代"概念在台湾的出场可上溯至 20 世纪 70

---

[1]　"Y 世代"的价值观，https://it.sohu.com/20061211/n246958004.shtml。

[2]　【美】Don Tapscott 著，罗耀宗、黄贝玲、蔡宏明译：《N 世代冲撞——网络新人类正在改变你的世界》，台北：麦格劳·希尔，2009 年，第 56 页。

年代，当时年轻知识分子为革新除弊走上历史舞台，文坛出现了与世代相关的论述。在现代诗论战中，李国伟的《文学的新生代》是目前所见较早以"新生代"命名的文章，[1] 作者将当时文坛分为上一代、前行代与新生代，新生代的张扬意味着对成规的突围和对新价值的渴望："新生代作家必须扬弃前行代的疏离心态，而以关心而非闭锁、现实而非超现实、平民而非贵族的态度，来找到自己的位置。"[2] 可见当时论者将新生代视为文学理念与思想上改革与创新的新生力量。80年代以来，与新生代内涵相近的"新世代"一词越来越多地出现在媒体、出版物及文学史叙事中。其中，林燿德等人以新世代命名的书系和大量相关论述起了重要作用。除"新生代""新世代"及"中生代"等用语外，20世纪90年代以来，台湾社会还出现了更加细分的"年级"概念，如五年级、六年级、七年级等，以十年为一时段来界定不同出生时段的群体。[3] 事实上，年级并不会取代世代，而常与世代并存。那么"年级"的意义何在？一种解释是："'年级'的用法，如几年几班，不仅是从时间点上召唤了人们的回忆，同时'几年几班'也深刻地把我们拉回过去小学和初中分班的经验，是一种强调个人化的认同。"[4] 另一位观察者指出："年级"的出现，与当时属于年轻世代的"五年级"建构属于他们自己的"社会生活时间意识"有关。[5] 萧阿勤曾以世代理论分析了台湾20世纪70和80年代总体的世代意识，指出世代意识和国族认同、历史叙事这些政治挑战和文化建构密切地结合在一起，实存世代是形塑历史变迁的性质与方向的重要行动者。[6]

21世纪以来，"新世代"已然成为代表台湾当代社会新思潮、新文化、新价值取向的现象级词语。从网络虚拟空间的群聚和动员，到社会运动的风起云涌，从各种小众前卫的媒体以新世代为议题，到各大传统媒体的介入与关注，从创

---

[1] 李国伟：《文学的新生代》，《中外文学》，1973年5月，第1卷第12期。

[2] 詹曜齐：《七十年代的"现代"来路》，《思想》4，台北市：联经出版事业股份有限公司，2007年，第134页。

[3] 郑亘良：《论"年级论"——年级现象的初步探讨》，网络杂志《重装Reset》，http://reset.dynalias.org/blog/archives/000279，2004年9月3日。

[4] 郑亘良：《论"年级论"——年级现象的初步探讨》，网络杂志《重装Reset》，http://reset.dynalias.org/blog/archives/000279，2004年9月3日。

[5] 刘维公：《世代的消费，消费的世代》，《诚品好读》，第37期。

[6] 萧阿勤：《回归现实：台湾1970年代的战后世代与文化政治变迁》，台北："中研院"社研所，2008年。

立独立媒体平台[1]到成立校园杂志,[2]媒体、研究界也纷纷使用各种名词去定义他们:"崩世代""太阳花世代""草莓族""e世代""凯飞族"[3]"Me世代"[4]"小资世代""同乐世代"[5]"Y世代""奈秒世代"[6],等等。这些或褒或贬的词语从80后世代的文化品位、工作态度、消费习惯、社会运动、网络个性、价值取向等方面概括了这个世代的特点,把这一世代作为一个整体、对社会发展具有能动的影响力、与上一世代有所区隔的群体来解读,同时也强调了这一世代所面临的危机与挑战。[7]这些命名的具体指涉有时会相互交错、重叠,但大多提示着时间意识对社会和人群的强烈冲击,能产生一种时间的加速度感和更新换代的"维新"意识,对年轻世代可能激发某种凝聚力和区隔"他者"群体的"我群"认同感,也可能引发某种心理排斥。同时,对于社会精英阶层或掌握权力的成年人而言,"新世代"意味着某种潜在挑战,也会刺激和增强中生代或中坚代的某种自我认同,还可能带有某种集体性怀旧意识。

正如玛格丽特·米德在《文化与承诺:一项有关代沟问题的研究》一书中,以世代之间关系作为标准,将社会文化区分为前喻文化、并喻文化与后喻文化三种不同类型的文化,指向了人类生活的三个不同历史阶段。"前喻文化,是指晚辈主要向长辈学习;并喻文化,是指晚辈和长辈的学习都发生在同辈人之间;而后喻文化则是指长辈反过来向晚辈学习。原始社会和那些小的宗教与意识形态飞地都属于最初的前喻文化,其权威来自过去。之后,伟大的文明为了进行大规模的变

---

[1] 时间较长的独立媒体有苦劳网、新头壳、破报,这些媒体大部分关注社会运动、劳工和青年群体,网络新媒体有朱宥勋等80后作家创立的"秘密读者网志"。

[2] 2011年7月,南方一群学生在南方集结成立《行南》这份跨校性刊物。2012年,中北部的大学生也组成《青声志》,用于书写这个世代青年的教育生命史。台南及高雄的高中生,跨校发行《卫客》《谏灯》,中部则有《串流》,桃园有《炸报》。引自林飞帆:《腥闻/霉体/妓者》,载"岛国"关贱字:属于我们这个世代的台湾社会力分析》,新北:左岸文化出版,2014年,第121页。

[3] 2011年12月6日《经济日报》刊登文章《凯飞族》,由英文care-free(自由自在)直接翻译而来,形容20世纪80年代后出生的七年级生,具有被照护、追求自由及快乐至上的特质。人力银行调查指出,相较五年级生的人生目标为追求"健康"、六年级生追求"家庭",以七年级生为主的"凯飞族"追求的最终目标为"快乐"。

[4] 美国心理学教授珍·汤姬(Jean M. Twenge)分析累计60年、超过130万人次填答的问卷资料,发现目前20—30岁的年轻人有个共同特征——极端自我,因此称他们为"Generation Me"(GenMe),中文叫作"Me世代"。

[5] 指台湾20世纪80年代后出生在经济腾飞时期的世代,父母多是富裕的中产阶级,衣食无忧,因此他们追求人生快乐大过于追求物质成功,并且具有让世界共同快乐的理想。

[6] 2009年12月1日《30》杂志刊登文章《奈秒新世代营销我最大》,"奈秒世代"意指网络世代讲究速度、选择和社群的消费特点。

[7] 《崩世代——财团化、贫穷化与少子女化的危机》中指出80后世代正面临着当局财团化、工作贫穷化和人口少子女化的社会危机。《"岛国"关贱字:属于我们这个世代的台湾社会力分析》中认为80后世代面临着大环境现实无所不在的无力感,导致年轻人纷纷转向轻薄短小的时代精神。

化，需要发展公益，特别需要利用同侪之间、友伴之间、同学之间以及师兄弟之间的并肩学习。而我们今天则进入了历史上的一个全新时代，年轻一代在对神奇的未来的后喻型理解中获得了新的权威。"[1] 对于新世代的关注，世代、年级论述的频繁出现，意味着台湾社会正处于剧烈变动、生活面貌飞速变化、代际差异增大的后喻型社会形态之中。学界如此阐释："台湾社会之所以针对'世代'不断提出论述，是因为既有论述无法充分呈现现今活泼的世代生活面貌。社会原本有一套语义系统：即'年龄的语意社会学'，以'身体的生命成长状态'（童年→少年→青年→中年→老年）而非'时代的成长背景'去赋予年龄的社会文化意义。所以'年级'与'世代'的论述是尝试建构一套更贴近'生活世界'的社会语义学：从不同年龄层的时代成长背景、共同享有的集体生活经验与价值观念，捕捉对生活的不同认知与实践方式，凸显出年龄的社会文化意涵。"[2]

　　21 世纪以来，台湾文学场域开始出现大量关于 80 后世代作家的关注与讨论，2004 年《文讯》第 230 期推出"台湾文学新世纪（2000—2004）文学新世代"专题；2010 年《文讯》按新诗、散文、小说、戏剧等不同文类连续推出"浪潮涌进，长流不尽：台湾文坛新人录"系列专题；2011 年 9 月，由台文馆主办、《联合文学》承办"私文学年代：七年级作家新典律"论坛，是第一场以七年级为主题的大型活动，邀请了多位学者、作家与年轻世代对谈。2009 年 9 月号《联合文学》推出"二十一世纪，新十年作家群像"专题。2018 年《联合文学》重新推出"新十年作家群像野生观察 2.0"，凸显新旧十年作家群体的更迭与对比。2011 年，由杨宗翰策划的《台湾七年级文学金典系列》出版，分为小说、散文、新诗三册，该书是由"七年级"作家来筛选、整理、评论同世代的作家作品，意味着 80 后世代作家试图摆脱文坛对自己的标签化，从世代内部的位置去重新定义与描述自己的世代感受与美学风格。2016 年《幼狮文艺》从 4 月号到 8 月号策划了"七领世代创作展专辑"，将 80 后世代称为七领世代，分别对 80 后世代的小说、诗歌、散文创作进行展示评价。2016 年宇文正、王盛弘编的《我们这一代：七年级作家》收录了 26 位七年级作家，等于宣告了一个全新世代的到来。这些以 80 后世代为主体的专题大量涌现，意味着 80 后世代作家已经成为一个重要的文学群体与文学世代。

---

[1]【美】玛格丽特·米德著，周晓虹、周怡译：《文化与承诺：一项有关代沟问题的研究》，石家庄：河北人民出版社，1987 年，第 27 页。

[2] 苏建州、陈宛非：《不同世代媒体使用行为之研究：以 2005 东方消费者营销数据库为例》，《信息社会研究》，2006 年第 10 期。

二、台湾 80 后小说研究概况

（一）80 后文学在台湾出版界和传媒界是较受关注的热点，但在研究界却没有受到足够重视，整体性、系统性的研究还不足，对于他们的创作成绩、美学风貌，学界有着正反不同的评价。但总体而言，是贬多于褒，且多以新世代为一群体做讨论，对个别作家的创作成绩则多以泛论、短评为主。

1. 批评界对于 80 后世代的正面评价主要是将他们视为推动文学史迭代更新的新生力量。李瑞腾在《台湾最新世代文学论——以 2006 年三本年度文学选集为观察对象》中说："如以十年为一个世代，那么战后（一九四五年）初生的第四代台湾作家（一九七五年以后出生）已成群出现文坛，而且已蔚为壮美的文学景观。"[1] 王国安的《小说新力：台湾一九七〇后新世代小说论》，是台湾地区系统性地研究台湾 80 后作家的专著，他将 80 后与 70 后作家作为一个世代群体来探讨。认为他们在共同的政治、经济、媒体与网络背景下，既继承了后现代主义、现代主义、写实主义的文学脉络，又形成独具代际感觉结构的新小说面貌："不论在打破雅俗的界线上，或是以形式技巧展现后现代思潮的核心价值上，他们皆有着创新的尝试与亮丽的成绩，他们后续的创作表现也更值得期待与关注。"[2] 邱贵芬的《千禧作家与新台湾文学传统》认为 80 后的千禧作家对于台湾文学史的书写，既有别于传统的文学史书写范式，同时也"正在催促一个以'传承'和'台湾文学记忆作为文化记忆'的台湾文学传统的诞生，勾勒 2010 年代新台湾文学与另类文学史的面貌"[3]。

在具体的作家文本分析上，黄健富的《此界·彼方：七年级小说家创作观察》（2016 年）、《之间的风景，与（应有的）潜行——青壮世代台湾小说家创作观察》（2020 年），细致广泛、持续地追踪、具象地观察 80 后小说家的创作风格与主题特点。詹闵旭往往将 80 后作家与台湾的新社会现象相连接。《媒介记忆：黄崇凯〈文艺春秋〉与台湾千禧世代作家的历史书写》认为 80 后世代是一个媒介世代，不同的媒介形式形塑了他们不同的前行世代的历史记忆，展现出与传统历史书写的不同风貌。《新南方视野：连明伟的〈蓝莓夜的告白〉里的台籍打工度假青年与国际移工》，通过连明伟的作品分析新世纪台湾青年的打工度假现象，体现了青年作家的南方视角与对资本主义全球化的批判。陈国伟的《台湾六、七年级作家：记忆

---

[1] 李瑞腾：《台湾最新世代文学论——以 2006 年三本年度文学选集为观察对象》，《台湾文学 30 年精英选——评论 30 家》（上），台北：九歌出版社，2008 年，第 240 页。

[2] 王国安：《台湾"80 后"小说初探——以黄崇凯、神小风、朱宥勋的小说为观察文本》，《中国现代文学》，2013 年 6 月，第 23 期。

[3] 邱贵芬：《千禧作家与新台湾文学传统》，《中外文学》，2021 年第 50 卷第 2 期。

内爆与伦理承担——以陈柏青的〈小城市〉与伊格言的〈零地点〉为例》试图从六七年级世代对比的角度，对台湾的七年级作家群体做概括性的勾勒。

2. 批评界对于 80 后文学创作的批评意见主要集中于轻盈、缺乏生活经验、过于私人化、碎片化等问题。徐国能在《孤独自语或浪迹天涯——新世代散文观察》认为"新世代的整体风格较为单调"。他认为："新世代放弃了文学对于世界的使命而沉溺于自我，看似颓废实则哀伤。他表现出新世代对于这个本质虚浮的世界充满厌弃与无奈之感，在这个无处不是权力运作与消费欲望的社会，参与共同的沉沦或遁世逃避成了仅有的两种出路，多数的新世代作家显然选择了后者。"[1] 南方朔就曾在参与 2002 年的"联合文学小说新人奖"评审会议后提出："写作者将他们的眼睛几乎都集中在私人生活上，在细碎之处过度着墨，而虚迷华艳的辞藻则成了黏合碎片般生活经验与想象的媒介……几乎等于是用过度的文字来掩饰生命经验与视野不足所造成的虚弱。文学作为生命沟通平台的功能已快速失落，而变得更像是一种独白的游戏、一种谜语表演。有些文学以前曾经重得让人无法忍受，而到了现在，它却又逐渐轻到仿佛就是文字气球，虚虚地飘了起来。"[2] 季季在《新乡土的本体与伪乡土的吊诡——侧看 80 后台湾小说新世代现象》中则以"生活面向窄化、写作基本功不足""想象空间受到压缩、小说取材大同小异""游走地方文学奖，乡土的扭曲与妥协"三个方向来讨论台湾 80 后作家的问题。[3] 陈婉茜的《新世代面目模糊》批评 80 后作家是一个面目模糊、缺乏流派的世代，他们擅长玩弄文学技巧，却不善于说故事。[4] 她列举出新世代的种种特点：如网络世代、少年早慧、通过文学奖早早地进入文学市场，但他们擅长玩弄文学技巧，却不屑于说故事，他们迎合了评委的口味，却在苛刻的读者手里败下阵来。黄锦珠于《文讯》第 307 期发表的《文字、故事与'玩'！——〈台湾七年级小说金典〉》中写道："这八位年轻作家的小说，题材包含疾病、死亡、性别、乡土、阶级、性取向议题等等，琳琅满目，纷杂多端，虽然号称同一个世代，却似乎没有太多的共相。但说没有共相，其实还是有一些很不同于前辈的阅读感。最为明显的，就是新词汇的熔铸以及故事情节的更加破碎。"[5] 陈芳明的《台湾新文学史》最末章论及台湾部分七年级作家，认为他们是轻文学的一代，没有过去世代的历史意识或政治意

---

[1]　徐国能：《孤独自语或浪迹天涯——新世代散文观察》，《文讯》，2004 年 12 月，第 230 期。

[2]　南方朔：《涸渴——文学之蚀》，《联合文学》，2002 年 11 月，第 217 期。

[3]　季季：《新乡土的本土与伪乡土的吊诡——侧看 80 后台湾小说新世代现象》，《文讯》，2010 年 8 月，第 298 期。

[4]　陈婉倩：《新世代面目模糊》，《联合文学》，2009 年 9 月号。

[5]　黄锦珠：《文字、故事与"玩"！——读〈台湾七年级小说金典〉》，《文讯》，2015 年 5 月，第 307 期。

识，精神上所承担的使命感也相对缩减，但他们的感觉敏锐，接续后乡土小说家所开拓的领域，自成格局。在诗歌、散文、小说方面都有亮眼表现，但在生活的质感上，或生命的重量上，无法与上个世纪比并。[1]

还有一部分的批评是质疑 80 后的整体世代论述的正当性。2011 年 9 月，《联合文学》主办了"私文学年代：七年级作家新典律论坛"，在整场活动中，郭强生老师不断追问："七年级的文学能够成立的风格或现实基础何在？"足见前行世代对于 80 后世代论述的质疑。同样，80 后世代内部也并非完全接受世代性的标签。黄崇凯认为："我们无法从内心完全同意'七年级小说'这个世代论调。我们意图要破除的是对'七年级小说'仅停留在浮面认识的世代论的看法。如果我们不加反思地顺从世代论观点的说法，那么许多个人偏见将率先占领我们的理解，我们将无法得到真正对同一时段的作品较深入的探究和体会。很可能读者最后得到的七年级小说该书会变成'写得比较差的六年级'或'写得还不成熟的六年级'、七年级不过是'六年级的延续发展'或'晚期六年级写作趋向'之类的论断。那么七年级小说的内部殊异就无法从中得到应有的关照。但这样看待七年级小说，又落入了世代论的窠臼，并默许了七年与六年级等其他世代都可以将其视为整体来看待和比较优劣的谬误。"[2]

（二）大陆的 80 后文学研究已经有丰富的成果，但研究对象主要还是集中在大陆地区，对台湾 80 后文学的研究才刚起步，包括以下几个方面：1. 文学期刊《小说界》《上海文学》《青年博览》等刊物转载了一部分台湾 80 后作家的作品，对近年台湾的文学奖获奖情况进行了介绍。2. 一些学者将台湾 80 后作家放置在乡土文学的脉络下进行论述，如陈建芳的《新的审美经验的诞生——论台湾新乡土小说》、吴鹍的《台湾后乡土文学研究》、郭俊超的《地方性、存在感与魔幻色彩——中国台湾地区新乡土小说管窥》。3. 从具体文本的角度对 80 后群体进行观察，如陈美霞的《从 2007 年度"时报文学奖"看当今台湾文坛新态》以 2007 年获奖的三篇短篇小说来观察台湾 80 后小说创作的现状和趋势。4. 傅蓉蓉的《当代台湾文学研究》的第六章《这些年——21 世纪以来的台湾文学》，从畅销小说、绘本、海外文学三个方面来描绘 21 世纪以来的台湾文学，讨论了几个具有代表性的作家作品、文学现象，但还不够全面系统。

大陆的 80 后文学研究始于青春文学的向度，目前已经形成作品主题、美学风格、文化意义、媒介景观、代际分析、创作实绩等多重维度的研究，对台湾 80 后

---

[1] 陈芳明：《台湾新文学史》，台北：联经出版事业股份有限公司，2011 年，第 797—798 页。

[2] 黄崇凯：《为什么小说家成群而来？》，载朱宥勋、黄崇凯编：《台湾七年级小说金典》，台北：酿出版，2011 年，第 304—305 页。

研究有诸多可以借鉴之处。

1. 在专著方面主要有：苏文清的《"80 后"写作的多维透视》从社会文化分层的角度研究了"80 后"写作与青年亚文化的关系，认为产生于大众消费文化背景下的"80 后"写作是"80 后"青年群体为解决他们共同面对的社会矛盾而采取的"亚文化方案"。孙桂荣的《新世纪"80 后"青春文学研究》对"80 后"青春文学的叛逆写作、恐怖写作、穿越写作、玄幻写作等类型化书写，以及韩寒、郭敬明、张悦然、春树等代表性作家进行了细致分析。石培龙的《第二媒介时代的文学景观："80 后"写作现象研究》，从互联网时代分析 80 后文学的艺术特征。郭艳的《像鸟儿一样轻而不是羽毛：80 后青年写作与代际考察》和王涛的《代际定位与文学越位——"80"后写作研究》从"80 后"存在的文化合理性、代际特征、"80 后"写作的创作心理、精神向度、审美转向和话语风格等方面对"80 后"写作进行了整体观照，认为"80 后"写作是一种挑战主流文学边界为目的的青年文学类型。陈映芳的《在角色与非角色之间——中国的青年文化》以及马中红的《中国青年亚文化研究年度报告》探讨了中国当代的青年文化。

2. 在期刊论文方面主要有：吴俊的《文学的世纪之交与"80 后"的诞生——文学史视野：从一个案例看一个时代》从宏观上探讨 80 后世代与世纪之交的文化、社会转型的关系，从新媒体的兴盛定义 80 后文学在文学史上的断裂性与开创性意义，把 80 后文学的诞生视为新时期文学以来的文学史标志性事件，并认为 80 后文学象征着新世纪文学新生态的生成及流变。陈思和的《从"少年情怀"到"中年危机"——20 世纪中国文学研究的一个视角》认为 20 世纪 80 年代成长起来的一批作家，在文学史上罕见地持续引领风骚 30 年，当下的文学似乎进入了成熟辉煌的中年期。他们完全在传统的规范以外求生存，接受媒体的包装和塑造，成为网络上出色的写手。他们迅速建立了自己的叙事风格和民间立场，建立了独特创作风格的审美领域，1990 年的文学再也没有流派，也没有思潮，变成了个人话语的众声喧哗多元共存。王文捷在《现实的困顿与精神的探望——论青年亚文化中的"80 后"》一文中指出了"80 后"文化的娱乐性和反叛性特征，郭艳在《代际与断裂——亚文化视域中的"80 后"青春文学写作》中表达了"80 后"青年自我意识的觉醒以及和传统文化断裂的一面。

第三节　台湾 80 后世代的政治经济社会背景

将台湾 80 后作为积极参与社会思潮的实存世代来观察，首先必须回到他们身处的时代背景和总体的文化思潮之下。

一、经济方面

战后台湾经济至 21 世纪初，经历了从经济奇迹到经济衰退、从"政府"管控到市场自由化、从公营到私有化的过程。

"台湾在战后曾经经历长达四十年的经济成长，创下 1963 年到 1996 年平均生产毛额（GDP）成长率超过 9% 的'经济奇迹'纪录，并且与新加坡、中国香港、韩国被合称为'亚洲四小龙'。"[1] 台湾形成的以中小企业为主的劳动密集与出口导向的制造业，发展高度依赖对外贸易，易受国际景气影响。从 1997 年起，台湾受亚洲金融风暴冲击，2001 年又遭遇全球电子业衰退，GDP 年成长率首次为 –1.26，失业率则冲破 5%。在民进党首次执政期间，年增长率平均下滑到 4%—5% 之间，成为在野国民党的攻击对象。然而，国民党重新执政之后，2008 年全球金融危机重创台湾经济，2009 年 GDP 年成长率衰退到 –1.57，失业率逼近 6%，到 2015 年为止，年增长率平均下滑到 3% 左右。21 世纪以来，台湾经济进入了低增长时期。2017 年 10 月 5 日，台湾最高研究机构"中研院"在台北发表研究报告《台湾经济竞争与成长策略政策建议》，该报告中指出："台湾的经济情势面临极大挑战，经济成长率减速过快，近十年，平均增长率已降至 3.82%；名目居民所得也相对较低，薪资年增长率骤降只剩下 1%，劳工也因此对台湾的经济增长完全无感。"[2]

20 世纪 90 年代开始，台湾实行新自由主义的经济政策，开放市场准入，针对大企业减税来刺激经济成长。造成了企业大型化、家族化，公营事业私营化，[3] 中小企业存活难，自主创业衰退，社会流动停滞，阶级固化严重，贫富差距扩大。私有化加剧了财富的不平等现象，只让顶端 10% 的富人掠夺经济成长果实，其余的 90% 所得甚至是负增长，失业率大为增加。市场的权力与资源集中在战后婴儿潮的企业家世代，越来越多的人成为被雇佣者，社会阶级呈现向下流动的趋势，激发阶级意识与世代冲突。"根据统计，从 2001 年以来，台湾民众对自己阶级地位的主观认知出现改变，自认是中产阶级的受访者从 4 成下降到 2009 年的 27%。中上阶级比例也下滑，认为自己是中下阶级者，由 1997 年以前的 14% 上升到 20%。而自认为是工人阶级的受访者，反倒从 2001 年 15% 的谷底上升到 2009 年

---

[1]　李宗荣、林宗弘主编：《未竟的奇迹：转型中的台湾经济与社会》，台北："中央研究院"社会科学研究所，2018 年，第 4—5 页。

[2]　《台湾经济竞争与成长策略政策建议》，https://www.sinica.edu.tw/ch/news/4880。

[3]　在 20 世纪 90 年代，台湾公营事业占整个 GDP 比例还非常高，将近三成，当局通过公营企业可以直接干预，或者管制市场，这个能力还很强。从那之后，公营企业的角色相对萎缩，私营企业的发言权、政治影响力扩张，开始干预，甚至影响政策，让整个经济政策对他们有利——这个情况现在越来越明显。

的 37%，工人阶级认同比例达到变迁调查的历史高峰。"[1] 中产阶级的萎缩，中下阶级比例的上升，说明台湾岛内的阶级意识呈现上升趋势，民众产生严重的相对剥夺感，社会弥漫着不满情绪。

迈入 21 世纪后工业化的台湾社会面临着经济形态与劳动市场的转型。台湾"经过 60 年代'面向出口'工业化战略的实施，地区经济快速增长，从一个传统的农业社会迅速转变为以工业为主导的现代工业社会"[2]。80 年代跻身世界新兴工业化地区，"2000 年，台湾三次产业结构转变为 1.98∶29.09∶68.93，人均 GDP 达到 14721 美元，农民人均收入 5920 美元，开始迈向后工业化社会"[3]。"随着传统制造业与高科技产业的大量外移，服务业兴起，台湾开始进入后工业化社会的劳动市场结构形态。根据主计处的统计，过去的三十年间，台湾的工业部门就业比例由将近五成持续下降到 36.8%，服务业部门的就业人数比例则是由大约四成快速成长到 58.8%。"[4] "因服务业多为劳动密集、技术层面低或自动化程度低的职位，平均薪资较低，'穷忙族'也成为描述台湾经济现象的关键字。"[5]

伴随着经济的疲软，青年失业上升，台湾青年失业率约 15%，远高于全球平均的 13% 与日韩的 9%。青年普遍低薪化，2020 年 6 月 10 日，台湾当局统计部门公布的数据显示，"4 月底台湾工业和服务业受雇员工总数为 792.7 万人，比去年同期减少 0.05%，是 2008 年全球金融危机以来首次出现的同比减少。据统计，4月底台湾工业和服务业受雇员工总数比 3 月底减少 0.44%，今年前 4 个月呈现逐月减少的趋势。统计部门表示，受雇员工减少主要受新冠肺炎疫情影响，住宿及餐饮业、制造业就分别减少 1.2 万人和 700 人，降幅明显；批发零售业、艺术娱乐及休闲服务业也分别减少 6000 人和 5000 人。4 月台湾全体受雇员工每人经常性工资为新台币 4.21 万元，比上月减少 0.41%，连续 2 个月出现环比下降，同比增长仅 0.91%。"[6] "台湾统计部门最新数据显示，2018 年台湾工业及服务业全体受雇员工每人每月经常性薪资平均为 40980 元，扣除物价因素后的实质经常性薪资为 38235 元，年增长率为 1.2%，尽管增长率呈上涨趋势，但实质月薪却仍不及 2001

[1]　林宗弘：《失落的年代：台湾民众阶级认同与意识形态的变迁》，《人文及社会科学集刊》，2014 年 12 月，第 25 卷第 4 期。

[2]　单玉丽主编：《台湾经济 60 年》，北京：知识产权出版社，2010 年，第 1 页。

[3]　单玉丽主编：《台湾经济 60 年》，北京：知识产权出版社，2010 年，第 1 页。

[4]　林宗弘、洪敬舒、李建鸿等著：《崩世代——财团化、贫穷化与少子女化的危机》，台北：台湾劳工阵线协会，2011 年，130—131 页。

[5]　王国安：《小说新力：台湾一九七〇后新世代小说论》，台北：秀威经典，2016 年，第 66 页。

[6]　数据显示：台湾受雇员工数和薪资持续下降，http://finance.people.com.cn/n1/2020/0611/c1004-31742463.html。

年的 38398 元。"[1] "台'中研院'院士、经济学家王平在记者会上表示，台湾经济面临法规僵化、环保评估难过关和两岸关系不稳等三大问题。他担心，未来十年台湾可能落入'中等收入陷阱'[2]。"[3]

资本主义经历过高速发展后的衰退期孕育出 80 后青年的消极社会心态。2017年台湾"财政部"公布的《由财税大数据探讨台湾近年薪资样貌研究报告》显示："2011 年至 2015 年间，40 岁以下月薪中位数增幅不及 3%，显示青年低薪停滞不前的困境。若将 2015 年薪资划为 10 等分，年薪前 10% 及后 10% 的差距升至12.6 倍。显示青贫族现象严重，且呈现贫者愈贫、富者愈富状态。"[4] 种种数据表明，台湾经济在经历 20 世纪 90 年代的高速发展之后，进入了低增长的阶段，再加上台湾经济自身市场与资本狭小的问题，使青年客观上陷入阶层固化、贫困化与上升无望的境地，主观上则对于现状不满，对于未来充满悲观，"穷忙族""厌世代""崩世代"等词汇就传达了这种强烈的负面情绪。但他们又大多出生于 20世纪八九十年代，享受台湾经济高速成长的成果，生活与消费水平普遍较为宽松，也就是三浦展所说的"贫富差别不甚明显的中流社会"。[5] 在这种状况下，青年再也无法像上一世代的台湾人那样，充满了开拓者的大视野与强烈的上升欲望，而只是满足于"小小的"幸福。即便是创业，也是选择小创业，[6] 并不是为了盈利和资本最大化。他们不但无法成为新时代的经济推手，就连物质欲望与消费欲望也几乎完全丧失。21 世纪的年轻人也与过去的世代完全不同，生活的便利与消费品

---

[1] 统计显示：台湾"薪情不佳"实质月薪退回 17 年前水平，http://www.xinhuanet.com/2019—02/20/c_1124141866.htm。

[2] 世界银行《东亚经济发展报告（2006）》提出了"中等收入陷阱"（Middle Income Trap）的概念，基本含义指："鲜有中等收入的经济体成功地跻身为高收入国家，这些国家往往陷入了经济增长的停滞期，既无法在人力成本方面与低收入国家竞争，又无法在尖端技术研制方面与富裕国家竞争。"引自《台式小确幸创业背后：薪资产业结构和创业生态》http://tech.sina.com.cn/csj/2019-01-14/doc-ihqfskcn6878951.shtml。

[3] 《台"中研院"研究报告：台湾经济面临巨大挑战》http://www.xinhuanet.com//2017-10-05/c_1121764620.htm。

[4] 《由财税大数据探讨台湾近年薪资样貌研究报告》https://www.mof.gov.tw/File/Attach/75403/File_10649.pdf。

[5] 【日】三浦展著，陆求实、戴铮译：《下流社会：一个新社会阶层的出现》，上海：文汇出版社，2007 年，第 7 页。

[6] 2018 年年中，台湾地区首次针对全岛范围内创新生态圈进行调查的报告公布，这份报告由台湾经济研究院、台湾青年创业总会、台湾中小企业总会以及行政新创基地共同调查完成。报告中的数据显示，受调者创业项目行业占比分别为：批发零售业 15%、信息及通信传播业 11%、制造业 11%、专业科学及技术服务业 11%、电子商务 9%、平台服务 9%、其他服务业 8%……从上述数据中能发现，台湾地区的创业项目基本集中在餐饮、零售及各行的服务业中。而大陆热火朝天的科技、互联网、电商等创业领域，在台湾创业项目的占比中并不高。引自《台式小确幸创业背后：薪资产业结构和创业生态》http://tech.sina.com.cn/csj/2019-01-14/doc-ihqfskcn6878951.shtml。

价格的低廉，职业形式的多元化，对未来经济生活的不安全感，使青年人"较之'拥有物质'的欲望，几乎没有欲望。大前研一将这种心态称为'穷充'，也就是穷并且充实，他们认为没有必要为金钱和出人头地而辛苦工作，正是因为收入不高，才能过上心灵富足的生活。"[1]

青年贫穷导致结婚意愿和时间都推迟，结婚率和生育率下降，人口老龄化、少子女化严重，"从一九八〇年代开始，每年台湾的出生人口数就从四十余万一路缓步下降，二〇〇〇至二〇一〇年少子化情势更明确，二〇〇九年台湾地区的生育率与德国并列世界最低"[2]，"近五年来，台湾新生儿大减 5.4 万多人，减幅高达26%，2020 年台湾的生育率全球垫底，连续两年出现人口负增长"[3]。低生育率和人口老化产生的劳动力短缺，导致经济动能不足。

两岸经贸关系的互动与交流是影响台湾 80 后的重要因素。早期大陆经济与台湾经济具有高度互补性，自 20 世纪 90 年代开始，台湾企业大量西进大陆，台商对于大陆的依赖主要是廉价的劳动力和土地等生产要素。改革开放以来大陆经济持续增长，在世界经济中的地位不断提升，21 世纪已经跃居为世界第二大经济体，两岸经济实力的变化，反映了自 2000 年以来，台湾对大陆愈加依赖。大陆不仅仅是台湾最主要的对外直接投资流向地，也是台湾最大的贸易伙伴，甚至民进党当局企图推动"新南向政策"来制衡企业西进大陆也告失败，"台湾和东南亚国家贸易额没有显著增长，2020 年甚至出现明显衰退。台湾对东盟出口占比 2013 年还有 19%，2020 年前 10 个月降至 15.4%"[4]。2020 年初的新冠疫情，全球经济、贸易活动受到了严峻挑战，台湾也是依靠大陆市场经济活动才步入正轨。"依据台湾财政部门最新发布的统计资料，2020 年 5 月台湾对主要市场的出口呈现'两极化'的表现。其中，对大陆和香港出口额 121.2 亿美元、年增长 10.3%，为历年同月新高，占总出口比重达 44.9%。而累计 2020 年前 5 月出口占比为 41.5%，更是缔造近 10 年最高数字。……相应地台湾对东南亚国家的出口呈现负增长，台湾对日本与韩国出口也同样出现衰退。"[5] 根据台湾经济主管部门国际贸易局 2019 年发布的"台湾对外贸易发展概况与政策"，"2018 年大陆是台湾第一大出口市场及第一大

[1]【日】大前研一著，姜建强译：《低欲望社会："丧失大志时代"的新国富论》，上海：上海译文出版，2018 年，第 50 页。

[2] 王国安：《小说新力：台湾一九七〇后新世代小说论》，台北：秀威经典，2016 年，第 66 页。

[3]《民进党执政 5 年台湾新生儿大减 5.4 万，马英九：民众不愿意生育因担忧两岸开战》http://www.taiwan.cn/taiwan/jsxw/202202/t20220207_12405853.htm。

[4] http://www.xinhuanet.com/2020—12/28/c_1126916716.htm。

[5]《两岸经济活动正逐渐步入正轨？后疫情时代台湾应把握机会》，http://www.huaxia.com/tslj/lasq/2020/06/6451854.html。

进口来源，2009—2018 年，大陆在台湾的主要出口市场中占 41% 左右，而在主要进口来源当中，大陆占比从 14.6% 上升到 19.3%，始终保持巨大顺差。大陆是台湾最大投资目的地，截至 2018 年 12 月台商赴大陆投资累计金额约 1823 亿美元，自 2009 年 7 月至 2018 年 12 月陆资来台投资累计金额约 22 亿美元。"[1] 2014 年美台商业协会会长韩儒伯在美国《华尔街日报》网站发表题为《美国能够帮助平息台湾目前的政治风暴》的文章，也肯定两岸经贸关系对于台湾的重大作用："现在大陆有越来越多的人到台湾旅游观光，台湾企业也越来越多地把大陆当作跳板，成功将产品营销到世界各地。大陆是台湾出口商品的第一市场，占台湾出口贸易比重超过 40%。多亏有这种巨大的商贸关系，海峡两岸的紧张局势降到了历史最低点。"[2] 正因为大陆在两岸经贸交流当中不断让利，及时伸出援手，才阻止了台湾经济的衰退。台商纷纷至大陆创业，而他们创造的巨大财富，也反哺了台湾社会。目前越来越多的台湾青年选择去大陆创业，大陆的发展也为青年的发展开拓出新的天地。

可以说，两岸关系在台湾的社会、历史中始终是一个非常重要的角色，不仅牵动着台湾社会的政坛走向，还塑造了台湾人民对于历史、现实与未来的切实感受。过去因为冷战与内战的政治因素，两岸处于隔绝的状态，台湾对于大陆的想象基本上受制于"反共亲美"的意识形态，同时因为"亚洲四小龙"的经济繁荣景象，又进一步让台湾"去历史化"，在脱亚入美的想象之下，缺乏对于大陆历史与现实的体认。因此，21 世纪大陆经济崛起带来的两岸经贸、社会之间的紧密联系，能够打破政治上的隔阂，使台湾青年得以挣脱台湾狭隘意识形态的遮蔽，进一步融入祖国大陆的发展，从而对祖国大陆的文化、历史与现状产生更切身的认认同感。

二、政治方面

20 世纪 80 年代以来，台湾岛内政治经历了从"民主化"到"民粹化"，从大中华意识到"本土意识"兴起的变化，同时两岸关系从隔绝到开放，国际上从两极化向多极化的转变，都深刻而细微地影响着台湾的政治格局。

20 世纪 70 年代"保钓运动"以及乡土运动所激荡出的反帝民族主义的本土关怀，到 80 年代逐渐转化为强调本土意识与特殊性的"本土主义"，并在"解严"之后愈演愈烈，至 90 年代演化成为"去中反中"的分离主义。80 年代，以开放党

---

[1]《台湾对外贸易发展概况与政治》，https://www.trade.gov.tw/Pages/List.aspx?nodeID=4023。

[2] 华尔街日报：《美将收割台"反服贸"风暴收益》http://www.zbyjs.org/tw/2014/0404/370876.shtml。

禁、报禁为诉求的党外运动持续撼动台湾国民党建构的"威权—党制"的政治体制，形成了政治上党外对抗国民党，意识形态上自由对抗威权，认同上本土对抗中华的思潮转向。1987 年"解严"之后，被威权政治长期压抑的本土政治力量喷涌而出，转化为国民党与民进党两党对峙的政治结构，以及本省与外省对峙的省籍矛盾，政治上的民主化运动迅速被激烈对峙的蓝绿政治所取代，反威权、自由化的反思转化为充满煽动性与悲情色彩的省籍对抗，随之而起的"台湾意识"更是冲击了国民党所建构的大中华认同，族群、统"独"对立撕裂了整个社会。

2000 年以后首次"政党轮替"完成，台湾开始形成相对稳固的两党政治形态，蓝绿因为选举利益而进行的政党斗争产生了一系列的政治乱象，"公投"、统"独"、两岸、蓝绿等民粹议题都成为政客进行政治动员的工具。2004 年民进党通过两颗子弹险胜国民党，事后爆发了持续月余的街头抗争运动，诉求选举程序正义，使原已互不信任的党派政治和族群政治进一步撕裂。2006 年陈水扁曝出贪腐，2008 年第二次政党轮替，国民党重新掌握政权。选举制度导致两党在政治斗争中不断操作民粹，造成社会对立，政治只是夺取政权的工具。

现有的两党结构内部官僚化、机制僵化、派系斗争等问题，使台湾青年普遍对于政治环境失望，产生了政治冷感。斯坦福大学学者拉里·戴尔蒙德（Larry Diamond）的研究表明："从 2001 到 2010 年间，台湾民众对'立法院'和政党的信任度一直低于 20%，且呈下降趋势。"[1] 他们更关注的是就业、教育、住房、收入等民生议题，对于政治议题普遍感到厌烦，"无论在选举投票、留意社会政治消息、参与社会事务或政治组织、向'政府'表达意见等，都表现冷淡"[2]。"自 2008 年以来，3 次大选青年投票率都相对较低，20—39 岁之间的青年，投票率仅约 5 至 6 成。"[3] 他们对于当局与选举的信任度不高，认为主流政党代表的都是权贵和中年人的利益，青年人普遍感觉身处政治体制和政治过程之外，抗拒传统的政治生态，丧失了参与公共事务、介入社会的能动性。对体制和政治过程的无力感，也催生了青年的小确幸心态，青年们丧失对于集体命运与过往历史的责任感与关怀感，丧失了理想主义的情怀，而走向以自我为中心，只看到眼前的小幸福、小利益，追求安逸的生活。

"本土主义"作为 20 世纪 90 年代兴起的重要的社会思潮，既是内战冷战格局下，台湾在长期"反共亲美"状态下产生的"分离主义"的错误思潮，同时也是对全球化进程的反应，具有以地方主义来抵抗文化同化的意义。"本土化"在文化

---

[1] 《那些花儿——太阳花运动的社会心理》，https://m.thepaper.cn/newsDetail_forward_1264643。

[2] 青年人的政治冷感症，https://www.malaysiakini.com/columns/73419。

[3] 青年归投创近 8 年投票率新高！https://www.cheers.com.tw/article.action?id=50960648&page=2。

上具有一定的反西化、回归乡土现实的进步意义。但在政治上则是被右翼民粹政党所操控的反动意识形态，正如台湾学者陈昭瑛说的："从民间和各地方政府的文教活动，到'中央政府'的文教政策，'本土化'可以说是最具群众号召力的响亮口号。"[1]"本土化"论述主要从"主体性"和"悲情意识"两个方面来打造"台湾意识"的合理性。1. 台湾的"本土化"论述主要从文学、语言、历史三个方面建构台湾文化的特殊性，90 年代，民进党进行教育改革，修改教科书，1997 年 2 月出笼的《认识台湾》教科书，以及 21 世纪后陈水扁、蔡英文当局推动的教科书"去中国化"和"课纲修订"等政策，更是把这波以"反中国化"和"去中国化"为导向的"台湾民族主义"推向了新的阶段，并直接影响了 80 后世代青年的身份认同。2."本土化"论述主要通过日据、二二八事件等历史来营造台湾的悲情意识，将台湾打造成为屡次被侵犯的受害者，借由白色恐怖将国民党代表的大陆扭曲成为殖民者之一，从而凝聚岛内的"仇中"意识。

21 世纪后，"本土主义"依然是台湾社会的主流意识形态，但是台湾的"本土化"意识形态已经呈现出新的特点。1."本土主义"论述不再追求单一的、纯粹的"台湾主体性"，而是以多元文化主义作为论述装置，将新移民、少数民族等身份纳入"台湾主体性"之中，借此与大陆的汉民族文化相区隔。2. 新世纪的"反中"论述脉络，一个非常重要的观点就是将大陆打造成"压迫台湾青年与底层"的"强权"。2014 年爆发的"太阳花运动"其实源自台湾贫富差距恶化造成的青年下流化与阶级固化焦虑，但被一些"反中"人士以捍卫台湾弱势群体利益为借口，意指与大陆的交流只会使上层权贵获利，而青年更加地贫困与失权，从"太阳花"等场合打出的"反中"口号——"你好大，我好怕"就可见一斑。这种错误论述深刻地影响着青年的自我定位与社会认知，最为典型的就是林宗弘《崩世代——财团化、贫穷化与少子女化的危机》，该书以错误的、唯心的、片面的数据与案例推导出完全违背事实的结论，刻意扭曲大陆的形象，污名化两岸的正常经贸关系，作者披着左翼的外衣，实际上却是右翼、民粹主义的立场，将青年引导到"反中"的道路上去。

三、社会运动方面

台湾社会运动往往被视为推动政治变迁的重要力量。1990 年的"野百合学运"，在推翻台湾威权统治、促进台湾社会民主化转型的过程中承担了重要的作用，开启了校园社会运动的发展。2000 年台湾第一次政党轮替之后，台湾的社会运动

---

[1] 陈昭瑛:《论台湾的"本土化"运动：一个文化史的考察》,《中外文学》,1995 年, 第 23 卷第 9 期。

一度沉寂，在 2008 年二次政党轮替后，民进党失去"执政权"，开始重新重视社会运动，各类社会运动又如 20 世纪 80 年代一样开始在各地风起云涌，标志性的事件是 2008 年台大社会系、"中研院"社会所的老师组织了"社运再起"的展览，大学出现了大量的学生运动社团。

社会运动是社会矛盾的体现。20 世纪八九十年代的社会运动主要是与民进党的政治动员相结合，以民间社会对抗威权体制、党外运动推动政治改革乃至获取政治资源的轴线展开。21 世纪的社会运动，继续扮演着当局反对势力的角色，"这一时期社会运动的意涵在于，经济发展导致台湾社会的利益结构改变并引发冲突，社会运动在推动利益结构调整的抗争中扮演了先锋的角色"[1]。如环保运动、妇女运动、少数民族运动、媒体改革运动、司法改革、废除死刑运动、性别运动、新移民运动、工人运动、学生运动等，都展现了草根阶层对于自身利益的诉求。

青年是台湾社会运动的核心参与者，对选举政治失望的青年，往往通过直接参与社会运动的方式，表达他们的社会关怀与政治诉求。"不论是土地议题的'士林文林苑都更案''大埔张药房案'，环境议题的'反国光石化''非核家园'，劳工议题的'全台关厂工人连线'，以及同志议题的'多元成家方案'等，各类社会运动都可见学生族群的身影。而在 2013 年 7 月间发生的洪仲丘下士遭虐死案，更在网络号召下，由一九八五行动联盟促成'二十五万白衫军上凯道'诉求真相。"[2]可见，青年的核心诉求是公平正义，而不是统"独"议题。但这种通过社会运动释放出来的反对情绪，往往容易被政治力量所操纵，2014 年的"太阳花学运"，正是青年对社会的不满和愤恨被民进党所操纵引导，形成重大的"反中"政治危机。

21 世纪的激进思潮与社会运动的再次兴起，重新启动了台湾的左翼思想。鲜明的阶级意识赓续了左翼精神脉络，对劳工、新移民的书写，对于殖民历史、冷战与全球化的反思，都有着鲜明的阶级性。何荣幸将野百合社会运动的参与世代称为"学运世代"："从战前台湾留学生组成的'新民会'，到战后的左翼学运事件（例如'台大麦浪歌咏队'与'四·六事件'），再到冷战时期的自由主义与反对运动，一直到一九七〇年的保钓运动，以及其后争取言论暨学术自由、'国会'全面改选、民族主义论战的革新保台思潮，学运世代正是在这种隐而不彰但源远流长的台湾学运史脉络中，同时得到自由主义与左翼文化的滋养。"[3]同样地，通过社会运动，80 后世代既接受了左翼思想的洗礼，同时也表达了他们对于公平正义的诉求。如每年的秋斗运动延续着劳工的阶级斗争思想，2005 年，陈菊担任高雄市长

[1]　陈星：《社会运动、政治动员与台湾政治生态的变迁》，《台湾研究》，2018 年第 4 期。

[2]　王国安：《小说新力：台湾一九七〇后新世代小说论》，台北：秀威经典，2016 年，第 55 页。

[3]　何荣幸：《学运世代：众声喧哗的十年》，台北：时报文化出版公司，2001 年，第 16 页。

期间，高雄外劳暴动，让台湾社会真切地感知到外劳工人所遭受的剥削。2017年民进党通过"一例一休"工时立法，引发青年对于台湾当局袒护资方，让台湾劳动条件恶化的批判，他们提出"不顾劳工，血汗治台"的口号，显示台湾社会阶级矛盾进一步激化背景下，青年以朴素的左翼思想介入社会现实改造。

台湾的社会运动往往与政治斗争紧密联系，如核电等环保运动是对立感特别强烈的公共议题，在台湾岛内往往被搁置了其生态、环保等本质意涵，与两党斗争紧密地缠绕在一起，延伸至个人与"政府"、民主与专制、精英与平民、威权与自由等政治上的缠斗。反核议题起源于20世纪80年代，当时的反核实际上是反对台湾科技官僚主宰的精英政治与经济决策体制，反对"人民普遍的发展主义心态，以及国民党政治独裁的支柱，亦即所谓的'威权发展主义政权'"[1]。2000年政党轮替之后，随着民进党的上台，反核运动暂时偃旗息鼓。而随着政党再次轮替，"核四公投"等新的运动相继开展，21世纪的反核是将反霸权、反现代化、人民作主、世代正义等价值观和政治目标相联系，是为了建立一个经济成长、产业转型的理想社会形态，正如林义雄的"核四公投促进会"宗旨为：经由促进"用民众投票决定应否兴建核四，来唤醒台湾人民的主人意识、培养台湾人民行使主人权利的能力"[2]。可见，"民进党利用社会运动与现实生活紧密相关的特征，设计出一系列带有对抗特征的话语……通过社会动员，民进党将政治论述植入大众意识，对台湾民众意识产生了潜移默化却又相当深远的影响"[3]。

可以说，80后世代是一个社会运动世代，恶质的选举政治已经沦为政党之间的游戏，社会运动则是青年介入与参与社会的重要途径与方式，这些在街头延烧的社会议题与抗争运动，也大量地进入他们的文学创作当中，呈现出当代台湾社会的冲突与矛盾，以及青年对于政治的感受与认知。但是这些社会运动也使青年陷入"反对逻辑"之中，相对于普罗大众，"政府"象征着权力与专制，因此，只要是反对"政府"的决议，只要是代表少数者、弱势者的权益，就具有政治正确的逻辑，这导致反对运动的泛化，并失去推动社会变革的力量。

四、传播媒介方面

80后世代的成长伴随着媒介的剧烈变革。得益于网络媒介科技的发展，80后

[1] 王宏仁、李广均、龚宜君主编：《跨戒：流动与坚持的台湾社会》，台北：群学出版有限公司，2008年，第47页。

[2] 台湾：《林义雄"反核四"禁食第4天体力不支昏厥》https://www.thepaper.cn/newsDetail_forward_1244722。

[3] 陈星：《社会运动、政治动员与台湾政治生态的变迁》，《台湾研究》，2018年第4期。

世代也是一个深受媒介通信影响的世代。一方面，台湾的传统电视媒介事业非常发达，形塑着台湾社会的舆论与文化。"直到2001年底，台湾已有六十六家有线电视业者正式营运。合法化的有线电视，结合新闻自由的提升，使有线电视新闻频道纷纷开播，但新闻台竞逐收视率的结果"[1]导致了"新闻八卦化愈益严重、强调对立与冲突的戏剧效果，偏好耸动内容；无线台也几乎可以说是随波逐流，竞逐庸俗内容，媒体表现倒退。除此之外，可能形成观众的政治冷漠、对政治与社会关注层面的偏狭，造成世界观的狭隘"[2]。

另一方面，网络媒介的兴起标志着台湾社会进入互联网文明的新时代。网络媒介与传统媒介的不同特征——大众化、民主化、去中心化，塑造了完全不同的信息传播方式。80后青年作为互联网时代成长起来的新一代，通过主宰网络的话语权获得了更多的文化资本。"与此前所有青年亚文化的不同之处是，他们因网络技术赋权而获得了前所未有的文化符号生产的可能性。在青年人主宰的网络空间中，他们娴熟地玩起各种技巧，设置种种技术壁垒——设置注册门槛、定制认同符号、共享情绪感觉——形成了一个又一个'文化圈子'，呈现出'新部落化'的存在样态。"[3]但这种文化资本权力只是资本主义所制造的自由幻觉，同时又是被媒介充斥与控制的一代，是被巨大的媒介机器依靠商业逻辑的大数据方式所哺育的同质化的一代。

五、结论

可见，台湾80后世代是经历了政治、经济、社会、文化上的巨大转折的一代。经济的衰退、全球化的深化、数字化科技的进步，促进社会快速地变迁。"解严"所带来的民主化本可以提供台湾社会反思历史与向左转的契机，却迅速地被"本土化"与民粹化所消解。因此，80后世代的价值观与行为方式，与前行世代产生了鲜明的变化，呈现出更加多元化与差异性的面貌。

他们成长于以大中华意识为主流的政治文化环境之中，却在成年之后（21世纪以后），迎来一个以"台湾意识"为主流政治符号的时代。这样的政治转折，意味着他们并非只是标签化的"天然独"世代，而是具有相当丰富的、多重冲突的政治意识。同时，进入21世纪之后民进党当局施政上的诸多问题，导致青年世代

[1]　王国安：《小说新力：台湾一九七○后新世代小说论》，台北：秀威经典，2016年，第74页。

[2]　王忆宁：《告知与动员：新闻媒体使用、政治知识与政治参与的关系》，载张茂桂、罗文辉、徐火炎主编：《台湾的社会变迁一九八五—二○○五：传播与政治行为，台湾社会变迁基本调查系列三之四》，台北："中央研究院"社会学研究所，2013年，第39页。

[3]　马中红：《文化资本：青年话语权获得的路径分析》，《中国青年社会科学》，2016年第3期。

在经济、阶级上的失权，以及 21 世纪大陆经济的崛起，都使"本土主义"在新世代内部逐渐退烧，90 年代国族话语压倒一切的激进状态已经被经济上的焦虑所取代。这从台湾政治主要冲突的转变就可见一斑，台湾早期选举中的族群认同、两岸关系或者是政治体制、修"宪"等政治议题，在 21 世纪后都转向了经济议题、阶级议题这种以前比较少看到的议题。80 后青年开始质疑由"本土主义"所打造的"台湾意识"的狭隘与排他性。他们的身份认同不再只是局限于统"独"、本省与外省的二元对立。在他们的小说里，这些既定的、本质主义的、象征福佬族群的符号开始慢慢失效，他们在文中探讨更多的是面对全球化的裂解与世界的剧变，应该如何锚定自身？

第四节 21 世纪初台湾文化场域与文学体制

21 世纪初，随着全球性资本主义的扩张与数字科技的日新月异，以及传统出版产业的衰落，在知识生产、产业结构、文化出版、消费、评价、作家构成等方面都出现了重大的转型，根本性地改变了当代台湾的文学生产体制。文学创作关联的是一个有序的文学体制，上至台湾文化主管部门的主导政策，下至学院培养作家的机制、文化主管部门或民间所设置的补助计划、各大文学奖、文学刊物、文艺营、出版社、网络媒体、宣传模式，形成层层衔接、循序递进的文坛结构，一个初出茅庐的文艺青年可以依循这些机制，逐渐成长为一个专职作家。

一、21 世纪初，台湾的文学生产日益被纳入文化工业的范畴，被进一步产业化和市场化

台湾文学的商品化现象，始于 20 世纪 80 年代。"写实主义的评论家吕正惠在《台湾文学的浮华世界》一文中，曾经很感慨'相对于写实主义的乡土小说在八十年代的逐渐衰退，是文学商品化在 80 年代的完全形成。'"[1] 又如作家向阳所说："在经济结构改变下，我们看到了 80 年代的文学传播配合着台湾逐步迈向工业化、商业化的路途，而走向一个依赖大众媒介、趋向大众文化的'生产 / 消费'模式。"[2] 如果说 80 年代文学的商业化主要局限在大众文学领域，那么 21 世纪文学生产的产业化规范则渗透并形塑了纯文学的生产与发展。

---

[1] 蔡诗萍:《小说族与都市浪漫小说——严肃与通俗的相互颠覆》，载孟樊、林耀德主编:《流行天下——当代台湾通俗文学研究》，台北:时报文化出版社，1992 年，第 174 页。

[2] 林黛漫:《文学场域的雅俗之争——1980 年代小说族现象分析》，世新大学硕士学位论文，2002 年。

相较于 20 世纪 80 年代作家面对着强大的消费市场所产生的焦虑，以及围绕着文学商品化展开的关于雅俗文学的论争，21 世纪的文学市场化机制更加地精密化。它不再仅仅是由消费市场单方面所决定与控制，事实上，随着 21 世纪以来文学消费力与阅读人口的下降，文学的影响力与市场占有率被影视、动漫、游戏、新媒体等蓬勃的大众文化产业进一步瓦解与边缘化。从某种意义上说，文学市场的贫弱相较于文学产业化的成熟，意味着这一产业化与商业化机制已经贯穿至文学生产的各个层面，如主管部门文化政策与大学教育的产业化导向，网络媒介所产生的产业效益，文艺应更为表演化、综艺化，也更为目的化的运作模式，文学奖的普及化与大众化，出版社将作品视为商品的营销策略——"如宝瓶文化的'文学第一轴线'系列，让每个作家都有着自己的外号来展现其特质归属，彭心楺——灵魂系、神小风——天才系、朱宥勋——战神系、吴柳蓓——热情系，又如谢晓昀外形出众且文风特异，因此有'饥饿系美女作家'的称号，杨富闵更是被称为'曾文溪下游的文学台客'，如此种种，都可视为新世代作家为符合营销策略而被加上的流行符号。"[1] 这些成熟的机制都决定了 80 后世代作家的创作内容、美学、题材、导向一开始就被纳入产业体系之中，他们的作品相当具有议题性，刻意地弱化了意识形态性，具有多变的风格与丰富的题材，这些多元化的创作现象，正是追逐市场与舆论风向的产物。因此，诞生于消费主义社会的 80 后世代作家已经谙熟资本主义在文化场域当中的运作规则，他们一方面清醒认识到新自由主义的市场化取向下作家的位置，一方面又积极地配合甚至是利用这种游戏规则，让自己的作品能够被市场所"看见"。黄崇凯的《黄色小说》中的主人公就是这种市场规则下诞生的典型作家形象。小说中主人公兢兢业业地经营着一个男性杂志的性专栏，以严肃的学术精神对大众普及性知识，并试图在娱乐性的色情文化中挖掘理念和文化意涵，专栏的阅读量太低以致他时常要模仿读者的口吻来自问自答。他的叙述方式要够俏皮幽默，才能吸引读者，同时题材既要有现实关怀，又不能碰触敏感的社会政治议题。小说道尽了商品化机制下的文学创作规则，写作只是时尚工业的点缀品，作家只是一个谋生工作而已。陈又津的《新手作家求生指南》，朱宥勋的《作家生存攻略——作家新手村 1 技术篇》《文坛生态导览——作家新手村 2 心法篇》，这些类似于职场成功学的文坛指南，试图向新手作家传达一个"祛魅"的观念——文学技巧、天赋、理论、热情等对于能否坚持创作并不重要，重要的是如何掌握文坛这个职场的潜规则，如何签合同、谈价格、经营社群获得关注，掌握写专栏、获文学奖、写推荐、出书、演讲、参与文学奖评审等一系列关系文

[1]　王国安：《小说新力：台湾一九七〇后新世代小说论》，台北：秀威经典，2016 年，第 63 页。

坛生存的方法与秘籍。这些坦率直白的指南揭露出一个新的文学价值观——创作与出版是有脉络可供新手依循的产业，而小说只是一个产品，想要成为一个成功的小说家，只需要按照读者反映来修正，以获取文学奖为目标来调整作品，就会在技术与知名度上获得双重的累积。

二、网络新媒体催生了新的文学生产和传播方式

网络新媒体包括博客、脸书、推特、微信、网络论坛、个人网站等，作为新型媒介，网络的即时性、开放性、多元化、个性化特征打破了平面媒体的主导权力，改变了文学的生态与形式，重建了新的文学论述。正如林淇瀁所说："以网络为媒介，试图打破平面媒体的主导权力，重建新的文学论述，具有'去主体'的企图，最少表现了 E 时代文学社群异于先前世代的网络特质。文学传播，从这里开始，出现去中心、去霸权的个体性格，文本游戏规则回到拥有网络的游戏者手中，传统的文学传播模式因而受到了挑战。"[1]

（一）新媒体海量发布与量级传播速度，为 80 后作家提供了展示作品的平台，让七年级作家在网络群聚效应下快速崛起，许多作家尚还年轻就已经在资讯流通的网络上小有名气。20 世纪 90 年代末期，网络科技由通信平台进阶到社交网络，从而具有了更多的互动性与传播力。脸书（facebook）、噗浪（plurk）、推特（twitter），或者 WeChat、line 与 blog，让这批 80 后作家不需要透过传统纸质媒体的筛选与介入就可以随时随地发表作品、引发回应。例如："在台湾各诗刊印行量难以破千的情况下，仅仅'每天为你读一首诗'一个脸书粉丝专页，每日接触到的读者就是数千人，其背后的编选、撰稿成员多为七年级爱诗人。'七领世代'诗人中，不乏一则脸书留言便获上千个'赞'并被广泛'分享'者。留言如此、贴诗亦然。七年级诗人不以纸本为唯一发表媒介，对六年级习惯的 bbs 也兴致不高；以脸书为首的'新媒体'才是他们最具优势的主场。"[2]

（二）新媒体"令大众对文学的关注点由文本本身转向文学现象，由'文学性'转向'话题性'"[3]。在流量为王的时代，作家的创作从注重技巧与思想转变成注重话题性，以期形成可供炒作，引发讨论与关注的效应。新媒体也让作家被网络媒体所捆绑，为了增加曝光率，作家在创作上过于迎合大众的喜好和流行的议题而

[1]　林淇瀁：《超文本、跨媒介与全球化：网络科技冲击下的台湾文学传播》，《中外文学》，2004年，第 33 卷第 7 期。

[2]　杨宗翰：《从出天下到领世代——台湾七年级诗人的机遇与挑战》，《幼狮文艺》，2016 年 4 月号。

[3]　单昕：《数字时代的文学景观——对自媒体与当代文学关系的一种考察》，《江苏大学学报》（社会科学版），2020 年第 6 期。

形成雷同、浅薄的创作现象，过于注重自我营销而忽视了文本的质量与打磨。作家们追逐社会的热点议题，却缺乏深入的思考与沉淀。

（三）新媒体改变了作家与读者之间的关系，作家可以绕过出版社直接与读者面对面地沟通，可以实时地接收到读者的反馈与评价。文学阅读形式的改变，增强了作者与读者之间的互动，也降低了创作与阅读的门槛。作家不再只是纸本媒体时代纯粹的文学创作者，而是融合了创作者和传播者的角色，创作与传播、消费的界线被打破，同时又是一个必须精心经营自己形象，随时与读者互动的网红。传统媒介下仅仅针对文学创作的宣传与销售方式已经衰落，作家可利用直播、拍小视频等方式获得更多的关注度和热度。如朱宥勋依靠文学活动和时事评论积累了人气，从而提升了他在文学上的影响力与知名度。

（四）社交媒体具有强烈的个人化色彩，有助于彰显作家的个人风格，形成作家的专属标签。相较于前世代的作家，80 后世代作家"都很明白标示自我的重要性"[1]，如陈又津的"新二代"书写，杨双子的历史百合小说，陈柏青的恐怖科幻小说，何敬尧和潇湘神的妖怪书写，杨富闵的乡土书写，这些"品牌"特征有别于传统作家从自身生命经验中汲取创作资源的模式，而更多地来自他们通过市场分析而来的自我定位。

（五）网络品牌的应用，网络文学论坛的影响力渐大，不仅细化了文坛结构，而且让他们很早就意识到彼此的存在，相较于前世代的作家，这一世代作家的群体意识建立较早，关系网络的密切度也高于以往。网络媒介催生了网络虚拟社群的出现，一些作家在网络上发表诗文，召唤同好，形成具有相同文学理念的文学社群。如"喜菡文学网""吹鼓吹诗论坛""文学创作者""葡萄海文学网""每天为你读一首诗""秘密读者""镜文学"等文学网站，都聚集了一群作家和读者，对创作和交流产生了分众式的影响。80 后代表作家黄崇凯说："影响七年级写作者最显著的共有资源，即是'网络社群'（the community of internet）。相较于前代作者必须要凭借同仁刊物、出版品，以作品为替身形成社交网络，并以此维持作品之间的交流、作者之间的交情；进入网络世代的写作者则更容易感受到网络虚拟空间的便利和实时。而在这样的快速交换信息和意见下，很容易塑造一种想象的虚拟社群，网络的家族、社团和聚落依照各种主题、人物和嗜好迅速建立起来，文学网络社群的衍生只是其中一环。"[2]

---

[1] 九把刀:《依然，九把刀——透视网络文学演化史》，新店：盖亚出版，2007 年，第 138 页。
[2] 黄崇凯:《为什么小说家成群而来？》，载朱宥勋、黄崇凯编:《台湾七年级小说金典》，台北：酿出版，2011 年，第 306 页。

三、高等学府的专业教育是塑造作家文学生产的重要文学机制

80 后作家背景相似，受益于 20 世纪八九十年代台湾经济的腾飞，大多数作家出生于富裕的中产阶级家庭，是历代作家当中学历最高的群体，至少大学毕业，多数念到文学研究所，还有人在大学里教授文学理论，是血统纯正的"名门正派"。

张诵圣指出："2009 年，斯坦福大学英文系教授麦谷尔出版了一本引人注目的学术论著《创作班世代》，主要论点是，战后美国大学里陆续成立的上百个创作班，是主导文坛创作典范的主要力量，所扮演的体制性形塑作用超过一般人想象。"[1] 无独有偶，21 世纪后的台湾，许多学院开设了创作班，如东华大学 2000—2010 年期间创办的以创作为硕士论文的"创作与英美文学研究所"、文化大学中文系文艺创作组、台北教育大学语文与创作学系研究所、台北艺术大学文学跨域创作所等。2018 年，PPT 的 book 版上出现一篇帖文，题为"讨论那些拉帮结派的作家"，批评台湾的文坛有一个很明显的"拉帮结派"现象。这个拉帮结派的头头，是以朱宥勋为首的东华帮，垄断了台湾文坛内新生代的文坛奖项。结果就是文坛的新生代已经彻底腐败，跟老一辈没有两样。[2] 这一篇网文，道出台湾文坛存在的以毕业院校为人际网络的文学社群现象。《联合文学》2018 年 7 月号以《新十年作家群像野生观察 2.0》为题，指出目前台湾文坛中存在四个以高等学府为中心的文学帮派：东华帮、东海帮、台大帮、政大帮。东华帮，是东华大学 2000—2010 年期间创办的"创作与英美文学研究所"，以李永平教授等为主体，存在的十年期间，培育出连明伟、陈育萱、神小风、叶佳怡等小说家。东海帮是东海大学周芬伶教授于 2006 年开设创作理论课程所培育的青年作家，如周纮立、蒋亚妮、杨富闵、包冠涵等。台大帮的作家有陈又津、陈柏青、黄崇凯、潇湘神、林佑轩等。政大帮的作家有林新惠、陈柏言、方清纯等。这种以毕业院校来划分文坛并谑称为"帮派"的方式，固然带有流行文化的"不严谨"，但也指出这些学院给予作家的影响不仅仅是文化资本与文学人脉，更重要的是学院化的训练——脉络式的广读文学作品，以及文本细读的训练、文学理论和文学研究技巧都具体地成为他们的创作来源。但同时也造成了作家千人一面的问题。

20 世纪 90 年代末以来，台湾学院内部的另一个重要变化，就是台湾文学脱离中国文学的学科范畴与建制，作为一门独立的学科进入大学教育体制，这个过程正好与 80 后青年进入高等教育阶段相吻合，对他们的文学创作产生了重大影响。"从 1997 年原淡水学院（即今真理大学）成立'台湾文学系'开始，在这十几年中，台湾公私立大学纷纷申请设立台湾研究相关系所，目前已有包括语言、文学、

---

[1]　黄崇凯：《文艺春秋》，新北：卫城出版社，2017 年，第 297 页。

[2]　https://www.ptt.cc/bbs/book/M.1526525936.A.DD3.html。

历史、客家、少数民族等二十余个系所。2000 年成功大学创设'台湾文学研究所'硕士班。2002 年该校增设'台湾文学系'大学部及研究所博士班。同年，台湾清华大学、台北师范学院'台湾文学研究所'硕士班亦相继成立。2003 年台湾师范大学设置'台湾文化及语言文学研究所'，静宜大学设立'台湾文学系'。2004 年台湾大学、中兴大学、中正大学设立'台湾文学研究所'硕士班，2005 年政治大学台湾文学研究所亦成立，2008 年政大台文所设立博士班。台大台文所则于 2010 年开始招收博士生，台湾清华大学台文所亦将于 2012 年增设博士班。"[1]

"台湾清大台文所拟定的发展重点与方向是：1. 全面搜集、整理"台湾文学"的相关文献：长期致力于"口语文学"与"书面文学"史料的搜集与整理，以厚植研究基础。2."台湾文学"全方位的研究：民间文学、少数民族文学、传统诗文、日据时期新文学与战后文学都是研究的重要范畴，既重视资料的爬梳考订，也强调文学的分析诠释，以期建立学科的新典范。3. 加强文学理论与研究方法之训练：注重中国传统以及西方现当代文学理论的教研。传统诗文方面借鉴中国文学的研究；现当代文学则参照世界性的理论发展，特别注重后现代主义、后殖民论述、女性论述等理论与方法。4. 重视区域文学的比较研究：重视台湾历史各个阶段与邻近地区的交往，并由此观察其吸纳、抗衡、转化外来文化与文学所形成的种种征象，以比较文学的观点烛照台湾文学的独特风貌。"[2]台湾文学学科的大量建制，一方面是"本土化"意识体制化的重要表征，官方本土意识形态通过在教育中强调本土文学、历史、文化等方式，直接导向了 80 后文学中"本土意识"以及本土书写的兴起。另一方面，从研究方法、书写对象、范畴等各个方面对台湾文学的内容、形式、美学进行了界定，80 后青年作家多位就读于台湾文学研究所，如杨双子毕业于中兴大学台湾文学与跨国文化研究所硕士班，陈柏青毕业于台湾大学台湾文学研究所，杨富闵就读于台大台文所博士班，何敬尧、朱宥勋毕业于台湾清华大学台湾文学所硕士。这些毕业于台湾文学系所的作家，往往以本土的风俗、文化、民情、语言、历史为主题，具有相似的书写技巧、审美趣味与地方视野，具体而微地展现了被教育机制和各种论述所建构的认同"台湾主体性"与"台湾价值"的一代人。

四、报纸副刊衰落以后，文学奖成为遴选、培养台湾青年作家的主要机制

80 后青年作家，靠着传统文学奖体制熬到出书，远远多于在网络上成名出书

---

[1]　林强：《台湾文学研究所课程分析与批评——以台湾大学、政治大学、台湾清华大学台湾文学研究所为例》，《华文文学》，2012 年第 1 期。

[2]　清大台文所发展重点与方向：http://www.tl.nthu.edu.tw/intro/develop.php，2011-10-7。

的。21 世纪以来，台湾的文学奖数量暴增，台湾每年平均有一百五十多个文学奖，若是从文学生产的角度观之，似乎是颇为热络的景象，相应地，文学奖也失去了原有的神圣性，获得文学奖曾经是台湾作家的立身之本，但现在则产生了一批"得奖专业户"。这一世代的作家大学开始征战文学奖，从校园奖、地方文学奖、联合文学小说新人奖一路过关斩将，拿到三大报文学奖，在书市惨淡的情况下，甚至一些作家依靠文学奖来谋生。陈婉茜对此现象有着精准的批评，文学奖"久而久之形成一种'得奖体'，像紧箍咒一样箍住写作者的表达形式。这类'文学奖作家'的作品为文学奖量身打造，计算精准，隐喻象征样样不缺，哪一段要高潮、哪一段要转折，计算得清清楚楚。他们写作不是为了疗伤或发泄，而是为了表演别出心裁的技巧与形式；他们写作不是先有故事，而是先有技巧与形式。他们擅长搞颠覆、玩破格，乐于把散文写成小说、小说写成散文、散文再写成新诗……这种文体的颠覆总让评审拍手叫好、大赞'有创意'。他们不说故事，一开始是'不想'说故事，最后变成'不会'说故事。因为对文学奖评审、评论家而言，'说故事'是上一个世纪老掉牙的技艺，缺乏大作文章的评论空间；而对新世代作家来说，和上一代相比，他们亲身经历的故事题材实在贫乏无趣，只得用各种文学炫技来弥补。慢慢地，这类'文学奖作家'数量愈来愈多，俨然形成这个世代的代表性流派；读者却愈来愈少，因为他们一开始就被作家放弃。读者愈来愈少，作家也愈来愈依赖文学奖与评论家，根据他们的口味写作，形成一种恶性循环。一位'文学奖作家'举办文艺营、写作班时，干脆以培养文学奖常胜军、'一年赢得百万奖金'为号召，企图吸引文学生力军"[1]。一些特定类型的文学奖甚至产生了以此为类型的作家。如 2014 年，新台湾和平基金会宣布举办历史小说奖。因为希望透过奖金缓解医疗费以及经济压力，杨若慈姊妹俩决定联手书写台湾历史百合小说，由杨若晖负责搜寻查找历史文献并建立数据库，杨若慈负责构思故事情节，杨若晖去世后，杨若慈改名杨双子，继续延续着这一创作类型。

五、国际作家驻村计划在台湾文学史上被忽视，但又是影响 80 后文学的重要因素

如美国爱荷华国际写作计划和佛蒙特艺术中心，都曾经邀请黄崇凯、陈又津、何敬尧、陈育萱等 80 后作家参加。罗浥薇薇 2014 年 4—5 月得到台湾地区文化主管部门的资助，到法国的玛内艺术中心（Centre D'Art-Marnay Art Centre；CAMAC）做驻村作家。这些驻村创作的经历，都在他们的创作中有所体现。何敬

---

[1] 陈宛茜：《新世代面目模糊？》，《联合文学》，2009 年 9 月号。

尧和陈育萱共同创作了《佛蒙特没有咖喱——记那段驻村写作的日子》来纪念他们的驻村生活；黄崇凯的《文艺春秋》中的短篇小说《三辈子》就是以爱荷华国际写作计划的创始人之一聂华苓的创作为主题；陈又津在小说中直言自己是在佛蒙特艺术中心成为一个作家。国际作家驻村计划一方面打开了台湾80后作家的世界视野，促使他们离开狭隘的岛屿思维。另一方面，这些国际作家驻村计划大多都是由美国、欧洲等西方发达国家所举办，虽然表面上标榜艺术无国界，但实际上挑选参加作家的标准，以及驻村期间所举办的各种活动，都隐含着西方意识形态的话语，如宣扬民主、自由、人权等，体现西方意识形态对台湾文化的干预和输入，台湾80后文学通过这些渠道潜移默化地接受来自西方文化、思想的影响。

六、西方理论话语的复兴是塑造80后文学的思潮机制

"解严"之后，台湾的文化场域曾经经历了一个西方理论大爆炸的时代，后现代、后殖民、结构主义、解构主义、女性主义、酷儿理论等各种思潮纷纷引入台湾社会，造成台湾文学跟西方理论的碰撞与交汇。而到了21世纪，又产生了西方知识理论的复归，如哲学家杨凯麟与一群台湾的小说家（胡淑雯、陈雪、童伟格、骆以军、黄崇凯等）组成了一个文学社群"字母会"，方法是由杨凯麟依26个拉丁字母的顺序各挑选出一个具有哲学概念性质的词汇，将法国当代哲学概念与文学创作相融合，意图引导新的创作实验风潮。同时，白先勇所代表的现代主义，日据时期风车诗社代表的达达主义都被重新提起，作为台湾文学、思想汲取西方现代性的一个重要源头。

七、文坛的世代传承和范式转换的影响

过去的数十年当中，台湾文学场域大量、快速地吸收西方文学各种技法、文学理论、文艺思潮，形成各种美学流派，这些都成为80后作家的丰富资源。而且很多60、70后作家都在大学任教，他们的文学理念也很容易通过授业的方式传承下去，许多80后的小说都可以从前辈作家的作品中找到相应的系谱脉络。如童伟格、骆以军、袁哲生等作家都在培育下一代文坛新秀上有所贡献。另外，世代更替也带来新的美学变革，在吸收前代经验的同时，新世代也试图对传统小说的形式与内容进行突破。

八、作家团体的建立形成了80后作家的共同体

80后世代的作家团体相当活跃，目前有"耕莘青年写作会"（后面转换成为"想象朋友"）、"小说家读者"、"秘密读者"、"风球诗社"、"每天为你读一首诗"、

字母会等，这些文学团体承担的功能、形式各不相同，通过各种文学活动如文艺营、集体创作等形式，形成了充满活力的作家共同体，为80后作家提供了发表平台，连接了不同世代的作家，并且为这些年轻的作家进入文坛提供了机会。

第五节　台湾80后世代小说创作的美学特征

80后作家面对着极度丰饶的文化环境，文学史上的形式实验不断推陈出新，现代主义、现实主义、解构主义、魔幻现实主义、意识流、后现代、后殖民等文学思潮由西方纷涌而入，在台湾文学场域轮番开展。乡土文学、历史小说、性别书写、都市文学等文类，发展至新世纪，已经相当成熟并成果丰硕。这些如繁花盛景的文学景观，为80后作家提供了丰富的创作与理论资源。同时，更加普及化、大众化的文学奖，学院、文学营、写作班等培育新作家的机制形成一套严密细致的文学体制，将这些美学规范、文学技巧形塑为文学典范。因此，80后作家一方面充分习得文学上的后设、解构与象征、隐喻等炫奇之技，擅长于进行各种技巧和语言上的颠覆与实验。另一方面，充分展演的文学也限制了他们的创新与变革，使他们在不断学习前人创作经验的同时，陷入了"影响的焦虑"之中，无法在既有的脉络中开拓出新的可能性。但整体而言，这批小说家依然具有打造自身样貌的企图心，他们不断地另辟蹊径，对传统的语言、手法和概念进行创造性的变革，努力开创出新的美学形式与小说形态。朱宥勋认为："七年级是一个'重整的世代'，他们的作品其实积淀着深厚的历史，并且以自身情感为中心，去'重整'这些历史。我所谓的历史有两个向度，一是台湾社会现实所产生的具体议题，例如人们如何面对阶级、性别、族群认同……二是在过去数十年中，大量、快速吸收西方文学各种技法，颇为成熟的各种美学流派。七年级小说作者同时面对这两段历史，从前者撷取题材与视角，从后者学习叙事的方法，并且以自身情感为出发点，重新探索小说写作的种种可能。"[1]

一、大众化的美学风格

80后的青年作家，成长于商业化的台湾社会，谙熟于消费社会的商业逻辑，浸淫于全球流行的通俗文化，不再恪守纯文学与大众文学的界限，不再具有知识分子的优越感与启蒙意识，发展出与精英化的现代主义抒情美学风格相悖离的庶民化、大众化的美学风格。

---

[1]　朱宥勋:《重整的世代——情感与历史遭遇》，载朱宥勋、黄崇凯编:《台湾七年级小说金典》，台北:酿出版，2011年，第7页。

（一）80 后文学融合了大众文学、类型小说、通俗电影、漫画、游戏等流行文化的美学形式，小说往往运用浅白流畅的语言与明快的节奏书写通俗的故事，尤其擅长于将严肃的社会议题包裹进青年亚文化之中，纯文学中的艺术性与反思性让位于与当下时事紧密相连的故事性与议题性。杨双子认为："我们这些 20 世纪 80 年代出生的文学世代，普遍认为大众文学与严肃文学没有'本质'上的差异，而是'类型'上的差异。"[1] 黄崇凯的《靴子腿》以流行音乐为线索，展现当代青年细腻的情感。祁立峰的《台北逃亡地图》以台北柜姐的谋杀案展现都市景象。神小风、陈又津、陈柏青纷纷取材于新世代的次文化，展现新世代在网络、手机、电影，以及日本流行文化的哺育与影响下，对流行文化高度敏感，却对现实的世界焦虑彷徨的矛盾状态，小说往往以天马行空的幻想来描绘和改造世界，形塑独特的美学感受与表达方式。

（二）大众文化所具有的影像性，为 80 后文学注入了视觉化的新风格。正如九把刀所言："许多网络读者称颂的网络作者都具备用影像式的分镜处理文字的能力，这种文字化约为影像式分镜的掌握，正与年轻一代被好莱坞电影、日本少年漫画、电视日韩偶像剧所喂养的集体成长历程有关。"[2]80 后作家整合了视觉文化中的图像、动画、声音等元素，融合了流行电影、电视等美学主题，将文学文本推向视觉化实验的极端，形成了新的视觉文化文类，展现 80 后作家来自文学之外的流行文化的精神脉络。80 后青年作家借由鲍德里亚的拟像理论建构他们的世界观，认为视觉文化统治的世界被巨大绵密的符号政治学以及符号经济的生产与再生产层层围困，世界的真相就是无所不在的拟像（Simulation）。如陈柏青的小说吸收了好莱坞电影的分镜与蒙太奇的表现手法，将文本充分地视觉化、影像化，以电影化的语言、节奏、结构，展现视觉世代的美学风格以及成长经验。

（三）混杂的语言实验。传统美学观念认为："文学是一种实用语言符号的审美活动，它使用现实语言又消解现实语言，而转化生成为文学艺术，语言转化过程必须克服现实语言的鄙俗性和抽象性，使其意象化，还必须化解其现实意义，把它上升为审美意义，这种转化的途径是进行艺术描写表达审美体验。"[3] 但是 80 后世代的小说，反其道而行之，将文学语言鄙俗化、现实化、大众化，林佑轩的语言将北京话、闽南话、日语、英语、注音符号等语言熔于一炉，还让俗气过气的流行歌、儿歌、黄色笑话、同志圈内的黑话等各种不入流的俚俗语言，以嬉笑怒骂的姿态，将典雅的、崇高的、正统的美，都修饰成猥琐的、丑陋的、畸零的美。

[1]　邱贵芬：《千禧作家与新台湾文学传统》，《中外文学》，2021 年第 50 卷第 2 期。

[2]　九把刀：《依然，九把刀——透视网络文学演化史》，新店：盖亚出版，2007 年，第 71—72 页。

[3]　刘再复：《五四的语言实验及其流变史略》，《现代中文学刊》，2009 年第 1 期。

杨富闵的小说充满了直译的闽南语或时下流行用语，力图再现最真实的庶民生活，他把新闻、签诗、日历、流行歌、call in 节目等生活中的文字媒体嵌进文章中，创造出鲜活的当代世俗风景。如《暝哪会这呢长》以传统闽南语歌名为题，既以这首流行于民间的方言情歌来咏叹女性生命中亲情与爱情的挫折，又折射出闽南族群的传统文化。同时"游子身上发热衣""我的妈妈欠栽培"等新鲜灵跳的语言文风，创造了反精英的、民间的庶民美学。

（四）大众美学代表了 80 后青年作家对于"追求物质成功和个人实现为目标的"中产阶级精英价值观的反叛，小说中的青年形象往往是陷于孤独、边缘的弱势者，或者是芸芸众生的普通人，面对主流意识形态所构筑的精英意识，他们以大众化的美学来自我解构与自我定位，这与霍尔所看到的英国青年通过朋克等激进的美学形式进行的阶级反抗不同，80 后的大众美学是青年无力改变自身状况的失败感与挫折感的展现。

二、审丑意识的兴起与美学新变

台湾文学史的传统美学观念是将美置于丑之上，丑是作为美的衬托与对立面而存在的，但是随着 20 世纪世界非理性主义思潮的发展，以及台湾现代主义美学的兴起，审丑逐渐成为当代台湾作家创作当中一个新的美学现象。正如李斯托威尔所说："在人类美学史中，20 世纪实在是一个'丑'的开端。似乎是一夜之间，在美学领域突然充盈了侏儒、宵小、庸人、禽兽、无名鼠辈，处处给人以愚昧、粗俗、可鄙、可陋、颓废的形象。"[1]台湾 80 后小说家同样热衷于对于丑的暴露与塑造。他们以衰老、恐怖、残缺、丑陋、畸零的形象袒露人物内心的妒恨、自私、欲望，以荒诞、滑稽的感受，解构崇高与伟大的精神，展现现代化情境下人物精神的颓废与异化。黄崇凯笔下的失败青年的非理性行为象征着理性主义体制的荒诞，《坏掉的人》中读到博士的崔妮娣暑期去做妓女以逃避学术体制的压力，暗恋她的学弟乔装成奥巴马跟踪绑架她，尼奥肆业后终日与一个情趣娃娃为伍。这些青年人是资本主义社会异化的产物，同时又染上了晚期资本主义颓废、无力、消极的精神症候。精英化的高等教育通向的却是平庸乏味的生活，正如马克思所说，这是一切坚固的东西都烟消云散的年代。同样，赖志颖的《鲁蛇人生之谐星路线》以家庭主妇、摆烂上班族的日常生活的平庸琐碎展现崇高缺失之下的平庸之恶，以及当代精神的贫乏。何敬尧、潇湘神、陈柏青、林秀赫以恐怖血腥的鬼怪传说状写现代社会被欲望、贪婪、妒忌、残暴吞噬的人性。林佑轩、陈柏青的同志书

---

[1]　【英】李斯托威尔著，蒋孔阳译：《近代美学史评述》，上海：上海译文出版社，1980 年，第 11 页。

写中，肛门、异装、器官、性爱等难登大雅之堂的丑陋景象冲击着视觉。

对于 80 后作家来说，写丑是一种集体性的反叛行为。第一，小说对小人物的描写奠定了反权威、反英雄、反崇高的基调。同志、少数民族、移民、女性、老人，乃至鳏寡孤独者、特殊行业者，都成为叙述的主轴，这些小人物不具有真善美的伦理性，甚至行为乖张、离经叛道，是文化的异质者与反叛者，相对而言，现实世界里的正典与主流则统统成了道貌岸然的小丑。陈又津、林秀赫笔下衰老、孤独、丑陋的老人，正是推动社会进步、改变不公正社会现状的重要力量。第二，小说中的丑是对于传统审美观异化的批判。林秀赫的《婴儿整形》中现代社会对于外表极致美的追求，产生了婴儿整形的行业，主人公接受了婴儿整形，虽然拥有了完美的外形，却陷入精神的痛苦与扭曲。连明伟笔下的乡土不再是田园牧歌，而是以死亡、鬼魅、离散、恐怖、神秘等引起不适与痛苦，从而对现代性进行批判。

三、乡土美学的继承与创新

提出后乡土文学概念的范铭如认为，90 年代以后政治和文化政策上的本土导向，以及地方文学奖的广泛设立，引发了 90 年代以来的后乡土文学浪潮，展现了与传统乡土文学不同的美学特征。而置身于同样的政治、文化体制之下的 80 后世代作家，受益于地方文史资料整理、搜集与地方文化建设的积累，其创作也同样展现出对于地方历史、民俗、传统等乡土题材的重视，并且继承与发展了 70 后世代作家所建构的后乡土美学。1. 神秘化、魔幻化的乡土美学。必须注意的是，后乡土文学刚出现的时候，大量使用了拉美的魔幻现实主义技巧，与世纪末的后现代风潮分庭抗礼，在美学上具有开拓性与实验性的意义，而 80 后世代的乡土美学，同样也擅长描绘诡谲魔幻的乡土世界，将乡野传奇、地方景观、民俗风情融于一体，塑造了神秘的、复魅的民间传统文化。连明伟的《青蚨子》以耆老的讲述与顽童的想象，编织出一个具有传统儒家伦理观的乡村世界与神秘恐怖的鬼魅世界。陈育萱的《不测之人》以一只新鬼回溯生前与故乡、亲人的点滴，在死亡的忧伤中诉说对于故乡与亲人的眷恋。2. 传统写实主义美学的回归。80 后作家对于乡土的书写更加生活化与写实化，加大了对于乡土日常生活中人情味的刻画，增强了抒情色彩。他们笔下的乡土不再承担着批判资本主义、帝国主义巨灵之手的沉重使命，而是以富于喜剧或童话色彩的书写方式，寄托着全球化下现代人的乡愁乡恋，记录着新社会形态下青年的困境与精神危机。正如杨富闵在轻浮的网络速食年代，执迷于从故乡的亲戚网络中打捞死亡与衰老的沉重亲情故事，细细描绘故乡不断老去的容颜。刘梓洁的《父后七日》堪称父亲葬礼习俗的写实记事，以此展现功利化的都市所丧失的、根植于乡土社会的温暖人情。3.地方色彩的凸显。80后世代乡土书写擅长刻画浓郁的地方色彩，大多由特殊的地理、气候与民俗所构成。陈育萱笔下的陂仔尾，满溢着原乡生猛的景象，有连日的黄酸仔雨、苦楝树郁郁、凤梨田推窗而见、关帝庙日夜点燃香火、乡民虔诚练习宋江阵、水神树神看护着乡土乡民。连明伟以他的家乡宜兰为蓝本，虚构了一个特殊又平凡的乡土世界——有余村。有余村是个依海靠山的小渔村，小说以少年的成长为叙事主轴，但不同于以时间与事件来推动情节的发展，而是铺陈大量笔墨于有余村的四季流转、气候物产、自然地貌、乡野奇谈、市井日常、地方文史、风俗民情、传统文化等，描写出独特的地域色彩与人文景观。4.国族色彩的淡化。传统乡土文学中的悲情与迷惘已经不再，杨富闵笔下的乡土已经和家国寓言脱钩，小说中远离乡土的现代青年在祖父母的生命经验与庶民生活中，寻找到古老乡土与时代共振的生命力与精神史，乡土不再只是狭隘排外的"台湾民族主义"下的母土，而是充分开放的、多元的，包容各种族群、性别、历史、文化的共同体。面对现代化、全球化、数位化的冲击，青年作家不是追求复古主义的美学复兴，而是以混搭了乡土气息浓厚的民俗文化以及现代化的流行音乐等美学风格，展现了对于地方文化的高度自信、理解与认同。

四、大叙事的瓦解与小叙事的崛起

"《后现代状况》中李欧塔强调了后现代主义背后的'物质基础'：正是因为'信息与知识的经济'，如今取代了工业革命以来以制造业为主的生产模式，因此，在后工业社会、在信息社会里，只有不同局部各自的语言游戏，过去那些定于一尊的后设叙述，包括启蒙思想、辩证法、种族主义、国家主义等大叙事，都将要尸骨无存。"[1]80后世代的小说中，大叙事已经面临终结，转向碎片化且私我个人的小叙述。离开了风起云涌的大时代，宏大的历史与理想已经不复存在，面对现在这个碎片化的世界，无法再用总体叙述去包揽话语权了。小说不再有全知式的观点与视角，往往采取多重视角的叙述方式，每个声音只能展现世界的一个碎片。人物就只能在这种碎片化的世界中生存，展现了人物的盲目性与局限性。这一世代的生活经验大多类似，台湾幅员狭小，城乡差距也较小，青年们按部就班的求学与工作经历，使他们在题材的选择上有越写越微小的趋势，唯一能够腾挪展开的就是个人情感与感受。因为相对于外在现实，只有"个人情感是可以自己掌握

---

[1]　林运鸿：《前卫文类的历史轨迹：反思"台湾后现代小说"的西方根源与在地实践》，《东海中文学报》，2018年6月，第35期。

的"[1]。在网络信息带来的复杂现实面前,"他们知道,妄图再现一整个世界,总会有遗漏、扭曲处;妄图代言某一群人,则必有异质性的挑战——于是最可靠、也不至于流于虚夸的,便是从自身情感着手。于是,写作之于七年级,便真的彻底成为一件个人的事"[2]。黄崇凯的小说将当代资本主义原子化社会下,个体的幽微心理世界推向了极致。一方面个体与外界的关系不断删减隔绝,个体不断地退缩回到封闭的自我世界之中,呈现出孤独颓废的状态。另一方面个体的无限膨胀,创造出一个唯我论的世界,人类命运、意识形态纷争、宇宙探索等这些命题都过于宏大而无意义,借由个体对于大历史的拒斥,宣告了一个宏大叙事与个体经验相互脱节的时代。《黄色小说》中不仅仅铺陈大量私人化的身体感官经验,甚至还想象通过时光机将不同时期的"我"汇聚在一起,通过身体的交合,创造只属于自己的世界。林秀赫以大隐隐于市的隐者象征当代青年对于现实的逃离。

五、中华古典美学的继承与复兴

中华古典诗词、志怪小说中的美学基因一直以潜流的方式影响着80后青年的创作,林秀赫上承了魏晋以来的志怪小说的美学传统,通过中国古典小说的美学形式、内容,寄寓他对于历史、现实的感受,以及中华文化的认同,同时也探索中国传统小说的新天地。连明伟的《青蚨子》继承了楚辞中繁复瑰丽的美学意象与浪漫主义的风格,以及参差错落、对偶工巧的句法,创造了一个悠久古典的原乡。

台湾80后青年不仅仅停留在中华古典美学上的复兴,同时也深入了中华传统文化的精神内核。林秀赫的《五柳待访录》对于桃花源的想象与重写,以及对于陶渊明高洁出尘的古典士人形象的刻画,再现了传统儒家精神,还原了一个丰富、优美、淳朴、浪漫的古典中国文化世界,展现了当代台湾青年对于文化原乡(文化中国)的审美想象,是他们身处消费主义、时代巨变之下,寻求安身立命的身份认同的精神资源。连明伟的《青蚨子》中秉持敬畏天地、爱惜自然、互助友爱准则的有余村人,是中国传统乡土社会的缩影,其中孕育的淳朴自然、与世无争、互助友爱的乡土文化与伦理关系,是构筑中华文化共同体最坚实的历史根基与精神肌理,也是现代化社会早已失落的精神家园。

六、现代主义美学的继承与转化

如果说六十年代台湾的现代主义有理念先行的意味,那么80后世代对于现代

---

[1] 朱宥勋:《重整的世代——情感与历史遭遇》,载朱宥勋、黄崇凯编:《台湾七年级小说金典》,台北:酿出版,2011年,第8页。

[2] 朱宥勋:《重整的世代——情感与历史遭遇》,载朱宥勋、黄崇凯编:《台湾七年级小说金典》,台北:酿出版,2011年,第8页。

主义美学的继承，则是他们在晚期资本主义社会体制下，对于人的疏离异化状态的反思。朱宥勋认为，新世代的美学"都是从现代主义开始的"，[1] 他在《创作自述》中分析道："三十多年来，台湾的纯文学小说写作者，一定都会熟悉下述规格：五千字到一万五千字短篇小说，在有限的认为和少数的场景之间，试着设定一个核心情感，用所有篇幅反复挖掘；如果可以的话，尽可能为这个作品添上一个精巧的象征体系。……因为台湾的纯文学小说写作者，几乎只有透过文学奖引起注意一途，才有出版的机会……从某个角度上来说，它的反复操演，似乎也为台湾留下了非常珍贵的、关于'纯文学'的、'现代主义'的某种珍稀的感性和思路。"[2] 从中可以看到 80 后世代深受 60 年代发轫的现代主义美学的影响，朱宥勋的《垩观》，以互文、后设的实验形式，创造了一个吞噬一切文字、记忆的地方——垩观，小说解构了一切试图通过书写与记忆来对现实进行解释、阐释、认识的工作。擅长电子游戏的李亦樵，在《游戏自黑暗》中探讨电子化时代程式化语言与日常语言的关系，主人公试图重新创造新的语言形式来掌握新的游戏规则，重建世界版图。

第六节 台湾 80 后世代小说创作的主题

迈克尔·布雷克指出了青年考察隐含的两种倾向："代际分析和结构分析。第一种分析关注的是代与代之间价值观的延续或中断，而第二种分析关注的则是青年与社会阶级、生产方式以及随之而来的社会关系这三者之间的关系。"[3] 台湾 80 后青年小说创作的主题也是代际结构和社会关系的反映。政治上的"本土化"与民粹化、经济上的衰退、阶级身份的下沉、社会矛盾的激化为边缘群体发声的社会运动兴起，让身份政治、认同危机或台湾历史的解构/再建构、追求社会平等正义等，成为这一世代作家的重要关切，反映在创作上就是乡土文学、同志文学、妖怪文学、生态文学、台湾少数民族文学、移工文学等题材的兴起，这些题材不仅仅体现了 80 后世代创作的多元化，还展现了他们对于全球化、技术化、世代意识、性别认同等政治、经济、社会变化的丰富呈现，体现了青年世代面对新的时代情境，从国族、历史、性别、记忆、身份等方面进行的多元化思考与回应。

阿甘本在《何谓同时代人》中说："同时代性就是指一种与自己时代的特殊关

---

[1] 朱宥勋:《创作自述》,《文讯》, 2015 年 6 月, 第 356 期, 100—101 页。

[2] 朱宥勋:《创作自述》,《文讯》, 2015 年 6 月, 第 356 期, 100—101 页。

[3] 【加】迈克尔·布雷克著, 孟登迎等译:《青年文化比较: 青年文化社会学及美国、英国和加拿大的青年亚文化》, 北京: 中国青年出版社, 2017 年, 第 30—31 页。

系，这种关系既依附于时代，同时又与它保持距离。更确切而言，这种与时代的
关系是通过脱节或时代错误而依附于时代的那种关系。过于契合时代的人，在所
有方面与时代完全联系在一起的人，并非同时代人。之所以如此，确切的原因在
于他们无法审视它；他们不能死死地凝视它。"[1] 可以说，80 后文学的创作主题深
刻地体现了他们与时代的关系。他们将镜头对准跨国劳工、跨国婚姻、新移民二
代、网络游民、底层民众，描绘移民家庭历史和身份认同的混乱、网络科技对个
人生存的异化、代际价值观冲突、后现代都市景观与传统乡土家族的并置与对立、
青年在晚期现代社会中面对"多元化的传递性经验"[2] 以反身性的方式不断自我追
问和自我修正等问题，体现了个人主义、自由主义等价值观对他们生活方式的影
响，批判了工业化、城市化、全球化所造成的异化和解体的现象。因此，台湾的
80 后世代和当代台湾社会的文化脉动息息相关，反映了当代台湾社会和台湾的民
族历史话语背后隐藏的深刻时代精神、历史认同与社会矛盾。陈宗延《小确幸》
一文指出当代台湾社会"轻薄短小"的时代精神，一切坚固的、神圣的东西都烟
消云散了，青年人在政治上去政治化，在经济上贫困化，文化精神上充满了对现
实的无力感和挫折感，对于民族和个人的前途充满悲观，于是逃避到生活周边微
小的事务上。"他们所怀抱者皆为小而'确实'的小确幸，与大时代、大历史、大
江大海全然无涉。"[3] 显然，这种世代精神也深刻地体现在台湾 80 后的民族认同和
历史想象上。他们挖掘台湾的过去，重视现实与乡土，试图在这一历史意识之上
重建自我认同和未来的想象。同时，台湾 80 后世代的审美经验和价值取向、文化
认同的转型，也和当代台湾社会的转型契合在一起。他们是台湾整个文化政治思
潮变迁的承载者并重构着社会政治文化的趋向。

一、世代冲突语境下的世代意识的崛起

任何一个世代的更迭，都伴随着世代意识的崛起作为先声，并主要是以一系
列文化、价值观上的世代区隔作为标志。但台湾 80 后世代登上舞台，却是以 80
后世代在政治经济上的失权所象征的世代冲突作为重要的背景。

近十年来，台湾以世代为名的书籍如《崩世代：财团化、贫穷化与少子女化
的危机》《厌世代：低薪、穷忙与看不见的未来》《贫困世代》《阶级世代》《穷忙：
我们这样的世代》大量出版与翻译，从中可以看到：1. 世代问题的探讨在文化场

---

[1]　Giorgio Agamben: *What is an Apparatus*, Palo Alto: Stanford University Press, 2009，p.42。

[2]　【英】吉登斯著，夏璐译：《现代性与自我认同：晚期现代中的自我与社会》，北京：中国人
民大学出版社，2016 年，第 200 页。

[3]　陈宗延：《小确幸》，载陈宗延等著：《岛国关贱字：属于我们这个世代的台湾社会力分析》，
新北：左岸文化出版，2014 年，第 41 页。

域内部的白热化。2. 世代问题已经和台湾当代的社会经济发展问题紧密地联系起来，成为当代台湾社会的突出矛盾之一。相应地，在政治上，无论是民进党还是国民党，都纷纷打出维护"世代正义"的政策主张，试图拉拢青年选票。所谓的"世代正义"论述是依据年龄将社会划分成一个个固定的群体，并将青年视为无差别的群体，夸大了年龄在社会结构当中的作用，遮蔽了阶级的不平等，掩盖了社会矛盾的根源，其本质还是统治阶级用于维护和粉饰资本主义统治的意识形态工具，并且深刻地影响了台湾青年的自我定位与批判改造意识。

青年所强烈感受到的贫穷、危机、厌世、无望，实际上正是社会矛盾酝酿下的世代情绪。"2013 年的青年节，联副做过一个'新青年专辑'，邀请不同世代彼此对话。当时 80 后的作家罗毓嘉一篇《青年为什么愤怒》创下极高的点阅率及大量社群网站的分享。"[1] 在这篇短文中，以"时代考验青年，青年创造时代"开篇，表达青年对政党轮替塑造下的虚伪的政治谎言、低薪无望的经济环境、阶级固化的社会结构的批判与不满。同样，张铁志在《燃烧的年代：独立文化、青年世代与公共精神》一书中，也将青年世代与时代精神相联系："台湾在一九八零和九零年代经历了'本土化'、民主化和各种社会运动的冲击——劳工、环境、性别、社区、教育改革等，这些社会运动带来许多新价值并改变了以往将发展主义作为最高价值的主流思维。成长于 2000 年后的青年世代就是这种巨大转型的结晶：他们视民主自由为当然，他们具有更多元的价值，且将这些新价值落实在他们的生活态度乃至人生选择。这是被许多人视为的台湾'小清新'，或者小确幸。小确幸们并不是只有爱吃甜点然后自拍，他们的价值具有一定的进步性；如强调在地经济、有机农业、手作精神、社区连接或者独立文化。这个新时代精神也让台湾出现了世代战争，因为老一辈仍然保持着传统价值，认为经济发展或者个人成功是最重要的，甚至经常批评年轻人没出息。"[2]

近几年，随着台湾岛内经济衰退、政治斗争不断、贫富差距加大、失业问题严重，台湾青年普遍产生了一种对于权威与理想主义的明显幻灭感和渴望革命性另类生活的愤世嫉俗，在缺乏左翼思想的台湾社会，这些问题被转化为世代问题来处理。台湾青年往往将经济、阶级、城乡等结构性问题，视为一种世代矛盾，是世代不正义导致的恶果，认为青年的问题是上一个世代占有了大量的社会资源，新世代只能沦落为底层。如黄忠正在《论世代正义》当中认为，随着经济发展和

---

[1] 宇文正：《意义已经飞出书页》，载王盛弘、宇文正主编：《我们这一代：七年级作家》，台北：麦田，城邦文化出版，2016 年，第 7 页。

[2] 张铁志：《燃烧的年代——独立文化、青年世代与公共精神》，新北：印刻文学生活杂志出版有限公司，2016 年，第 58 页。

社会结构的变迁，世代关系已经由传统的互助变成冲突和竞争，"这一代利用，下一代负担，这一代消费，下一代买单"[1]，上一代享受了优质的社会资源和自然资源，却把贫困、污染等问题留给下一世代，其核心问题是人与人之间缺乏平等。

因此，80 后世代文学书写大量地呈现与描写他们的世代意识，在树立自我形象的过程中，努力地挑战上一个世代所秉持的价值观与文化，把整个社会历史传承而来的价值观与文化认同，都看作世代差异而形成的主流文化对边缘文化的压迫。他们"反抗的是不受约束的技术、环境的破坏、自由的衰微、工作的空洞乏味、共同体的缺乏和自我的迷失，而且它决心抵销这些消极面"[2]。他们通过精心设计的音乐、服饰、漫画、语言、电影等来营造出一种想象的世代共同体。小说往往呈现的是一整个世代的群像，描述伴随成长而来的精神困境和进入新的社会关系时面临的种种问题，而这些围绕个体与传统、个体与集体等问题在无法得到外界良好的解决和接纳的情况下，又反过来促使他们以一种怀旧的、反叛的情结来拥抱世代的感觉。这从台湾 80 后小说的结构模式就可以看出：世代—社会问题。陈又津的《准台北人》以少女游民为主角，与动漫化的历史人物展开一场 80 后对抗都市更新的城市冒险。陈柏青的《小城市》堪称 80 后世代的宣言书，小说通过 80 后世代群像的塑造，抽丝剥茧地形绘出即将要成为城市中坚力量的 80 后世代的整体样貌，以 80 后世代的集体记忆，展现世代的独特性，在各种天马行空的设定与想象背后，小说的核心关怀是：什么是 80 后？小说中世代记忆是窥探时代的关键，掌握着城市的历史与未来，那么如何书写历史，走向理想社会，最重要的就是如何理解 80 后世代。朱宥勋的《暗影》《湖上的鸭子都到哪里去了》展现年轻世代对于世代议题的关切。《湖上的鸭子都到哪里去了》以实习老师为主题深入挖掘教育现场盘根错节的权力黑幕与世代对立。这些文本都在不断加强 80 后作为一个世代的整体认同感，而这种认同感的诞生，并非肇因一种总体的历史性的时代转折，而更多的是产生于台湾内部的结构性问题，这种精心设计的世代性，遮蔽了世代内部的阶级问题，也忽略了造成世代问题的全球资本主义与地区发展、冷战结构与殖民现代化、消费主义商业逻辑与个人主义等总体性的矛盾与复杂的共构关系。更多地与青年的美学、感觉结构相联系，他们宣称只要达成一种世代认同就可以"'神奇地'摆脱阶级和职业的束缚"[3]，他们"对于结构性问题的主观感

---

[1] 黄忠信：《论世代正义》，《思与言》第 50 卷，第 3 期，2012 年 9 月。

[2] 【加】迈克尔·布雷克著，孟登迎等译：《青年文化比较：青年文化社会学及美国、英国和加拿大的青年亚文化》，北京：中国青年出版社，2017 年，第 118 页。

[3] 【加】迈克尔·布雷克著，孟登迎等译：《青年文化比较：青年文化社会学及美国、英国和加拿大的青年亚文化》，北京：中国青年出版社，2017 年，第 20 页。

知和解释被个人化了，并被局限在社会阶级地位所限定的狭窄范围之内"[1]。

二、新乡土主题的开拓

在城市化、全球化日益深化的台湾社会，乡土题材依然是台湾 80 后世代的重要主题之一。青年作家试图站在新的时代情境下，描绘新的乡土风貌，回溯乡土的历史，状写乡人的生活经验与乡镇社会，探索乡土对于现代人的意义，以及乡土应该走向的未来。他们将成长的伤痛与困惑融入乡土，故乡代表了至亲至情的眷恋，代表了传统儒家伦理与道德的复归，代表了人与自然和谐共处的宇宙观，代表青年对于理想社会关系的探索。他们围绕乡土间的风土人情、家族关系、传统文化、民俗节庆、鬼魅传说，将目光对准了乡土上普通小人物的生活，以他们的非凡与生命力展现乡土超越文明理性维度的丰富性与广阔性，以及人与乡土之间互相依存的深刻联系。80 后青年作家对于乡土的书写，在美学与内容上都展现了与前期乡土文学不同的风貌，乡土在青年作家的笔下，有了多重的意义与维度，折射出新世纪台湾青年的感觉结构与精神困境，体现青年作家如何认识过去、认同自我与想象未来，他们通过乡土书写，揭露新世纪台湾社会所面临的种种社会问题，复活现实中不断衰败的乡土，重新思考乡土的内涵与定义，与生命的意义，在生命与乡土的交融中开拓出乡土文学的新篇章。

（一）小说将目光对准了乡土中普通小人物的生活，对于边缘、少数、特殊群体的关怀，体现了青年作家试图用少数话语视角去审视定位自己的身份属性，并反思主流文化的问题。这些小人物并不是 70 年代乡土小说中所关注的阶级意义上的底层和穷人，而是文化身份意义上的边缘人物，如老妓女、被戴绿帽子的鳏夫、流浪汉、从事色情电话营生的寡妇、疯子、失能的老人、菲佣外劳、外籍新娘、拾荒的老妇、父母双亡的孤儿。连明伟的《青蚨子》写老人衰老不堪的身体与相濡以沫的爱欲，写孤儿的顽劣与波澜不惊的厌世与绝望，写菲佣外劳的梦想与面对金钱诱惑的迷失，写疯子的可怖兽性与他内心的痛苦，写流浪汉的自我放逐与渴望。这些鳏寡孤独可怜可恨之人没有人愿意包容，"遭受歧视、鄙夷、恐吓、避讳与切割"[2]，游离于现实体制之外，是社会的弱势群体，但是他们"有血、有肉、有怨、有恨、有爱、有悔、有不忍窥看的疮疤"[3]，连明伟反对用现代道德的眼光去对这些事情做出简单的评判，坦率地呈现他们的自私、自大、卑鄙、小气、唠

[1]　【加】迈克尔·布雷克著，孟登迎等译：《青年文化比较：青年文化社会学及美国、英国和加拿大的青年亚文化》，北京：中国青年出版社，2017 年，第 20 页。

[2]　连明伟：《青蚨子》，新北：印刻文学生活杂志出版有限公司，2016 年，第 446 页。

[3]　连明伟：《青蚨子》，新北：印刻文学生活杂志出版有限公司，2016 年，第 446 页。

叨、贪财，友忠伯年轻时被妻子背叛，自大、多疑，年老时包养了老妓女春妹子，本是露水情缘的两个人在相濡以沫中动情，友忠伯一方面依恋春妹子，一方面又不能接受她的职业，反复试探、怀疑、确认，最后不顾世俗目光相互扶持的情感让人动容。相较之下，老妓女春妹子虽然年老色衰还在从事性行业，却毫无可悲之状，职业化的风骚与热情之下反而有着自尊独立的情感追求。被包养时心存感恩之心，被扫地出门时也淡然处之，在发现自己对友忠伯动了真心的时候，不愿意伤害友忠伯，就及时抽身重操旧业。小说淡化了妓女这一身份所隐含的经济剥削与底层压迫，春妹子虽然为钱谋生，但也能因情而止，虽然身操贱业，却依然渴望爱情，有所为有所不为的果决，反而赋予了她浪漫与独立的侠气。小说刻画春妹子职业化所带来的细致、和气、温柔、坦然，这种饱经沧桑之后的包容，与风骚、逢迎、无奈、心酸等情态相结合，塑造了衰败、庸俗却又有情有义的乡土情怀。青筒嫂年轻守寡后抛家弃女，却屡屡遇人不淑，蹉跎了青春年华，灰心绝望后回到有余村变得势利刻薄贪财，却在从事色情电话服务的时候重新燃起爱欲和对男性的信任，也在父亲死去后体悟到自己对于父亲的深情。羊头的爸爸是个疯子，金生闯入地狱遇到羊头爸爸的鬼魂，听到他因为婚外情而杀掉妻子的忏悔，才明白他内心的痛苦。芋头婆是个离群索居的拾荒老妇，脾气古怪行为疯癫，早年曾经能够窥破天机而大富大贵，晚年却看破红尘无欲无求，本以为自己的下场就是孤贫贱，却因为情感的空缺和寂寞而极度渴望一个孩子，结果天公伯送给她一个孩子，圆了她的母爱梦。作者祛除了文明社会所限定的善恶观与价值观，细致地展现这些边缘人物不为人知的爱欲、伤痛、智慧，让这些躲在阴影处的人群鲜活了起来，他们"以自身的样态打开并平等地陈列在一起"[1]，展现了人之为人的复杂性与丰富性，以及顽强的生命力与活力，古老的乡土就是这样在生与死、爱与欲当中生生不息地轮转，永不泯灭对于善与爱的渴望。而当人们卸下文明、理性所建立的偏见、歧视、误解，平等地注视与倾听这些残缺者、失能者与被遗弃者，这些细微的声音就能够打破现代化社会以理性精神所树立起来的单一性屏障，而实现人的自由、平等的解放，正如小说中所指认的，流浪者是城市的失败者，但也是山林的野兽与神农。

（二）80 后青年作家对乡土的书写，具有反抗资本主义逻辑，寻找现代性的另类方案的意义。在青年作家笔下，乡土不再是那个贫弱的、被动的、消极的落后之地，也不再是与世隔绝的浪漫化净土，面对现代化的冲击，传统不再毫无招架

---

[1]　翟业军:《退后，远一点，再远一点！——从沈从文的天眼到侯孝贤的长镜头》,《文学评论》，2020 年第 2 期。

之力，反而可以纠偏现代化的自大与资本主义的逐利性对自然与人类的破坏。方清纯出身于台湾的农业大县云林县，她的小说具体地描写乡村与农业现状。如小说《犁族大进攻》就以纪实的方式展现近年来台湾如火如荼的农民抗争运动现象。21 世纪的农村，不仅面临着都市化的冲击，还有经济发展将污染的石化工业等转移到农村，因此，保护土地，就不仅具有保护农业发展的意义，还有保护环境、保护弱势群体、捍卫传统文化、反压迫的社会意义。

（三）在全球化的不平等发展结构下，返乡与离乡的矛盾重新架构了 80 后世代对于乡土的感知，也因应着他们"何以为家"的思索。全球化与都市化的浪潮，让他们每个人都面临成长后离乡的轨迹，但是经济的衰退、异国他乡的离散漂泊、台湾当局推动的青年回乡建设政策，又带来返乡狂潮，但无孔不入的现代化之手，反而让乡土也具有了边陲发展地区的病症——污染、空心化、老龄化、传统文化消逝等。返乡并非浪漫的归田园居，被卷入资本主义体系的衰败乡村尚且自顾不暇，更无法医治都市中败北的青年。在这样的情境下，对乡土的反复叩问和描写，反映出青年在社会结构矛盾丛生的情况下，对于渺小自我应身归何处的质疑，以及低靡徘徊、无处皈依的精神困境。连明伟的《青蚨子》以诡谲神秘的多种意象塑造了离乡者这一烙印着离散创伤的群体，他们在离乡背井与回望故乡的过程中，不断地异化与非人化为鲛人、"庖丁解鱼"者与扎根故土的小卷竹林，隐喻着漂泊世代的哀伤。陈育萱的《南方从来不下雪》，书写相对于繁华的北方中心，被现代化所遗忘的台南，却记录着种种的历史、环境、迁徙、族群的创伤。刘梓洁的《父后七日》中父亲的死亡引发了主人公的返乡，不直言失父之痛，却从父亲的丧礼进行父亲的死亡记事，道士的吉利话、入殓时的服装、烧纸钱的规矩、守夜的排班、哭或不哭的安排、葬礼时的繁文缛节，乃至葬礼结束后大家以父亲的死亡日期去买大乐透中奖的欢乐与无厘头种种民俗细节的描写，表面上将父亲死亡的伤痛琐碎化、轻盈化，但荒诞形式的背后却是生者对于不可逆转的死亡的无畏抵抗。而这一过程建构在都市人看来颇为滑稽的丧礼之上，笑中带泪的过程指向了温情的怀旧与温暖的治愈。但贯穿其中最大的焦虑感，是返乡的乡土 / 父亲已然消失。

（四）80 后青年作家对于乡土社会日常生活、民间信仰、家族关系的描写，展现了中华民族源远流长的文化基因，是中华传统文化、伦理价值观在台湾民间社会的具体展现。方清纯的小说以死去的耕牛灵魂娓娓道来农民渡海赴台，垦荒种植的艰辛历史，以及对传统耕牛技术与农业发展的追溯，象征着中华古老的农业文明在台湾的传承。小说中的农民是对《春秋五传》中的五行之官的再现，以及村里设置给老牛安度晚年的老牛之家，牛死后被火化并被放入祠堂受人祭拜，甚至被撒入旧时耕作的农田滋养土地。这些民间习俗都是深植于台湾民间社会的中华传统文化根脉的具体体现。

三、全球化经验的呈现

全球化是 21 世纪最显著的特征，交通的便利、信息科技的发展、资本的跨国流动打破了传统国家的空间界限，将全球的政治、经济、文化、生活紧密地联系在一起。80 后世代是全球化的世代，他们通过电子媒介共享着流行文化与信息资讯，被西方普世价值观所规训并成为资本的一环在全球流动。全球化既带来了地方的多元化，将全球的元素注入地方，同时也造成了地方的分崩离析，地方经济被纳入全球经济链条当中，而个体也被裹挟成为离散失根的一代。台湾 80 后世代的全球化经验已经不再仅仅体现在留学生文学的去国怀乡上，而且在描绘离散、多元化的景象中贯穿了对于全球化的反思，开展对于全球化内部的阶级、性别、种族、空间不平等的批判。

（一）跨国流动带来的离散经验的书写。"文化全球化一方面强化了身份的流动性、认同的杂种化（hybridization）和全球视域的形成，另一方面也刺激与强化了本土性和地方性的认同诉求。"[1] 全球化与电子信息科技的结合加速了自我、本土经验和日常生活的剥离，这种感受在极度依赖通信科技的青年世代身上表现得尤其明显。杨富闵笔下的乡村青年面对着世界与乡土的割裂，以及乡土传统在全球化的冲击下分崩离析的困境，不断地探索立足乡土，更加自信地面对世界更迭的途径。全球化在无限拓展共时性的同时也使时空不断地扁平化，使得历史化在晚期现代社会越来越成为一个难题。在这个后传统的社会体系之中，"自我身份认同需要在日常生活变迁的经验背景以及在现代制度碎片化趋势的背景下被创造并被持续地重构"[2]。因此，如何处理好全球与本土、传统与现代、过去与现在的关系，成为 80 后世代必须面对的问题，而这也形塑了他们独特的时空概念和文化想象。传统那种稳定的、相对单一的乃至本质化的原乡意识被消解了，这就解释了为什么在甚嚣尘上的"本土化"意识形态之下，台湾 80 后世代依然具有强烈的身份认同分裂和焦虑。正如莫罕地所说："当代的后工业化社会……应以跨国的与跨文化的分析来解释其内在特征与社经构造。"[3] 台湾 80 后对于信息化、商品化，以及由空间的离散所引起的身份的错置的反省与批判，已经深刻地嵌入当代全球化文化

---

[1] 刘小新：《乡愁、华语文学和中华性》，《福建论坛》（人文社会科学版），2016 年第 12 期。

[2] 【英】吉登斯著，夏璐译：《现代性与自我认同：晚期现代中的自我与社会》，北京：中国人民大学出版社，2016 年，第 200 页。

[3] 李有成、张锦忠主编：《离散与家国想象：文学与文化研究集稿》，台北：允晨文化实业股份有限公司，2010 年，第 67 页。

体系之中。

离散与漂泊成为 80 后世代必须面对的困境，80 后世代的童年是台湾富庶的 80、90 年代，当他们步入社会时，却要面对就业萎缩、薪资停滞、消费高涨等经济问题，因此，移居海外或者赴海外打工成为他们的最佳选择，他们也戏谑地自称为海漂世代或者逃离世代。80 后世代的小说中不乏对这种充满失败感的背井离乡离散困境的书写。连明伟的《蓝莓夜的告白》是根据自己的海外打工经历撰写而成，小说描写来自世界各地的移民汇聚在加拿大班夫的一间五星级饭店短期打工，他们之间不同的国族、身份、价值观与移民经历在异乡互相碰撞。小说描绘出完全不同于传统的移民文学或者是留学生文学的空间感与位置感，小说中不同语言、身份、肤色的青年犹如国际嬉皮士般聚散离合，短暂如浮萍般的人际关系是全球化时代的寓言，折射出个体在时代的浪潮下不断迁徙的命运。

林秀赫的《猴子米娅》描写了两个在澳洲打工的台湾青年在机场短暂地相遇，他乡遇故知，召唤出来的并不是怀乡的情绪，而是自我放逐的失败感。面对全球化浪潮，故乡不再是这些青年的根脉与归宿，他们拒绝了一切亲情与友情，已经成为一个无民族、无根的个体。

（二）第三世界视角的开启。不同于 20 世纪 70 年代的留学生文学，80 后世代对于全球视域的关注并不仅仅局限于西方的现代性风景，而是更多地将目光投向东南亚移工、社会主义国家古巴等第三世界，与拉丁美洲文学，卡夫卡、纳博科夫等世界文学进行对话与交汇，展现出新的深度与广度。其中带来的对于资本主义体制进行反思的左翼思想，都丰富了青年的创作。连明伟的《番茄街游击战》批判了华人在菲律宾对于少数民族的种族歧视与压迫。黄崇凯的《新宝岛》虚构了台湾与社会主义国家古巴的互换想象。张郅忻从家族迁徙的艰辛历史出发，去关怀东南亚移工群体在历史与现实中的不幸，既表达了青年对于第三世界受侮辱与受损害群体的人道主义关怀，同时也通过台湾与东南亚的关系，揭示出"亲美"的台湾社会存在的"次帝国"想象，揭露了资本主义主宰的全球化所造成的不平等和不均衡发展问题。

四、性别书写的嬗变

1987 年"解严"之后，政治上的解禁带来情欲与性别上的解放，台湾的性别论述与性别书写开始呈现盛放姿态。性别作为一项议题，自诞生之日起，就与社会运动紧密地联系在一起，具有强烈的政治性。台湾早期的性别运动包含了同志酷儿运动与妇女解放运动，此时占据运动中心地位的是妇女解放运动。20 世纪 90 年代在民间组织方面，性别团体如雨后春笋般成立，妇女运动与同志运动共同争取性别平等权益。早在 1996 年，台湾妇女团体共同集结发起了"女权火照夜路大游行"。

伴随着妇女的崛起，女性主义、酷儿理论等西方性别理论与后殖民、后现代主义的输入，性别书写大量涌现并在文学奖中屡有斩获，同志、女性书写成为 90 年代文学的重要现象，呈现出汹涌澎湃的社会力量。而 21 世纪后，80 后小说家的性别书写继承了 90 年代开创的性别文学脉络，刻画性别意识与情欲的解放，呈现多元情欲、多元性别认同的复杂面貌。在主题上包含了女性权益、情欲解放与身体自主、婚姻、性别刻板印象、跨性别、扮装、同性恋、性别政治、性别气质与校园霸凌等丰富的内涵。以同志等边缘群体的情欲、生活与心境去探索复杂的性别认同，涌现出精彩的创作浪潮。

（一）性别政治的再展开。美国女性主义学者凯特·米丽特在《性的政治》中指出，"政治指的是人类某一集团用来支配另一集团的那些具有权力结构的关系的组合。"[1] "在整个历史的进程中，两性之间的关系正如马克斯·韦伯所定义的那样，是一种支配和从属的关系，在我们的社会秩序中，尚无人认真检验过，甚至不被人承认，是男人按天生的权利对女人实施的支配，通过这体制我们实现了一种十分精巧的'内部殖民'。就其倾向而言，它比任何形式的种族隔离更坚固、比阶级的壁垒更严酷、更普遍、更持久。不管目前人类在这一方面保持何等一致的沉默，两性之间的这种支配和被支配已成为我们文化中最普及的意识形态并毫不含糊地体现出它根本的权利概念。"[2] 台湾 80 后的性别书写，始终致力于发掘两性关系之间的政治性，是他们反威权、反压迫、追求解放思潮的一部分。

性别也与国族、历史相互纠缠，同性恋成为"国族寓言"的一部分。邱贵芬认为："一九九零年女性小说一大特色就是积极介入国族主义发展的强烈政治企图心，不同意识形态的交锋对话也随而反映在小说本身的布局。性别论述与国族论述巧妙地结合或互相切入，形成了这一时期女性小说的另外一个特色。"[3] 同样，80 后的性别书写也积极地介入"国族论述"之中。《家拎师》中两岸分断的历史创伤以性别创伤的形式展现出来，强调男子气概、推崇男性权威的外省父亲，却是威权与父权的最大牺牲品。外省二代不再去激烈地反抗父亲，而是以"拥抱"这一富有女性柔情意味的身体姿态去接纳、抚慰父亲身上的历史创伤。小说中的性别

————————

[1] 【美】凯特·米丽特著，钟良明译：《性的政治》，北京：社会科学文献出版社，1999 年，第 36 页。

[2] 【美】凯特·米丽特著，钟良明译：《性的政治》，北京：社会科学文献出版社，1999 年，第 38 页。

[3] 邱贵芬：《仲介台湾·女人》，台北：元尊文化企业股份有限公司，1997 年，第 59 页。

权力结构与国族政治结构高度重合，而性别的越轨就是对于国族政治既有论述的反叛与告别。

（二）性别美学的转换。不同于 20 世纪八九十年代同志文学笼罩的晦暗、压抑的死亡阴影，经历过彻底性别解放运动的 80 后青年的性别书写，以更为开放、轻松、戏谑的姿态面对性别差异，性别越界不再承担着沉重的革命色彩，而是更致力于展现出千禧世代勇于表现个性、拥抱多元、关怀弱势的价值取向。对性身份的观照强调差异性、多元化、流动性，更具解构性与包容性。陈柏青的《大人先生》描绘后"解严"时代更加开放与泛滥的性，小说中对于性与爱的探索夸张而又极具戏剧性，对试图开发情欲新境地的主人公冷嘲热讽。小说将陈映真《山路》里蔡千惠为了未竟的革命事业献身的理想主义比作主人公为了追求性快感而进行的性革命。在以污秽的性消解崇高与严肃的左翼理想过程中，小说也消解了性所具有的革命性，性与政治、国族等宏大叙事无关，它就是世俗的、身体的、私我的、欲望的一部分。

（三）女性意识的凸显与现代女性形象的塑造。经历过妇女解放运动的 80 后世代，性别平权已经具有相当的成绩，80 后世代对于女性形象的展现更加多元化——性别、家庭、移民、劳动、乡土、都市等丰富视角塑造了新的女性形象与性别意识。李屏瑶的《台北家族，违章女生》以违章为题，点出了自己对固有的女性形象的突破。刘梓洁笔下的现代都市女性被陈芳明誉为"属于二十一世纪台湾女性的声音"[1]。他认为："刘梓洁这世代在文坛登场时，看待社会与家园的议题已经非常从容。她所表现出来的自主与自信，无须投入无谓的论战，也无须经过内心的挣扎……她说话的语气代表高度自信。被动、被解释、被填补意义的女性身份，在她笔下已经一去不复返。"[2] 她塑造了都市中坚强孤独的普通女性在爱情、亲情、家庭、事业上的挫折与经验。张郅忻的小说以女性的生命史、女性的迁徙、女性的繁衍与孕育来展现女性的柔软与坚强勇敢气魄。她们是一批现代化浪潮下诞生的第三世界现代女性，既有着第三世界传统社会女性的隐忍、奉献、坚强等品质，同时也具有善于利用工商资本、敏锐把握时代风向、勇于改变自我命运的现代化属性。同样是写都市女性，她们不是朱天文笔下浸染着全球化都市时尚风潮的小资产阶级女性，而是深刻嵌入第三世界民族发展的少数族裔、底层阶级、劳工。《海市》中母亲从小镇来到台北打拼的生命经验与台湾的工商业历史相互交

[1] 陈芳明：《推荐序——男女故事，从头说起》，载刘梓洁：《亲爱的小孩》，台北：皇冠文化出版有限公司，2013 年，第 6—7 页。

[2] 陈芳明：《推荐序——男女故事，从头说起》，载刘梓洁：《亲爱的小孩》，台北：皇冠文化出版有限公司，2013 年，第 6—7 页。

织，展现了台湾经济腾飞、都市化发展进程中孕育的新女性形象。《织》中的纺织业串联起台湾、越南女性劳工共通的悲欢离合。《我的腹肚有一片海洋》《我家是个联合国》以海洋的意象来展现东南亚、台湾小镇女性在现代化、全球化浪潮冲击下的迁徙与抗争。

五、历史书写与历史认同的展开

历史书写是台湾文学的重要主题之一，台湾的历史书写往往与国族议题、身份政治等争议紧密地联系在一起。"解严"之后的历史解禁，进一步触发了各种差异性的历史想象，带来台湾文史研究与历史书写的勃兴。"解严"后统"独"、省籍、左右等不同立场、意识形态纷纷介入历史书写，对历史阐释权进行争夺，在叙事方法、美学风格、主题表现、历史观念上深刻地影响了 80 后世代的历史书写。80 后作家的历史书写沿着以下几条路径展开：

（一）在理论意识上，80 后作家的历史书写深受 20 世纪 80 年代西方后现代主义、新历史主义的影响，对传统历史学进行挑战与颠覆。新历史主义大师海登·怀特在《作为文学仿制品的历史文本》中认为："虚构与历史之间较早的区分是，虚构是对想象的再现，而历史是对事实的再现。目前，该区分必须让位于这样一种认识：我们只能通过将事实与想象对照或将事实比喻为想象才能了解事实。这样看来，历史叙事就是复杂的结构，其中经验世界被想象为至少两种形式的存在，一个被编码为'真实的'，另一个在叙事过程中'被揭示'为幻觉的。当然，正是在历史学家的虚构中，一个事件的不同阶段被视为一个发展历程的开始、中间和结尾，因而成为'事实的'或'真实'的了。而且他仅仅记录从开始到结尾的过渡过程中'所发生的事情'。但是，不论是开始还是结局都不可避免为诗意的建构，因而依赖于给他们以表面连贯性的比喻性语言的形态。"[1] 后现代主义历史学的发展，彻底解构了传统历史学所主张的历史是客观事实的再现观点，强调历史叙事是虚构与想象的产物，历史成为叙述的场域，他们的历史书写不再追求历史真实的重现，而是用后设、反转、虚构等方式刻意展现历史的虚构性与非真实性。陈建忠认为："一九八〇年代末期、九〇年代初期，两岸文坛都不约而同出现了可称为'新历史小说'的历史叙事文本，这些作品以自觉的、批判的视角，对应着先前官方或权威版本的历史叙事，同时也在叙事美学上或深或浅地受到后现代主义或新历史主义理论的影响。"[2] "'解严'后，以解构大历史、公历史而重构小历史、

---

[1] 【美】海登·怀特著，陈永国、张万娟译：《后现代历史叙事学》，北京：中国社会科学出版社，2003 年，第 190 页。

[2] 陈建忠：《记忆流域：台湾历史书写与记忆政治》，新北：南十字星文化工作室，2018 年，第38 页。

私历史，成为一种新兴的历史小说写作现象。"[1]

　　黄崇凯的《文艺春秋》以"另类姿态介入台湾文学史书写"[2]，小说并不把镜头对准历史中的真实人物与材料，而是另辟蹊径地创造出外部视角去展现历史。《三辈子》通过一个国民党特务的监视之眼去偷窥、叙述聂华苓的生平，展现白色恐怖对于人的异化与桎梏。《如何像王祯和一样活着》以科幻的形式虚构未来在外星球生活的台湾人，只能通过王祯和的乡土文学去想象早已失去的乡土世界。《夹竹桃》以在北京生活的台湾人的生命经历去理解、回应钟理和的原乡人困境。《你读过〈汉声小百科〉吗？》中的《汉声小百科》是国民党教育体系下，宣传大中华历史文化认同意识的科普读本而接受这一历史意识成长的 80 后青年，近年来遭遇"本土化"等一系列历史重构思潮的冲击，产生了脱离现实与去历史化的精神症候，形绘出冷战与内战历史对 80 后青年造成的创伤。《七又四分之一》以电影粉丝的视角重建杨德昌的电影情节，还原杨德昌电影里台湾庶民的历史影像。黄崇凯以虚构切入真实历史，从侧面展现大历史中的个体命运，用凡人琐事消解庞大的历史过程，呈现台湾精神史流变中的种种缝隙，展现 80 后世代"新历史主义"的书写方式。

　　（二）80 后历史书写往往借用后殖民与少数话语理论，进行"台湾性"的历史重建与身份认同政治建构。20 世纪 90 年代"本土化"意识的抬头，导致了台湾的整体历史视野由中国史向台湾史转向，强调本土历史独特性的寻根式历史重建占据了历史书写的主流。而 90 年代后殖民理论的兴起，其中的历史权力关系、少数话语论述等被"本土主义"学者挪用为建构主体性的工具。可以说，这些都对台湾 80 后的历史观与历史书写产生了重大的影响。首先，80 后的历史书写与身份认同政治紧密地联系在一起。如赖志颖的《海盗·白浪·契》以一场虚构的家族史来隐喻台湾的多重殖民历史，将台湾岛屿的形状比喻为"阴性之岛"，所谓阴性，就是男性被去势，女性失去自己的土地。小说将性别与海盗这一在主流历史书写中的边缘话语，用于改写台湾历史，充满了身份认同与国族认同的意识形态色彩。其次，80 后的历史书写往往借由历史的断裂与失忆展现国族创伤。他们对于台湾历史上因为政治更替所造成的左翼历史、中华民族历史的断裂，有了一定的自觉，但是因为长期接受"反共亲美"的"台独"史观教育，导致他们无法深切地理解与探索台湾历史断裂的根本问题，而只能停留在滥情的、人道主义式的创伤渲染。朱宥勋的《垩观》认为记忆是小写的历史，小说以一个没有记忆、没有语言的空

　　[1]　陈建忠：《记忆流域：台湾历史书写与记忆政治》，新北：南十字星文化工作室，2018 年，第 39 页。

　　[2]　黄崇凯：《文艺春秋》，新北：卫城出版社，2017 年，第 298 页。

无之地——巠观来象征台湾历史上的断裂导致的集体记忆的丧失。朱嘉汉的《里面的里面》叙述台湾共产党人潘钦信的历史，但他在小说中极力追求的不是还原历史的真实，而是通过主人公在历史上的缺位，以及家族对他的遗忘、记忆的空白来书写台湾历史断裂的暴力。小说通过各个人物似是而非的记忆，打造了一个无法叙述和逼近的历史，让整个台湾历史犹如一场玄幻的迷雾，弥漫于人物的无力当中。

（三）80 后世代的历史书写从大历史走向了小历史。他们不再有大河式的史诗创作，不再试图描绘宏大的历史进程，而是以个体、家族的微观化、私人化经验展现“小历史”。女性、同志、乡村、少数民族、移民等传统历史中被忽视的少数、弱势群体的历史，以及空间地景、服饰、食物、民俗、文艺、流行音乐的微观历史都成为 80 后历史书写的主流。张郅忻的《海市》以客家小镇成长的女孩如月离开故乡湖乡到台北打拼的故事，书写一九七〇至八〇年代台湾女性生命史与城市的发展史。小说将如月逐梦理想的跌宕起伏与台湾的时代变迁相互映照，细致描绘台湾中小企业经历制造业到信息产业、全球化经济危机下的兴衰成败。小说结合口述的历史资料，以西门町由日据时期至光复、“二二八”白色恐怖时期乃至消费社会的都市景观变化，见微知著地展现台湾近百年来的政治、经济、文化变迁。

（四）日据历史的重返和重构。台湾 80 后世代的历史书写往往以日据时期的殖民历史为背景，对日据的生活、美学、社会、文学进行再想象，堪称青年世代的日据怀旧热潮。杨双子、何敬尧、潇湘神、陈又津、盛浩伟共同创作的《华丽岛轶闻·键》，展现日本民俗、文学专家以科学经验共同破解日据时期台湾家族怪事的奇幻事件。杨双子的“花开时节”系列创作，借由日据时期受过新教育的女性情谊展现日据时期的新风尚。黄崇凯短篇小说集《文艺春秋》，提及了钟理和、黄灵芝、王祯和等日据时期的作家。

这些关于日据的历史书写有一些共同的问题，其中存在不少错误的历史观，需要正本清源和批判性分析：

1. 将日据视为台湾现代性的起源与“本土性”的象征，将日据历史翻转成为台湾社会不同于祖国大陆的特殊历史记忆，并将之美学化，塑造为独特的文化记忆形式。台湾 80 后作家朱宥勋在杨双子的《花开时节》一书的序言中，认为青年作家的日据书写“呼应了近年来年轻世代的‘日治时期热’，追寻一种更优雅、更精致、更浪漫的本土根源”[1]。这种“经过拣择的、略带精英视角的选择性再现。‘日治’时期作为文化背景与历史元素，已渐渐变成某种台湾的美学乡愁，曾经被

---

[1] 杨双子：《花开时节》，台北：奇异果文创事业有限公司，2022 年，第 12 页。

斩断、但重又被挖掘指认的台湾式优雅的起源"[1]。这段出自同辈青年作家的阐释，非常直观地点出了目前青年日据书写的内涵与指向。第一，试图继承与再现日据时期由日本殖民当局所建构的浪漫主义的美学风格。第二，认为这种美学风格象征着由日本殖民统治所带来的更为"高尚、精致、进步"的"文明开化"，也就是"殖民现代性"。第三，书写的意图是为了建构有别于台湾底层文化与中华文化，融合日本书化基因的本土文化根源。其主要的逻辑是——日据时期"优雅与进步的殖民现代性"，与光复后的专制与落后、"二二八"的屠杀与混乱形成鲜明的对比，其中隐含的价值判断就是光复中断了日本殖民为台湾带来的现代化进程。这种"殖民现代性"包含了体制、科技、美学、礼仪、思维的种种"进步"，通过"进步与落后"的逻辑塑造，悄然肯定了日本的殖民历史，并将祖国大陆放置在台湾人民的对立面。这样的历史叙述显然是台湾"本土化"意识形态的一种体现——通过对日本殖民现代性的肯定，遮蔽日本对台湾人民掠夺、压迫的史实，反而将光复后威权统治下的阶级矛盾扭曲为省籍矛盾，从而为"台独"寻求历史正当性。赖志颖的《红蜻蜓》对于日据时期吕赫若所代表的左翼思想史与斗争史的展现方式，就相当具有代表性。小说以充满情欲的方式去凝视左翼革命者的死亡，通过解剖者之手，一步步地肢解尸体，也一步步地回忆起死者生前的革命实践与隐秘的情欲。值得玩味的是，日据时代产生的左翼萌芽、回归祖国的民族主义情感，与伊甸园般美好的爱情，在台湾光复之后就戛然而止。小说屡次通过日语（吕赫若的小说使用日语）、日本医生（表弟医学院的老师）、日式建筑（榻榻米等）、日式礼仪（对门房用日语说谢谢）等，营造出一个"殖民现代性"余晖。也因此吕赫若所代表的左翼思想在小说中也被浪漫化，淡化了其中的阶级与民族色彩，突出其不为国民党当局所容忍的边缘性，与被压抑的性别情欲共同沦为"二二八"创伤的陪衬。小说刻意选择了一个不了解左翼思想、沉浸于自我的情感欲望之中、大时代风云之外的青年人去叙述这场历史转折巨变，用私人化、碎片化的感受控诉时代对于个体的伤害。

2. 将台湾文学上溯至日据时期由殖民者所建立的"外地文学"传统。李时雍主编的《百年降生：1900—2000 台湾文学故事》由 12 位 80 后作者合著，以讲述故事的形式虚构台湾百年文学史的人物、事件、风潮或是文学活动，小说对于台湾文学的祖国大陆文学源脉几乎不提，而是以大量篇幅描绘日据时期的文学场域，并且以"新文明旋风""启蒙""现代化思想""全球化"等词语正面肯定日据时期文学对于台湾文学的影响。潇湘神的《殖民地之旅》堪称佐藤春夫的《殖民地之

---

[1]　杨双子：《花开时节》，台北：奇异果文创事业有限公司，2022 年，第 11 页。

旅》的史料研究与美学再复兴。《台北城里妖怪跋扈》借由主人公之口提出"后外地文学"的口号，表面上是对"外地文学"主张的内地中心的批判，但实际上还是遵循着"外地文学"的权力逻辑与美学逻辑。

3. 用奇幻的方式展开日据历史。80 后作家无意于真正展现日据时期的真实历史，往往以架空历史的方式想象日据时期的妖怪、穿越、百合、犯罪、悬疑等故事。陈又津解释自己用奇幻阐释历史的方式："虽然不能改变世界，但是我借由小说改变历史，就跟《三国演义》一样，让人站在作者这一边，成为史家讨厌的人。以假乱真，以小说覆盖现实，这话语的力量跟网络谣言一样，会让人怀疑'真的假的'，但只要让人去思考这个主题，那我的小说创作就有了意义。"[1] 何敬尧的妖怪物语将神秘诡谲的恐怖、悬疑美学嫁接进历史与都市的书写。潇湘神将日据时期的斗争、谋杀转化为扣人心弦的推理与悬疑案件。杨双子利用流行次文化的穿越、百合、同人志等方式来浪漫化日据历史，《花开时节》描写 2016 年的台中女子杨馨仪，落入大学里的中兴湖，灵魂穿越到 90 年前的日本殖民时期台中王田杨家一名六岁小女孩杨雪泥的身体里。21 世纪初期知识女性的灵魂，进入前一世纪初期六岁女孩的身体，一起长大起来。这种奇幻的方式，将日据想象为一个充满热血、历险、反威权，甚至是追求人与人之间平等与自由的理想主义的场域，这种看似荒诞的历史想象背后，反映了 80 后青年历史观的危机与问题。

六、对身份认同问题的探索

台湾 80 后世代的文化意识和认同，是在全球化、后冷战的世界格局中形塑而成的，因此他们对于乡土—原乡、家族—自我、时空—历史的思考与追溯都内涵了这一历史脉络，而浮现在文本表层的全球化、现代化等时代命题又与历史命题形成互相缠绕与对话的复杂关系，促使他们从具体的生命经验出发，不断地探索身份认同问题。

陈又津的《准台北人》描述了华人族群经历的两种离散状态，虽然涉及外省二代对外省族群的历史与记忆的反思，但主人公具有多重的身份：外省二代、80后、新移民、"荣民"父亲，这些多重的身份交织让这部小说溢出了眷村文学这一族群身份的框架，具有了阶级、国族、世代、性别、现代性等多层次、多角度的反思。小说描述了台湾在冷战体系与跨国资本主义运作下形成的多重离散路径，随着小说中父亲在两岸之间、母亲在大陆—东南亚—台湾之间的迁移路线，小说以宏观的全球视野，多层次地带入华人群体在不同历史阶段所遭遇的各种身份的

---

[1] 陈又津：《附录：请站在忽必烈这一边——陈又津答印刻编辑部》，陈又津：《少女忽必烈》，台北：印刻，2014 年，第 2 页。

分裂以及新旧住民冲突等问题。而这一状况延续到移民第二代身上，呈现出一种身份混杂的状态。作者通过对父母生命历程的回溯，试图来确认自己的身份源头，却在台湾与大陆空间的错置、父亲失败的返乡之旅当中，发现个体经历了不断的迁徙、混杂后，已经无法寻回和到达故乡。

赖志颖的《理想家庭》以过去、现在、未来三个时空的家庭伦理来展现台湾多重历史交织下的集体困境。外省家庭在家国的颠覆和空间的迁移下面临着身份的错置和迷失，眷村士官把家国理想的挫折转化为暴力倾泻在子女身上，眷村少年同样也在暴力、性在无望中寻求出路，家庭这个社会最基本的单位在"国族"的宏大话语下分崩瓦解，主体的挣扎烙印着阶级和族群的冲突和困境，而每一代人都只能在历史的既定叙事中展开对"理想"身份的追寻。正如霍尔所说，身份"绝不是永恒地固定在某一本质化的过去，而是屈从于历史、文化和权力的不断'嬉戏'。身份绝非根植于对过去的纯粹'恢复'，过去仍等待着发现，而当发现时，就将永久地固定了我们的自我感；过去的叙事以不同方式规定了我们的位置，我们也以不同方式在过去的叙事中给自身规定了位置，身份就是我们给这些不同方式起的名字"[1]。

---

[1]【英】斯图亚特·霍尔：《文化身份与族裔散居》，载罗钢、刘向愚主编：《文化研究读本》，北京：中国社会科学出版社，2000 年，第 211 页。

第一章　台湾 80 后小说的历史书写与文化认同

　　台湾的 80 后世代成长于台湾"解严"之后急遽变化的时期，也历经台湾"本土化"浪潮的兴起对台湾整体意识形态的改写，他们的历史想象与身份认同与前行世代有了很大的区别，这些都反映在他们的文学创作上。他们对历史的反思和诠释，既是对台湾当代社会思潮和社会变化的回应，也是对台湾 20 世纪 80 年代所产生的"历史书写"热潮的继承与反思。台湾 20 世纪 80 年代引入的后现代思潮，在理论上对宏大历史叙事进行了彻底的颠覆，这股思潮虽然在 20 世纪 90 年代因为台湾本土思潮确立"主体性"的意识形态需求而有所式微，但在 21 世纪与青年的文化反抗再度结合在一起，继续解构着年轻世代的历史意识。历史书写对于他们来说，不仅是对历史的重新梳理和历史认同的表达，也是文化反抗的一种重要形式，80 后世代作家以边缘的姿态来回避"国族宏大叙事"以及"革命""历史"等宏大话语，以个人化私人经验的强调和对于公众经验的远离，来展现自我生存方式的独特性，呈现出更多的历史断裂，"文学只能从复原'小的真实'重新出发"[1]。历史的深度感消失了，历史的意义、影响不再重要，历史的情节、事件被消解成为一种关于过去的感知形象，"形象这一现象带来的是一种新的时间体验，那种从过去通向未来的连续性的感觉已经崩溃了，新的时间体验只集中在现时上，除了现时以外，什么也没有"[2]。过去那种纵深的时间意识消失了，取而代之的是对时间意识的一种新的表达。

　　台湾 80 后世代并没有经历过从"戒严"到"解严"之后那种价值观的撕扯、族群的激烈冲突，他们成长的环境主要是政党轮替的常态化导致的政治冲突狂热；两岸关系和平发展与岛内"本土意识"抬头冲突之下的统"独"意识的消长；消费文化的流行与网络媒介的无孔不入带来的民众娱乐化现象；都市化形成的右翼中产阶级趣味对左翼批判力量的消解，而以性别、少数族群、生态为目标的社会

---

[1] 肖宝凤：《消解历史的秩序：20 世纪末台湾文学中的后现代历史叙事研究》，《台湾研究集刊》2014 年第 6 期。

[2] 【美】詹明信 (Frederic Jameson) 著，唐小兵译：《后现代主义和文化理论》，台北：合志文化事业股份有限公司，2001 年，第 240 页。

运动逐渐取代了以阶级运动为代表的传统左派政治运动。这意味着他们不可能有关于过去的强烈使命感和价值感，相对于前行世代对社会现实积极的批判与介入，他们对社会现实保持着敏感与疏离的态度，对大叙事的反叛和对自我实现的追求使得他们更加关注自己的生活，而较少体现代际历史认同之间的冲突，20 世纪 40 年代在台湾历史叙述中建构起来的孤儿意识在他们作品中也逐渐被淡化。

在经历历史的重重解构之后，80 后世代逐步走向历史虚无主义，出现了去历史化的倾向，表现在主题上，他们对历史议题的理解和视野被认为过于狭隘或不存在，许多批评家认为他们是无责任感、无历史深度的一代，如陈芳明在《台湾新文学史》的最末章论及台湾一部分七年级作家，认为他们是轻文学的一代，没有过去世代的历史意识或政治意识，精神上所承担的使命感也相对缩减。技巧上，大量的虚构、拼贴、后设等后现代技巧的应用，消解了历史的真实性。美学上，"'呈现'的美学取代了'阐释'的美学，'感受'的美学取代了'评判'的美学，'模糊'、'混沌'的美学取代了'清晰'的美学，'人性'的美学取代了'政治'的美学，'形而下'的美学取代了'形而上'的美学。而从'无我'到'有我'、从'集体'到'私人'、从'大叙事'到'小叙事'、从'时间性'到'空间性'，正是新生代作家实现其经验叙事美学的基本路径"[1]。历史观上，这些作家大多深受福柯等后现代历史学家的影响，强调台湾历史上存在的断裂和缝隙，但也因此忽略了历史脉络。作为国民党退台以后的第三代群体，他们的历史整体视野较前行世代薄弱了许多，而长期"本土化"教育与文化宣导使得他们的历史观更加狭隘与封闭，历史想象往往局限在岛屿之内，但在追溯历史的文化脉络时，这些作家又会溢出既有的意识形态框架，呈现出对中华文化的认同。

20 世纪后半叶全球化时代所带来的时空压缩、网络与各种通讯、传播、交通科技的高度发达等，同样也改变和影响着 80 后世代的时间意识与历史感，强化了时代瞬息万变的主观感受，时间的转瞬即逝使他们陷入历史的焦虑当中，试图通过历史想象来重新认识自我、社会与时代，在"不断逝去的时间洪流中寻找生活的定位与存在的意义"[2]。80 后世代的作品中充满了自我与他者、个体与集体、边缘与中心的对立与矛盾，空间的流动与越界，时间的不断变更与重写让他们既悲观于时空的意义，又试图寻求符号遮蔽下的本源，记忆和遗忘依然是他们探讨历史主题的一个重要途径。

---

[1]　吴义勤：《1990 年代以来的大陆"新生代"小说家论》，《文讯》2013 年 12 月。

[2]　萧阿勤：《重构台湾：当代民族主义的文化政治》，台北：联经出版事业股份有限公司，2012年，第 5 页。

第一节　历史意识的瓦解与重构

考察 80 后的历史想象，必须回归到台湾八十年代的历史脉络中去考察。随着 1987 年的"解严"，八九十年代出现了历史书写的热潮，试图颠覆原有单一的、正统的大历史叙事来重写台湾的历史，这些历史书写在一定程度上质疑了历史的真实性，揭示了历史叙事中包含的权力运作，但这些重返历史现场的努力实际上还是强调历史的总体性，体现了不同身份认同在历史中寻求合法性和必然性的阐释。这一时期对历史经典叙事进行的反思与颠覆，还是没有超越原来的历史框架。而行至 21 世纪，历史在不断的改写过程中被复数化、虚构化、碎片化，80 后作家对"文本能够呈现历史"的命题[1] 更加悲观，他们有意识地疏离历史的热潮，以历史为题材的作品数量远不如前行世代。但细读他们的作品就会发现，他们往往将成长所经历的身份认同与历史叙事的冲突融合在作品当中，他们质疑不断重写的历史不仅没有使人们在时间中获得自我认同，反而强化了人们失根的主观感受，也使人们更加快速地遗忘过去。他们以更加边缘化的姿态来呈现各种意识形态主导的叙事冲突之下，台湾社会的错置与荒芜的心灵景象，并试图反叛／擦除已有的历史叙事，以个人化的经验化解历史化的压力，寻求对整体性的逃脱和质疑，他们的历史叙事已经溢出 20 世纪文学历史化所建构起来的现代性逻辑。阿尔都塞说历史是缺席的原因，而这些 80 后作家却拆解了这一历史与现实的经典运作逻辑，通过改变时间、运用转喻、象征、后设、互文等后现代艺术手法来将历史寓言化，不再追求历史的本真面貌，历史成为一座现代性的心灵废墟，他们的目标就是在"历史废墟以外，让我们的思维、想象解放，投射到未来不同的时空坐标中"[2]。

朱宥勋《垩观》就创造了一个没有历史的空间——垩观，不同阶层、年龄、性别的人物都在这个场域中被洗去"所有的符号和意义"[3]，被重新定义，重新书写。而"政府"试图医治这些被异化的垩人，唤起他们的记忆，重新书写垩观历史的实验也遭到了垩观自身力量的反抗，彻底失败。

《垩观》上卷从《垩观》中的"我"追寻失踪朋友 C 进入垩观开始，以旁观者的视角，通过不同事件、人物来形绘出垩观这个传说中的空间，这些旁观者并没有真正进入垩观，被垩观所异化。下卷的叙述者则从治疗者的视角来观察垩观对

---

[1]　詹姆逊说："历史除非以文本的形式才能接近我们，换言之，我们只能通过预先的（再）文本化才能接近历史。"

[2]　王德威：《世事（并不）如烟——"后历史"以后的文学叙事》，《文艺争鸣》2010 年第 10 期。

[3]　朱宥勋：《垩观》，台北：宝瓶文化事业有限公司，2012 年，第 50 页。

身体的影响——失语、纹身、失忆，并试图医治、恢复被异化的"亚人"。这些故事互相指涉、互为镜像、互为表里，统合成一个丰富的意义场域。小说中的出场人物众多：有孩子、将军、作家、学生、教师、心理治疗师、棋手、房东、病人，他们都是受过创伤的畸零人，《亚观》中的 C 一直在追寻缺失的母亲（故土 / 情感）；《黑色格子》里的叔叔因政治获罪自囚于陋室中数十年；《标准病人的免疫病史》中被严重烧伤的"他"通过扮演各种病人来获得对病痛的心理"免疫"；《白蚁》里的阿勋是个只能在网络中沟通生活的御宅族。他们的命运都被亚观所左右，他们因创伤想要进入亚观，渴望通过亚观遗忘记忆、语言、时间，即便从亚观里面逃了出来，也最终还是会回到亚观当中。亚观成为一个异托邦，它既空洞又无所不包，既虚构又无处不在，它是对现实世界的反叛，也是现代性之下人类精神危机的写照，它的封闭、荒凉、空无反衬出现实世界不断循环和上演的对情感的漠视、对人性的桎梏、精神家园的失落、存在的无所归依。它是毫无历史的空间，切断了过去，也失去了未来，它是对现代性知识论追寻的质疑，是对历史狂热的质疑，历史是依赖记忆建构起来的，而记忆可能是谎言，语言可能产生误读，真相或真理永远无法达到，如同掌握了大量记忆资料的"我"与 C，永远找不到代表过去美好的挚友和至亲，他们对自我主体性的认知永远只能处于沉默和追寻的压抑状态。"我们对一些事物必须保持沉默的真正原因是，在捕捉语言中事物秩序的任何具体努力之中，我们始终对那种秩序某一方面的含混性予以诘难。……任何特定的话语形态不是通过它允许意识言说世界而是通过它禁止意识言说世界，即语言行为本身切断了语言中再现的经验领域，来进行辨别的。说话是一种压抑性行为，无语的经验领域把它辨别为一种具体的压抑形式。"[1]

　　小说探讨了记忆与历史的关系，因为长期以来的"历史决定未来"的线性历史观的存在，导致人们对于历史充满了狂热，没有历史，就失去了未来，因此，没有历史的亚观，就是对这一线性历史观的逃逸与反抗，"拉康认为学习语言就是暴力、隐抑和异化的开端"[2]。因此，人们失去语言和记忆才能获得自由。小说行进至最后，失忆席卷了整个人类世界，人们从大沉睡中醒过来，发现自己对过去一无所知，只能通过电脑资料来认识过去。"他们没有任何记忆，记不起自己是谁，他们只是存在于现时，也不知道自己为什么而行动。失去历史感就是失去自己的

　　　[1]【美】海登·怀特：《解码福柯：地下笔记》，张京媛主编，《新历史主义与文学批评》，北京：北京大学出版社，1993 年，第 120 页。
　　　[2]【美】詹明信（Frederic Jameson），唐小兵译：《后现代主义和文化理论》，台北：合志文化事业股份有限公司，2001 年，第 247 页。

时间和身份，你的身份完全失去了，你被零散化了，自我已经没有过去了。"[1] 于是人们爆发了"命名热"和"考古热"，吊诡的是，专家们据以研究历史的文本是各种虚构类的小说——郭松芬、黄锦树、黄碧云、白先勇，小说将台湾社会的每一次社会大变革比作"大沉睡"，大沉睡象征着台湾历史的一次次断裂，而大沉睡之后所爆发的考古热无疑是意识形态主导下的历史重写，"记忆是小写的历史；我们的历史，'大沉睡'，也是从集体失去记忆开始的"[2]。但这样充满了误用和误读的历史能否接近真实，能否获得对未来的想象？《歪观》的作者说：有那么一座歪观，我们对未来的想象……不，我们对未来根本无法想象，即使我们充满着记忆。……我们能走到最远的地方就是歪观，就是大沉睡，再远，是连电脑资料都无法记住的地方了。"[3] 这部小说将真正的历史隐匿在这些虚构的小说之中，"将'泛记忆'的主题和台湾的历史、台湾社会广泛的精神状态连接在一起"[4]，具有书写台湾历史乃至人类文明史的野心。

第二节　历史的时间化与空间化问题

历史的客观性在80后作家笔下解体，历史被"置换为一种个体主观化的时间体验"，[5] 历史作为过去发生的事件已经不再重要或者说不再起决定性作用，而时间才是历史的本质，被整体性历史所遮蔽的个体，通过个人化的时间通达历史性。时间作为历史与现代性的核心，成为这个世代作家不停与之对话并试图解决的命题。[6] 他们打破线性的、单一的、进步的时间观，以时间为出发点，对大历史进行解构。在他们笔下，时间呈现多重的形式，经典的历史时间被分解成为一个个或快或慢的片段，在不同的轴线上演绎着个人化的时间体验，它们从整体的时间框架中挣脱出来，打破了均质化空洞化的时间，历史因此也具有多重的面貌，主体的存在也具有了多种的可能。如同海德格尔所说："历史是从个体的存在中推导出

[1]【美】詹明信（Frederic Jameson），唐小兵译：《后现代主义和文化理论》，台北：合志文化事业股份有限公司，2001年，第241页。

[2] 朱宥勋：《抒情考古学——大沉睡的时间夹层》，《歪观》，台北：宝瓶文化事业有限公司，2012年，第247页。

[3] 朱宥勋：《歪观》，台北市：宝瓶文化事业有限公司，2012年，第251页。

[4] 在岛屿写作的年轻人，http://www.chinawriter.com.cn/bk/2015—06—26/81872.html。

[5] 邹平林、杜早华：《时间与历史：人的命运及其存在的意义——马克思、海德格尔比较研究》，《社会科学论坛》，2010年第21期。

[6] 这与海德格尔的历史观不谋而合，海德格尔认为，历史性作为生存的存在机制归根到底是时间性。马丁·海德格尔著，陈嘉映、王庆节译，《存在与时间》，生活·读书·新知三联书店1987年，第474页。

来的，作为个体生存可能性之展开的历史，这种历史无关乎进步，它只关乎此在之本己可能性的展开与重演，即此在本真而自由的存在。历史之所以可能，就在于此在的时间性要求此在通过历时性来建立一种生命联系并从而能够将此在作为整体的存在来把握，历史性是此在存在之整体性的完成与见证。"[1]

黄崇凯的《玻璃时光》《比冥王星更远的地方》皆是以时间为意象来呈现个体对历史的理解和定位，作者将个体封印成时钟，隐隐作响地牵动历史与记忆、个体与集体、自我与他者的对弈辩证结构，主体经验通过不同的时间来表达，时间形式内在地构成了现代人的主体性，以个体时间与现实时间之间的矛盾与落差，来为那些如同被太阳系除名的冥王星的边缘者另创纪元。通过不断否认已经发生的历史事实（如人类不曾登录过月球），或者"捏造不曾发生（甚至，不可能发生）的情境"（如尚未出生的女儿）[2]来隐喻个体试图改写时间与历史的徒劳与悲痛。"那些历史，真的'过去'了吗？所谓时间流动的感受、时间如箭矢地指向未来的方向，是不是因为我们自小被教导如何归纳经验的习惯所导致？"[3]小说将过去、现在、未来的时间融会在一起，以虚实相间的叙事，创造出一个记忆的真空区，从而达到将记忆封存的目的："有没有可能只记得未来发生的事？……如果置换记忆的对焦角度，从此时此刻遗忘所有先前的往事，将所有的过去都化为可能发生的未来，我该怎样重新生活？"[4]

陈柏青的《小城市》里借人物之口，直陈人类最焦虑的就是时间，人们最需要做的就是改变时间。记忆构成了集体意识，集体意识推动着整个城市和人类的行动与发展，所以记忆成为权力的争夺对象，当权者通过对时间的掌控来随意地修改和塑造记忆，试图通过塑造 80 后的记忆来控制这一世代的认同和历史意识，甚至让最后一届大学联考的考生们都消失。作者通过个体在城市中不断翻找历史、赎回罪恶、检索时间的过程，描绘出台湾 80 后所具有的新的感觉结构和世代记忆，象征着 80 后世代面对庞大的伦理秩序逐渐确立主体性的过程。

面对时间的焦虑，80 后作家试图通过批判的空间开辟和重组历史想象的范畴，现代性的时间命题化为这些作家笔下的个人化的空间体验。80 后小说中呈现出大量的空间流动与空间拼贴，大量的移民潮和旅游潮使他们享有多重的空间地域经验，改变了他们的空间意识，但都市空间的日趋广阔、网络空间的无远弗届、求

————————

[1]　邹平林、杜早华：《时间与历史：人的命运及其存在的意义——马克思、海德格尔比较研究》，《社会科学论坛》，2010 年第 21 期。

[2]　朱宥勋：《矛盾事物的连接词——黄崇凯论》，朱宥勋、黄崇凯编：《台湾七年级小说金典》，台北市：酿出版，2011 年，第 27 页。

[3]　黄崇凯：《比冥王星更远的地方》，桃园：逗点文创结社出版，2012 年，第 50 页。

[4]　黄崇凯：《比冥王星更远的地方》，桃园：逗点文创结社出版，2012 年，第 49 页。

职求学空间的不断变更,这些都与家乡空间的衰败停滞和私人空间的日益狭小形成了对抗与撕裂。他们在日常生活的空间之上建构出并时的、多重编码的空间结构,"一切历史的、曾经被时间界定的事物在多重空间中再现、变形、隐匿、互相结合或者撞击"[1]。历史记忆在他们的文本中被转译成空间的符号,他们试图通过空间的差异来考证权力的生产和历史的变更,占有差异空间对寻求同一性的历史进行颠覆,正如福柯所说,"一种完整的历史,需要描述诸种空间,因为各种空间在同时又是各种权力的历史"[2]。朱宥勋的神秘亚观、杨富闵的热闹大内、黄崇凯的寂静医院、赖志颖的阴性岛屿、神小风的封闭房间,都是他们面对不断变动的后现代空间,如何定位身份的位置、如何阐述身份的空间原型的思考与回应。

赖志颖在《海盗·白浪·契》中以一幅《康熙台湾舆图》展开对台湾历史的想象,通过对地图上台湾地域空间的古今对比,将历史想象推进到清代时期的台湾,暗指移民对台湾空间形态的影响,以空间的变化隐喻台湾由一座少数民族母系氏部落居住的阴性之岛成为一个被汉人统治的失根之岛——"父系祖先失去自己的性别,母系祖先失去自己的土地"[3]。地图是一个重要的象征符号,地图形绘出地理的真实,但它同时也是一种想象的空间与权力的视野。对于个体而言,地图是统治者的一种政策陈述,具有政治的意涵,反映出绘制地图的统治精英阶层对空间秩序的行政设定,从而形绘出知识与权力交错的空间图像。地图的变化意味着台湾政权的更迭与变迁,是历史记忆在空间上的具体呈现。董启章认为:"地图不单是权力的描绘、记录或是象征,它就是权力的行使本身。以绘图这种文献制作方式来争夺地方的领属性,往往是国家与国家、权力实体与权力实体之间在兴师动武之外的另一场战场。"[4]"地图的内在驱动力是驾驭大地,甚至是塑造大地,取代大地成为真正发生人力交互作用的场域……最终的目的并不是反映大地的真相,而是宣示对大地行使的拥有权、剥削权和解释权。"[5]《康熙台湾舆图》是中央政权对台湾进行规划的开始,也象征着台湾现代化的开端,作者并不引用任何的历史记载,却通过一幅地图来切入台湾的历史主脉,将历史在空间上展开,在中央与地方、统治与反抗、外来与本土的空间斗争中建构个人化的历史想象。

————————

[1]　林耀德:《八〇年代台湾都市文学》,见林耀德著:《重组的星空》,台北:业强出版社,1991年,第222页。

[2]　福柯:《权力/知识》,引自【美】爱德华·W.苏贾著,王文斌译:《后现代地理学——重申批判社会理论中的空间》,北京:商务印书馆,2004年,第32页。

[3]　赖志颖:《海盗·白浪·契》,朱宥勋、黄崇凯编:《台湾七年级小说金典》,台北市:酿出版,2011年,第64页。

[4]　董启章:《地图集》,台北市:联经出版事业股份有限公司,2011年,第34页。

[5]　董启章:《地图集》,台北市:联经出版事业股份有限公司,2011年,第45页。

"你"不满足于族谱中所记载的"二十余代祖先之安稳，从小即爱追本溯源，知道开基祖从莆田横渡黑水沟，疑惑离开妈祖的故乡如何求得安稳即使在此打拼后为何不回去"[1]。追问在遭到亲族长辈的呵斥后，"你"开始编织自己的家族史，将祖先的身份想象成一个海盗的契子，他来自莆田的贫困家庭，被海盗们收养用作船上女人的替代品，他被双重阉割，失去了自己的性别和故土，成为海盗们播撒在台湾土地上的一个种子，他乃至他的后代，始终都是无根的海上游牧民族。海洋和陆地是一个相对应的空间，海洋象征着漂泊、无根、掠夺、父性，陆地象征着稳定、归属、接纳、母性，作者通过这种对应的空间关系，塑造出台湾离散的历史经验和身份认同。

《罪观》中的空间也极具历史象征意义，罪观具有和文明世界完全不同的外貌和特质："罪地灰质、寸草不生的土壁垂直下切，正与油绿的稻田相接，仿佛有什么力量在那山脚处画了一条线，生命在此终止，不得向前。就在那灰绿冲撞的线上，一幢红柱金檐，既像是寺又像是观的建筑物突兀地立在那儿。"[2]"那是一个会侵蚀、毁坏所有表意能力与意愿的地方。"[3]可见罪观是一个外围的、边缘的和异己的"第三空间"，如同索亚所说，"它具有潜意识的神秘性和有限的可知性，它彻底开放并且充满了想象"[4]，但就是这么一个荒芜、空白、贫瘠的空间，作者却赋予了它强大的生命力和归属感："我第一次走进罪山里。绕过观，总觉得脚下的土地在流动，我往山上走了几步便屈下身来，四肢并用地爬着。它像一头白色的巨兽，我贴着它，仿佛贴着你的身体，有温度徐徐传来。有些地方是真的湿软，富含水分一如汗黏的人体。"[5]罪观的土地一如C失踪母亲的身体，充满了创伤，但也隐含着强大的自愈能力，既是对已有的现代性理性体系的反叛与破坏，也蕴含着再生与重建的力量。将土地与母亲做类比，这在文学史上并不少见，但罪观这一心灵原乡的"空与无"却极具佛教哲学的色彩，佛学中认为时间空间都是不存在的，我们所见所闻所想的世间万物都是流变而虚妄的。《金刚经》说道："一切有为法，如梦幻泡影，如露亦如电，应作如是观。"世间的一切事物都在不断变化之中，没有事物能够永久存在。所以要放下对事物的执着，不要执迷于短暂的东西，而要追求永恒的真理。小说中的永恒，显然是代表母土的罪观——'母亲，你已是你

---

[1]　赖志颖：《海盗·白浪·契》，朱宥勋、黄崇凯编，《台湾七年级小说金典》，台北市：酿出版，2011年，第59页。

[2]　朱宥勋：《罪观》，台北市：宝瓶文化事业有限公司，2012年，第30页。

[3]　朱宥勋：《罪观》，台北市：宝瓶文化事业有限公司，2012年，第40页。

[4]　【美】索杰（Soja E.W），陆杨等译：《第三空间：去往洛杉矶和其他真实和想象地方的旅程》，上海：上海教育出版社，2005年，第86页。

[5]　朱宥勋：《罪观》，台北市：宝瓶文化事业有限公司，2012年，第49页。

所搜集的神祇的一分子了。你毫无特征——唯一可能描述你的人，是渐渐在这座观里失去符号能力的我——你毫无历史，你毫无神迹，全无征象，遂你是垩观里信徒拜祀的中心。因为你比沉默更先验地在那儿，你在一切之先，让所有的人追寻，所有的人迟到。"[1]

垩观也是一个反抗统治秩序的空间，在《自白：加路兰简史》当中，"政府"在垩观上面建了一座类似监狱一样封闭、隔绝的研究所，试图重新训练垩人语言、记忆与书写的能力，这座研究所和福柯笔下的圆形监狱有太多相似的地方。但当研究略有成果的时候，那些恢复的垩人又重新回到研究所，倒下长眠，而研究所的研究人员也受到失眠的困扰，并相继长眠，这场权力机构试图对历史重新书写、重新规训的实验遭到失败，"这块土地有自己的意志……这块土地在夺回属于它的一切"[2]。

第三节　历史书写的意识形态建构

詹京斯认为："历史建构是一种修辞、隐喻、文本的实践，其由特殊但绝非同质的程序所影响，通过这些程序，并借由公共的历史领域以使过去的维系／转化成为常规；借由这种方式，历史建构可被视为全然发生于现在。"[3] 从历史书写的脉络来看，台湾的社会文化经过了几次重要的转型，都与历史认同议题紧密地结合在一起。历史书写往往与时代的社会思潮相结合，参与到台湾统"独"意识形态的建构当中，具有强烈的意识形态色彩。因此，台湾 80 后的历史书写，既是对历史的重新建构，也是对当下台湾文化政治的折射隐喻，体现着这个世代群体对历史的回应和意识形态的立场，他们以历史为桥梁，跨越文化的线索，勾勒出对中国的文化想象。

赖志颖在《红蜻蜓》中借光复初期一段禁忌的青春暗恋，来控诉国民党对左翼知识分子的残酷血洗和镇压所造成的骨肉相离、爱人永别的悲剧，"我"以一个医学生的身份在解剖课上亲手解剖失踪多年的表哥的尸体，从而确认了爱人的死亡，"我"在小说中不停地向尸体倾诉无法吐露的爱恋，长期被大历史所忽略和压抑的情感诉求喷薄而出，解剖既是摧毁也是重建，通过每一处朽坏器官、肌肤的裂解来重建表哥生前的音容笑貌，以现在的腐朽、灰暗、死亡来反衬过去的生机、

---

[1] 朱宥勋：《垩观》，台北：宝瓶文化事业有限公司，2012 年，第 50 页。

[2] 朱宥勋：《垩观》，台北：宝瓶文化事业有限公司，2012 年，第 228—229 页。

[3] 【英】凯斯·詹京斯，江政宽译：《后现代历史学：从卡耳和艾尔顿到罗逖与怀特》，台北：麦田出版，2000 年，第 xiii 页。

美好、活力，具有强烈的视觉冲击。贯穿小说的日本歌曲《红蜻蜓》和小说篇首所引用的吕赫若《清秋》片段，代表了台湾的两个历史线索：日据和左翼，表哥是个左翼进步青年，具有社会主义思想，他的好友吕桑显然是影射吕赫若等一批无法用中文写作的左翼作家。"你告诉我吕桑和内地一些作家，像鲁迅和郭沫若，都是属于一流的，我们要在那天来临前帮他把以前写的日文小说翻译好，让祖国的人都认识他。你说得口沫横飞，还要我向'清秋'中的医师学习悲天悯人的精神。"[1]小说描绘出这些进步青年在光复初期所遭遇的身份认同困境——怀抱着对祖国的向往和热爱，却因为无法使用中文而遭到国民党政权的质疑和排斥，并进一步因为社会主义的理想遭到血洗，表哥是中华文化的继承者和传播者，而他的死也代表了台湾左翼思潮进入历史的暗影，以及中国历史认同在台湾本省人当中的断裂。

包冠涵《耳与耳》，以少年的经历讲述了印尼20世纪五六十年代发生的排华悲剧，国族的冲突早已隐身在主人公对中华的想象和姐姐偷偷阅读的鲁迅等"禁书"以及父亲的富有当中，文化冲突和阶级矛盾最终演变成为种族之间的屠杀，背井离乡的移民者应该如何寻求归宿和家园？是否该坚持自己民族的文化和历史叙事？小说通过少年独有的敏锐的听觉、触觉，创造了一个朦胧、诗意的美好世界，这个世界里有对祖国原乡的乡愁和中华文化的向往，有恩师与社会主义信念的指引，有亲情和家族的温暖，也有对自我身份认同的质疑与困惑，这些构筑了一个从中国渡海去印尼的华人家族的情感谱系和文化结构，这些文化认同也赋予主人公抵御历史血腥和暴力的能力，减缓了伤痛的侵蚀。作者借此反思同样也是移民者的台湾的历史处境和未来，具有深厚的人文关怀和广阔的历史视野。

第四节　结论

克罗齐说"一切历史都是当代史"。历史书写虽然受到台湾当代政治语境的影响，但是作家在思考历史的时候又会溢出这个既有的框架，传达了现代人所面临的精神困境，超越了以文学来宣传政治理念的狭隘目的而具有了文化重建的意涵。"巴赫金曾提出关于'文化转型期'的概念，文化转型期的前提是'语言语义中意识形态中心的解体'，由此导致各种社会利益、价值体系的话语所形成的离心力量

---

[1]　赖志颖:《红蜻蜓》，朱宥勋、黄崇凯编，《台湾七年级小说金典》，台北市：酿出版，2011年，第70—71页。

向语言单一的中心神话、中心意识形态的向心力量提出强有力的挑战。"[1]80后的作家历史叙事，呈现出这一代的历史观，具有强烈的世代标签和青年反抗精神，代表着文化转型期价值体系的转向，他们的历史书写呈现出虚构性、去历史化、空间化的特征，不再追寻真实，而是通过刻意的虚构来追问历史对于人存在的哲学意义，以时间切入历史的肌理，传达出孤独、失序、隔绝、失根、混乱的感受，他们以时代的反叛者、革命者自居，青春和记忆构成历史独特的底色，这也是台湾21世纪普遍的感觉结构。

但这种对一切整体、宏大的历史叙事的回避和反叛，必然会带来历史视野的狭隘和断裂，赵刚认为台湾目前的知识界存在着"历史的无关"[2]的状态，"受限于自身的长期知识习惯，倾向于将构成现实的历史纵深（以及经常连带着的空间广度），进行一种'经验主义'式切割，将现象或议题的历史源流以及空间尺度高度压缩，如此一来，空间就是'我们台湾'，而时间则是'最近''近几年来'，而最远似乎也不过是'解严以来'，等'立即过往'"[3]。这种历史观表现在80后书写当中，就是对历史的拒斥，在解构主义、后现代主义的政治正确的大旗下，缺乏对已有历史的反思和对照，如朱宥勋的《垩观》把未来的信念寄托在垩观这个毫无历史记忆的地方，但这样孤立的、断裂的、小写的历史想象能否接近真实，能否获得对未来的想象？这不仅仅是目前台湾青年的文化问题，也是造成整个台湾社会历史认同混乱的根源。

---

[1]　肖宝凤：《消解历史的秩序：20世纪末台湾文学中的后现代历史叙事研究》，《台湾研究集刊》，2014年第6期。

[2]　赵刚：《台社是太阳花的尖兵吗？——给台社的一封公开信》，《台湾社会研究季刊》，2016年3月，第102期。

[3]　赵刚：《台社是太阳花的尖兵吗？——给台社的一封公开信》，《台湾社会研究季刊》，2016年3月，第102期。

第二章　台湾 80 后小说的日据书写与
日据历史想象

第一节　新世纪青年日据书写的涌现

21 世纪以来，台湾文学出现了青年作家重新书写日据历史的现象。一批台湾 80 后青年作家融合了大众文化、民俗文化、日据时期"外地文学"传统，展开对日据时期社会与殖民关系的想象，体现了 21 世纪初台湾青年的历史观与精神症候。

1932 年叶荣钟在《南音》发刊词中说道："台湾的混沌既非一日了，但是有史以来当以现代为第一，目前的台湾可以说是八面碰壁了，无论在政治上，经济上以至于社会上各方面，不是暮气颓唐的，便是矛盾撞着，在这混乱惨淡的空气中过日子的我们，能有几个不至于感着苦痛？"[1]

2018 年，青年作家杨双子在小说《花开少女华丽岛》中这样描绘日据时期："那一年是明治四十二年。文明开化的年代。纵贯铁路贯穿岛屿台湾的年代。女子解开小脚进女学校读书的年代。"[2]

日据时期文人所感受到的苦闷、无望、黑暗与颓唐，为何在 21 世纪的青年作家眼中，却成为一个充满希望、革新与进步的时代呢？相较于日据时期台湾知识分子对于殖民统治的批判与反抗，日本殖民统治不仅被台湾 80 后青年作家合理化，甚至披上了一层现代化、文明化、浪漫化的美丽外衣。二者对于日据历史迥异的书写，传达出截然不同的时代感受，而这种强烈的对比，显示出台湾社会对于日据历史的阐释方式发生了从反殖民到肯定殖民的重大变化。杨双子的《花开少女华丽岛》《花开时节》，以一系列勇于冲破传统禁锢、同时又具备日本的古典、坚韧品性的"新"女性形象，来展现"殖民现代性"所谓的"文明开化"风潮给台湾社会带来的机遇，营造出"富庶、浪漫、典雅"的时代假象；何敬尧、杨双子、

---

[1]　叶荣钟：《发刊词》，《南音》创刊号，1932 年 1 月 15 日，第 1 页。

[2]　杨双子：《花开少女华丽岛》，台北：九歌出版社有限公司，2018 年，第 92 页。

潇湘神等作家合著的《华丽岛轶闻·键》，叙述了西川满、金光丈夫、国分直一等日本作家、人类学家凭借丰富的台湾民俗知识和过人的智慧，协助台湾传统大家族破解家族诅咒的魔幻冒险故事；潇湘神的《台北城里妖怪跋扈》《帝国大学赤雨骚乱》用一个杀人鬼"K"引出日本妖怪、台湾神明、人类等各种势力在台湾的混战，以及台湾知识分子与西川满等日本作家，分别以《台湾文学》《文艺台湾》为阵地，围绕"外地文学"所展开的文学领导权的斗争。何敬尧的妖怪物语细细考究台湾妖怪的谱系与传说，试图创造出台湾本土的妖怪文化。

青年作家重写日据历史与文学已是21世纪文学中一个重要的文学现象，他们以日据时期的真实人物与事件为素材，融合现代的魔幻、情爱、推理等技巧与方法，将日据时期塑造成一个强大、光明、美好的"帝国时代"。本书试图通过解析青年作家的日据书写，分析80后世代表现日据历史与人物形象的内容与方式，他们如何选择性地挪用日据文学传统，并排除和遮蔽了一部分日据时代的现实与声音，他们所再现的日本形象、台湾意象与真实历史与个体经验的偏差，是通过浪漫主义的美学风格、异国情调的民俗文化以及对"殖民现代性"的讴歌当中构建出来的，体现了他们对于殖民历史、"殖民现代性"、文化传统与身份建构的某种错误认识，反映了"殖民现代性"崇拜与南方思维在台湾的衍异。同时殖民时期所创造出来的美学意象在青年社会想象当中的死灰复燃，展现了21世纪初期台湾社会思潮的面貌，并深刻地嵌入了台湾百余年复杂的地缘政治格局、意识形态冲突与阶级位置之中。以殖民这一具有强烈冲突性与历史脉络性的问题切入，能够细腻地把握后冷战情境下台湾青年的感觉结构，与战后台湾乃至东亚地区的精神脉络，并由此体认到东亚在面对殖民这一问题上的思想困境与问题，从而寻求解决这一问题的道路。

第二节　台湾日据书写的历史脉络与流变

如何定义日据历史，一直是台湾思想界争议的一个焦点，不同阐释方式的分歧，主要围绕两个方面：

1. 日本殖民对台湾而言是压迫剥削还是铺就现代化之路？

2. 台湾对于日本的反抗是内在于中国反帝反封建的革命当中，还是台湾"本土主义"的滥觞？这两个核心矛盾贯穿了光复以后的台湾文化场域，体现了台湾"本土主义"分裂史观与民族主义统一史观、新自由主义与左翼思想的对峙与纷争，既是亚洲殖民的遗留问题，也随着经济的发展、政治的演变而融入了更加复杂的文化、消费主义等元素，但根本上还是内在于殖民与现代性的历史脉络之内，也是冷战与内战的双战结构所遮蔽的视野与产生的思想局限。这种思想上的矛盾，就体现在目前台湾学界相当大量的日据历史的文学、影视与研究当中。其中呈现的抵抗或者美化日本殖民的不同情绪，不能简单地用亲日、反日等不同的历史观来概括，而应该认识到这种历史观背后所隐藏的深刻的历史、现实因素，以及台湾内部意识形态的剧烈冲突，反映了台湾乃至东亚地区的复杂关系、殖民关系对人的精神与自我认知的深刻影响，迄今依然具有强烈的批判性意义。

光复后，台湾文学史上关于日据历史的书写经历了几个阶段：

1. 光复后国民党主导的爱国民族主义教育，对日本殖民历史进行批判，此时文学上的日本形象往往都是残暴疯狂的侵略者。

2. 80 年代前后，伴随着"本土主义"在岛内逐渐抬头，台湾社会开始出现了对于日据历史的正面解读，最为典型的就是张良泽对于西川满创作为代表的日本"外地文学"和"皇民文学"的翻案和肯定，认为西川满所提出的南方文学、华丽岛文艺与大陆文学的差异，是"清晰地主张了台湾文学的独特性，从而使台湾人觉醒了起来"[1]。与之相应的是文学史对于日据书写的重新定位。从叶石涛的《台湾文学史纲》，到陈芳明的《台湾新文学史》《殖民地摩登》，日据越来越成为一种"现代性"与"本土性"的象征。

3. 21 世纪以来，首先是 2001 年小林善纪的《台湾论》引爆争论，邱贵芬等"本土派"学者直接指出日据历史与文化记忆标示了台湾"与'大陆'不同的文化传承与组合"。[2] 这种叙述方式的转变，体现了 21 世纪以来，日据历史的反殖民性已经被本土派改造成"正面的"本土文化资产，用以抵抗中国统一史观。甘耀明的《杀鬼》中对于日本殖民者暧昧的感情描写，就是这一日据书写转变的典型例证。

值得注意的是，进入 21 世纪以后，与张良泽等人早期着重在经济政治上肯定日据的方法不同，日据历史开始以一种美学的形式进入大众视野，不仅仅是日据时期在台日人作家如西川满、佐藤春夫、岛田谨二的作品、文论重新得到翻译和探讨、推广[3]，而且大量的文化研究也以日据时期台湾上流阶层生活经验上的风尚

　　[1]　张良泽：《战前在台湾的日本书学——以西川满为例——兼致王晓波先生》，《文季》2 卷 3 期，1984 年 9 月。

　　[2]　邱贵芬：《在地性论述的发展与全球空间：乡土文学论战三十年》，思想编委会编著：《乡土、本土、在地》，《思想》6，台北：联经出版社，2007 年 8 月。

　　[3]　2016 年佐藤春夫的《殖民地之旅》翻译出版，台湾当局也在有意识地推动日据文学的再阐释，台湾文学馆于 2012 年、2018 年举办"华丽岛·台湾—西川满系列展"，展览这样介绍西川满："他 1910 年至 1946 年在台 36 年期间，十分热爱台湾，其文学创作多以当时台湾历史、民情、风俗为背景"，https://www.tainanoutlook.com/activities/hua-li-dao-tai-wan-xi。可见，官方还是以"热爱台湾"、关心台湾"历史、民情、风俗"的主题对这些日据时期在台日人作家进行正面评价。

为切入点，展现那一时期的"现代性与优越性"。如黄慧贞的《"日治"时期台湾"上流阶层"兴趣之探讨——以〈台湾人士鉴〉为分析样本》（2007年），蒋竹山《岛屿浮世绘："日治"台湾的大众生活》（2014年），文可玺编著《台湾摩登咖啡屋："日治"台湾饮食消费文化考》（2014年），陈柔缙著《台湾西方文明初体验》（2005年）等。日式建筑与街道被大量还原、模仿，日据历史记忆成为文化旅游的热点，甚至拯救了许多老旧街区，[1]日据成为"时尚"潮流的风格代名词。

这一日据怀旧现象也席卷了21世纪以后的台湾影视创作。2003年的纪录片《跳舞时代》镜头下的日据台湾被邱贵芬誉为标志着"'日治'记忆在21世纪的台湾逐渐从负债转化成一种资本……标示台湾与中国文化传承与历史叙述的不同"[2]。2009年电影《海角七号》以浪漫坚贞悲情的台日绝恋隐喻台日之间的深情并风靡亚洲。2015年文学纪录片《日曜日式散步者》凭借新感觉派诗人旅日期间精致的日式饮食、衣饰与生活情调营造出一种古典温婉的诗意。2009年连续剧《水色嘉南》中描述八田与一征收田地做水道的行为就仿佛先知一样，孤独、痛苦、不被当世人理解，却造福了后世。2014年的电影《KANO》中不仅没有殖民压迫，殖民者和被殖民者反而齐心协力，平等互助地共同建设台湾，反映了殖民意识形态和美学的幽灵还在台湾徘徊。

综上所述，虽然对于日据的讨论贯穿了台湾光复之后，但是21世纪的日据书写却呈现出一种怀旧的、浪漫的美学气息，且怀旧对象主要集中在日据中后期台湾社会较为稳定与繁荣的阶段，重点在于展现彼时市民众"富庶、幸福、优越的生活，以及一切都处于欣欣向荣、对未来充满期待与可能性的积极状态"。2010年《思想》就曾出版专刊讨论，将这一文化现象形象地称为"台湾的日本症候群"，分别选取左右翼和统"独"等不同立场的学者，从政治经济学、族群、世代、文化研究、后殖民、东亚区域等视角对此进行不同的解读与描述。而自20世纪90年代始至今方兴未艾的所谓后殖民思潮与辩论，本质上也是台湾思想界对殖民问题回应的一部分。

值得注意的是，没有丝毫殖民记忆的台湾80后青年在21世纪也深刻地介入这一场集体怀旧之中，他们的日据书写融合了青春的幻想、青年对于主流文化的反抗、消费文化与大众文化的影响、传统文化与旧殖民地文学传统的再造，其中新与旧、现代与传统、反抗与认同的碰撞被放置在对旧殖民关系的怀旧与幻想之下，是当代东亚面对去殖民历史困境的一个缩影，是折射出当代台湾社会精神图

---

[1]　如九份老街。

[2]　邱贵芬：《在地性论述的发展与全球空间：乡土文学论战三十年》，思想编委会编著：《乡土、本土、在地》，《思想》6，台北：联经出版社，2007年8月。

谱的重要文学现象。

第三节　殖民现代性的欲求

　　竹内好说，"东方的近代是欧洲强制的结果"[1]，"欧洲对东洋的入侵结果导致了东洋资本主义化现象的产生，它意味着欧洲的自我保存——自我扩张，因此，对于欧洲来说，它在观念上被理解为世界史的进步或理性的胜利。入侵的形态最初是政府，接下来变为要求市场的开放，或者人权与信教自由的保障，以及借款、救济、教育和对解放运动的支援等。这些形式本身象征着理性主义精神的进步"[2]。这样的理性主义精神的胜利，也同样通过日本对于台湾的侵略而逐步展开，日据时期土地与人口，经济上的专卖制度、产业贸易，卫生、教育、警察机关与司法监狱等各方面的改革，体现在数据上就是经济的成长、产业的提升、教育人口的增加，这些日据时期隐蔽在行政手段与同化政策背后的理性精神，在 21 世纪被抽离出整个历史脉络，成为青年理解与接近日据时期的一个重要路径。正如杨双子在小说中写道，"如同'皇国'正式推行万国公制取代尺贯法的度量衡新制，这个世界全速走在改头换面的路径上。……这个世界的许多国家，如同齿轮共构而全力奔驰的庞大机器，没有一天停止运转。"[3]理性主义与随之而来的发展与进步，是青年作家日据书写的核心。日据时期在小说中被描绘成一个充满了新思想、新科技与新机遇的"黄金时代"，日本所带来的"殖民现代性"是改革殖民地落后性的"先进力量"。文本不仅仅抹去了殖民时期的剥削与压迫现象，还剥除了日据时期的黑暗面，以相当"精英化"的视角，片面展现日据时期台湾上流士绅阶层的生活经验，残酷的殖民压迫与社会矛盾消失殆尽，取而代之的是教化之下的文明新风，抽离日本建设台湾的帝国欲望与经济利益，以爱与同情来阐释日据时期日本与台湾之间的关系，将殖民者塑造成为苦心孤诣的"奉献者"与"启蒙者"。

　　杨双子通过西式的洋房、时尚的服饰、现代化的交通、女性的解放、平等的教育机会、繁华的都市等，勾勒出一个充满了新思想、新科技与新机遇的黄金时代，小说中的台湾女性几乎都是出生于日据时期的大地主、富商家族，代表了日据时期脱胎于日本殖民体制的新兴资产阶级与士绅阶级，凭借日本殖民者所推行的教育、习俗、产业改革，迎来了翱翔腾飞的机遇。小说中不乏这样的时代注脚：

---

　　[1]【日】竹内好著，李冬木等译：《近代的超克》，北京：生活·读书·新知三联书店，2016 年，第 256 页。

　　[2]【日】竹内好著，李冬木等译：《近代的超克》，北京：生活·读书·新知三联书店，2016 年，第 258 页。

　　[3]　杨双子：《花开少女华丽岛》，台北：九歌出版社有限公司，2018 年，第 138 页。

"时代真正不同了。……漳州人和泉人流血争地盘的时代过去了，现在是日本帝国的时代。纵贯铁路贯穿岛屿的，女子解开小脚读书的时代。是文明的进步的时代啊！"[1] 小说中的台湾女性不仅因为日本殖民统治得以解开小脚，打破旧习、开阔眼界、施展才华，也可以通过努力成为杰出的钢琴家、运动员、画家，甚至可以获得日本人的青睐、羡慕与敬佩，与日本女性成为知己。《花开时节》里的杨雪泥拥有当女校长的豪情壮志，《金木樨银木樨》中的静枝与《合欢》里的蔡夫人，均因为优异的才能赴日留学。小说通过青春的女性之眼如此展现日据时代的风景："每到长假，春子褪下别有校徽的制服，换一袭英国洋装，头戴缀有缎带的麦秆女帽，连鲍勃式的短发也比女学校的许多同学更像都市少女。跃身驰往台中州的蒸汽火车，透过车窗看见早晨薄雾笼罩山峦与河川，正午骄阳照亮水田与香蕉园，以及间或闪逝的城镇景色，春子不觉凝望陶醉。世间万物如同蒸汽火车全速前进，台北车站与台中车站只有三个半钟头的距离，不由得深感诞生在大正时代是多么的幸福啊。"[2] 热烈拥抱摩登的时尚青年，以进化论的观点赞叹着都市的日新月异，而在作者看来，台湾有幸能够坐上这辆强大的、顺应时代潮流的列车，也是得益于日本的殖民统治。

　　但这种所谓的女性解放并没有走向更广阔的社会与现实，最终只落在婚姻与恋爱自主之上，小说中同性之间似有若无的情愫，成为唯一的越界与反抗。《合欢》里的蔡夫人曾经是出类拔萃的钢琴家，毕业于顶尖的东京音乐学院，巡演的足迹甚至遍及欧洲，回到台湾一度因为岛内低劣的钢琴文化与欣赏水平而痛苦不已，这一沐浴了文明新风之后，与闭塞的乡土环境格格不入的心境，触及了日据时期的小资产阶级知识分子所面临的文明与落后、新与旧的冲突，但是小说却以蔡夫人放弃钢琴家的职业理想，心甘情愿地接受家族安排的婚姻的方式，解决了这一冲突。理由是接受了家族的爱，就应该回报家族。这场日据时期尚未发生的自我革命，就因殖民地女性的顾全大局、奉公持家而落幕，文中反复渲染的克己复礼、出类拔萃的完美女性形象，代表了作者对于理想女性气质、样貌、举止、价值观的想象，而她们与大和抚子等日本古典女性意象的类比，阐明了无所不在的日本典范，这一典范以更为细腻、浪漫的方式，内化了帝国主义对于殖民地精神与自我形象的塑造，也暗示了只有遵循日本殖民者所界定出来的典范，才能培养出如此优秀的女性，殖民者帮助台湾"提升了社会的文明"，"改造了国民性"，而台湾接受了这样的帮助，就应当对殖民者怀抱感恩之心。正如这些女性面对公与私、

[1] 杨双子：《花开少女华丽岛》，台北：九歌出版社有限公司，2018年，第119页。

[2] 杨双子：《花开少女华丽岛》，台北：九歌出版社有限公司，2018年，第127页。

个体追求与家族利益冲突时的抉择，象征了殖民者教化殖民地，赐予殖民地现代化这一权力关系。小说通过浪漫、美丽的人物与悲情的故事，对日本的殖民统治进行合法化。

相较于日据时期台湾作家的阴郁、挫折、自卑，在这些青年作者笔下，台湾似乎在台日关系上获得了前所未有的主体性和优越性。《站长的少妻》里的千代来自日本的茶臼山村，跟随父母来到台湾，在台北这个繁华的大都市目眩神迷，由乡村姑娘"脱胎换骨成为都市的少女"，感慨"都市比山野好多了"[1]。《花开时节》中图书管理员之女山口初子因出身平凡而自卑，默默钦慕台湾地主家族的杨雪泥。《金木樨银木樨》中日本望族出生的"我"盛赞台湾人静枝为日本的理想女性大和抚子，而自己则像牛一样仰视着她。《天亮之前的爱情故事》中贫贱的日本女招待千荣子爱慕读早稻田大学的台湾地主之子杨君，并由杨君的天真美好而憧憬温暖富饶、童话般的台湾。《木棉》借张明霞与杨春子的朝气与友情描绘台北茶业与台中米业在日据时期蒸蒸日上的景象，展现了日据时期台湾由农业社会向工商业社会的转变。《华丽岛铁闻·键》中鬼海守与画家村上英夫都迷恋台湾男子陈海晏，两个男人之间的妒忌甚至导致了残酷的情杀。现代性不仅改变了台湾的社会面貌，甚至还倒错了台日之间的阶序关系，台湾成为日本所称羡的对象。

小说往往将台日之间的关系浪漫化为人物之间的情爱关系，而台湾女性（即便是男性也极其地阴性化）往往处于被爱慕的位置，这种关系表面上似乎倒错了殖民的优劣阶序关系，但是独立、优秀、聪慧的台湾女性 / 男性，被"高位阶"的日本殖民者欣赏与肯定，企图证明台湾经过殖民者的改造，同样也具有了优越的品格。也就是说小说中台湾的"主体性"与"优越性"，实际上仍然是"被殖民者所赋予的"。台湾人始终处于被日本人教化、引导的地位，小说中没有接受过日本现代化教育的下层台湾人都是"粗俗不堪""奸诈狡猾"的普罗大众，只有接受了良好的日本教育、拥有现代化思想和文明的举止、优雅的品味，才有资格被殖民者所青睐和接纳。可见恋日、怀旧的背面，恰恰是对自我身份和民族文化的厌弃。

五位青年作家共同创作的小说《华丽岛铁闻·键》，同样也是殖民者带领殖民地走向现代化的一个隐喻。小说的开篇即描述郑氏王朝的陈永华家族深受"池大人诅咒"的困扰，古老的台湾家族被过往的禁忌深深束缚住，不敢越雷池一步，因此，陈永华的后人施天泉去向精通民俗的西川满求救，西川满通过分析日本与中国传说中天狗外貌的不同，质疑这一妖怪事件的真实性，从而抓住了利用传说来恐吓家人谋财的真凶。第四个故事中，民俗学家国分直一赴台南寻访民俗，得

---

[1]　杨双子：《花开少女华丽岛》，台北：九歌出版社有限公司，2018 年，第 73 页。

知大火将施家古宅烧毁的神秘事件，对诅咒事件产生了浓厚兴趣，与施天泉一同回台北寻找西川满，却在海边碰到诡异的死亡事件。在破案过程中他们碰到了帝国大学教授金光丈夫和伪装成金光丈夫的瘟王爷，金光丈夫凭借渊博的民俗知识，解读出特殊的死亡事件与王爷信仰之间的内在关系，通过水鬼提供的线索，逐渐揭开一桩惊世骇俗的台日同性恋情。古老的台湾家族深陷诅咒的恐惧，显示台湾的普通民众还处于前现代的阴影当中，而令台湾人敬畏陌生的神怪鬼魅，日本专家凭借科学理性的精神，不仅不受神怪的魅惑，甚至还对他们了如指掌，无远弗届的殖民知识体系，以人类学、民俗学、地理学等现代性知识，深入统摄了殖民地的方方面面。在破解谜题的过程中，日本专家扮演着救世主的角色，宛如师长般对台湾人谆谆教导，而台湾人更是对他们敬佩有加。在二者的交流过程中，非常典型地树立起台湾非理性的、幼稚的、异国情调的南方形象，以及日本理性的、成熟的、权威的形象。西川满在小说《华丽岛轶闻·键》当中的现身具有鲜明的现代性意涵："一位身穿黑色洋服，头戴巴拿马帽的男子。"[1]他精明干练、举止洋派，"一眼就认出我是吴老师口中'彷徨困惑的年轻人'，直接就对我拍肩搭话。我还懵懵懂懂之时，他竟然立刻询问我，认不认得去台南运河的路，因为他想去运河'寻找尸体'"[2]。告别时，"他就取下头顶上的白色巴拿马帽，拿着帽子朝我挥挥手"[3]。小说中的金光丈夫也是如此，"他看来将近四十岁，梳着整齐的西装油头，明明是夏天，却穿着长袖衬衫，外面加上质料高级、有些陈旧的西装背心，很有绅士的派头。"[4]服饰现代化的西川满与金光丈夫也是推动情节发展的核心人物，他们依靠过人的智慧、缜密的推理与丰富的民俗知识，破解了书中一个个难题与阴谋。巴拿马帽、西装、油头都是西式服饰的样式，在小说中象征着科学、理性与现代化的知识体系，以及破除陋习陈规、突破传统束缚的超前性。在小说中，台湾民间最重要的神之一——瘟王爷，也伪装成金光丈夫和西川满的模样进行调查，掌控生死的神化身为日本学者，神与殖民者形象的合一，意味着现代性被青年作家赋予绝对性的正面意义，对落后的台湾具有彻底的改造与更新作用。

可见，青年作家眼里的"殖民现代性"，在文化上是日式上流社会的"古典风

[1] 何敬尧、杨双子、陈又津、潇湘神、盛浩伟：《华丽岛轶闻·键》，台北：九歌出版社，2017年，第32页。

[2] 何敬尧、杨双子、陈又津、潇湘神、盛浩伟：《华丽岛轶闻·键》，台北：九歌出版社，2017年，第33页。

[3] 何敬尧、杨双子、陈又津、潇湘神、盛浩伟：《华丽岛轶闻·键》，台北：九歌出版社，2017年，第34页。

[4] 何敬尧、杨双子、陈又津、潇湘神、盛浩伟：《华丽岛轶闻·键》，台北：九歌出版社，2017年，第191—192页。

尚"，经济上是资本主义的工商业，价值观上是个人主义式的自由、民主、平等，政治上是效仿强盛殖民帝国的优等生道路。在这种混杂着西方帝国主义思维的日本殖民统治所带来的传统与现代、个体与社会、过去与现在的断裂之痛，在他们的书中都消失不见了，既然台湾无法抵御这种强制的现代性，那么现代性就是无须去辩驳与质疑的真理，唯一的问题是台湾的现代化程度还不够彻底，问题不在于日据切断了台湾现实与传统的联系，将台湾变成一个帝国发展版图下的资源榨取地，而在于日据之后的光复，切断了这一所谓的政治上民主化、经济上资本主义现代化的发展路线。因此，青年作家在世纪末所显示的恋日症候，对于昔日所谓"荣光"的怀旧，实际上是有着这样的思想底色。21 世纪的青年作家对于殖民现代性的简单呈现，刻意忽视殖民现代性的复杂性问题，足以显现他们的问题。

且不论小说中描绘的日据社会和个人境遇严重违背了真正史实，小说中对于日据时期的认识，与其说是作者历史知识匮乏所产生的，不如说作者就是这一早熟的、后进的、扭曲的资本主义的产物，他们不仅对于殖民现代性毫无抵抗与反思的意识，并且携带了大量日本殖民体制而来的父权与威权思维。殖民统治造成的台湾内部历史与现实、新与旧的断裂，以及对于台湾传统文化与民族性的否定与厌弃，以及混杂着父权与威权的封建主义西方现代思想，都打造了这样混乱的、软弱的精神系谱。

第四节　异国情调的地方美学

"外地文学"概念是 20 世纪 30 年代由岛田谨二提出的，他借鉴法属殖民地文学的样态，"将'外地文学'这个大命题归纳出了'外地人的乡愁''土地上特殊的景观描写''当地人的生活情况解释'等三点特征"[1]。所谓"外地文学"就是殖民地文学，是相对于殖民宗主国文学而言的，强调外地与内地殊异的风土人情，并且"外地文学"仅仅包含了在台日人作家群的创作，这就决定了"外地文学"是透过殖民者之眼来观看、审视殖民地，是将殖民地他者化与异质化，是日台之间优劣、高低阶序关系的文学呈现。而"外地文学"内涵的一体两面，就是所谓的异国情调与地方主义，要求文学既"充满南国情趣"[2]，又能使"文艺与乡土特色做连接"[3]，这种乡土特色并非根植于台湾现实，而是借由台湾的民间风俗、历

[1]【日】桥本恭子著，涂翠花、李文卿译：《岛田谨二：华丽岛文学的体验与解读》，台北：台达出版中心出版，2014 年，第 197 页。

[2]【日】池田敏雄：《三周年の回想》，《原生林》，1938 年 6 月，第 60 页。

[3]【日】池田敏雄：《三周年の回想》，《原生林》，1938 年 6 月，第 60 页。

史渲染出"日本书学所没有的'具体的、造型的、逻辑的'南欧（南岛）所特有的精神与审美观"[1]，在这样的"外地文学"观念指导之下，台湾呈现出一种浪漫、落后、原始、野蛮、愚昧的精神气质与猎奇的风景。以"外地文学"的概念与内涵来观察台湾 80 后作家的日本书写，就可以看到 80 后作家试图通过仿效"外地文学"，将台湾文学的起源追溯至日据时期"外地文学"的脉络。在人物塑造、人物关系、情节模式与美学风格的展现上，这些小说都再现了西川满、佐藤春夫等日人作家在文学创作当中所塑造的日人形象与殖民地形象，以侦探、推理、爱情、友情等方式美化殖民统治的欲望与殖民关系，以一种魔幻、猎奇、异国情调的形式想象 30 年代中期日据下的台湾社会以及台湾文化。

2018 年 12 位台湾 80 后作家共同创作的台湾文学史《百年降生：1900—2000 台湾文学故事》中，"外地文学"中的异国情调美学被塑造为影响台湾文学，并被遗忘的文学起源。陈允元在《一九〇五：肉笔上色的记忆》里以立石铁臣为主角，认为他以台湾民俗为主体的创作，不仅描绘了台湾的温暖绚烂之美，也展现了"一个'日本人他者'对台湾风土、民俗投注的认同与爱吧——立石笔下的台湾之美，竟是战后在另一个'他者'的教育下疏离于自己的土地文化、历史的台湾人所未曾发现的"[2]。何敬尧在《一九一〇：追求文学之美的浪漫教主》中，赞誉西川满"风格缥缈神秘，是当时文坛独领鳌头的文学家。在他的浪漫笔墨下，台湾风土犹如一场可望不可即的朦胧梦境"[3]。

《华丽岛轶闻·键》以华丽岛为题，就展现了一种强烈的意识形态色彩，华丽岛是西川满对台湾岛的命名，"华丽岛，光之源，是我们居住的台湾岛"。"为了树立南方的文学，从那天起我称呼台湾为'华丽岛'；而我将树立这岛谁都未曾写过的华丽文学。……我自认对表达台湾优美风土、民俗、信仰等有使命。"[4]西川满将台湾称为华丽岛，体现了一种殖民者对于殖民地的期待：物产丰饶、阳光明媚、美丽质朴。小说内化了这一帝国主义意识形态主导下的地方美学，以西川满等一批日据时期代表官方文化政策、掌控台湾文坛发言权的在台日人作家、画家、人类学家为主要表现对象，辐射当时的亲日文人、地主阶层，展现日据时期殖民机构所建构出的以"殖民现代性"为先导的浪漫化、南方化的文化氛围以及博物学

---

[1]【日】桥本恭子著，涂翠花、李文卿译：《岛田谨二：华丽岛文学的体验与解读》，台北：台达出版中心出版，2014 年，第 191 页。

[2] 李时雍主编：《百年降生：1900—2000 台湾文学故事》，新北：联经出版事业股份有限公司，2018 年，第 34 页。

[3] 李时雍主编：《百年降生：1900—2000 台湾文学故事》，新北：联经出版事业股份有限公司，2018 年，第 52 页。

[4]【日】西川满：《纸人豆马》，《文艺台湾》，1942 年第 5 卷 3 号，第 49—52 页。

式的殖民知识体系。小说将他们对于台湾民俗、人类学、绘画、地理学等知识转化为解决谋杀、灵异、虐恋事件的关键性要素，为他们当时的社会文化活动涂抹上更加传奇性、进步性、启蒙性的色彩。

西川满初遇"我"时，就表示要去寻找"死狗放水流"的习俗，他来台南的目的是搜集民间用来除魅消灾的纸钱——"外方纸"，还比"我"更加地熟知台湾的民俗，如"红头师公""天狗传说""听香"等。小说花了大量的笔墨来描绘"死狗放水流""送王船""妈祖信仰"等民间风俗的细节、渊源、演变、意义，并且反复强调这些民俗并非迷信，而是根深蒂固的传统文化。接受日本现代化教育的台湾青年，却对民间习俗知之甚少，将民俗视为迷信，西川满对迷信之说不以为意："民间习俗，比你所想象的还要根深蒂固喔。毕竟只要有人的地方，就有传统。就算是多么荒谬的事情，人类只要心存恐惧与崇敬，在时间的洪流之中，习俗就会存在，而且无所不在。"[1]

这些故事选取的人物：西川满、国分直一、金光丈夫，分别是日据时期主导台湾文化界的文学家、民俗学家、人类学家。他们代表了日据时期殖民官方体制对于台湾地方文化的调查、书写与想象。台北帝大教授、人类学大家金关丈夫于1941年创办了记录台湾平民生活文化的杂志《民俗台湾》，一直持续到1945年日本战败。西川满于1935年开始鼓吹"外地文学"论。1940年，西川满组织一批日人作家成立"台湾文艺家协会"，发行机关杂志《文艺台湾》。"创刊号上岛田谨二发表《外地文学研究的现状》一文，他将'外地文学'定义为'捕捉外地特异风物、描写外地生活者的特殊心理'的文学，并认为殖民地的文学乃从属于母国的文学，提供与母国文化不同的异国趣味，为母国文学注入新的风格。"[2]1942年西川满出版了《华丽岛民话集》，编写记录台湾的各种民间传说，着力展现台湾浓郁的异国情调与神秘的热带风情。这些以台湾民俗为中心的地方文化书写，是日据时期殖民当局文化体制主导下的文化实践，具有鲜明的政治意识形态色彩与美学风格。青年作家却将附庸于帝国南进政策的文化实践活动美化为台湾地方文化的发现者与开拓者，小说中的台湾青年虽然通过日本接触了文明，却对自己的传统文化一无所知，只能通过日本专家了解自己传统文化的样态，实际上是承认了西川满所说的台湾没有历史，只有依赖殖民者才能赋予他们历史的种族优越感。而小说中所透露的自卑的自我文化身份认同障碍，正是将自我看成等待书写与认

---

[1]　何敬尧、杨双子、陈又津、潇湘神、盛浩伟：《华丽岛轶闻·键》，台北：九歌出版社，2017年，第36页。

[2]　吴密察、石婉舜、柳书琴等著，石婉舜、柳书琴、许佩贤编，杨永彬、林巾力、温浩邦译：《帝国里的"地方文化"："皇民化"时期台湾文化状况》，台北：播种者出版，2008年，第196—197页。

识的白板，正如萨义德所说，"赋予东方的'可能性'和身份认同的，不是东方自己努力的结果，而是被西方以丰富知识体系所操纵下，得到的身份认同"[1]。

可见，民俗在这些故事当中是一个非常关键性的线索与隐喻，民俗知识不仅仅是引导众人破解谜题的重要线索，而且是殖民者凝视之下台湾的表征。民俗是日据时期非常重要的一个日常经验，与民众的日常生活有着非常密切的联系。民俗一方面是民众日常生活的重要面向，是民间生活面貌的直接体现，另一方面，民俗也是抵抗殖民侵略，凝聚民族认同的重要民间文化的一部分。但日据时期民俗本身所包含的二重性，以及它所具有的民族性与反抗性色彩，在80后日据书写中消失了，只余下日本专家"严谨科学"的考据，以及超现实的鬼怪传奇。这种民俗的展演方式，非常鲜明地继承了"外地文学"的书写脉络。

小说中的民俗，失去了凝聚台湾社会民间文化认同、传承文化记忆、标志民族文化身份的重要作用，而成为日本殖民者又系统建构起来的用于描绘殖民地的知识系谱，这种以民俗为中心串联推动情节发展，并将所有问题与矛盾的焦点落脚于民俗的理解与隐喻，接续了日据时期殖民者借由记录研究民俗进入台湾本地历史文化核心的路径。祛除了传统文化当中最为核心的人与人的关系、人与家族的关系，只剩下肤浅、魔幻的民俗展示，实际上还是将魔幻化的民俗等同于台湾现实社会，从根本上无法脱离殖民当局所建构的异质的、外来的、浪漫化的地方文化。它所呈现出来的风土人情与地方色彩，是孤立和缺乏个人经验的，失去对于乡土社会人伦、历史、文化的感知力和把握力，成为帝国境内一个特殊的"地方文化"形态，"附和了帝国日本无限膨胀的南方想象"[2]。正如施淑在《想象乡土·想象族群——日据时代台湾乡土观念问题》中指出的，在日本帝国主义的幽灵之下，表现台湾地方文化的独特性与异国情调成为配合日本南进政策的一环，这种只注重风土民情与地方色彩的乡土意识"发展成为以'固有'的面目凝固起来的带有仪式性意味的民俗天地，成为殖民地台湾的名副其实的殖民主义式的文化保留地"[3]，"台湾风土因它的特色而成殖民地文学的标本，带有台湾记忆，台湾人的生命经验的民间传说、历史故事，成了'国策文学'的范例。"[4]"乡土台湾，这

[1] 【美】爱德华·萨依德著，王淑燕等译：《东方主义》，新店：立绪文化事业有限公司，1999年，第56页。

[2] 吴密察、石婉舜、柳书琴等著，石婉舜、柳书琴、许佩贤编，杨永彬、林巾力、温浩邦译：《帝国里的"地方文化"："皇民化"时期台湾文化状况》，台北：播种者出版，2008年，第197页。

[3] 施淑：《想象乡土·想象族群——日据时代台湾乡土观念问题》，《文学星图：两岸文学论集》，台北：人间出版社，2012年，第110页。

[4] 施淑：《想象乡土·想象族群——日据时代台湾乡土观念问题》，《文学星图：两岸文学论集》，台北：人间出版社，2012年，第116页。

维系族群命脉的疆域所在，终于从根本上失去了它的名字，在本土及在台日人作家的笔下，被还原成抽象方位概念的、无极的南方。"[1]

吊诡的是，青年作家在文中着重呈现的台湾地方文化，是攫取这种曾经被台湾作家所痛批的脱离现实的地方文化，透过这样的帝国之眼，青年作家能否逼近他们所试图呈现的地方文化？青年作家试图通过妖怪、神鬼、民俗、民间信仰等符号塑造一种特殊的本土文化形象，与现代化、西化、科学、理性的日本书化相对照，这种本土文化神秘、原始、超现实，具有强烈的异国情调和地方风情，既继承了日据时期由殖民文化机构所建构出来的台湾地方文化与地方形象，也内化了这一博物学式的、外来的、异质性的台湾论述资源背后的日本与台湾之间的优劣关系，这种视野下的台湾本土文化，必然充满了矛盾性。一方面它是自我东方化、物化的殖民关系的产物和遗绪，另一方面虚幻的日本元素和脱离现实的神怪传说，也塑造出一个脱离了日常生活经验和历史事实的本土形象。21 世纪的青年，以一种异国情调的方式来体察自己生活的土地，以神怪、传说的方式，描绘出一个光怪陆离的故乡，呈现出一种诡异的错位，建构出来一种保守的、官能的、异质的文化，它"是孤立和缺乏个人经验的，它掌握不住社会整体，像一个没有集体的过去和将来的、濒死的个人躯体"[2]。正如陈建忠所说："无论如何，岛田完全以日本人为中心所展现的日本'外地文学'史，是以台湾为'他者'的'殖民凝视'的结果，他生产的正是一种将被殖民者'他者化'后的'他性'，也是以启蒙理性的进步主义逻辑，将'异族'对象化为具有待改造的低劣特性，因此他对台湾作家不是被视而不见就是报之以轻蔑，流露的无非是殖民者的优越意识，文学的殖民主义。"[3]

小说随处可见异国情调对于殖民者的诱惑。《华丽岛轶闻·键》中村上英夫眼中的陈海晏是这样的形象："三个月前的少年无疑来自南国，那柔软温润的躯体与慵懒的气质，如今另有一股冷冽的精神，在他体内如冰块结魄，折射出耀眼的光芒。英夫在喧闹的人群中晕眩，一切狂闹喧肆皆静止在这一瞬间。英夫庆幸自己拥有辨识少男的眼光及机运，得以见证南国与日本的文化在这少年的身上完美地交汇，那副健康毫无瑕疵的身体，是最优良的画布，想象着仅凭一滴鲜血就能在

[1]　施淑：《想象乡土·想象族群——日据时代台湾乡土观念问题》，《文学星图：两岸文学论集》，台北：人间出版社，2012 年，第 117 页。

[2]　【美】詹明信著，张旭东编，陈清侨等译：《晚期资本主义的文化逻辑》，北京：生活·读书·新知三联书店，2013 年，第 447 页。

[3]　陈建忠：《被诅咒的文学：战后初期（1945—1949）台湾文学论集》，台北：五南图书出版公司，2007 年，第 145 页。

他身上染上樱花的花瓣，英夫随时皆可为少年作画。"[1] 这段叙述充满了肉欲色彩，陈海晏宛如一块空白的画布，可以被殖民者随意作画，而他顺从、简单的气质与优美健康的身体同时也对殖民者充满了诱惑，吸引着村上英夫强烈的占有欲，引诱着村上英夫一步步走向犯罪的深渊。而所谓的台湾气质与日本气质的区分，隐含着由日本/台湾、北方/南方这一地理空间的对立传达出来的种族与文化偏见。小说认为台湾的气质是典型的南方岛屿的气质，温暖慵懒，虽然热情明媚，但缺乏应有的理性与智慧，而日本则属于北方，理性刚强。在作者眼里，只有混合了两种文化气质，也就是被日本文化改造过的台湾，才具有真正的"优越性"。

《天亮的恋爱故事》里贫贱的日本女招待在底层苦苦挣扎，将台湾想象成一个热情的、充满人情味的、富饶的、淳朴的、浪漫的南方："淳朴的、富饶的、美丽的岛屿啊。红砖盖成的支那房屋，前院的莲花池塘，后院的热带果树，那屋子里有果敢的姐姐、娇憨的妹妹……我要是生长在那里就好了。"[2] 日据时期日本面临着严峻的贫富差距与阶级矛盾，是一个冰冷的、没有人情味的、等级森严的地方，而台湾被描绘为解决日本社会发展问题的乌托邦。"在那里，沦落到成为乞丐也有饭吃吧？"[3] 在那里生活的人"愉快、愚蠢、又天真"[4]。台湾的历史像个童话故事："原来台湾也有百年的家族、富有的家族，清国时代从支那大陆渡船到岛屿，开垦肥沃的土地，孕育代代的子孙，真像是童话故事。"[5] "那会是温情的、罗曼蒂克的南国故事。"[6]

这些叙述将台湾重新还原成为日据时期的边陲殖民地南方，南方这一地理空间，隐含了空间与权力的关系，是帝国意识形态的产物，投射了帝国扩张的欲望，日据时期的南方，是伴随着日本帝国化的不断膨胀而产生的地理想象与地域归属感，同时它与中心的相对应关系，也注定了这一地理位置所包含的空间与权力的关系，南方不仅象征着帝国境内的边缘地带，同时也意味着"去中国化"与"脱国族化"。[7] 柳书琴将日本殖民者的"南方"论放到"近卫新体制"与"帝国空间重塑"的历史语境中予以讨论与定位："在'南方圈'与'大东亚共荣圈'的扩张

---

　　[1] 何敬尧、杨双子、陈又津、萧湘神、盛浩伟：《华丽岛轶闻·键》，台北：九歌出版社，2017年，第129—130页。

　　[2] 杨双子：《花开少女华丽岛》，台北：九歌出版社有限公司，2018年，第63页。

　　[3] 杨双子：《花开时节》，台北：奇异果文创视野有限公司，2017年，第49页。

　　[4] 杨双子：《花开少女华丽岛》，台北：九歌出版社有限公司，2018年，第64页。

　　[5] 杨双子：《花开少女华丽岛》，台北：九歌出版社有限公司，2018年，第57页。

　　[6] 杨双子：《花开少女华丽岛》，台北：九歌出版社有限公司，2018年，第62页。

　　[7] 柳书琴：《导言》，吴密察、石婉舜、柳书琴等著，石婉舜、柳书琴、许佩贤编，杨永彬、林巾力、温浩邦，译：《帝国里的"地方文化"："皇民化"时期台湾文化状况》，台北：播种者出版，2008年，第13页。

过程中，大日本的'帝国化'历程攀向巅峰，台湾也在'帝国扩张化'的历程中随着地理想象、地域归属感及地缘政治的变化，以及'皇民化'运动的不同阶段展开，进一步'去中国化'，同时'脱国族化'，化约为帝国境内一个'特殊的地方——南方'，一个具有从南方出发前进更为南方之地潜力的'基地'。"[1]通过贫穷的日本女仆想象出来的南方，一方面是一个明亮、富饶的乌托邦形象，一方面 80 后的台湾青年以仿写日据时期日人作家的文本来重塑台湾的南方形象，试图改变那种落后的、肮脏的、荒废的美感，而创造出一个更加明亮、正面、富饶的形象，甚至大量加入日本与台湾人的情感联系，表面上似乎翻转了殖民优劣的关系，塑造出一种和谐的、心灵相通的关系，但这种对于"台湾之美"的书写，正是对帝国欲望的承认。正如桥本恭子所说："岛田主张的'异国情调文学'之概念，想来和西川满的写作风格紧紧联结，被认为是过度雕琢或歪曲台湾真相，一直受到严厉批判。其实，若是出自对于内地同胞一直抱持着台湾负面形象且不愿改变的思考，则岛田谨二与西川满的'台湾之美'的呼吁，也应该有抵抗内地的台湾论述之意义。但是，台湾不再'野蛮、肮脏、危险'，而是'很美'的主张，从另一个角度来看，似乎也意味着是因为日本统治成功，而'野蛮、肮脏、危险'的台湾改变为近代化的华丽岛；亦即肯定日本统治台湾，并掩盖着殖民地的黑暗面。"[2]

第五节　建构混杂的身份

潇湘神的《台北城里妖魔跋扈》以双线形式展开日据时期台北城里一段腥风血雨的斗争。台北城里接连发生了惨绝人寰的谋杀案，人心惶惶之际，神秘的女作家新日嵯峨子在报纸上连载，追踪推测杀人鬼 K 的身份，随着案件的进展，台湾的妖怪、人类、神之间的大战一触即发。同时女作家的文学沙龙也高朋满座，邀请到了台日双方的知名作家前来聚会，不同文学团体代表着不同的文学理念与文学势力，展开文学领导权的交锋与竞逐。杀人鬼 K 与新日嵯峨子两个身份扑朔迷离的人物相互交织，共同搅得日据下的台北城风起云涌，也导致了日本的殖民统治摇摇欲坠。

小说写了台湾岛内的神妖人大战。日本殖民统治者利用某个日本妖怪的力量控制台湾，因为她的妖气能够同化本岛人，将台湾人日本化。"在日本这个强大的

---

[1]　柳书琴：《导言》，吴密察、石婉舜、柳书琴等著，石婉舜、柳书琴、许佩贤编，杨永彬、林巾力、温浩邦译：《帝国里的"地方文化"：皇民化时期台湾文化状况》，台北：播种者出版，2008 年，第 13 页。

[2]　【日】桥本恭子著，涂翠花、李文卿译：《岛田谨二：华丽岛文学的体验与解读》，台北：台大出版中心出版，2014 年，第 184 页。

磁场中，产生了磁铁'言语断道'，这个磁铁也有强大磁场，而磁力则是'日本性'。把这个磁铁带到台湾，就能在台湾形成一个带着'日本性'的磁场，并将磁场内的台湾人磁化——也就是日本化。"[1]言语道断象征着日据时期纯正的日本文化中心，隐喻日本的"文明开化"对于台湾殖民地的同化作用，而杀人鬼 K 是被言语道断的妖气所影响，在台湾诞生的新妖怪，他专门针对日本人与日本妖怪大开杀戒，最后杀了日本妖怪与日本殖民统治的核心言语道断，直接撼动了日本在台湾的殖民统治，削弱了日本书化的中心与霸权位置，促使日本妖怪不得不放下身段，与台湾神明签订"平等协议"。

而相应于杀人鬼 K 的革命，新日嵯峨子则在台北的文化界发动了一场"文学革命"，她在书中两场文学沙龙上，分别提出"外地文学与后外地文学""台湾文学的僵局与新局面"两个主题，从松动"外地文学"的中心位置，与试图松动由日本书人所控制的文化领导权，实现台湾与日本书化对等的交流局面。

小说开篇的文学沙龙上，新日嵯峨子即向西川满、池田敏雄等占据主导位置的日本书人针对"外地文学"提出质疑："内地文学的定义太过局限。我这么说，与吕赫若先生、黄得时先生他们的批评不同，我对西川先生的美学并无意见，不如说还十分支持。但一味地追求地方趣味，对内地（日本）来说，一时间是有趣，却无法持久，对本岛人而言，那却是平凡之事，并无趣味，换言之，久了便会走入两面不讨好之境。"[2]她认为"外地文学"的局限性并不在于它脱离现实，而是忽视了本岛的读者，如果将二者的权力关系颠倒，以本岛读者为中心，向本岛读者介绍日本的科学、医学、新知，就会开拓出"外地文学"新的可能性。"这足以开创当代台湾文学的新局面。与过去的"外地文学"不同，"外地文学"是介绍性地向内地（日本）宣传外地之美，但在这类故事中，内地文化终于与外地文化交流，成为对等的主体。"[3]她以"外地文学"为基础，提出"后外地文学"的概念。所谓的"后外地文学"，就是打破"外地文学"以内地（日本）为中心的文学观，由向日本人介绍台湾风俗，转向本岛介绍日本的民俗。"后外地文学"虽然是对"外地文学"的变革，但也不能脱离"外地文学"浪漫主义、唯美主义的基调，尤其不能与张文环等台湾作家所主张的现实主义路线雷同。

在另一场文学沙龙上，面对张文环等台湾作家与中山侑等日本左派作家，新日嵯峨子又提出如何打破台湾文学僵局的质疑。她认为台湾文学面临的僵局是以西川满为首的《文艺台湾》与以《台湾文学》为中心的台湾作家之间的文艺思想

---

[1] 潇湘神:《台北城里妖魔跋扈》，台北：奇异果文创事业有限公司，2015 年，第 75 页。

[2] 潇湘神:《台北城里妖魔跋扈》，台北：奇异果文创事业有限公司，2015 年，第 37 页。

[3] 潇湘神:《台北城里妖魔跋扈》，台北：奇异果文创事业有限公司，2015 年，第 157 页。

与美学的对立，"外地文学预设了中央的存在，迫使台湾文学的理论必须对中央的意义做出回应，这种对立又以本岛人、内地人为中心。"[1] 新日嵯峨子认为，要打破对立的僵局，开创台湾文学的新局面，就要使双方的文化成为对等交流的主体，而要实现这一目标，就要以"湾生"为对象与主体进行创作与书写。"湾生"是指在台湾诞生的日本人，虽然在血缘上是日本人，但是受到纯粹的日本种姓的排斥与歧视，无法进入单一文化身份认同所建构的中心体系。"湾生既非本岛人，也非内地人，这种暧昧使我看到僵局以外的可能。湾生——正是我所期待的台湾文学新局面的方向，一种混沌不稳定，却可能包容本岛与内地的方向。"[2] 作者显然将"湾生"比作在日本殖民文化影响下产生的新的台湾文化，他们既不是日本所看到的浪漫化的、异地化的台湾，也不是台湾作家所书写的现实主义的、反殖民的民族主义文学，而是去中心、去本质化的身份流动状态。在作家看来"湾生"是日本与台湾两种文化对等交流的结果，因为对于"湾生"来说，日本与台湾都是故乡，都占有同等的位置，没有"中心"与"边缘"的阶序关系，将这种既是又不是的身份融合，作者通过日据时期的"文学革命"建构了一种后现代主义式的文化身份认同与想象。

小说中的新日嵯峨子、子子子未壹、杀人鬼 K 都是这样的"湾生"人物。新日嵯峨子身份神秘，非人、非妖，不是台湾记录在案的任何一个物种，她是新诞生的物种，如同殖民者日本与台湾本土相混杂的产物。小说最后，新日嵯峨子将名字赠送给她的同事，身份成为可以被随意更替的东西，自我与他者不再非此即彼，反而保持了充分的开放性与流动性。她可以是任何人，任何人都可以是新日嵯峨子，如同任何人都可能是杀人鬼 K。子子子未壹具有双重身份，他是台湾人，却以日本作家闻名，台湾作家认为他是"外地文学"的追随者，新日嵯峨子却发现了他书写的内在矛盾性。他是一个文弱书生，却一直在做关于杀人鬼 K 的梦，仿佛他就是杀人鬼 K。他们的身份都无法确定，也无法被限定在一个单一的身份当中。

无论是"后外地文学"实践、"湾生"为主体的台湾文学探索，还是杀人鬼 K 所引发的神妖大战以及最后神妖握手言和的结局，都体现了作者去中心、反对本质主义，追求多元化与赞美边缘性的意图，但小说对于殖民中心的拆解与身份建构显然充满了矛盾性与暧昧性。

1. 所谓的"外地文学"，就是殖民地文学。柳书琴认为，"外地文学"所包含的地理空间意识，"认同特定权力中心的存在，以及由此延伸出来的中心 / 边陲关

---

[1]　潇湘神:《台北城里妖魔跋扈》，台北：奇异果文创事业有限公司，2015 年，第 161 页。
[2]　潇湘神:《台北城里妖魔跋扈》，台北：奇异果文创事业有限公司，2015 年，第 161 页。

系，"[1] "指涉了延伸性的领土欲望……蕴含了帝国领土阶序及边界想象"[2]。文本中提出的后"外地文学"理念，表面上批评了"外地文学"以日本为中心的权力结构，显示作者试图通过翻转"外地文学"的中心来颠覆原有的权力关系，实现去中心的文化与认同上的变革。但从"外地文学"到"后外地文学"，是以延续殖民关系，承认台湾文学是属于日本的殖民地文学为前提，在肯定"外地文学"的美学主张与文学理念，否定台湾作家的现实主义路线的前提下，显然是毫无批判地继承了其中的权力与阶序关系。描述的对象与内容依然是民俗、鬼怪与传说，日据时期的社会景象与民众生活在小说当中依然是失语的。也就是说，虽然由以日本为中心转向以台湾为中心，但展现的视角依然是帝国的视角，抵抗最终的指向，不是民族独立或者说民族自决，而是证明自己是有资格和日本人平起平坐的文明世界的一员。可见，把台湾青年的自我东方论述看作一种对日本的东方论述的严峻挑战，是一种误解，相反，台湾青年对自我的东方论述与日本对于台湾的东方论述之间的关系，可以说是一种渊深的共谋。

2. 对于殖民体制的抵抗，被转换成为多元文化的"台湾独特性论"，意图挪用殖民者的文化来塑造出混杂的身份，瓦解殖民者与被殖民者之间的对立，但是这种在承认殖民优劣关系与压迫结构的前提之下的多元文化，仅仅将殖民问题局限在文化身份之内，没有看到现实的政治与经济剥削关系，仅仅寻求文化身份上的认同，不仅不能对殖民关系起到翻转，甚至还可能与殖民体制形成共谋关系。2008 年陈翠莲的《台湾人的抵抗与认同（1920—1950）》一书读来令人悚然："二十年代以来的台湾人的反殖民运动并未断然主张脱离日本统治；'皇民化'运动时期统治者如果真能平等对待，说不定有改造台湾人成为日本帝国忠良臣民的可能；但日治五十年终究没能做到一视同仁，片面要求改造台湾人，始终难尽其功。"[3] 此书扭曲殖民的目的仅仅是为了获得殖民体制下的平等。正如电影《KANO》中由日本教练严厉教导出来的台湾本土球队，最终在甲子园上打败了日本球队，获得了日本人的尊重和认可，热血抗争的背后，却遵循着日本人带领台湾殖民者摆脱蒙昧，不断进步的殖民逻辑，即便台湾人最终成功地战胜了日本人，也是殖民地建设成功的一个例证，是日本大东亚政策的一个战略缩影，如同日据时期炫耀帝国建设成就的帝国博览会一样，21 世纪帝国阴影依然笼罩着台湾，成为"优越、

---

[1] 吴密察、石婉舜、柳书琴等著，石婉舜、柳书琴、许佩贤编，杨永彬、林巾力、温浩邦，译：《帝国里的"地方文化"："皇民化"时期台湾文化状况》，台北：播种者出版，2008 年，第 195—196 页。

[2] 吴密察、石婉舜、柳书琴等著，石婉舜、柳书琴、许佩贤编，杨永彬、林巾力、温浩邦，译：《帝国里的"地方文化"："皇民化"时期台湾文化状况》，台北：播种者出版，2008 年，第 196 页。

[3] 陈翠莲：《台湾人的抵抗与认同（1920—1950）》，台北：远流出版事业股份有限公司，2008 年，第 31 页。

文明的日本人"依然是萦绕着部分台湾青年的梦魇。

第六节　结　论

21 世纪 80 后的日据书写实际上具有多重的历史与现实的因素，不仅继承了日本殖民时期的南方想象，更是深受战后日本经济崛起后日本重回东亚霸主地位，以及日本大众文化席卷东亚的影响。既承接了台湾的殖民历史问题，又融合了战后东亚地缘政治的变化、"解严"后台湾本土思潮的崛起、殖民现代性问题在亚洲的阐释与再造、青年在后冷战情境下身份认同的危机等问题，代表了战后台湾思潮的变化，也体现出在新的历史状况下，台湾乃至东亚地区对于殖民历史的回应，依然没有脱离冷战与内战的思想构造，殖民问题在东亚不仅没有得到深刻的清理，甚至改头换面，成为青年寄托自我认同与自我东方化投射的媒介。同时 21 世纪以来台湾经济的衰退，社会矛盾丛生，青年将对社会的种种不满也投射至光复后的社会问题，他们把社会转型以及阶级矛盾简单地归结为殖民现代性的优越，这无形中就产生了"殖民有益论"，为日据历史披上了正当性的外衣。

1. 小说中传达的对于日据时期的怀旧与迷恋，呼应了近年来台湾文化场域的"日本症候"[1]，说明了这并非只是一场青年世代主导的大众文化游戏，而是深受台湾主流意识形态影响的文艺创作。正如台湾 80 后作家朱宥勋在杨双子的《花开时节》一书的序言中，认为青年作家的日据书写"呼应了近年来年轻世代的'日治时期热'，追寻一种更优雅、更精致、更浪漫的本土根源"[2]。这种"经过拣择的、略带精英视角的选择性再现。'日治'时期作为文化背景与历史元素，已渐渐变成某种台湾的美学乡愁，曾经被斩断，但重又被挖掘指认的，台湾式优雅的起源"[3]。作者罗传樵（潇湘神）认为："近几年台湾鬼怪的兴起，其实并非日本的妖怪风潮所致，而是与'台湾意识'的兴盛有关。因为想要寻找台湾的独特性，建立自我认同，所以，与文化脉络牵扯甚深的鬼怪，就成为谈论'台湾主体'的出路。"[4] 这一语道破青年日据书写与"本土主义"有着千丝万缕的联系。

20 世纪 80 年代以来，台湾"分离主义"意识的兴起，产生了"台湾意识文学论"，这些都是合理化日本军国殖民主义的思想土壤。1983 年 7 月《生根》杂志刊出陈树鸿《台湾意识——党外民主运动的基石》，认为日本在日据时期的建设，产

---

[1]　2010 年《思想》曾出版专刊讨论，将这一文化现象形象地称为"台湾的日本症候群"。

[2]　杨双子：《花开时节》，台北：奇异果文创视野有限公司，2017 年，第 12 页。

[3]　杨双子：《花开时节》，台北：奇异果文创视野有限公司，2017 年，第 11 页。

[4]　张纯昌、陈宥任：《人说要有鬼就有了鬼：访小说家 & "妖气都市"策展人潇湘神》，https://www.openbook.org.tw/article/p-62359。

生了"台湾意识","日本在台湾进行'资本主义化的建设',如统一度量衡与币制、完成南北纵贯公路,'促进了全岛性企业的发展——有了整体化的社会生活和经济生活,就必然地产生了全岛性休戚与共的'台湾意识'了'"[1]。可见,"本土主义"是"殖民有益论"兴起的主要原因。

2. 80后世代的日据小说提醒着我们,殖民主义并不会因为殖民帝国在旧形式上的消失而终止,而是源源不断地进行着再生产。第二次世界大战之后,日本作为战败国被纳入以美国为首的冷战阵营之中,其侵略罪行与军国主义等问题尚未得到清理,就被转化为战败者的受害者情结。而国民党退台以后,为了"反共防共",迅速地倒向美日结成的资本主义阵营,成为美日制衡大陆的一个前哨站。因此,台湾光复后不仅对于日据历史缺乏清理,甚至长期接受日本的资金援助与控制,是实际上的盟友关系,而台湾文化也深受日本文化的影响,从这些台湾青年作家的主要文学滋养都来自日本书学与文化就可见一斑。

20世纪90年代以来,随着日本经济在世界的崛起与台湾经济的停滞,曾经的殖民现代性的建设者又重回世界现代化的舞台,战争的恐怖尚未清理,又被蒙上了粉色的面纱,这就能够解释日据在他们的文本中为何会如此虚幻与脱离实际。正如尾崎秀树在面对台湾的"皇民文学"当中提出了这样的质问:"对于这精神上的荒废,战后台湾的民众可曾以全新的愤怒回顾过?而日本人又是否是带着自责去想过呢?倘若没有这种严峻的反省,战时的那种精神的荒废,还会持续到现在。"[2]

日本殖民时期对于殖民地的凝视,居然在21世纪80后的年轻世代身上借尸还魂,这绝不仅仅是台湾自身的问题,也是我们面对东亚历史所必须认真探索和面对的。这种表面上的"去政治化"与"去历史化",正象征着最严重的精神危机。陈光兴认为:"对于'现代'的欲求与'殖民'的梦魇几乎是不可分割、一体两面的基本精神状态,'殖民'之所以能够在前/殖民地运作,并不仅仅是以暴力机器(武力、资本)为前提,而是以现代性之名召唤、动员被殖民主体的积极认可,即便是反殖民运动也是在追逐现代的力道中进行。……在所谓后殖民的世界中,'现代'作为意识形态、价值、欲望与实践所带来的暴力、压迫与歧视,越发清楚地不断出现,迫使我们必须面对。反思当前的思想困境,'超克殖民'必然意味着'超克现代'。"[3]

[1] 施敏辉:《台湾意识论战选集》,台北:前卫出版社,1989年,第193页。

[2]【日】尾崎秀树著,陆平舟、间扶桑子合译:《旧殖民地文学的研究》,台北:人间出版社,2004年,第188—189页。

[3] 陈光兴:《导读:双重超克》,陈光兴主编:《超克"现代":台社后/殖民读本》(上),台北市:台湾社会研究杂志社出版,2010年,第3页。

第三章 台湾80后小说的新移民书写
与东南亚想象

21世纪以来，台湾文学兴起对东南亚的书写热潮，其书写对象包括了自东南亚而来的移民与移工——岛内称之为"新移民"，同时也包含了青年作家对于东南亚地区文化景观、移民历史，以及"南方"的思考。这场以工人、女性、底层、南方为主体的书写，不再只是华人知识分子精英对于古老中国文化的缅怀，也不是椰风蕉雨的异国情调的美学展演，而是通过阶级、殖民等视角，勾勒出政治、经济、文化、历史、地理的多重复杂脉络，展现了台湾80后世代在剧烈变动与冲突的社会当中，超越本土空间的局限，展开对于全球化、新殖民的反思，以及对于自我身份更为开放与多元的理解与想象。

第一节 台湾地区新移民书写的历史脉络与时代背景

一、全球化浪潮

20世纪80年代以来愈演愈烈的全球化浪潮，引发了全球范围的移民潮。"根据国际移民组织的《2020年世界移民报告》，截至2019年6月，国际移民总数达到近2.72亿人，比2010年高出5100万。全球国际移民中近三分之二是劳务移民。2019年，国际移民占世界人口的比例为3.5%，女性国际移民占其中48%。"[1]可见人口的迁徙，是资本主义主导下的落后地区到发达地区流动的过程，是资本主义全球产业链的一环，而台湾与东南亚的相遇，同样也处于这一剥削与不平等的关系之中。20世纪80年代开始，台湾因经济起飞与政策改变，加上全球资本与跨国流动，促成了一波人口移入潮。一种是以婚姻形式进入台湾的外籍配偶，其中东南业女性占了多数，从80年代开始出现的带有歧视色彩的"外籍新娘"称呼就可见一斑。另一种是赴台湾的移工，其中以东南亚人口为主体。据台湾当局的资料

---

[1] 资料来源于联合国网站，https://www.un.org/zh/global-issues/migration。

显示，台湾自 1989 年 10 月引进东南亚移工，截至 2021 年 10 月底，台湾的外籍移工人数达到 680517 人，主要包括越南、印尼、菲律宾、泰国等东南亚国家，[1] 截至 2021 年 9 月底，台湾的外籍配偶人数达到 568925 人，[2] 数量接近台湾少数民族人口总数（577029 人，2021 年 1 月统计）。台湾岛内有些专家称这些东南亚移民已继闽南、客家、外省、少数民族后成为台湾的"第五族群"[3]。自 21 世纪以来，台湾社会逐渐用"新移民"与"新住民"来称呼这些移民群体，相应地，他们在台湾的后代被称为"新二代"。

二、两岸关系

经济上，东南亚新移民在台湾长期处于劣势，从事着最底层的工作，权益上也往往得不到保障。但在政治结构上，他们却经历了逐渐提升的过程。20 世纪 90 年代台湾大量资本"西进"大陆，李登辉当局提出前进东南亚的"南向（进）政策"，企图从经济上降低对大陆市场的依赖，借由布局东南亚来巩固台湾在亚太地区的经济地位，以此抗衡大陆经济的崛起。引进外籍劳工，也是南向政策的重要一环，目的是满足台湾经济发展所需要的劳动力，同时巩固彼此的合作关系。正如夏晓娟的批评："'第五大族群'论述的出现，一方面接续了'四大族群'对抗中国民族主义的台湾民族主义论述，强调台湾是多元族群的'国家'，不同于汉族中心的大陆；另一方面，在日益激烈的新自由自义全球化下……进一步形成以东南亚新住民为主要想象的'第五大族群'。'第五大族群——新住民'一开始时被指认为'社会问题'，降低台湾的全球竞争力。随着新自由主义全球化下大陆和东协各国在世界体系位置的上升，'第五大族群'分类的意义从'社会问题'转变为'社会资产'，来自东南亚的人不再被理所当然地视为'低劣他者'，相反地，他

---

[1]   资料来源于台湾当局"劳动部劳动统计查询网"，https://statdb.mol.gov.tw/html/mon/212030.htm。

[2]   资料来源于台湾当局"内政部移民署"网站，https://www.immigration.gov.tw/5385/7344/7350/8887/?alias=settledown&sdate=201101&edate=202112。

[3]   21 世纪初，台湾开始出现"五大族群"说，"新住民"成为闽南、客家、外省、少数民族等"四大族群"之外的"第五大族群"。此五大族群的说法不仅出现在大众媒体，也出现在官方的文件中。在"行政院"官网上的"国情"简介里对台湾人民的族群组成的描述为："台湾住民以汉人为最大族群，约占总人口 97%，其他 2% 为台湾少数民族，另外 1% 包括来自大陆的少数民族、大陆港澳配偶及外籍配偶。"在此描述下，进一步将族群分为以下类别：汉民族（再分为河洛族群、客家族群）、台湾少数民族、战后移民（并指出：这批移民及其后代即民间惯称的"外省人"）、大陆港澳及外籍配偶（并称之为"新住民"）。2017 年 1 月 25 日，再次执政的民进党于中常会后举办记者会，发言人阮昭雄宣布中常会通过了妇女部提案的"新住民事务委员会"设置要点，指出："新住民在台约有 50 万人，东南亚新住民接近 15 万人，子女突破 35 万人，已经是台湾第 5 大族群。"东森新闻甚至以耸动的标题报导此宣示："台湾第五大族来袭！民进党设新住民事务委员会。"

们被视为'南向尖兵'。"[1] 这段话尖锐地揭露出台湾岛内政治力量对于新移民群体的利用，东南亚在台湾政治话语中的提升，并不意味着新移民在台湾社会中阶级、经济地位的提升，而是具有强烈的意识形态目的。

三、新移民左翼运动

随着越来越多的境外人口进入台湾，移民的婚姻、教育、安全等问题逐渐浮出台面，受到台湾社会各界的关注。相对于民进党当局所打造的"新台湾之子"的政治形象，台湾民间所兴起的新移民运动则从左翼、人道主义、多元主义的视角去展现东南亚移民问题。20 世纪 90 年代兴起的新移民运动与台湾的左翼思想相结合，以移工团体为载体，如 TIWA、日日春协会、国际家庭互助协会等，推动并产生了大量的文学作品、影像、音乐，如创办于 2006 年的《四方报》刊登大量移民工的作品，始于 2013 年"移民工文学奖"，迄今已举办五届，出版了《流》《航》《光》《渡》四本得奖作品集。移工运动者顾玉玲的纪实文学，《我们：移动与劳动的生命记事》（2008）、《回家》（2014），记录东南亚移民在台湾劳动过程中的艰难处境。这些具有左翼色彩的新移民运动以及纪实文学，打破了岛内新自由主义以及"台独"意识形态笼罩下的新移民形象的扭曲与异化，促使青年世代以左翼的、反"本土主义"的视角书写新移民式的迁徙。

四、冷战与后冷战的格局

20 世纪 60 年代台湾文学史上曾经兴起一波留学生文学热潮，这一向美国求学、迁徙的潮流，反映了 60 年代的台湾人在内战和冷战的困局之下，面对分断的故土，产生了无根的彷徨。小说中的留学生在美国梦的驱使下逃离岛屿，投身第一世界，却在美国的文化、种族、阶级等差异与歧视之下，经历了艰辛、幻灭与孤独彷徨的过程。这些学子在异国他乡飘零与苦闷的悲剧，烙印着两岸隔绝给中华民族带来的深重创伤。可见，台湾作为冷战期间美国新自由主义阵营下的傀儡，长期服膺于帝国主义主宰下的世界秩序，导致台湾社会始终笼罩在西方所主导的现代性话语之下。西方一直是台湾社会潜意识内解决自身问题的路径，以及在世界格局内自我投射与改造的模板。那么，东南亚这一南方边陲地区，在世界版图上属于落后的第三世界，是什么时候进入台湾文学的创作当中？东南亚成为台湾文学继西方之后看向世界的新的书写对象，又意味着什么？南方在台湾 80 后文学

---

[1]　夏晓鹃：《解构新自由主义全球化下的"台湾第五大族群——新住民"论述》https://www.thenewslens.com/article/107733。

当中，是以怎样的方式展现，体现了什么样的时代新面貌？

如果说 20 世纪 60 年代台湾的留学生文学是冷战时期接受"反共亲美"教育的台湾青年面对资本主义冷酷现实的幻灭。那么 21 世纪台湾 80 后青年对于东南亚的思考，则是后冷战情境下，青年对于自身在整个世界格局当中的他者身份的充分自觉，东南亚不仅仅是一个异域空间，而且具有丰富的文化、阶级、历史、性别、族群的意涵。他们对于东南亚的观看，既有去政治化的美学化问题，同时也标示了一种批判的位置，西方所象征的发展、进步、自由的现代性逻辑，不再只是普遍性的价值观，他们在叙述东南亚的过程中，展现了一种非主流、弱势、被压抑的庶民位置，同时也将之与台湾的历史、现状相联系，辐射台湾历史、现实中的南北与内外跨域流动。

本研究选取了连明伟、杨富闵、张郅忻、陈又津、刘育萱四位青年作家小说创作当中的新移民书写，他们从自我的成长经验出发，呈现台湾岛屿内外移动的故事。无论是杨富闵思考乡土下的个体如何面对东南亚，还是连明伟通过人被时代浪潮裹挟之下的迁徙，都展现了宏大的历史图景与微观的个人经验。新移民在台湾面临的种种性别、阶级、空间、经济、政治上的歧视与身份的冲突，犹如一面镜子，折射出台湾社会的不平等与差异，新移民背后所背负的家庭的裂解、故乡的离散、民族的积弱等问题，映照出帝国主义与全球资本流动主宰之下的地方困境。

第二节　地方与世界相互融合的多元文化格局

霍米巴巴认为，当今全球化话语当中包含两种世界主义，一种是"建立在进步观上的相对繁荣和特权的世界主义，进步观同新自由主义的管制方式和自由市场竞争的力量形成共谋"[1]。"这种世界主义模式，一面赞美'世界文化'和'世界市场'，一面快速有选择性地从一个富饶的岛屿转移到另一个技术生产力的地方，公然无视不平等和不均衡发展所造成的长期不平等和贫困化。"[2] 另一种是"本土世界主义"，其"核心是用少数派的眼光衡量全球发展。其对自由平等追求尤其强调人人有权保持'平等的个性'，而不是'二元经济'下的多元"[3]。

---

[1] 【美】霍米巴巴著，张颂仁、陈光兴、高世明主编：《霍米巴巴读本》，广州：南方日报出版社，2010 年，第 42 页。

[2] 【美】霍米巴巴著，张颂仁、陈光兴、高世明主编：《霍米巴巴读本》，广州：南方日报出版社，2010 年，第 43 页。

[3] 【美】霍米巴巴著，张颂仁、陈光兴、高世明主编：《霍米巴巴读本》，广州：南方日报出版社，2010 年，第 45 页。

青年作家在庶民化、在地化的本土空间展现世界主义的多元风景，新移民作为一个异国他者，在融入乡土的过程中，激发出新的文化特性，"形成了杂糅与混搭、交融与抵抗、同质化与乡愁式的多元想象的文化格局"[1]。新移民在乡土文学中成为"全球化"的表征，象征着在全球化浪潮中乡土突破狭隘的地方性限制，与世界互相激荡的过程。一方面形成了新的乡土想象，本源性的文化身份不再被神化。另一方面，庶民视角的世界主义，解构了本土精英中心主义。

张郁忻的《我家是联合国》，展现全球化下家的新风景，来自越南、印尼、南非以及客家、阿美、泰雅的成员，最终交汇于家的空间。移民们带来不同的食物、服饰风格、宗教习俗、语言以及认同记忆，混融与交汇在家庭之中，丰富着家的内涵，家不再只是依靠血缘构筑起来的封闭空间，而是开放的、与整个社会、时代不断共振的一个有机体。他们既是外来者，又是家族的一员。小说刻画他们为了情感、血脉，带着自己的文化努力融入台湾社会，家是一个特殊的空间，在亲缘关系之下，也是社会位阶、政治、经济、身份等权利关系的投射与组合。在张郁忻的小说中，通过同为女性的"我"展现外配对于自我成长与家庭的影响，象征着台湾社会在接纳新移民的过程中，二者的文化都变得更为多元和混杂，食物中所包含的家乡味的变异，意味着生活习惯、文化的混杂。他们既凝聚成为一个整体，又保持了各自的独立性。小说中张郁忻面对不同民族、身份所传达的平等、和谐观的理念："土地与土地，山与山之间，本是相连，不能分割；民族与民族，人与人之间，本以情感相系，以心相连。"[2] 正如印度后殖民女性主义者 Nira Yuval-Davis 提出身处不同民族的妇女团结对话的可能："每名参与妇女都扎根于自己的集体和身份中，为能够与来自别的集体、具有别的身份的妇女进行交流，就得努力使自己'移动'，'移动'的过程不应涉及解除自己的中心，且'移动'的过程也不应该同化'他者'。"[3]

杨富闵的小说《我的名字叫陈哲斌》中陈哲斌是个混血儿，混杂的身份促使他不断向外探索，在全球化与本土、现代化与传统的碰撞中理解乡土，探索自我的身份。小说中，全球性的图景与瞬时性的、虚拟化的数码技术相等同，陈哲斌在最封闭传统的乡土中，就能够通过网络跨越全球时空。《逼逼》以象征本地文化的水凉阿嬷的苍老之眼，目睹故乡的新变，在故土上抒写全球化时代的乡愁，在这场全球化与本土角力的过程中，老人相继离世，子孙相继远离乡土，散布在全

---

[1]　刘大先：《"裸命"的新归去来辞》，《桥》，台北：人间出版社，2016 年，第 4 期，第 65 页。

[2]　张郁忻：《我家是联合国》，台北：玉山社出版事业股份有限公司，2013 年，第 97 页。

[3]　张郁忻：《相映如镜：读顾玉玲〈我们〉与〈回家〉》，《桥》，台北：人间出版社，2016 年第 4 期，第 64 页。

球，乡土越来越封闭和衰败，而重新打开乡土空间的是这些新移民，他们新的身份认同与文化情感，提供给乡土新的活力与开放度。水凉阿嬷的这场报丧之旅既是对过去的告别，也是对乡土的新发现。最本土的台南乡土习俗、语言、风景，包含着全球化的冲突与融合，外籍护工苏菲亚不谙习俗，把向妈祖拜拜的香倒插在香炉中，以反常俗的方式开启水凉阿嬷的回忆之旅。越南弟媳是水凉阿嬷娘家的最后亲人、泰国劳工热心照护摔倒的阿嬷，水凉阿嬷不断感慨，原来外人也可以很"台"的，所谓"台"，就是台湾纯正的风俗、语言、文化、价值观，小说中的台湾味不再纯正，而是在与世界的联结上。水凉阿嬷的回乡之旅，正是展现台湾味诞生、转变、移动和跨界的过程，并以此为新的出发点，持续探索台湾精神和态度，让多元与包容真正成为台湾的面貌。正如阿公死后，阿嬷把"他去过台湾每个所在，遇过的人，包括外籍看护苏菲亚，不分国家，不分先来后到，士农工商，都要写在讣闻上面"[1]，并且告诉小孙子，要主动地走出去，像阿公一样四处流浪，"就可以认识他，认识这块土地"[2]。

正如文中失智阿公反复说的，"逼逼要带我环游世界"。世界与乡土，是贯穿小说内在的张力与矛盾，简洁诙谐的语言与快节奏的叙述方式是全球化下的混杂文化的写照，将纯正的本地景观与全球化的异国风情迅速地切进切出，形成一种全球性的视角和感受。杨富闵并没有表现新移民群体作为底层劳动者的困难，而是作为异质空间的象征符号。人在台湾，心却可以飞抵世界，阿嬷摔倒在地上，被扶起来的时候，"人已经到了东南亚"[3]，工人的流利闽南语让阿嬷误以为是当地人，重新上路之后，"水凉阿嬷载浮载沉，从曼谷飞过南太平洋驶向佳里镇"[4]。香火鼎盛的麻豆港五王庙旁边耸立着东南亚巨龙，阿公临死前，孙子和苏菲亚带他在镇内环球旅行，越南小吃店意味着越南，电视里的棒球比赛意味着纽约。这种空间的迅速切换，形象地刻画出全球化时代的时空感受，狭隘的地方空间限制被突破了，全球的时空被压缩在小小的岛屿之中。乡土具有了双重含义，呈现更多元、混杂的特质。正如霍米巴巴描述在政治对立或不平等状况中面对文化权威的霸权实践时，"混杂性策略或话语就开辟出一块协商的空间。这一空间里的发声是暧昧歧义的。这种协商不是同化或合谋，而是有助于拒绝社会对抗的二元对立，产生一种表述的'间系'能动性"[5]。这种第三空间的存在，在稳固的多元文化想象

　　[1]　杨富闵：《花甲男孩》，台北：九歌出版有限公司，2010 年，第 63 页。

　　[2]　杨富闵：《花甲男孩》，台北：九歌出版有限公司，2010 年，第 65 页。

　　[3]　杨富闵：《花甲男孩》，台北：九歌出版有限公司，2010 年，第 47 页。

　　[4]　杨富闵：《花甲男孩》，台北：九歌出版有限公司，2010 年，第 47 页。

　　[5]　生安锋：《霍米巴巴》，台北：生智文化，2005 年，第 145 页。

里，挑战固定的本质主义，质疑文化中那些稳定的、自我统一的特性。

第三节　朴素的人道主义关怀

新移民在台湾文化场域中一直是一个被歧视、被污名化的群体，长期被视为制造社会问题的"低劣他者"，从台湾的移民政策、媒体表述中都可以看到台湾社会对于东南亚的想象是处于北方—南方的关系结构之下：新移民是来自经济落后、品质低下、在世界体系中处于边陲位置的他者，而这种想象背后又投射着台湾对于自我的想象与定位：中心的、仅次于欧美发达资本主义的"次帝国"。正如陈光兴所说："南进所显现的是台湾的资本积累已经在短短的 50 年间，快速地由殖民地跃升至准'帝国主义'的结构性位置，在全球性资本主义地形图中不再边陲。虽然它仍然受到大型帝国主义在政经连锁上的牵制，但是已经加入帝国竞争的行列，向下投资以抢取市场、资源、劳动力。"[1]

21 世纪台湾的新移民书写，叙述外籍新娘、移工等群体怀抱美好生活的愿望在异乡打拼、融入异域环境的艰辛，展现他们在去国离乡之后面临歧视、贫困、孤独、边缘化的种种困境，还原在主流社会中失语的新移民群体的情感与认同，旨在于打破自我 / 他者的二元身份对立，揭露移民身份背后所隐含的不平等阶序结构。同时，他们在学习台湾民间习俗、语言、信仰的过程中，与台湾内部的迁徙经验互相映照，触发情感的流动与文化的互动，从而穿透重重控制机制下的种族、性别、语言、宗教、习俗等分化与差异，体现了追求人类自由、幸福和价值实现的人道主义人性关怀，形成了另一种的"在地"叙述与人性风景。

连明伟的《青蚨子》描绘新移民在台湾的生活与工作时，并不仅仅处理成压迫与被压迫的二元对立关系。一方面，小说穿插了越南新娘的买卖产业、台湾产业外移大陆带来的失业与家的分裂、台湾移工体制的苛刻，同时也展现了新移民在台湾追逐美好生活的劳动挣扎。越南新娘采蔓通过屈辱的买卖婚姻进入台湾。"平贵是有余村第一批去越南讨新娘的先锋队，当时讨越南新娘有三道严密手续。第一关，身家调查与身体健康检查，资料得翔实，身高、体重、家族病史、亲族状态、健康情况等都得附上。第二关，女子脱衣褪裤，裸身站立在挑选者面前，选妻者父母可随行，女子抬头、弯腰、转身、举手甚至原地跳动，确定肢体无残。第三关，挑选者直接将女子带进房间，亲自褪去女子的衣裤检查是不是处女。平贵第一次品尝了查某人香，了解身体真正的柔软与温暖，之后林林总总花了二十

---

[1]　陈光兴:《去帝国——亚洲作为方法》，台北：行人出版社，2007 年，第 32 页。

多万才娶回越南老婆，当然，现在的费用可是要再上调个十万、二十万。"[1] 在这样的买卖关系之下，外籍新娘往往被贴上被歧视的标签，在婚姻关系中也处于弱势的位置。但随着家庭生活的开展，采蔓不再是依附于台湾男子之下的"外籍新娘"，而是具有充分主动性、独立智慧坚强的女性，她掌握家中财政，主动观察学习台湾当地的文化、语言、法规、习俗，扬长避短，利用平贵的狩猎成果，发展出自己的家庭事业，甚至改造了野性十足的平贵，在台湾落地生根。结婚之前，平贵"只有小学毕业，在村人眼中视为野人、粗人、山地人……说起话来有些野兽，有些腥，有些暴，有些臭，有股原生躁动的草莽气"[2]，不守法规、不理县界、不曾办理入山入园证，没有保育观念。小说中采蔓与平贵之间的关系恰恰翻转了落后、低劣的外籍新娘攀附发达地区的台湾男性的刻板印象。采蔓是大学生，相对于野性十足、终日在山间游荡的猎人平贵，采蔓才是家庭的主导者。如果说平贵象征着台湾未受现代化侵蚀的传统地方文化，那么来自东南亚的采蔓则具有现代化意义，她不再依靠温柔顺从的传统女性品质来获得认同与接纳，而是主动介入、了解台湾现代社会，深谙经济社会运行的独立自主的知识女性。她引导着平贵脱离自给自足的前现代状态，进入现代社会的家庭、商业、生产环节，平贵在经济、文化上的劣势，消除了外籍婚姻结构中台湾男性相对于第三世界妻子所持有的性别与经济的双重优势，展现出新移民文化的主体性与创造力。

菲律宾护工琪拉被菀儿挑选到台照顾婆婆荷香阿嫲，菀儿最开始不信任琪拉，对于琪拉的认知仅仅来自中介的文件资料："来自菲律宾宿雾岛，家中有丈夫和两个儿子，曾经担任过看护与按摩师，英文听说读写都还算流畅，学过两个月中文，会基本会话。琪拉从来没有跟菀儿提起过自己的家庭，她们也不曾向对方袒露心事，这样子实在尴尬，也没有必要，不管怎么说，两人都是建立于雇佣关系，本来就存在不对等的隐性位阶。"[3] 陌生与疏离不仅来自雇佣关系的不对等，还隐含着种族隔离下的不信任。菀儿刚开始会检查家里的电话账单，查看琪拉是否打过越洋电话，即便工作压力大，也不愿意把家务做饭交给琪拉，先入为主地认为琪拉无法胜任这些工作。小说用以解构阶级与种族身份的核心，是情感的认同与接纳。琪拉在悉心照护荷香阿嫲晚年生活的过程中产生了亲情，荷香阿嫲将自己留给女儿的两只手镯分别送给了菀儿和琪拉，意指两个女性都是自己的亲生女儿。同时，菀儿自己也同样面临着产业外移至大陆所带来的失业压力与家的分裂危机。菀儿为了家庭，放弃工资、职位升迁的诱惑，留在台湾，但琪拉的背井离乡，唤起了

---

[1] 连明伟：《青蚨子》，新北：印刻文学，2016 年，第 35 页。
[2] 连明伟：《青蚨子》，新北：印刻文学，2016 年，第 33 页。
[3] 连明伟：《青蚨子》，新北：印刻文学，2016 年，第 299—300 页。

她对于自身迁徙经验的感同身受，体悟到琪拉作为一名母亲与妻子，离开家庭的不易与艰辛。这种情感共鸣与体认，打破了菀儿与琪拉之间不对等的关系，将琪拉从一个带着种种偏见与符号的雇佣移工，还原成一个为了家庭美好生活而努力奋斗的、在全球化时代具有普遍性意义的人性形象。

菲律宾移工阿曼怀抱着走向世界的梦想来到台湾，台湾在他的移动规划中只是一个中转站："先在番薯岛待几年，攒了钱，再申请去新加坡、加拿大或沙乌地阿拉伯工作，如果想要到高所得国家，最起码都要有两三年工作经验，还要交一笔七万上下保证金，当然，英语能力是最基本的要求。菲律宾的经济不好，起薪低，出外工作实在是逼不得已，先求工作再求积蓄，最后如果可能当然设法入籍。"[1] 这一从不发达到发达地区的移动规划，是全球化时代的心灵表征，第三世界人民试图通过移动来实现现代化的梦想，展现了现代化不仅仅是通过经济、政治、资本等抽象的力量去影响第三世界，同时也通过阶层上升的造梦，去瓦解原乡的认同根基。但这一梦想在盘根错节的压迫结构中逐渐消亡。首先是台湾苛刻的移工体制："阿曼来到多雨的番薯岛已经是第四个年头，签约，上船，跑近洋渔业，交付一笔钱给菲律宾代办后迁徙至北岛，不懂一连串文件往返，也不懂任何'外交'事宜。宝岛顺风一号船长旺伯说程序繁杂，要连登三天广告，二十一日内无法招募到番薯岛劳工才算完工，还有一堆申请书、劳工保险费证明、提缴金额切结书、本地和外国人员名册等。"[2] 小说中的压迫结构并不是显性的人身羞辱或是经济剥削，相反，渔船的老板相当慷慨义气，喜欢与渔工们交流，渔工们斗殴出事还主动去警察局担保。但金钱与资本逻辑却影响着移工的生活与精神，渔工的工作、住宿环境简陋，生活方式单调贫乏，文化的隔阂导致阿曼的失语，唯一的沟通是脏话。阿曼和他的移工朋友如同候鸟一般在岛上的渔船上过着漂泊异乡人的隔离生活，梦想着飞向最后的目的地。菲律宾女友艾莲娜一度让阿曼驻足，却被艾莲娜骗财后抛弃，之后，艾莲娜又迅速地成为台湾老男人的情妇。资本、性别、国族逻辑奇异地倒错了，阿曼本以为在同为异乡人那里能寻找到温暖和认同，却是畸形的不平等与剥削关系在新移民内部的倒影，情感与身体在这里都成为压迫与被压迫关系中的筹码。

接着阿曼被台湾的有钱老妇酿娘子包养，跌入酿娘子的温柔乡。如果说艾莲娜的欺骗粉碎了阿曼对生活纯粹的热情，那么酿娘子的包养则让阿曼寻找到艰辛的劳动之外实现梦想的捷径。阿曼开始"编织白日梦，想着自己改头换面令人钦

---

[1] 连明伟:《青妓子》，新北:印刻文学，2016 年，第 364 页。

[2] 连明伟:《青妓子》，新北:印刻文学，2016 年，第 363 页。

羡的新模样，当上大老板，穿西装，打领带，出门有司机开车，住家有女佣打扫，整日吃喝过好日子。阿曼开始有些贼头贼脑，变得精明，会算计了。……阿曼不再待在船上或工寮歇息，睡在酿娘子怀中继续编织番薯梦"[1]。改头换面意味着不仅仅是经济上的富裕，还需要在种族上跃升。现代化的繁华梦想以其背后的荒芜、空虚、失根，改造、毁坏着进入其中的追梦者。阿曼、艾莲娜的扭曲与异化，都是这种全球化链条下身份、文化不平等阶序的牺牲品，即使是被包养享受着物质的丰盛，依然是不平等关系下的他者与被压迫者。参与印尼与菲律宾移工之间的帮派械斗之后，人与人之间并肩作战的平等关系重新唤醒了阿曼的归属感，阿曼终于明白自己之前的梦想是多么不切实际，而家乡温暖的食物与亲人又重回他的记忆与心灵，也许幸福的生活还是扎根于原乡。

第四节　第三世界弱小民族的寓言

霍尔认为，在资本主义的"新时代"里，"资本依然是全球性的，并且今天更胜以往。不仅如此，与之相伴而生的旧的不平等依旧在决定人们的生活经验，限制所有人群、所有阶级以及所有共同体的希望与忧愁。与新时代一起出现的，正在生产出新的社会分裂、新的不平等和剥夺权力的形式，它们将原有的形式都覆盖了"[2]。

如果说现代性的特征是全球化，那么移民就是这场现代性在第三世界国家主导出的灾难，他们是政治、经济、文化上失权、贫困、失根的流浪者。从全球范围来看，移民的总体趋势就是从发展中国家到更发达的经济体，例如美国、法国、加拿大，贫困是驱动他们移动的最重要原因。这就说明，由发达国家所操控的"资本、市场、生产、销售的重组与再分工过程中，落后的经济决定了第三世界只能扮演出卖廉价劳动力的被压迫者。"[3]他们所代表的，是新自由主义经济结构在后发地区扩张的结果，市场经济与私有制，解体了农村的集体生产模式与生活方式，劳动力从土地上剥离，成为生产要素流向家政、看护和制造业的夕阳产业。他们在全球范围内的流动，试图寻求想象中的活路与美好的生活，以及与这种既定的不公命运的抗争，实际上正是詹姆逊所指出的处于跨国资本主义时代的第三世界的民族寓言。詹姆逊认为，第三世界的文化"在许多显著的地方处于同第一世界

---

[1]　连明伟：《青蚨子》，新北：印刻文学，2016年，第375页。

[2]　张亮：《如何正确理解斯图亚特·霍尔的"身份"？》https://ptext.nju.edu.cn/c0/8b/c13483a245899/page.htm。

[3]　南帆：《后革命的转移》，福州：福建教育出版社，2019年，第182—183页。

文化帝国主义进行的生死搏斗之中——这种文化搏斗的本身反映了这些地区的经济受到资本的不同阶段或有时被委婉地称为现代化的渗透"[1]。"第三世界的本书，甚至那些看起来好像是关于个人和力比多趋力的本书，总是以民族寓言的形式来投射一种政治：关于个人命运的故事包含着第三世界的大众文化和社会受到冲击的寓言。"[2]

张郅忻的小说将现代史中卑微弱小的移动者转换成作为社会主体的少数族群的生产者和创造史。《织》在时间上贯穿日据、冷战、全球化时代，在空间上横跨台湾与越南两个亚洲地区，以纺织业展现台湾、越南等第三世界地区经由美日帝国主义卷入近代资本主义工业体系的历史，这一通向现代化、工业化的道路，实际上是后发地区的社会、文化、经济被帝国主义不断塑造、重组和解体的过程，每一个个体、家庭，都被编织入帝国主义所掌控的全球资本网络当中，他们怀抱希望却又在现实中落空的迁徙经验，实际上是饱受帝国主义军事侵略、分裂、剥削的第三世界地区失败者的群像。阿公和"我"、小惠以及家族里的外配等不同时代、世代、空间、族群、性别的迁徙相互映照，勾勒出帝国主义和资本主义通过资本、霸权、欲望不断驱逐第三世界地区人民进入背井离乡的离散之境，这些地区的人民在追逐西方现代化幻境的血泪过程以及失败经历，镌刻着第三世界弱小民族的伤痕。

纺织业是台湾、越南等后进地区迈入现代化工业体系的先声，社会要从农业经济转型到工业，第一级工业就是纺织。小说通过追寻祖父投身纺织业的脚步，考察台湾、越南地区家族史与纺织业的历史切片。台湾、越南的纺织业战后都曾经因为依附帝国主义的投资而一度繁荣，在这样的依附与控制的殖民体系之下，大至一个民族地区的经济产业，小至个体、家庭的离散命运，始终与殖民历史，内战、冷战与全球化的硝烟紧密地扣连在一起。小说人物的迁徙经验，与当地纺织业的兴衰、外移、转型历程相互映照，在错综复杂的历史关系中揭露出发达地区与落后地区的不平等权力关系，是战后台湾乃至第三世界身处帝国主义—资本主义全球体系下的被主宰与剥削的缩影。

战争将台湾以殖民地经济的地位引入资本主义世界经济体系之中，日本将淘汰的技术和设备投入殖民地台湾，"日本政府因战争需要供应大量军服，从日本本岛运送太远，决定打破'工业日本，农业台湾'的政策，从日本吴羽纺织株式会

---

[1]【美】弗雷德里克·詹姆逊著，《处于跨国资本主义时代中的第三世界文学》，张京媛主编：《新历史主义与文学批评》，北京：北京大学出版社，1997 年，第 234 页。

[2]【美】弗雷德里克·詹姆逊著，《处于跨国资本主义时代中的第三世界文学》，张京媛主编：《新历史主义与文学批评》，北京：北京大学出版社，1997 年，第 235 页。

社，将半旧的纺纱机两万锭、织布机五百部拆运来台，在乌日设立了王田和乌日两个工厂"[1]。其根本目的不是发展殖民地的经济，而是为了供应殖民者的战争需求。阿有在纺织厂的日本师傅铃木就因此从日本农村迁徙来台。"铃木便跟着这批纺织设备到了乌日的纺织厂，负责组装机器、教导工人使用纺织机。两三年后，一切刚刚上轨道，正准备开始生产时，战争已到后期。美军空袭，生产变得断断续续。一九四五年，日本宣布投降，国民政府接手台湾，为了发展纺织业，留用部分日籍工程师，铃木就是其中一位。几年后，国民'政府'撤退来台，带来大量纺织设备，在内坜成立'国营'的品兴纺织厂，经验丰富的铃木就被'挖角'过来。"[2]

台湾光复以后，国民党接收日据时期的纺织产业，阿公从农民成为一名纺织工人。从农业到工业经济身份的转变，象征着台湾从农业和手工业为基础的经济体系向现代的工业为基础的经济体系转变的历史过程。朝鲜战争期间，台湾成为美国布局冷战阵营的前哨站，美援大量注入台湾，台湾的纺织厂迅速增加。美援台湾时期，台湾当局推行"代纺代织"政策。由美国提供棉花，当局保价收购民间纺织出来的织品，再出口赚外汇。但繁荣的背后隐藏着危机，"每间纺织厂都在抢原料，比谁的价格低，最后大家都没饭吃，倒一大堆"[3]。1960 年，美国开始限制台湾纺织品的出口量，阿公的纺织厂倒闭。接着越南战争爆发，美国在越南投入大量资金，阿公背井离乡赴西贡淘金。

冷战下的西贡充斥着现代化的美式文化与情调。"法国殖民留下的建筑、连排梧桐树、各种不同款式的车在街路穿梭。"[4]可口可乐的跨国公司入驻，酒吧一条街飘荡着美国音乐，抚慰着离乡的旅人，仿佛全世界的人都来到这里消遣。西贡的黑市提供着从美军流转出来的二手物品，为第三世界人民打开美国梦的窗口。但亲美政府吴庭艳禁佛教引发的僧人自焚，以及美国主导下的傀儡政府轮番更替斗争，华人等帮派势力勾心斗角，犹如一道阴影刺破纸醉金迷的现代化幻想。正如陈映真所说："战后美国新帝国主义政策，美国在'援助'计划的美名下对各依赖国家剥削、渗透和支配，在'自由盟邦'的美名下所掩盖的各国政治独裁、人权蹂躏，以及在'国家安全'的名义下对各国民族主义、民主主义国民运动的镇压，对各国学运和工运的迫害"[5]，"早在 20 世纪五十年代开始，美国语言、教科书、资

[1] 张郅忻：《织》，台北：九歌出版社有限公司，2017 年，第 202 页。
[2] 张郅忻：《织》，台北：九歌出版社有限公司，2017 年，第 202 页。
[3] 张郅忻：《织》，台北：九歌出版社有限公司，2017 年，第 94 页。
[4] 张郅忻：《织》，台北：九歌出版社有限公司，2017 年，第 210 页。
[5] 陈映真：《陈映真全集》，第 8 卷，台北：人间出版社，2017 年，第 150—151 页。

本、技术、商品、流行歌和美式生活情调……已经在台湾生活中起着支配作用。在整个台湾经济、文化、政治上，在强大政治压力下扣关的国际化、自由化，美日文化圈，透过美、日大众媒体、广告、杂志流行，美日资本和技术，将对台湾进行快速而有效的国际化改造，和市场气候与文化的均一化改造，以利国际性商品的倾销"[1]。

这一历程展现了战后美国所构筑的冷战体系如何控制着台湾乃至东亚的产业经济发展，如何影响着底层劳动大众的生活。台湾与越南的工业体系依靠日本的殖民、美国的援助，迅速成长起来，为像阿公这样的农民提供了改变命运的机会，但这样依附性的现代性发展根基脆弱，始终只能仰仗美国的经济援助，轻易就能翻覆。同时也展现了台湾在新殖民结构当中对于更加边陲的东南亚地区的经济剥削。朝鲜战争期间，越南的纺织厂"大部分都是各帮华人一起投资，再聘用像他们这样从台湾过去的'专业技师'，负责指导机器运作和维修。至于现场员工有些是当地华人，有的说潮州话，有的说广东话，也有越南人。一个小小厂房里聚集各种语言，比起从前在台湾工作时还要多。阿有很快体会到，语言背后有势力的关系。最高的是当地的华人，有人脉、有势力；他们这些海外移去的专业技工，凭着修理技术，也有一定的地位。最没地位的，就是当地的越南人。他们多半负责现场的工作，或是一些打杂的，比如厨房煮饭的、司机和打扫的员工。阿有顿时因为自己的华人身份，在厂房里抬到较高的地位，这是从前没有过的感觉"[2]。

越南传统的手动木织布工厂和家庭式纺织厂展现了民族工业的活力与独立，点燃了阿公的创业梦想。但越南统一的政治变局粉碎了他的老板梦。阿公回到台湾后，继续从事纺织业，在全球化与技术更新的浪潮下，他试图改造旧机器与现代机器相抗衡抢夺美国的订单，可是他的成功改造并未获得新会长的认可。可见，阿公的移动，表面上是他如何乘着时势不断奋斗的过程，实际上是台湾乃至东南亚第三世界地区在战后依附于美国这一霸权帝国并在其所构筑的冷战体系中不断挣扎，乃至失败的隐喻。

在全球化下，美国犹如一只无形的大手，掌控着第三世界的命运，而跨国资本主义的流动，从摧毁阿公的老板梦想到至今仍然主宰着新世纪青年的命运。每一代人，都在资本的巨手之下寻求发展。少数民族小惠与母亲的命运无疑是全球化下弱势群体命运的缩影，纺织工业冲击了少数民族原有的生活方式与传统的手工业，导致他们不得不远离祖先的山林，成为平地里被歧视的雇佣工人，纺织工

---

[1]　陈映真：《陈映真全集》，第 8 卷，台北：人间出版社，2017 年，第 368 页。

[2]　张郅忻：《织》，台北：九歌出版社有限公司，2017 年，第 214 页。

厂将小惠的妈妈如同工具一样地使用并抛弃。小惠也面临同样的命运,不同的是,小惠具有了更强的阶级意识与自我觉醒,她认识到在工业时代人的异化,台湾的大纺织厂关厂,"移到海外,用更便宜的劳工"。"小工厂,没钱买新机器,没办法去海外。为了省钱,白天不请员工,晚上运转。员工大部分是非法外劳,还有外配。或者,就是像我这样临时没了工作的人。……对老板来说,我和其他人,只是会动的纺织机。老了、坏了,就该淘汰。"[1] 而她领导工运抗议纺织厂"假关门、真裁员"的行动,无疑让我们看到了新的阶级意识的觉醒。她最终回归到山里,在传统的纺织手工业当中寻找到生命的意义,同为纺织,资本主义生产只是在奴役人,而人在手工业的纺织劳动中,感受到的是主体的复活。"在自我批判、自我否定与自我的再发现中,欲求的是能够形成一种有尊严、有自主意识的主体性。"[2]

年轻世代对祖父辈迁徙经验的追溯,以及东南亚成员进入家庭的变化,也在回应着自我在现代化都市中的迁徙与流动。在这个全球化的时代,每个个体都面临着背井离乡的迁徙与流动,但作者敏锐地看到,迁徙所带来的不仅仅是去国怀乡的离散与身份认同的问题,通过台湾在殖民、冷战与全球化时代的历史连接,打破新自由主义经济下的原子化状态,看见台湾在全球化资本主义结构中与东南亚地区的共同位置,寻求自我在资本、劳工、新殖民层层压迫之下的更多解放路径。

小惠母女从山地到都市,东南亚的外籍配偶进入家族,阿公从台湾到越南,这些从不发达地区移动至发达地区的过程,都是内在于对现代性的追逐,照见了资本主义发展过程中的种族、阶级、国籍、性别上的不平等,是美国主宰下的帝国主义—殖民体系下不平等结构下的一个面貌。身为少数民族的小惠,同样从事着纺织工人,犹如继承了阿公的纺织梦想,如果说阿公的迁徙只是为了金钱的话,那么小惠则对跨国资本与经济霸权有着充分的认识。小说开篇,小惠就作为一个纺织工厂罢工潮的组织者和领导者登上新闻,在与我的交往过程中,也是作为一个引导者,引导我通过阿公的迁徙,慢慢走出家的局限,在追寻阿公迁徙脚步的过程中,认识复杂政治经济关系下的台湾历史。所以,正如陈光兴所说,这是将"殖民主义及帝国主义的历史,放回全球化的研究与论述当中"[3]。"去殖民,指称的不仅仅只是一般理解当初二次战后,以建立主权独立的民族国家为表现形式的反殖民运动,而是被殖民者试图透过高度的自觉,在精神、文化、政治以及经济的

---

[1] 张郅忻:《织》,台北:九歌出版社有限公司,2017 年,第 78 页。
[2] 陈光兴:《去帝国——亚洲作为方法》,台北:行人出版社,2007 年,第 6 页。
[3] 陈光兴:《去帝国——亚洲作为方法》,台北:行人出版社,2007 年,第 4 页。

总体层次上，反思、处理自身与殖民者之间（新）的历史关系。"[1]

第五节 "新二代"的家族史叙述

"新二代"书写是新移民书写中相当特别的一个部分，"新二代"书写往往以非虚构写作的叙述方式，以真实的成长经历与家族史的脉络为基础，揭露身份标签之下的刻板印象，袒露"新二代"特殊又具有普遍性意义的成长经验，探讨台湾社会存在的歧视与不平等问题。"新二代"，即新移民的后代，一开始是受到歧视的群体，20 世纪 90 年代由于"新南向政策"的推动，"新二代"成为新移民中最受瞩目的一个群体。台湾当局认为在"新南向政策"当中，他们具有双重文化优势。一时之间，针对"新二代"的奖助、营队、报道、研究纷纷出炉。他们被媒体所追逐、"通缉"，甚至被迫进行认同的表态。"新二代"的书写，体现了他们意欲撕下标签、证明自我，通过家族史的叙述来建构身份认同的过程。

刘育瑄的《身为在台湾的新二代，我很害怕》敏锐观察，点出台湾社会随处可见，却被假装不存在的偏见与歧视。在族群标签下，小说想谈的是阶级与性别。以社会研究的视野，重新书写成长经验，她在《序》中直指："只要我犯错，台湾社会就会怪我的家庭。他们不会告诉我，是台湾教育没有帮工人阶级的小孩补齐他们所缺的社会资源。如果我功课不好，都是因为我妈来自落后愚笨的东南亚国家……他们选择对阶级避而不谈，却把问题推到种族上面。"[2]

书中指出，"新二代"本是中性词汇，意指新移民第二代，但在台湾，"新二代"联结的是"东南亚配偶的孩子"。刘育瑄观察，欧美配偶的孩子在台湾，很少被称为"那个他妈不是台湾人的"、被可惜"这么优秀，要是生在别的家庭多好"……这些，都是她成长时面对的评价。

《身为在台湾的新二代，我很害怕》收录 2019 年刘育瑄致高雄前市长韩国瑜的信，简短有力的行文，针砭"人才一直流出去，只有劳动力进来"的发言，隐含对新移民、劳工及女性的多重歧视。从台湾到美国生活，她看见一个族群问题更深远的社会，深深觉得："新二代议题的探讨，比起双语优势，还有更复杂重要的面向；这不只关乎新二代幸不幸福，而是台湾整体社会结构的长远发展。"[3]

书中《东南亚来的台湾媳妇》虚拟了一份"使用说明书"，反讽台湾社会的父权思维，进而提出"人口贩卖"之外另一种看待跨国婚姻中介的观点：或许把"跨

---

[1] 陈光兴:《去帝国——亚洲作为方法》,台北市：行人出版社,2007 年,第 5—6 页。

[2] 刘育瑄:《身为在台湾的新二代,我很害怕》,台北：创意市集,2020 年。

[3] 刘育瑄:《身为在台湾的新二代,我很害怕》,台北：创意市集,2020 年。

国婚姻"看成"找工作搬迁的移动",比过于简化地贴上"人口／性贩运"的标签更妥当。

陈又津的父亲为福建移民,母亲为印尼华侨,特殊的身份促使她以文字记录"新二代",矢志打破大众对"台湾人"的单一想象。最终目标是让"新二代"的标签不复存在,届时所有人都能自主决定自己的身份认同。她笔下近二十篇"新二代"访谈,有认同、疏离、正重新认识父母原乡的二代,他们的爸妈来自印尼、缅甸、菲律宾以及大陆的山东、海南等地。陈又津提到从饮食、流行文化可以发现到东南亚文化就在我们身处的日常生活中,跟台湾的距离其实很近。通过注意身边的人事物找到与自己有关的情感联结,进而进行议题探索。

她的《准台北人》写的是外省老兵爸爸与自己的印尼妈妈一家的故事,母亲与虽然在小的时候并没有所谓新移民、"新二代"的说法,但在过去也常遇到对于母亲身份的好奇或是有攻击性的人,而她的母亲总是在面对不同人、不同的想法时来决定回答自己是哪里人,可以是香港人、客家人、印尼华侨……为的是得到别人的认同,而现在她的母亲则是回答"印尼客家华侨",从各式各样的回答到完整的回答,逐渐展现对自己的认同。

第六节　结论

我们生活在一个越来越全球化,但也越来越分化的世界。21 世纪青年作家对于新移民的书写,一方面照见了当代社会越来越普遍化的迁徙现象,不同的国族与群体之间交流愈加频繁,形成了多元化的文化新格局;另一方面,迁徙不只是一个身体移动、社会位置变化的过程,迁徙与流动并没有导向不平等的消融与差异的融合,反而更加巩固了沿着阶级、族群和性别界限而来的社会不平等。21 世纪台湾青年作家的新移民书写,让这些被淹没在资本竞技场里的弱势者得以发声,层层解构出台湾当局试图建构在新移民群体之上的意识形态,在西方的、新自由主义的、全球化层层建构的西方现代性知识体系与意识形态之外,敞开了南方的、第三世界的、左翼的、少数族裔的视角。

这些青年作家的新移民书写具有多重意义:

第一,为台湾文学注入了新的美学风格,呈现出乡土与世界相互碰撞的多元文化风景。第二,新移民文学展现了长期被西方视野所遮蔽的东南亚形象,发现长期被主流价值观和意识形态所遮蔽的新移民群体,呈现其在身份、性别、阶级、文化、经济上的边缘处境,其从南到北的空间迁徙路径暴露出全球化政治经济结构内部的不平等与差异,他们与台湾内部的迁徙经验相互映照,象征着全球化时代弱小民族、第三世界人民休戚与共的命运，具有普遍性的意义。第三，新移民文学以大时代下小人物的迁徙经验建立纵深的历史图景，展现围台湾乃至全球历史上的冷战、殖民阴影，书写身份、种族、文化的冲突背后的历史创伤，通过铭刻在家族、个人迁徙经验之上的历史记忆去探索弥合分裂的可能，寻求实现人的平等与解放的未来路径。同时深刻揭示出全球资本流动过程背后的问题，具有解构新自由主义全球化论述的积极意义。第四，新移民的多元性，打破了台湾社会对于东南亚移民"习以为常"的优势／劣势、文明／落后的二元对立意识形态，解构单一身份认同背后的霸权意识与资本逻辑。第五，新移民文学通过追溯历史上华人与东南亚群体的迁徙经验，以及华人的原乡想象，展现华人族群的中华民族认同。第六，新移民文学也开创了台湾文学的某种向度与深度，打破了当代台湾文学对于形式主义的追求，转向了对于现实社会的观察和反映，同时文学的主体不再只是中产阶级与知识分子的经验，还加入了劳动阶层的劳动者视角，因此扩大了当代文学的边界。

第四章　台湾80后小说的妖怪书写

　　2010年后，受日本妖怪文化的影响，台湾出现了一股妖怪热潮，在学术研究、文学、音乐、绘画、戏剧、影视、动漫、游戏、文化产业等领域涌现出诸多以台湾本土妖怪为主题的创作。这股风潮横跨了大众文化与文化研究等多个领域，在理论和创作上都成果丰硕。随着通俗的妖怪理论爆发，台湾本土妖怪传说被挖掘与再现，台湾文学史上迎来了"妖怪书写"的黄金时期。主要的参与者是青年世代，他们以现代化的形式重写古老的妖怪传说，借由二者的冲突与碰撞，从文学、民俗学、人类学、宗教学等多元视角，去反思现代化社会中的生态、性别、历史、记忆、族群、身份认同等问题。21世纪的本土妖怪书写主要呈现为民俗信仰、都市传说、少数民族神话、历史幻想、少年成长历险、恐怖故事等形式，展现出新的时代风貌和世代美学风格，展现了现代社会对于传统文化的复魅想象，以及大众文化领域的青年亚文化美学，是台湾民间文化、在地历史在21世纪的复苏与转化，也是台湾80后世代努力突破狭隘的本土视野与身份的局限，寻求自我认同、建构更为多元化的文化脉络的文化实践。

第一节　台湾妖怪书写的历史脉络

　　台湾的妖怪书写并非现代才有，自有文字记载以来，妖怪的神秘形象就扎根于台湾文学之中，最早出现在清朝时期的游记、日记、地方志等。如《台湾府志》云："至若深山之中，辙迹罕至。其间人形兽面、鸟啄鸟嘴、鹿豕猴獐，涵淹卵育；魑魅魍魉、山妖水怪，亦时出没焉，则又另一世界也。"[1]《诸罗县志》说台湾"内山峻深幽邃，生番之所居、魑魅之所穴，汉人莫得而知之也。"[2]乃至少数民族也被描绘成非人的形态："（诸生番）率皆穴地而居，射鹿为活，衣不蔽体，略具人形，身处穷岛，绝迹人寰；所谓化外殖民，禽聚而兽行者也。"[3]对台湾地理环境的描写

---

[1]　【清】高拱乾：《台湾府志》，《台湾文献丛刊》65种，1960年，26页。

[2]　【清】陈梦林：《诸罗县志》，《台湾文献丛刊》141种，1962年，36页。

[3]　【清】翟灏：《台阳笔记》，《台湾文献丛刊》第20种，1958年，7—8页。

也充满了神秘主义的恐怖色彩："以深山大泽尚在洪荒，草木晦蔽，人迹无几，瘴疠所积，入人肺肠，故人至即病。"[1] 这些妖怪神异现象象征着清中央对于边疆地区的初步探索与想象，彼时的清廷在台湾的行政力薄弱，台湾尚处于文明的边缘，在清中央看来去异族蛮荒之地不远，天灾、人祸、械斗等不安定因素，催生了种种恐怖的鬼怪形象。

而台湾的殖民历史也衍生出众多妖怪文化。17 世纪荷兰殖民者的《热兰遮城日志》《被遗误的台湾》《东印度旅行见闻·台湾旅行记》《初探福尔摩沙》等游记、日记，绘声绘色地描绘了一个充满人鱼、妈祖、土地公的蒙昧世界。

日据时期，为了更加深入地认识台湾的情况，协助殖民统治，日本殖民者以科学的方式对民间的民俗知识、妖怪传说进行收集和整理，构建成为系统的殖民知识，为日本提供殖民统治的依据。

日据时期的日本人类学家，感慨台湾是"迷信秘密之宝库，常使百妖逸出"[2]，反映出殖民者对于南方岛屿的东方式想象。出于了解和治理殖民地的需要，日本殖民者组织了大量台湾民间风俗和信仰的调查记录，如片冈岩出版的《台湾风俗志》，台北帝大教授、战后在日本成为人类学大家的金关丈夫等人也一起于 1941 年创办了记录台湾平民生活文化的杂志《民俗台湾》，一直持续到 1945 年日本战败。西川满于 1942 年出版了《华丽岛民话集》，编写记录台湾的各种民间传说。这些以日本作家为主体的文学社群和文学活动，都是以 20 世纪 40 年代帝国主义南进政策主导下的"地方文化"政策为指导路线，将民俗作为建构有别于内地文化的地方文化作为重要切入点，着力展现台湾浓郁的异域情调与瑰丽的热带风情。在西川满和佐藤春夫等日人作家的小说当中，这些充满神魔鬼怪的民俗妖怪是野蛮落后的前现代社会的产物，是迷惑现代人的异国情调，也是必须被除魅的落后之源。

日据时期在台湾民间社会也有不少关于妖怪的创作。1931 年许丙丁的闽南语章回小说《小封神》，便精彩地描绘过台南众神大乱斗的情节，1936 年李献璋主编的《台湾民间文学集》，就包含了传说故事。

光复之后，妖怪被当作迷信被禁止公开书写，只能以"大陆乡野奇谈"、《聊斋志异》改编恐怖电影等恐怖怪谈的方式在民间流传，承载着中华文化的民间记忆，也象征着当时压抑恐怖的政治气氛。同时也形绘出不同于台湾传统庶民文化的美学样态。

---

[1] 【清】郁永河：《裨海纪游》，《台湾文献丛刊》第 44 种，1959 年，第 27 页。

[2] 《台湾惯习记事》，转引自何敬尧：《妖怪台湾：三百年岛屿奇幻志·妖怪神游卷》，2017 年，台北：联经出版事业股份有限公司，第 42 页。

　　"解严"之后，大众文化的兴起催生了鬼怪书写的复兴，同时，90年代兴起的后乡土书写，开启了一系列融合历史、乡土传奇与神鬼怪异等各式元素的书写路径。作家通过田野调查、史料考据与个人想象，将妖怪传说重新加以改编，以魔幻现实主义的叙述方式，展现了新的乡土想象。

　　21世纪以来，妖怪书写进入了新的蓬勃发展阶段，在书写方式、表现形态上更加多元化，大众化、娱乐化形式更为彻底。作家及研究者一方面大量引进日本的妖怪文化理论，2010年后陆续翻译了日本民俗学家柳田国男等人的著作，如《和日本书豪一起找妖怪》（2020年）、《日本民俗学译丛：民间传承论与乡土生活研究法》（2010年）、《日本怪谈录——民俗名家笔下的妖怪密录》（2012年）、《原野物语·拾遗》（2014年）。另一方面，以"中研院"研究员林美容为首的一批学者作家也致力于打造台湾本土妖怪学，如与李家恺共同创作的《魔神仔的人类学想象》，就以严谨的科学态度调查研究各种民间信仰与鬼故事。2019年出版的《台湾妖怪学就酱》提出用妖怪学记忆文化与社会，从族群、民俗、都市传说、性别、文化记忆等方面去建构妖怪学的多元面向。2015年行人出版社编辑室推出的《台湾妖怪研究室报告》从轻松活泼的角度构建了台湾的"妖怪博物学"。2017年2月，《联合文学》以"妖怪缭乱"为主题，集结小说家、研究者对于妖怪创作与妖怪学的阐释，从妖怪与视觉媒介、妖怪与流行文化、妖怪与地方文化等方面去讨论妖怪热现象，足见妖怪创作的热度。21世纪的妖怪书写还结合了展览、艺术等形式，如台湾文学馆在2018年举办了《魔幻鲲岛·妖怪奇谭：台湾鬼怪文学》特展，以及2019年与台北空总当代文化试验场合作《妖气都市：鬼怪文学与当代艺术》特展。2017年Openbook特别企划"台湾鬼怪与它们的产地"专题，从展览、漫画、文学、桌游等领域形绘布局中的台湾妖怪世界，探讨妖怪所"象征不同的主体性，承继的历史脉络，又将如何与当代接轨"[1]等问题。2021年Openbook阅读志与文化内容策进院特别制作"奇幻之岛"专题，从文学、漫画、电影三种形式探讨妖怪题材在台湾的发展脉络与特征，进一步推广妖怪书写的影响。

　　80后作家何敬尧是这场妖怪书写的代表人物之一。他创作的小说《幻之港——涂角窟异梦录》（2014年）、《怪物们的迷宫》（2016年）以都市悬疑、幻想的形式描绘台湾都市中的妖怪所形成的神秘事件。他与电子游戏合作创作的《妖怪鸣歌录Formosa：唱游曲》（2018年）、《妖怪鸣歌录Formosa：安魂曲》（2021年），创造了一个浪漫奇幻的妖怪世界，让许多具有当地特色的台湾妖怪粉墨登场，进行了一场拯救世界的奇幻冒险。潇湘神往往以架空历史为背景，以妖怪争斗隐喻历

---

[1]　《台湾鬼怪与它们的产地》，https://www.openbook.org.tw/yaomoquigua。

史创伤。他创作出《台北城里妖魔跋扈》（2015 年）、《帝国大学赤雨骚乱》（2016
年）、《金魅杀：魔术》（2018 年）及《说妖》（卷一卷二分别为 2017 年、2019 年
出版）、《殖民地之旅》（2020 年）、《都市传说冒险团》（2020 年）等。潇湘神也与
外国作家合作，撰写《筷：怪谈竞演奇物语》，即为推理结合惊悚的大众文学代表
作。2021 年，潇湘神、天野翔与长安（谢宜安）合力出版一套"妖颜惑众"系列
作品，三人分别撰写《魔神仔：被牵走的巨人》《水鬼》及《蛇郎君》等三本长篇
小说。杨双子的《捞月之人》以妖怪与人之间的情感象征人与人之间最为纯粹理
想的关系。

纵观台湾文学史的发展脉络，可以看出妖怪书写是中华民族世代相传的民间
文学与民间文化的一个部分，是民族记忆的重要载体，也是民族记忆的重要表现
形式。扬·阿斯曼曾说："文化记忆对于我们不可或缺，只有借助它和它所蕴含的
深厚的时间，我们才有可能确认我们的身份和我们的归属。"[1] 台湾的妖怪传说是中
华民族文化记忆在台湾的延续与更新，彰显着中华民族独特的精神标识，体现了
台湾地区中华民族、少数民族等族群丰富多元的民族文化形态，如台湾的妖怪传
说处处可见《山海经》《聊斋》等中华民族传统文化的传承。

在台湾的社会历史发展过程中，妖怪绝非只是登不上大雅之堂的怪力乱神之
说，而是深刻地嵌入政治社会文化的结构之中。而这一古老社会的传说与想象，
在 21 世纪的现代化社会当中重现，体现了民间文化所具有的强大生命力与活力。
同时这场复魅的美学展演是与现代化、全球化、信息化的结构性转变紧密地联系
在一起的，体现了现代社会的精神症候，具有民族性、民间性、政治性与世界性
的多重意涵。本章试图通过分析 21 世纪台湾 80 后小说家妖怪书写的文化底蕴、
表现形态、艺术特征、历史脉络与现实意义等多重角度，去全面地展现 21 世纪台
湾妖怪书写的别样风景。

第二节　妖怪书写作为地方性的生产路径

妖怪诞生于劳动人民对于自然、社会的想象，与民间社会的宗教、习俗等紧
密地联系在一起，体现着劳动人民的情感、文化、信仰与审美。妖怪文化始终流
传在民间社会，融入庶民生活的方方面面，是乡土社会人与人、人与自然伦理关
系的曲折外化，具有大众性、庶民性的特质，可见，妖怪传说是地方文化的重要
组成部分。

---

[1] 【德】扬·阿斯曼：《关于文化记忆理论》，陈新、彭刚主编：《文化记忆与历史主义》，杭州：
浙江大学出版社，2014 年，第 17 页。

20 世纪 90 年代以来，全球化与地方化这两个互相对立的社会变化与思想运动，贯穿并影响了地方文化在 21 世纪的崛起。一方面，全球化进程导致的空间压缩、全球经济的整合、资本的全球流动以及电子媒介的传播和网际网络的联结，形成了去疆域化与地方均质化现象，以及地方感逐渐消逝的危机。另一方面，在全球化的普遍性语境之下，地方主体性与地方文化特色进一步凸显。

在这一时代背景下，自 20 世纪 90 年代开始，台湾当局加强了对于地方文化的重视与扶持，形成了地方文史书写热潮，以地方为主轴成为台湾小说创作的新向度。"90 年代开始地方本身的故事慢慢增加，但是还是在整体台湾历史的脉络下叙述，地方地理的比重尤显薄弱。到了 21 世纪，台湾史已不是文本依仗或关注的轴心，取而代之的反而是地方的地形地景与人文生态的变化发展。尽管历史还是小说重要的元素，不同区域的特性却已在书写模式上展现出差异。"[1]

21 世纪的台湾妖怪书写作为地方民俗文化的一个符码，与在地感相结合，正面解构了全球化的文化同质化力量，回归妖怪在地方文化上的意涵。台湾妖怪书写以台湾各地的少数民族神话、民间地方轶事、妖怪奇闻为经纬，展现各地文化、环境特色、民间生活的风貌。借妖怪挖掘民俗文化信仰，重建古老的地方文化脉络。将妖怪研究、妖怪书写融入民间传承、本地经验、乡土生活之中，强化地方认同，形成地方感。

一、建立台湾本土的妖怪文化品牌与美学风格，构建台湾本土文化的特殊性。妖怪一词由中国传入日本，但妖怪作为一门学科却是在日本诞生。日本的妖怪学发展至今，不仅形成了严谨、系统的学术体系，在研究方法上树立了典范。与消费主义、全球化浪潮相结合，通过妖怪为主题的漫画、动画、大众文学、电影等大众文化，以强大的文化输出力席卷了亚洲的妖怪想象。可以说，台湾近期的妖怪书写，都深受日本妖怪书写的美学特征、叙述模式、人物形象的影响，许多创作者质疑"台湾有自己的本土妖怪吗？"体现了作者面对全球化、现代化浪潮下民间文化逐渐被同质化的忧虑。在这样影响的焦虑之下，书写台湾本土的妖怪似乎就具有了抵抗外来文化影响、建构自身主体性的重要意义。21 世纪的台湾妖怪书写，对象都来自中国民间传说中的妖怪形象与妖怪故事，如虎姑婆、椅姑仔、青蛇郎君等，都是书写本土妖怪的独特故事与历史。

二、强调妖怪与台湾民俗的重要关系。妖怪作为民俗文化的一部分，对建构庶民文化与集体记忆具有重要意义。正如莫里斯·哈布瓦赫的《论集体记忆》指出，"集体记忆"和记忆的"社会框架"之概念，"集体记忆"并非先天赋予，而

---

[1]　范铭如：《后山与前哨：东部和离岛书写》，《台湾学志》创刊号，2010 年 4 月，第 72 页。

是一种社会性建构的概念。记忆具有"群体关联"的特性，意谓透过和自己曾经有过互动经验的群体，相关的经验、情感与印象，都会因这个群体的存在而引发记忆，形成记忆的连绵性。这群人可称为"记忆共同体"，他们共同历经过去，并努力维持其共同记忆的"独特"与"绵延"，使得他们与其他群体不同，也借此保持对自己所属群体的认同。[1]

　　妖怪书写是地方民俗与文化记忆的重要组成部分，至汉族先民渡海赴台之后，艰辛的开垦过程中对于未知自然、世界的恐惧，凝结成口耳相传的民间信仰与民间传说，妖怪传说体现了劳动人民在劳动过程中所产生的朴素的道德观与伦理观，是与劳动人民的日常生活息息相关的天地伦常，其中体现的民俗文化，是维系乡村家族关系的一条重要精神纽带，是传统儒家精神在日常生活当中的展现。

　　何敬尧的《妖怪台湾地图》不仅书写台湾各地的妖怪传说，也以田野调查的方式，详细记录收惊、听香等民俗活动的来源、功用、方式、道具、过程等。何敬尧认为："妖怪的本质是历史与民俗的另类展现，也是市民文化的世代积累，具有研究的价值。"[2]"妖怪传说，等同于乡土历史与民俗文化的日积月累。只有在实际的土地上，经由人们内心恐惧的投射，妖怪才会成形。也就是说，妖怪必须在特定的时间、空间才得以存在，并且会与人们的心理状态产生紧密联结。……妖怪与斯土斯民息息相关。"[3]妖怪的"真身是乡土记忆、国族历史、民俗精神，乃至于都市经验的累积"[4]。"妖怪传说，等同于乡土历史与民俗文化的日积月累。只有在实际的土地上，经由人们内心恐惧的投射，妖怪才会成形。也就是说，妖怪必须在特定的时间、空间才得以存在，并且会与人们的心理状态产生紧密联结。"[5]

　　妖怪所代表的民俗文化不仅仅是人类学意义上的概念，同时也展现了精英视野之外的庶民性，"民俗是离正统最远，却又因此最贴近土地与民众的题材和媒介"[6]。何敬尧认为："台湾一直以来都有妖怪创作的传统，这些传统可能分散于文学作品、民俗艺术、书籍插画、歌谣音乐……领域。但是，这些创作逐渐被忽略，

　　[1]【法】莫里斯·哈布瓦赫著，毕然、郭金华译：《论集体记忆》，上海：上海人民出版社，2002 年，第 81—94 页。

　　[2]　何敬尧：《妖怪台湾地图：环岛搜妖探奇录》，新北：联经出版事业股份有限公司，2019 年，第 83 页。

　　[3]　何敬尧：《妖怪台湾地图：环岛搜妖探奇录》，新北：联经出版事业股份有限公司，2019 年，第 15 页。

　　[4]　何敬尧：《妖怪台湾地图：环岛搜妖探奇录》，新北：联经出版事业股份有限公司，2019 年，第 15 页。

　　[5]　何敬尧：《妖怪台湾地图：环岛搜妖探奇录》，新北：联经出版事业股份有限公司，2019 年，第 15 页。

　　[6]　卢佳慧：《有个东西在那里，我们把它夺回来：民俗文化与台湾漫画》，https://www.openbook.org.tw/article/p-62349，2019 年 7 月 29 日。

甚至被认为不入流，这是很可惜的事情。"[1] 可见，妖怪书写具有反抗精英文化、反映庶民文化的色彩，妖怪文化中涉及的乩童、祭祀、托梦、庙公等，在现实社会中往往被视为缺乏教育的乡野粗俗文化观念而被歧视和排斥。邱常婷的《魔神仔乐园》中三个孩子私自上山救友的失踪事件，引发父母之间关于他们是否是被魔神仔带走的争执。来自台北都市的刘妈妈漂亮干练，认为妖怪之说是怪力乱神、道听途说，她鄙视"没见过世面的乡下人，只知道怪力乱神"[2]，她不相信妖怪的存在，态度也飞扬跋扈，直陈"这就是我讨厌乡下的原因，等我把小芊找回来，我要立刻帮她办转学，像台北连半夜两点天空都是亮的，街道上都还有人呢，那种地方才适合我们家小芊！"[3] 在屏东土生土长的陈妈妈则相信孩子是被魔神仔带走的，她反驳刘妈妈："我相信有鬼的存在，你不能因为看不见就不相信，你是从都市来的所以不明白，我们这边很多人三代务农，也会去山上做工，有些传说从古流传到现在，不能不尊重啊。"[4] 小说中是否存在妖怪鬼神的观念冲突，本质上是都市/乡村两种文化的冲突，都市所代表的理性、高雅的精英文化，视乡村中关于妖怪的庶民文化愚昧、庸俗、不入流，同时，都市也是消灭了妖怪鬼神传说的现代化空间，刘妈妈的倨傲——看不起当地的乡村小学、同学，认为自称有阴阳眼的姜老师是神经病，反而令女儿失去了幸福感和认同感。小说借由对刘妈妈不近人情的负面形象讽刺，批判了精英文化的冷漠、无知，展现了庶民文化所内含的互助、友爱、平等等精神核心。

三、借由对地方文献中关于妖怪的书写脉络化、系谱化，重现地方文史。2015 年的《台湾妖怪研究室报告》、2016 年《唯妖论：台湾神怪本事》，追溯了妖怪产生、演变的历史脉络。2017 年的《妖怪台湾：三百年岛屿奇幻志·妖鬼神游卷》，全面性、系谱性地整理了台湾从 1624 年至 1945 年之间，自大航海时代、明清、荷据、日据时期的地方志、游记、诗歌等历史典籍文献中出现过的妖怪传说，分类成为四百多项条目，堪称台湾妖怪奇谭的百科书典。囊括了西方人、日本人、汉人、台湾少数民族等殖民者、不同族群在台湾岛屿的所见所闻，呈现了台湾少数民族族丰富的神话与传说，建构台湾妖怪的文献基础，将妖怪从民间传说与民

---

[1]　何敬尧:《妖怪台湾地图：环岛搜妖探奇录》，新北：联经出版事业股份有限公司，2019 年，第 17 页。

[2]　潇湘神:《魔神仔乐园：被牵走的巨人》，新北：联经出版事业股份有限公司，2021 年，第 72 页。

[3]　潇湘神:《魔神仔乐园：被牵走的巨人》，新北：联经出版事业股份有限公司，2021 年，第 93 页。

[4]　潇湘神:《魔神仔乐园：被牵走的巨人》，新北：联经出版事业股份有限公司，2021 年，第 96 页。

俗学的体系之下分离出来，独立成为一个研究的主体。

四、将妖怪与地方空间相结合，形绘地域文化特征与历史脉络。《寻妖志：岛屿妖怪文化之旅》把妖怪与地方游记相结合，透过台湾民俗与生活技艺中有关妖怪传说的记忆，采取行旅踏查的方式寻找台湾妖怪的足迹，涉及台北、新竹、南投、嘉义、台南、高雄、花莲、宜兰等台湾十一个地区，每个地区都对应着一个民俗传说和妖怪形象，如台北市是魔神仔传说，宜兰头城是毛将军传说、花莲是少数民族巨人阿里嘎该传说。此书以妖怪传说为引子，实地走访妖怪曾经流传的地点，深入当地的历史文化，如在探访魔神仔传说的时候，此书首先介绍了魔神仔的传说，接着花大量笔墨介绍了与妖怪无关的菁桐地区的矿业历史，以及白色恐怖时期的鹿窟事件，书的叙述重点不是妖怪的形态，妖怪只是一个引路者，引导读者看到已然消逝在现代化进程当中的地方空间历史文化。让妖怪轶闻、生活惯习与文化记忆产生连接，建构出地方特殊的文化面貌。而妖怪则打破现代化体系下塑造出来的地方空间样态，如通过魔神仔这个活跃在蛮荒山野的妖怪，将台北从一个国际化的大都市形象拉回到原始神秘的山林。妖怪轶闻丰富了地方的内涵，召唤了不同的风景。正如台北地方异闻工作室在序言中写道："神怪其实反映了社会秩序，不是外于人类社会的'非日常'，而是生活的一部分，也是文化记忆的证明。"[1]

五、通过妖怪书写形绘出新的乡土想象。范铭如认为："在台湾文学的书写传统上，乡土辄以一种现代化的他者的对抗形象出现，怪力乱神之说虽然也是以科学理性为尚的现代性思维的他者，乡土与怪力乱神却未携手反抗现代性的压制。……九十年代中期以后怪力乱神却有跟乡土结合的趋势，甚至夸饰乡俗礼仪里被压抑的神鬼论述或实践。"[2] 妖怪书写是台湾 80 后乡土书写的一个重要部分，21 世纪以来，都市化、现代化巨手之下的乡村，面临人口流失，老龄化、产业凋零等问题，乡土的衰败带来乡土文化传统的凋零，以及乡土传统农业的式微，青年作家笔下的乡土经验，已经和 70 年代乡土文学呈现的农民主体、乡村景象大异其趣。这些年少求学，远离农村、缺少务农经验的少年，实际上对于乡土已经充满了疏离感，乡土更多则是相对于城市的一个偏僻、闭塞的空间意象，在他们成长回望的过程中，如何打破城乡二元结构，展现出更加丰富的文化内涵？民间习俗、传统信仰、鬼怪传说，就成为他们构筑新乡土的重要媒介。青年作家通过妖怪想象，重回自己在乡土的童年经验，打破了现代性的壁垒，连接上古老的乡土

---

[1] 台北地方异闻工作室：《寻妖志：岛屿妖怪文化之旅》，台北：晨星出版有限公司，2018 年，第 11 页。

[2] 范铭如：《文学地理：台湾小说的空间阅读》，台北：麦田出版社，2008 年，第 266 页。

经验。邱致清 2016 年的《水神》将台湾的真实历史与乡野传奇、民间信仰的认同与考掘相结合，书写出台湾的历史变迁；出身于太麻里的邱常婷以童真的视角，展现了少数民族地区的乡土风貌和现实困境；连明伟的《青蚨子》（2016 年）中以鬼神勾画出神秘温暖的原乡番薯岛，通过妖怪、鬼神的浪漫化想象，展现乡土的可爱、灵秀，妖怪不再是可怖的事物，而是春华秋实、四季轮转中所蕴含的最为朴素的生命经验，也是乡土自然的浪漫化象征。小说塑造了一个妖鬼横行的地狱世界，与现实中的乡土形成互为镜像的关系，在现实中，乡土是一个走向死亡的衰败空间，但通过妖怪、鬼神的想象，乡土得以跨越生与死的界线，翻转死亡的终结意义，延展出生命、历史、个体的另一种形态。妖怪文化记录着人类世界的悲欢离合、幽微历史，也是乡土在历经磨难始终不绝如缕的精神象征。

第三节　妖怪书写的青年亚文化意涵

随着全球化与消费主义浪潮的席卷，21 世纪的台湾妖怪书写深受日本妖怪文化的影响，呈现出与日本妖怪创作的美学形式和叙事方法趋同化的特征，妖怪不再仅仅是独特民族叙事的一部分，而是在世界流动的消费文化符号。因此 21 世纪的台湾妖怪书写虽然标榜本土妖怪文化，但实际上是在全球化推动下的文化工业的一环。21 世纪的台湾妖怪书写随处可见本土妖怪嫁接上日本的二次元话语，往往融合了奇幻、推理、悬疑、恐怖、百合、历史、言情等大众文化类型，跨越影视、戏剧、游戏、漫画等次文化领域，如联经出版社 2019 年依据何敬尧的《妖怪台湾》出版了《妖怪台湾桌游》，何敬尧也直接参与了以妖怪为主题的桌游创作。更有以本土妖怪为主题的大众文学作家星子、笭菁等，塑造出现代都市下的魔幻风景。

21 世纪妖怪书写的主要参与者是 80 后的青年作家，小说中妖怪与人类的相遇，往往融合了少年在成长过程中对于友情、爱情、自我、他者的探索主题，投射了少年对于成人世界的想象以及成长的挫折。杨双子的《捞月之人》中具有通灵能力的主人公尚彤深受鬼魂妖怪的困扰，只想要过上普通人的生活，但是，目睹无可逃避的死亡，尚彤对短暂的人生充满虚无感："人生到头总是空，我们到底可以留下什么？根本什么都留不下来。送往迎来，出现然后消失，人生就是西西弗斯的深化。人类被上帝所抛弃，像是遭到诸神所惩罚的西西弗斯，把巨石推上山又复滚下来，石头日复一日用一样的节奏上山，滚落，上山，滚落。一切有为法，如梦幻泡影，如露亦如电。无论有形无形，世间万物都只是一夜幻梦，是堆砌却易碎的泡沫，是天亮便了无痕迹的露水，是一闪即逝的雷电。苦难永不止息的人生，到头来竟然是没有意义的。"[1] "课业、金钱、美味的食物……所有人追逐的目标中，她感受不到任何一样是具有价值的，剩下来的只是生存这件事情而已。"[2] 这段看似无病呻吟、悲春伤秋的人生感悟，内里是青春期的少年对于成长的困惑，成长意味着即将步入成人世界，接受主流价值观，成为一个正常的普通人，按部就班地度过人生，但这样生活的意义何在？鬼魂精灵犹如自然界万物般无拘自在的生存方式，以及永恒的生命形态，是相较于人类更为理想化的生存方式，也更加衬托出人类的庸庸碌碌。在处理一芳表姐和她死去挚友高慧的鬼魂之间的牵绊时，尚彤逐渐理解了爱情和友情在人生中的意义，也勇敢接纳了自己与山神千卉之间相依相存的关系，更加坚强地承担自己的宿命和责任。

邱常婷的《巴布的怪物》中，妖怪象征着身处贫困地区的太麻里阴郁的少年时光的生命创伤，贫困的少数民族聚居地难以留下教师人才，每一个善良的老师的离开，都是给当地缺乏希望的孩子心灵上再增加创伤。经常被霸凌、缺失友情和亲情的巴布，面对接二连三的离别，感觉到被抛弃的痛苦，无能为力的他只能想象出一个可怕的吃人妖怪将老师吃掉，阴森恐怖的山林和妖怪，折射了这些孩子对于未来的恐惧和成长的疼痛。

小说用现代化的形式再现或者改造妖怪，借由妖怪在现代化情境中形成的冲突，隐喻成长过程中的种种挫折。何敬尧的《妖怪鸣歌录》中每个妖怪通过在人界的畅游，打败恶魔、拯救世界、收获友情、传播音乐、获得成长。作品中人物也通过这场冒险，更加清楚自己的目标与方向，获得自我认同的力量。连明伟的《青蚨子》中的少年金生年幼失母，他化身为地府的鬼差，在地府中阅尽悲欢离合，历尽善恶艰险，最终找到母亲的灵魂，弥合了生命的创伤。《魔神仔乐园》中的三个孩子为了拯救自己的朋友小白，冒险深入山林，与可怕的妖怪勇敢对峙，用纯洁善良的心灵，化解了人与妖之间的矛盾与仇恨，用爱与勇气战胜了自己的心魔。这些故事就是典型的少年历险成长模式，妖怪或者象征了少年在成人世界边缘化的身份，虽然拥有强大足以改变世界的力量，却要面对自己非人的身份，要在成长中不断探索自己的使命与自我。或者象征着少年成长的挫折与挑战，少年通过战胜面对妖怪时的恐惧、自我怀疑等，来实现自我的成长。总体来说，都是不脱热血、爱与勇气等因素。

在美学上，妖怪书写也融入了新世代的审美特征，妖怪不再是面目狰狞的可怕怪物，在外貌、性格等方面都具有了可爱的萌特点。杨双子的《捞月之人》里

---

[1]　杨双子：《捞月之人》，台北：奇异果文创事业有限公司，2016年，第132—133页。
[2]　杨双子：《捞月之人》，台北：奇异果文创事业有限公司，2016年，第133页。

的妖怪千卉长相甜美，性格却有些腹黑，喜欢捉弄主人公尚彤。但内心却视尚彤为最重要的人，承诺会永远陪伴着尚彤，外冷内热的性格模式，就像日本漫画的人物设定。小说更是直接将千卉的外表与流行于日本御宅族中的萌角色形象相结合，"表情看起来非常无辜而且纯真可爱，眼睛也明亮清澈。比起林志玲或宅男女神，更像是小猫小狗般圆滚滚亮晶晶的那双眼睛，搭配兽耳或尾巴，或许成为动画里的萌角色也不一定"[1]。作家把妖怪拟人化、漫画化、游戏化，在妖怪本身的形象特征基础上，嫁接了现代青年新的审美趣味，妖怪不再是乡野奇谭，而是青年亚文化中的重要的二次元形象。何敬尧的《妖怪鸣歌录》中根据妖怪传说虚构出一个人妖混杂的鲲岛世界，几个妖怪少年组成乐团，在人间到处历险，吃人的金魅成了一个能歌善舞的害羞萌妹子；林投姐是一个大大咧咧、充满活力与表现欲、有点无厘头的老师，她放下复仇的执念和庇佑一方的责任，想要追求自己的生活，在音乐的舞台上展现自我；蛇郎君对妻子至死不渝的爱情动人心弦；虎姑婆是虎族的巫女，为了保护自己的族人，在网络上做生意，努力赚钱试图买回族人的土地。玩音乐、注重自我、冒险仗义、依赖社交网络等，小说将现代青年的行为模式和性格特征注入妖怪形象当中，古老的妖怪被赋予青春热血的形象，而虎族、蛇族、金羽族、妖怪学校等设定也可以看到流行文化元素的影响。

第四节　妖怪书写的生态文化意涵

台湾 80 后小说往往以千姿百态的妖怪象征造物神秀，以妖怪与人的关系来隐喻自然与人的关系，体现万物有灵的生态观点。以妖怪的非人化形态打破人类中心主义，人不再是万物之主，妖怪反而具有人类无法比拟的真、善、美。杨双子的《捞月之人》中的山神妖怪，拥有完美的容貌和永恒的生命，他们像大自然一样无拘无束地生活于天地之间，不受世俗的困扰。

妖怪展现了传统文化中蕴含的生态伦理价值观念，妖怪书写试图构建人与自然和谐共生的诗意家园。杨双子《捞月之人》的妖怪，人类、妖怪、鬼魂的本质都是一样的，"神仙、妖怪、鬼魂、人类种种说法都只是文化意义"[2]。人与鬼神之间的关系相依相存、无法割断。"古早古早、尚未出现电灯的年代，人类与神、与鬼、与另外一个世界的人们是居住在一起的。由于同处一个空间，也必然产生机会，令彼此在某个时刻邂逅。有时冲突、有时碰撞、有时却是相惜相知。可是，如果人世是月亮，对人类来说，那个世界就是水中之月。即使同居一处，却流逝

[1] 杨双子:《捞月之人》，台北：奇异果文创事业有限公司，2016 年，第 22 页。
[2] 杨双子:《捞月之人》，台北：奇异果文创事业有限公司，2016 年，第 202 页。

着不同的岁月时光。即使看起来非常接近，但永远无法企及。那个能够极其丑恶，也能够极其美丽的世界，人类可以凝视，但无法碰触。他们的存在宛如水中之月，人类即使用尽全力，也无法保留那个世界千万分之一的吉光片羽。"[1]

　　同时，台湾少数民族的妖怪传说中体现的悠久、富于想象力的族群文化与环境伦理观遗产，是妖怪书写进入生态议题的另一个路径。台湾少数民族的部落将积累的自然经验，以口述形式转化而成的神话传说与民间信仰，包含着人与自然之间的禁忌与知识，在部落代代流传下去。妖怪书写取材台湾少数民族的传统文化、神话传说、文化背景，重回朴素的生态伦理思维与生态智慧，借此批判现代化进程中产生的自然环境的破坏，对 20 世纪以来的全球生态危机进行反思。王洛夫的《妖怪、神灵与奇事：台湾少数民族故事》中创作了太鲁阁、阿美人、卑南人、排湾人等 17 个台湾部落的妖怪、神灵故事，展现了台湾少数民族与大自然的互动过程中积累的传统习俗、鬼神传说、信仰祭祀等文化传统，表达了对于大自然的孺慕和尊重，以及对现代社会已然失落的人与自然的相互依存关系的怀旧。其中《三个猎人》，用猴子、云豹、黑熊三种动物比喻三个猎人，展现台湾少数民族在与自然长期共存的过程中积累下来的生态文化与价值观，对于现代社会具有生态伦理的启示意义。如小说中猴子代表猎人的智慧，善于观察自然界，具有朴素的保育思想，在打猎过程中，"猴子警告，现在是繁殖季，母猪和吃奶的小猪都不能猎，要让小猪长大，不然会被山神诅咒，以后都猎不到猪"[2]。而不听劝告的云豹执意追赶小猪，果然受了伤。这个故事所包含的万物有灵的思想，是台湾少数民族自然观的写照。

　　邱常婷的《魔神仔乐园》中描绘了一个有着婴灵八宝公主、牛樟树精、稚童鬼魂、通灵的庙公、阴阳眼的美术老师等人神互通的妖异世界，人的欲望与堕落导致了环境的破坏，都市化带来信仰的丧失，山神被迫离开，邪恶的魑魅魍魉在山间活跃，人类自食恶果，被自然反噬。而三个勇敢的少年用勇气、爱、善良化解了牛樟精对人类的仇恨，拯救了游荡无主的鬼魂小白，孩子纯真的心灵不会受到功利主义的算计，他们能够看到妖怪的存在，不会受到妖怪的魅惑，其中少数民族小孩对于自然知识的掌握和了解，促使他能够带领孩子们勇敢面对未知的妖怪，也能够坦然地接纳和理解妖怪的愤怒，象征着未来人类与自然之间建构和谐关系的希望。

　　邱常婷的《山鬼》中的妖怪来自太麻里地区少数民族的传说，母亲是巨大无

---

[1]　杨双子：《捞月之人》，台北：奇异果文创事业有限公司，2016 年，第 37 页。

[2]　王洛夫：《妖怪、神灵与奇事：台湾少数民族故事》，台北：联经出版事业股份有限公司，2016 年，第 174 页。

比的牛樟树孕育出来的精灵，母亲死后，父亲因为思念每夜幻化成为一个狼人，夜奔至牛樟树下，父亲每夜的幻化宛如承受着罪恶的自我惩罚和挣扎，而"我"则受困于从城市返乡创业却毫无进展的困局，冷漠旁观，无所作为。父子俩迷失在太麻里山区湿冷、隔绝、烟雾缭绕的自然环境中，山已经灵光散尽，毫无出路的人类只能幻化成为丑陋的山鬼狼奔豕突。小说结局中偷盗牛樟树的老鼠被父亲化成的狼人撞下山摔死，但是依然挡不住挖掘机的铁齿。牛樟树的毁灭预示着人永远不会被自然所接纳的悲剧命运。

何敬尧的《妖怪鸣歌录》借由妖怪与人类的冲突隐喻人与自然的冲突。小说中妖怪来到人类世界，发现人类贪婪自私，颁布禁谣令，成立捉妖队，古老的歌谣被遗忘，灵气耗尽，妖怪被人类关起来获取能量，人类还大举入侵山林，砍伐树木，挖掘矿产，虎族被迫离开自己的家乡，失去了自己的能量来源，人类与妖怪之间的战争一触即发。

台湾近年蓬勃的环保社会运动，也是 21 世纪以来妖怪书写的重要主题之一。陈又津的《少女忽必烈》描写了都市游民抗争不公平、不正义的都市更新这一现实议题。小说中的妖怪夜神、茄冬树神、战神关羽等鬼怪神灵，已经悠游于人世几百年，但面对都市更新的推土机和警察还是捉襟见肘。强行推行都市更新的当局无所不用其极，拉封锁带、屏蔽信号车、海陆空包围，而妖怪则是弱势群体，喷标语被抓、买地契被强行征用，最终也没能拯救茄冬树的死亡。

第五节　妖怪书写的反思现代性意涵

自西方启蒙运动与工业革命以来，泛灵思想被斥为前现代的产物。正如马克斯·韦伯所说，理智化导致了"世界的除魅"，"我们再也不必像相信有神灵存在的野人那样，以魔法支配神灵或向神灵祈求。取而代之的是技术性的方法与计算"[1]。人类从蒙昧的黑暗中挣脱出来，自然不再具有神性，而是人类可以通过技术、工具去认识、改造和掌控的物体，人类成为世界的主宰者，但同时也陷入现代性的铁笼之中。人在经济上被私有制经济商品化，在政治上被无所不在的权力体系规训，在文化上平庸化简单化。现代化并没有导向人的解放，反而不断侵蚀着人的自由。而 21 世纪初的台湾妖怪书写，正是反映了处于晚期资本主义阶段的台湾社会所弥漫的对现代性不满的普遍情绪，以及对于前现代的一种怀旧。难攻大士在《唯妖论：台湾神怪本事》推荐序当中说道："我们究竟有多久没能忆起这群'幻想

---

[1]【德】马克斯·韦伯著，钱永祥等译：《学术与政治》，桂林：广西师范大学出版社，2004 年，第 168 页。

世界的住民们'了？我们'听过'他们、我们'知道'他们、我们'畏惧'他们、我们'敬拜'他们；但我们却几乎不再'关心'他们、不再'注意'他们、不再'好奇'他们，甚至根本不再'创造'他们。在台湾，功利现实的我们，早已把'神仙祖灵妖魔鬼怪'放逐到成住坏空的边缘，冻结所有的存在。"[1] 温宗翰在《台湾神怪轶闻经纬》中认为妖怪是市民生活中真实存在的事物，只是被现代化的进程打断了。正如希尔斯在《论传统》中所说，人们对于过去的传统存在着一种依恋之情，"这种依恋是一种理智上的恋情或爱。处在过去的形象和摹本之中，处在文献和被发现的文物中，并置身于后人所刻画的过去之中，能带来一种精神安慰，和情感上的欣快。对于那些感到世风日下，人心不古的人来说，过去是一个避难所"[2]。

一方面，妖怪书写以妖怪在现代社会被驱逐、遗忘、消逝的命运，象征现代性的暴力——文化归属与传统社会的消失，状写现代性给人类社会带来的恶果——资源的浪费、生态的恶化、道德的堕落、理想的丧失等。妖怪书写批判了在现代化体制下现代人精神的异化与扭曲，现代化将现代人驱逐出诗意栖息的世界，进入功利性的物质丛林。人被绑在发展和利益这架战车上面，不断地追逐新的利润、日新月异的变化，人被异化为商品，旧的文化与价值观、伦理关系被摧毁，人与人的关系被物化为物与物的关系，正如查尔斯·泰勒提到的三个现代性隐忧："意义的丧失、道德视野的褪色，工具主义理性猖獗面前目的的晦暗以及自由的丧失。"[3] 何敬尧创作的小说《幻之港——涂角窟异梦录》（2014 年）《怪物们的迷宫》（2016 年）以妖怪状写现代都市的阴暗面，被诈骗集团掏空的人生，瞄准独居老人骗保的女骗子，被骗取身份证作为人头账户的独居老人，死去后还被狗啃食尸体，不择手段卖身、骈居、欺诈敛财的马克，为了赚取生活费铤而走险的青年，外表光鲜的都市，内在已经腐烂透顶，妖怪潜伏在每一个人的内心，每一个人既是欲望的受害者，又是被欲望控制的怪物。小说中的那栋烂尾楼，就是鬼魅都市的隐喻："市政府为了整顿市容、凝聚城市向心力……征收了老社区的土地，盖起了这栋大楼……被征收的老社区有一栋富有历史意义的老屋，也被强硬征收，就算民间团体集体抗议也无用。将老屋拆除的那天，好几百位市民彻夜坐在对街的马路上进行抗议，结果怪手还是肆无忌惮驶进了老社区，蛮横地将老屋拆除破坏。最

[1] 台北地方异闻工作室：《唯妖论：台湾神怪本事》，台北：奇异果文创事业有限公司，2016 年。

[2] 【美】希尔斯著，傅铿，吕乐译：《论传统》，上海：上海人民出版社，2016 年，第 220—221 页。

[3] 【加】查尔斯·泰勒著，程炼译：《现代性的隐忧：需要被挽救的本真理想》，南京：南京大学出版社，2020 年，第 31 页。

终，大楼总算盖好了，也将夜市的商贩安排进驻大楼。被关进笼里的摊商生意一落千丈，市政府的行销策略竟然完全失败，商场内的顾客动线规划也极其不良。"[1]马克道出了不合理规划的真相："明着说要整顿环境、提升经济力，暗着说，不就是官商勾结吗，专门让人捞油水的建设企划案。"[2] 现代性所产生的个人主义、利己主义价值观，与自由主义的市场经济规则相结合，是社会堕落、人性腐化的根源。

陈又津的《少女忽必烈》中土地公在日新月异的都市更新面前，只能放弃土地，守护着最后的梦——电影院，但地铁到来，电影院也要被拆除，土地公化身为白发绅士，带着旧电影院的生命通过电影屏幕走向极乐世界。在这一过程当中，都市更新所产生的妖怪就像野蛮的黑社会一样冲进来火拼，双方的争斗与对立象征着现代化社会所产生的恶质的、堕落的精神现象。

另一方面，妖怪书写也被视为在现代性已经危机重重的时候，重建现代性道路的一个媒介，以返魅的方式重新思考人与自然、人与传统的关系，回归到事物本真的状态，体现对生命的终极关怀。大卫·雷·格里芬指出："由于现代范式对当今世界的日益牢固的统治，世界被推上了一条自我毁灭的道路，这种情况只有当我们发展出一种新的世界观和伦理学之后才有可能得到改变。而这就要求实现'世界的返魅'（the reenchantment of the world)，后现代范式有助于这一理想的实现。"[3] 妖怪书写重建了消逝于现代化社会当中的神秘现象与乡土情感，妖怪是对现代文明的反叛，回归了自然所具有的力量与神秘性，代表了天地之间生生不息的自然准则，重塑了因果报应，遵循人在做天在看的天人关系，传承人与人之间长幼有序、扶弱济贫、侠气仁义的古道热肠，邻里之间礼尚往来、互通有无、举善惩恶的儒释道精神思想，重建现代化社会失落的传统中国的文化原乡，妖怪不仅仅是自然之物，也是传统文化的魅影。

连明伟的《青蚨子》将乡土妖魔化、鬼魅化，以鬼神塑造出一个神秘的、古朴的、浪漫的乡土世界，将传统文化的生命观、生死观、自然观、伦理观融化在鬼神万物与人的关系之中，重塑了现代化社会中人与乡土愈发疏离与淡薄的关系。鬼怪不再是恐怖的非人化存在，而是乡土历史、乡土文化与人的精神的外化。地府中的鬼怪是乡土历史的展演，而现实万物中的鬼怪则是超越理性的最高法则。"燔柴瘗薶是内化的，超越语言，深入骨肉与潜意识，当头颅始终牢牢叩磕在一切泛灵神迹之前，有余村人始终透过超越物体形象的惊讶、震撼与惊悚，满足对于

[1] 何敬尧:《怪物们的迷宫》，台北：九歌出版社有限公司，2016 年，第 23—24 页。

[2] 何敬尧:《怪物们的迷宫》，台北：九歌出版社有限公司，2016 年，第 23 页。

[3] 【美】大卫·雷·格里芬著，王成兵译:《后现代精神》，北京：中央编译出版社，1998 年，第 222 页。

未知的探求，展现变形，以此证明自我近乎浅薄的存在。"[1] 同时，鬼神乡土也赋予人超自然的形态与能力，金生化成鬼差在地府游历，青年人出海成为船员之时，会将盲肠割下，种在土地上幻化成小卷竹林，从此自己身体的一部分就永远地留在故土上；食牙兽专门吃儿童替换下来的乳牙，童稚的柔软与简单，被食牙兽所吞噬，成长在迎来疼痛的同时也要面对生活的坚硬与自我的割裂；人头瓜阴森恐怖，似祖先之灵魂化身，又似守护族群的那一团绵延不绝的精神幻化；在外漂泊的游子因为远离故土，异化成为鲛人。鬼神妖怪展现了乡土与人之间的紧密的联系，魑魅魍魉，既是隐喻，也是答案。离乡者、已逝者、蜕变者，都以某种超自然的形式存在于乡土之上。猎人平贵野性十足，在危险的山林中来去自如，能与村人恐惧的雾气与瘴气沟通，捕猎猛兽，脚踏泥土，不受文明社会的约束，宛如一个拥有兽灵的山之子，只有在山上才能获得天性与自由的释放。

第六节　妖怪书写的文化政治意涵

妖怪书写在台湾历史上的兴起与沉寂，多与政治上的变化有着直接的关系，妖怪所代表的民间文化，往往无法逃脱官方意识形态权力的收编、改造与整合。最为典型的就是日据时期殖民者主导下的妖怪书写，鬼魅外化了殖民者对于殖民地的凝视，象征着殖民统治权力对于台湾地方文化/民族身份的定义、整理、规训，成为殖民统治技术的一个部分。日据时期，日本殖民者由对台湾民俗与宗教、祭祀的观察、理解，寻得统治被殖民者的方法，达到同化的目的。而 21 世纪初台湾妖怪书写的兴起，又重新启动了日据时期的妖怪文化书写的视野、方法、位置，体现了萦绕在台湾文学史上的殖民现代性幽灵。

重新书写妖怪，通过妖怪书写回溯地方的历史、过去的地景，或是以前的生活形态，是重新联结现在与过去的一种方式。正如王德威指出的："鬼魅流窜于人间，提醒我们历史的裂变创伤，总是未有尽时。跨越肉身及时空的界限，消逝的记忆及破毁的人间关系去而复返，正如鬼魅的幽幽归来。"[2]

一方面，妖怪的前现代性与殖民现代性相对立，象征着台湾历经殖民历史所受到的殖民创伤。陈国伟在《重写台湾的"装置"栖身于大众文学里的妖怪》中认为："妖怪的长期被匿名，极有可能隐喻着台湾人无法言说的历史创伤，或指向某些必须被跨越的文化与政治经济。因此，妖怪作为一个重新联结历史与现代的

[1]　连明伟：《青蚨子》，新北：印刻文学生活杂志出版有限公司，2016 年，第 46 页。
[2]　王德威：《魂兮归来》，《历史与怪兽》，台北：麦田出版社，2004 年，第 230 页。

装置，已经到了必须被启动、恢复功能与意义的关键时刻，而现在，正是时候。"[1]

潇湘神认为，台湾因为殖民经验被强行引入了现代性，"在台湾，都市构造已经完成，但是，我们还没走出内规性很强的传统社会，这两者的冲突，正是魔幻写实会出现的原因。也就是前现代的心灵，生活在现代，会被迫去面对自己仍是不够现代的存在。其实我们从未现代过。……其实我们仍然生活在神怪逻辑之中，我们一直都在召唤神怪。认清之后，我们更没必要抗拒迷信。拥有着前现代心灵的我们，未必能够抵挡现代化的浪潮，在现代仍然存在的鬼怪，也许并非人类刻意为之，而有可能是鬼怪自身的抵抗。在黑暗的渊薮中，他们始终存在于流言之中，在人心软弱、恐惧，需要安慰自己的灵魂之时"[2]。作家将台湾现代社会下依然存在迷信的现象，解释为台湾并没有真正进入现代化的体现，因为这个现代化是殖民者强行施与的，而非台湾依靠自己的力量进入现代化的进程，也就是说，妖怪本质上是落后的、蒙昧的、非理性的台湾的象征。《华丽岛轶闻·键》中，被殖民现代性洗礼过的台湾当地青年对本土民俗信仰一无所知，将民俗信仰贬为"不卫生"[3]、不开化的迷信，黑夜中将假扮瘟王爷的人误认为日本的妖怪天狗。象征在殖民现代化与日本书化的影响下，台湾文化主体性的丧失。小说中西川满以科学的精神看待妖怪传说，认为："民间习俗，比你所想象的还要根深蒂固喔。毕竟只要有人的地方，就有传统，就算是多么荒谬的事情，人类只要心存恐惧与崇敬，在时间的洪流之中，习俗就会存在，而且无所不在。"[4]小说中的日人知识分子犹如无所不知的启蒙者，引导着台湾青年去认识自己本民族的民俗知识。小说中的妖怪，无疑是台湾民族文化的象征，而台湾青年对于妖怪的无知，则象征了台湾在殖民之下失根的状态。

另一方面，妖怪文化也与 21 世纪以来台湾文化界探究"文化与历史的主体性""本土化"思潮相关，温宗翰在《唯妖论：台湾神怪本事》的序言当中，认为妖怪书写的意义是借由"土地生长出来的民俗与民间故事，作为一种文化主体建构的进路"。[5]

[1] 陈国伟：《重写台湾的"装置"栖身于大众文学里的妖怪》，《联合文学》，2017 年 2 月，第 388 期。

[2] 张纯昌：《人说要有鬼就有了鬼：访小说家 &"妖气都市"策展人潇湘神》，https://www.openbook.org.tw/article/p-62359，2019 年 7 月 31 日。

[3] 何敬尧、杨双子、陈又津、潇湘神、盛浩伟著：《华丽岛轶闻·键》，台北：九歌出版社有限公司，2017 年，第 36 页。

[4] 何敬尧、杨双子、陈又津、潇湘神、盛浩伟著：《华丽岛轶闻·键》，台北：九歌出版社有限公司，2017 年，第 36 页。

[5] 台北地方异闻工作室：《唯妖论：台湾神怪本事》，台北：奇异果文创事业有限公司，2016 年。

但是这一所谓的"主体性"片面强调台湾文化的特殊性，没有认识到妖怪文化正是中华文化大传统在台湾地区的发展，反而将妖怪文化扭曲成为切割与中华文化之间关系的"本土化"意识形态工具。小说放大了国民党统治时期普及中华文化教育对于本土文化的压抑，美化了日本殖民者在强化殖民统治的目的下开展的民俗整理与创作工作，将台湾妖怪所象征的本土文化起源，推导至日据时期以殖民者为中心的、充满扭曲与异国情调的本土文化建设上，刻意排除了台湾接续自大陆民间的妖怪文化脉络。访谈中作家说道："这反映台湾人对于自身文化定位的焦虑感，需要透过'妖怪'这样的文化符码来确认我们的历史。"[1] 罗传樵（潇湘神）认为："近几年台湾鬼怪的兴起，其实并非日本的妖怪风潮所致，而是与台湾意识的兴盛有关。因为想要寻找台湾的独特性，建立自我认同，所以，与文化脉络牵扯甚深的鬼怪，就成为谈论台湾主体的出路。"[2]《华丽岛轶闻·键》中以日本妖怪天狗为例，分析它的演变脉络，它从中国的天狗演化而来，并结合日本的文化，在日本产生出新的外貌、形态、行为特征，与妖怪文化在中日之间的旅行相似，台湾民间同样也有烧天狗纸钱镇煞，日食的时候敲锣吓退天狗的习俗，小说刻意强调台湾妖怪与中国大陆、日本的不同，展现台湾不同于中国大陆、日本的民间文化。潇湘神《魔神仔——被牵走的巨人》中的鬼怪成为国族想象的象征物，鬼怪在琉球和台湾的不同称呼本属于不同文化和语言下的区别，在小说中却象征了血统论下的不同身份认同，小说中几代人都纠结于该如何称呼魔神仔的问题，隐喻具有琉球血统的主人公在日本与中国的归属中摆荡的创伤，从而为台湾"本土主义"者的"脱中"寻找合理性。《台北城里妖怪跋扈》里的台湾是日本妖怪与台湾神明、人类混杂的空间，妖怪维护着日本殖民者的统治，象征着日本殖民统治的同一性的文化中心，但在台湾出生的妖怪杀人鬼 K，却动摇了日本的殖民统治，他在台湾大开杀戒，杀死了日本的统治核心大妖怪言语忘道，象征着其既不属于日本，也不属于台湾的混杂身份，去解构殖民中心，并以此建构所谓的"台湾主体性"。正如作者罗传樵（潇湘神）所说："现在我以台湾妖怪书写奇幻小说，就是试图摸索所谓的'台湾性'。台湾是什么？台湾人又是什么？台湾有这么多族群，谁的历史才是历史？有同时承认复数历史的叙事吗？"[3] 所谓的"复数历史"就是否认中华民族认同中心，借由台湾历史上存在的殖民历史，来形塑出台

---

[1]　Vanessa Lai：《妖怪书写正流行，背后却是台湾人对自身文化定位的焦虑——专访台北地方异闻工作室》https://www.matataiwan.com/2017/04/29/indigenous-monsters-devils/，2017 年 4 月 29 日。

[2]　张纯昌：《人说要有鬼就有了鬼：访小说家 & "妖气都市"策展人潇湘神》https://www.openbook.org.tw/article/p—62359，2019 年 7 月 31 日。

[3]　佐渡守：《从民俗、道教系统到少数民族神话：用台湾式奇幻，向国际自我介绍》，https://www.openbook.org.tw/Formosa2021。

湾不同于中华文化的"混杂"文化。小说虽然标榜建构自己的"文化主体性",却将"台湾主体"视为被各种不同文化注入的空白容器,而否认传承自中华民族的、扎根于现实社会的台湾文化的生命力与大众性,将目光投射于虚幻的鬼怪幻影之上,依据妖怪文化在台湾的演变,推导出台湾所谓的"复数认同"与"复数历史",恰恰证明了建立在这样基础上的所谓"台湾性",是多么虚假与魔幻。

第七节　结语

21 世纪台湾的妖怪书写,具有丰富的意涵,既是民间文化的美学复兴,对现代化、消费主义、都市化的过度发展有一定的纠偏作用,同时也是中华传统文化在新的时代背景下的继承与创新,体现了台湾青年世代在日益多元、冲突的世界中通过传统文化寻找自我定位和意义的努力,在激活台湾民间文化,强化民族认同上有着一定的进步意涵。

将妖怪作为人类现代社会生活的隐喻,固然有浪漫化与大众化、娱乐化的新世纪特性,但是妖怪想象的复兴,尤其是"本土化"政治话语的若隐若现,显示出其内在的复杂性。80 后青年作家面对现代性的挫折,试图回归到没有被现代化、教育、工具理性所规训、污染过的原始经验与纯粹自我中寻找解决路径,是否标示出 21 世纪和台湾社会弥漫的保守主义思潮,以及青年的时代困境呢?

第五章 台湾80后小说的自然书写

台湾自然书写，也称自然写作、环保文学、生态文学，是受西方生态思潮与全球性的环境保护运动的影响，所产生的对于自然、环境、动物的书写文类。其核心是重塑人与自然的关系，通过对自然中景物与动物的观察，表达人对于自然的关怀、敬畏之情，并反思批判人类中心主义所导致的污染与破坏。

第一节 台湾自然书写的定义及历史脉络

台湾的自然书写起源于20世纪80年代初，"留居美国而于七十年代末返台的马以工和韩韩，在一九八○至一九八二年间以散文、报道、专文、特写的形式，发表了关于台湾生态保育、环境保护问题的文章"[1]。心岱于1980年10月发表的报道文学《大地反扑》，以及1983年，韩韩与马以工的《我们只有一个地球》等报道文章，杨宪宏以"反公害""反污染"为主题的报告文学《走过伤心地》《受伤的土地》，持续关注台湾社会的生态问题，引发生态问题的讨论热潮，并推动了"自然写作"的涌现。

台湾的报刊、媒体对于环境报道文学的重视，推动了自然书写的萌生与勃兴。《中外文学》《中国时报》《联合报》等相继推出有关自然与生态、环境报道文学的专辑，着重讨论了西方生态理论的比较研究和中国古典的山水文学创作，举办了大量以自然书写或生态论述为主题的研讨会。《中国时报》人间副刊于1978年开始设立的报导文学奖，《联合报》于1981年开始发起的"自然环境的关怀与参与"大讨论，《人间杂志》于1985年开始创办并倡导深度报导的理念，共同掀起了自然书写的热潮。

20世纪80年代开始兴起的环保运动也促进了台湾自然书写的发展。"自从八十年代中期以来，台湾的社会力勃然兴起，激烈地冲撞当时的威权体制，形成一股沛然莫之能御的风潮，经过了十年的集体亢奋……九十年代中期的社会运动已

---

[1] 陈映真：《台湾文学中的环境意识》，《陈映真全集》15，台北市：人间出版社，2017年，第275页。

经走上了穷途末路。……环境整治的参与越来越受到'组织逻辑'的影响，抗争行动逐渐转化为专业的参与，草根与开始让位给专家"[1]。台湾当代自然书写正是在这一股社会浪潮中激进出的文学类型。90 年代中期以后，随着全球生态环境保护运动的兴起，台湾的自然书写更加蓬勃。21 世纪以后，80 后世代积极投入环保运动。"2005 年起，因兴建台北捷运而面临拆迁的乐生疗养院，意外地引发了大批青年投身保育运动，自发组织青年乐生联盟，加入抢救古迹。这些 80 后甚至 90 后的社运青年，近年又发起了反对兴建苏花高（苏澳至花莲高速公路）以及提出土地正义的台湾农村阵线等多场运动，以创新的文化艺术行动、社交网络动员以及超越蓝绿的新世代姿态，为环运补充了面向未来的新血。"[2] "此后这几年的社会运动都可以看到一批批积极的年轻人投入，尤其是这几年火热的农村议题和环境议题，如反对'农业再生条例'、反对中部科学园区、反对'国光石化'、反对暴力都市更新。这批青年行动者已经成为这些运动的街头前锋或深耕社区的草根工作者。"[3] 这些环保运动提升了年轻世代的政治与民众意识，凝聚了世代认同和环保意识，并在作品中大量涉及对这些事件的反思和批判，积极明确地在作品中传达环保理念，从而使他们的自然书写既具有鲜明的抗争性，也体现了台湾政治环境的转型。

随着环境和生态议题的深入探讨，自然书写逐渐成为台湾战后文学史中的一个重要文学现象，并出现了一批具有代表性的作家群体，如刘克襄、吴明益、王家祥、廖鸿基、夏曼·蓝波安、孙大川等，他们的创作成果极为丰富，涉及诗歌、小说、散文、报告文学等多种题材，内容涵盖自然体验、生态观察、旅行游记、动植书写、海洋题材等，对 80 后作家的自然书写产生了重要影响。

台湾自然书写至今已经形成一个有着明确内涵与外延的文学类型，关于自然书写概念的讨论有很多，众多理论家、书写者都从他们自身的经验与理解出发，为自然书写做出了不甚一致的定义。

王家祥在《我所知道的自然写作与台湾土地》一文中说："自然文学（natural-writing）又称荒野文学（wilderness）。所谓自然主义的文学，便是以大自然为母体，以优美动人的文句、发人深省的哲思，记录自然中的生命形态，人与自然之间微妙或整体的互动。基本上，它有一个基础的文学架构、浓厚的人文精神，知识性或科学印证的专业观点，但最重要的是它所具有的强烈来自心灵深处的反省、思

---

[1] 何明修：《绿色民主：台湾环境运动的研究》，台北：群学，2006 年，第 155—156 页。

[2] 卢思聘：《匍匐前进的台湾环保运动》，http://news.qq.com/a/20110711/000498_2.htm。

[3] 张铁志：《台湾 80 后，社会运动的前锋》，http://www.nbweekly.com/column/zhangtiezhi/201103/13899.aspx。

考，经由观察、记录等活动，而具备了一定的理论基础，再加以逻辑辩证所思考出来的观点，才是它最迷人之处。"[1]

刘克襄《台湾的自然写作初论》把自然写作归结为"以自然科学、人文关怀互为经纬的文学作品"，他认为："'自然写作'里另外一类，以自然科学、人文关怀互为经纬的文学作品，无疑是现代文学作家参与最多、创作和出版数量最为庞杂的一类。这类作品主要以散文、杂论和游记的形式出现，它与过去的文学最大的不同之处，除了在叙述上充满自然生态知识的符号之外，作品里还不时浮露生态意识，和寻找新都市生活的精神更值得注意。这种被认为是起源于 80 年代、盛行于 90 年代的新文类，刘克襄称之为'自然写作'里另外一类"，指出"它们并不以新闻性的生态报道出现。更多时候，它被知悉时，都是以传统文学里的散文、杂文形式表现。比较特殊的是，它携带着更多自然生态的元素、符号和思维出现了"[2]。

吴明益对自然书写进行了细致的阐述与界定，他认为，台湾现代自然写作的定义是："1. 以自然与人的互动为描写的主轴。2. 注视、观察、记录、探究与发现等'非虚构'的经验。3. 自然知识符码的运用与客观上的知性理解成为行文的肌理。4. 是一种以个人叙述为主的书写。5. 已逐渐发展成以文学糅合史学、生物科学、生态学、伦理学、民族学、民俗学的独特文类。6. 觉醒与尊重——呈现出不同时期人类对待环境的意识。"[3] 吴明益认为自然书写有几个要点："一、糅合文学性与科学性是此一书写类型的特色。二、自然体验一语，是加诸作者身上的要求。三、与环境毁坏之后的环境议题，与生发的环境伦理观相涉。基本上自然写作虽没有一个被认可的确信定义，但却已有基本的共识。"[4]

陈映真将环境文学视为资本主义发展的矫正器，环境文学至少应该符合两个条件："首先，必须是文学作品。其次，在作品的思想、题材上，有明确的现代生态学的或生态论的意识。……作家的生态环境科学知识、意识、思想和感情，是'环境文学'的重要条件。……一般吟咏、描写自然、山水、植物、鸟兽、昆虫……的文学作品，也不能皆称为'环境文学'。"[5]

---

[1] 王家祥：《我所知道的自然写作与台湾土地》，载《自立晚报》第 19 版，1992 年 8 月 28—30 日，第 19 版。

[2] 刘克襄：《台湾的自然写作初论》，《联合报》副刊，1996 年 1 月 4 日。

[3] 吴明益：《台湾现代自然写作的探索（1980—2002）：以书写解放自然 BOOK》，新北：夏日出版，2012 年。

[4] 吴明益：《台湾现代自然写作的探索（1980—2002）：以书写解放自然 BOOK》，新北：夏日出版，2012 年，第 24 页。

[5] 陈映真：《台湾文学中的环境意识》，《陈映真全集》15，台北：人间出版社，2017 年，第270—271 页。

台湾 80 后世代的自然书写就是在这个文化场域当中形成的，他们通过学校教育、社会舆论、网络影响习得了更完备的生态知识，继承了吴明益等一批作家开创"生态文学"的艺术理念、美学风格，并结合 80 后世代的美学感受进行了一系列的创作，出现了一批优秀的青年作家。

孙燕华在她的博士学位论文《当代台湾自然写作初探》中，"从自然写作的作品内容出发，结合自然写作在台湾的发展和演变，将其分为'环保文学''隐逸文学'和'观察记录型'写作三大类"[1]。以此观察台湾 80 后世代面对新的时代情境，在书写形式、美学风格与主题内涵上，形成的新类型。

1. 80 后世代所面临的高度信息化、科技化的后工业状况，与早期作家所焦虑的工业污染问题有差异。因此，在他们笔下，回归自然不仅仅只是反污染的生态环保意涵，同时也具有祛除技术对人的异化、回归人的本真性的意义，他们的自然书写实践体现了 80 后世代面对新的时代情境，在文化生产中积极地建构生态意识和社会关怀。

2. 在书写的形式上，80 后世代的自然书写更加多元化和市场化，生态知识融入了更多时尚、消费的元素，如旅行、饮食、自然摄影、生态观察等，创造出一种自然与生活相结合的闲适的、轻松的生活美学，这种生活美学的核心就是通过与自然的亲近和回归，来对当下物欲化的价值体系和生活方式进行批判，转向更重视社群、亲近自然生活的风格。自然书写一定程度上脱离了精英化的专业视角，进入日常的生活当中，如《岛内出走》是一群新世代的年轻人以单车环岛，沿途摄影的方式，记录了岛内的各种景观、生态、人文现象等。这些新颖的自然创作，既丰富了台湾的自然书写，同时也呈现出新世代对于空间、自然与人的关系的新的文化想象和价值追求。

第二节　生态危机的反思

王诺先生在《欧美生态文学》中指出："之所以会出现生态文学及其研究的繁荣，其主要原因就是现实的，而且愈演愈烈的生态危机。生态文学及其研究的繁荣，是人类减轻和防止生态灾难的迫切需要在文学领域里的必然表现，也是作家和学者对地球以及所有地球生命之命运的深深忧虑在创作和研究领域里的必然反映。文学家和文学研究者强烈的自然责任感和社会使命感，促使了生态文学及其研究的繁荣。"[2] 生态问题是全球工业社会共同面对的问题，台湾作为后工业社会，

---

[1]　孙燕华:《当代台湾自然写作初探》，复旦大学博士学位论文，2005 年。
[2]　王诺:《欧美生态文学》，北京：北京大学出版社，2013 年，第 2 页。

也不可避免地产生生态环境的危机。

　　台湾 80 后作家自然书写的重要主题就是对台湾生态破坏与环境污染进行反思，往往采用科幻文学的方式，想象人类肆意破坏环境后自食恶果的未来。赖志颖的《理想家庭》里描绘了一个生态破坏、海水倒灌、城市毁灭、人类被生态危机逼入虚拟世界的灰色未来世界。"现在马路是河道，虽说是河水，其实是倒灌的海水，河道只是旧有建筑存在所形成的划分，以往所有依照中国大小城市所命的路名，现在全都是河道的名称。"[1] 生态危机又造成了阶级分化与矛盾，住在湖区危楼里的人，"通常是没办法的边缘人，只能靠虚拟世界和外界接触，虚拟世界人人平等，当然，有高级处理器人更平等"[2]。"废水垃圾可全部倒进广大咸水湖里，有些乐观的居民说这是填海造地，大家努力一点，或许几年后盆地城市又因垃圾重生。然而天气一热，淤积的海水就蒸得臭气熏天。"[3] 面对这样的生态环境，人类只能躲入虚拟世界，"科技已经进步到可将人的思想储存在虚拟世界，当你无法控制虚拟世界的分身时，程式可以经由你平日惯常的行为模式，帮你做适当的应对"[4]。"现代有钱又负责任的父母亲都知道，把孩子关在家里，给孩子一部虚拟处理器，对孩子面对这个残破不堪的世界，是最好的选择。现在更在研发虚拟婴儿，未来只要能把父母双方的遗传因子和心理特征输入融合，就会有一个活在虚拟世界的孩子了。这样的孩子除了欠缺一副真实的肉体，所有的成长都和真的小孩无异。父母可以通过虚拟处理器养育孩子，活在虚拟的世界比活在真实的世界安全太多了。"[5]

　　黄崇凯的《如何像王祯和一样活着》，想象两百年后的地球因为能源浪费、环境污染，形成了金属资源枯竭的环境问题，人类不得不移居火星开发火星资源。"最早留下的那代人，来自地球各地，他们来寻求新的机会和生存空间，渐渐也把火星当成家了。他们在这里工作、生活、繁衍后代，移民陆续加入，一百多年来突破了五十万人口。日子虽然比起一百年前好过，许多生存资源仍然缺乏，除了持续进行火星地球化的计划工程，还得靠补给船、运转战和月球定期支援。"[6] 人类在火星上只能住在玻璃罩里，自然资源成为制约人类发展的最重要因素，人类因为适应了火星的环境，也无法回到地球，只能通过信息科技来观看、想象遥远的原乡。环境问题导致人类失去家园，成为太空流浪者，故乡、现实都成为科学技术创造出来的拟像，而王祯和现实主义的乡土文学，更是对这一失去乡土与现实

　　[1]　赖志颖：《理想家庭》，新北：印刻文学生活杂志出版有限公司，2012 年，第 113 页。

　　[2]　赖志颖：《理想家庭》，新北：印刻文学生活杂志出版有限公司，2012 年，第 114 页。

　　[3]　赖志颖：《理想家庭》，新北：印刻文学生活杂志出版有限公司，2012 年，第 114—115 页。

　　[4]　赖志颖：《理想家庭》，新北：印刻文学生活杂志出版有限公司，2012 年，第 94 页。

　　[5]　赖志颖：《理想家庭》，新北：印刻文学生活杂志出版有限公司，2012 年，第 102 页。

　　[6]　黄崇凯：《文艺春秋》，新北：卫城出版社，2017 年，第 60 页。

的未来情境的讽刺。

朱宥勋的《倒数》以反国光石化等环保事件为题材，描绘了台湾反污染抗争的地方动员，以土地认同、宗族情感为纽带，批判当局的经济行为对环境和土地的破坏。"这里本来都是一片绿色的水田，比现在土里面那些断草还要更绿，也比课本里面更绿。有一天晚上，她从睡梦里惊醒，先是感觉到地在微微地震动……这时候外面传来了闷闷的声音，像是火车经过，但又不太一样。……天亮之后，村子里面的地就没有绿过了。……经她这么一说，还真的觉得这片乱糟糟的田地像是曾被火车碾过一样。或许不是火车，是什么更大的，巨人或者金刚一类。再过去更远，是一片灰白色的山壁，一株草也没有，露出凹凸不平的表面。"[1]环境被破坏，无法再继续种植，居民失去了土地和家园，面对当局的强权，两位老人选择和自己的土地一起死去，惨烈的抗争在少年的心里种下爱护土地的种子，"我"和小梅画了加路兰的地图，和家乡的植物、砂石等物品一同烧化给外婆，只有维护环境才能维护自己生存的家园。

第三节　台湾少数民族的自然观

台湾自然书写自诞生伊始，就和台湾的少数民族运动、少数民族文化紧密地结合在一起。1993年《山海文化》双月刊创办，卑南人孙大川在《山海世界》——《山海文化》双月刊创刊号序文中宣称以"山海"为主为依归的少数民族文化代表了另一个台湾经验："对少数民族而言，'山海'的象征，不单是空间的，也是人性的。它一方面明确地指出了台湾'本土化'运动，向宝岛山海空间格局的真实回归；但一方面也强烈凸显了人类向'自然'回归的人性要求。它不同于愈来愈矫情、愈来愈都市化、市场化的'台湾文学'，也不同于充满政治意涵的所谓'台语文学'。"[2]这段话明确指出了台湾少数民族文化所蕴含的自然观与生态观对于台湾文学的革新意义。台湾80后小说的自然书写，往往以少数民族的独特山海文化为主体，以浓烈的魔幻现实主义色彩通过传说、梦境、人、神、鬼等方式，打破线性的时间结构，从在地的空间出发，描绘出自然界广博神秘、不可为理性所掌控的美学特质，传达出人类对自然的敬畏之情。同时，少数民族文化的自然书写与90年代以后台湾的后乡土思潮结合在一起，自然环境的书写中饱含着乡土意识的觉醒，以及20世纪以来全球化浪潮下乡土的再造思考。80年代以来台湾工业化、

[1]　朱宥勋：《倒数》，《亚观》，台北：宝瓶文化，2012年，第57—58页。

[2]　孙大川：《山海世界——〈山海文化〉双月刊创刊号序文》，孙大川主编：《台湾少数民族族汉语文学选集评论卷》上，台北：印刻出版，2003年，第52页。

城市化的飞速发展，所造成的不仅仅是生态环境的破坏，还有乡村的凋敝，根植于自然生态的传统生活模式、价值体系的崩解和消逝。只有重建传统生态知识与在地文化认同、宇宙观与宗教信仰的紧密联系，才能在全球性的生态危机与文化同质阴影下，发展出独具特色的地方文化。

邱常婷是台湾 80 后世代中自然书写最具有代表性的青年作家，她以台东太麻里为叙述对象，通过大量的实地考察，"参与了排湾人、阿美人的祭奠，访问猎人、猎犬驯养者、农民、耆老，甚至是地方上的公务人员。她甚至随着猎人上山，体验狩猎"[1]。因此她的作品中既有对当地自然环境的描写，也有大量少数民族历史、文化、习俗的呈现，透过森林、河流、动物、气候等自然环境的描绘展现了人类与自然相互依存的状态。邱常婷的自然书写最突出的特点就是"情"，自然万物在她的笔下皆有情，自然界不是冰冷的生物数据，而是祖辈流传下来的传说与神奇，是孩童的思念和幻想，承载着爱情与亲情，是人类的桃花源与最终的归属。

作者笔下的自然不仅仅是人物成长的环境、故乡，还是构成人物命运的一个因素，自然并不是隔绝于人类的荒蛮之地，而是人类知觉与生命的延伸。在《山鬼》中，父亲在山中生长、劳作、成家，"这座山乃至于他的农园、农舍，形如延伸的躯干，多年来他早已习惯"[2]。人和自然的命运互相融合、互相幻化、互为镜像，自然可以拥有人性般的自主意志，可以缓慢地生长和移动，人类也同样在自然的环境中获得人性的解放，催生出早已被现代文明所驯化、扭曲的原始的力量和纯真浓烈的情感，如父亲在夜晚宛如野兽般的哭号，幻化成非人的模样在森林中疯狂夜奔，寻找已逝母亲的踪迹，宣泄内心的悔恨和痛楚，这些强烈的情感仿佛只有在原始的自然界里才得以现出原形。森林中的牛樟木和鹿也是母亲的化身，牛樟木的香气一如母亲身上的气息，紧紧地围绕在父子身边，唤起他们内心深处的记忆和怀念。在自然界当中，人类所谓的文明、理性、规则被瓦解，剩下的只有直觉和知觉。

自然里的山、雾、树、水、风，皆是万物有灵，"那是一处终年云雨缠绕的山间河谷，父亲的农田坐落于此，每过午后，山陵背面的阴影潜伏向下，带来雾的幽魂，幼时我爱好对其吐气，山林的雾遇上生人来自胸腔的气息，总如兽崽弹出湿漉漉的鼻端，仅是轻轻一触，便惊摄后退，须臾间，又好奇地伸展小手，以其独有的湿冷气息与我唇吻相依"[3]。自然既充满了神秘的色彩，又充满了原始的生命力和创造力，身处荒野之中，面对自然界壮丽的景色与伟大、不可测的力量，

---

[1]　邱常婷：《山鬼》，《怪物之乡》，台北：联合文学，2016 年，第 7 页。

[2]　邱常婷：《山鬼》，《怪物之乡》，台北：联合文学，2016 年，第 213 页。

[3]　邱常婷：《山鬼》，《怪物之乡》，台北：联合文学，2016 年，第 212 页。

人类感到恐惧和敬畏，认识到自我的渺小与狭隘，人与自然界的关系不再是主宰与被主宰的关系，自然才是真正的神与造物者。"我追随父亲的脚步来到象征母亲的牛樟木林，抬眼仰望，须四人环抱的牛樟木，暗时是黑阒矗目，真正与山鬼山神无异。其中那最巨硕高昂的千年牛樟正从枝叶扶疏中，以千颗星眼俯视我。我虚软无力，自觉在如此肃穆庄严的气氛中形衰如蚁。"[1] "我膝旁腐朽的枯枝倏地僵直站立，围绕出令人费解的圆圈跳起群舞，猿猴与鸥鸦的叫喊不同以往，是喜悦，是悲凉而喜悦；萤火虫翩然旋飞，黑暗微光中映照出孩子的脸，此外，就像母亲曾对我说过，山在成长，缓缓地，人类肉眼不可得见。"[2]

书中以代际传承的方式传达了许多朴素的生态观，这些生态观最核心的思想就是对自然的敬畏，不可随意地侵犯自然。"'山就是山，河就是河。'老人说：'小女孩子，你要记住，不管我们如何更改溪水的走向、山脉的位置，每隔数十年、数百年，它依然会记得自己原本的样子。'"[3] 人类在与自然、土地相依相存的过程中，衍化出许多朴素的生命哲学，这些口口相传的关于自然的知识和训诫与家族的传承联系结合在一起，成为承载家族记忆和情感的纽带。同时，家族乃至民族的繁衍历史也通过这些传说记录下来，自然与人类的文化历史和集体经验相联系，使自然不再隔绝于人类的荒野，或是被改造之物，而具有了厚重的历史意涵。

自然成为孩童想象中的种种神怪志异，山中有会吃老师的怪兽，"山中菟丝幻化为人的形貌，藤缠树缠死，台风过后在河谷间纵走的腐木，以及数丈高的巨树如古生物般在白雾飘荡的山巅缓慢移动，据说，它们横跨谷与谷之间的一步费时千年，根部入得深严，动静间是拔山的，只不过太慢太慢，人类肉眼不可见。"[4] 这些自然的传说构成了"我"成长的乐趣，和生命体验交织在一起，共同塑造出"我"对世界的感知和认同。

"我"作为一个从小在森林里长大，途中离开森林去往城市，最终又回归森林的青年，自然对我而言是一个既陌生又熟悉的存在，我对世界的感知源于自然，但经过城市的洗礼，我已经不复那个纯粹的"雾之子"，因此，这一离开又回归的路线，既是我重新认识自我与外在世界关系的过程，也是我重建情感认同、回归精神家园的过程。自然与城市是两个完全不同的体系，两个空间界线分明，城市是对人性压抑和束缚的空间，"仿佛每个人与我都是一样的，看不清面孔，却拥有

---

[1] 邱常婷：《山鬼》，《怪物之乡》，台北：联合文学，2016年，第235页。

[2] 邱常婷：《山鬼》，《怪物之乡》，台北：联合文学，2016年，第235页。

[3] 邱常婷：《寻金记》，《怪物之乡》，台北：联合文学，2016年，第34页。

[4] 邱常婷：《山鬼》，《怪物之乡》，台北：联合文学，2016年，第217页。

相同的腔调与衣着"[1]。少年时的我对城市充满了恐惧:"我害怕离开山谷中的农田,离开到一个非我族类的群体,那时坐在交通车上的我,红肿的双眼迎向海滨公路初升的太阳,满心觉得那是一个景色如此优美,却也如此残暴的世界。"[2]我在城市与自然之间往返,在文明与原始之间挣扎,在被迫成长的过程中不断回望曾经远离的桃花源,并试图褪去世俗的工具化、理性化的价值理念,重回纯粹本真的自我。

作品中用大量的梦境与现实形成双线索的叙事,梦境展现了我隐藏在现实之下的焦虑与欲望,以潜意识的方式书写无法诉说的记忆与伤痛,体现了人与人、人与自然之间复杂的关系。通过梦境我与父亲重返母亲离去的记忆,以父子们猎杀怀孕母鹿的贪婪行为,象征母亲 / 母土已被自私贪婪的人类造成不可弥补的伤害,而父子俩在梦中不断接近却永远到达不了的天空,也象征了他们渴望被救赎的愿望。

第四节　自然观察与乡土特色

自然观察是自然书写的重要类型,台湾 80 后的自然书写,往往通过青年或者少年的视角来观察感受自然,少年对于世界的困惑和青春的迷惘也投射在自然之上,自然也因此具有了纯洁无瑕的天真之美,以及活泼忧郁的少年情怀。自然在他们笔下,不再是无人的蛮荒之地,而是充满了故事、传说、历史的原乡,自然深刻地介入人物的生命历程、影响着人类世界的建构。小说往往通过少年和成人的对立关系来映射人与自然的关系。

在土地伦理上,这些作家展现出对自然的关切和土地的关怀,他们批判资本主义唯利是图的价值取向对自然环境的破坏和对人心的侵蚀,成长即是文明化、被驯化的过程,也是自我被迫工具化、世俗化的过程,他们通过对自然的关注与回归来重新绘制祖先流传下来的历史与文化、重新发现土地对于人类的价值、重新回归自然与人和谐的状态。

刘克襄早期曾给予动物小说以下的定义:"拟人化、虚构性,有寓言特性,透过动物明志。"[3]这一自然书写的理念也体现在台湾 80 后作家的动物小说当中。朱宥勋的《竹鸡》通过对一只竹鸡的救助所引发的家庭成员之间的冲突,揭示出亲

---

[1]　邱常婷:《山鬼》,《怪物之乡》,台北:联合文学,2016 年,第 220 页。
[2]　邱常婷:《山鬼》,《怪物之乡》,台北:联合文学,2016 年,第 221 页。
[3]　杨光:《逐渐建立一个自然书写的传统——李瑞腾专访刘克襄》,《文讯》第 134 期,1996 年,第 97 页。

情的冷漠和缺失，代际之间的隔阂和矛盾。父母对竹鸡的救助只是出于一时的怜悯，却并没有真正从它的生存需求去考虑，自以为是地将竹鸡带离它的栖息地之后，又不耐烦地想要将它在陌生的牧场放生，完全没有考虑到受伤的它在都是人群的地方如何生存，这种作秀式的救助其实是将竹鸡置于更危险的境地。小说通过人与动物的关系隐喻人与人之间的关系，父母的救助和弟弟的冷漠本质上都体现了人类中心主义的自私和自大，自认为是救世主的人类对弱势的动物 / 孩子缺乏对生命的尊重和平等意识，在看似美满和谐的家庭外表之下，成员之间却缺乏沟通和理解，而敏感内向的少年犹如那只恐惧的竹鸡，孤独地躲在自己的世界里，"他们知道不必等他，因为他是没有办法引起任何注意力的透明体。"[1] 小说以胆小内向的竹鸡象征少年的成长困境："竹鸡是非常胆小的鸟。人们总是认为但凡鸟类都是胆小的，但事实上，大部分的鸟都是因为受过人类的欺负才怕人。但是，竹鸡即使在同类面前都不太能安心，甚至常被自己的叫声吓到。"[2] 篇末竹鸡回归森林，少年也跟随竹鸡走向森林，在无人的自然之中他们终于回归自我、自由起飞，体现了作家对自然在主体性建构上的作用与意义的思考，无疑为小说赋予了存在主义的哲学色彩。

吴睿哲的《龙虱的眼睛》是对吴明益自然书写理念的诠释："吴明益曾引洛夫洛克（Jams Love Lock）著名的'盖娅假说'，说明地球的生物共同参与了地球生境的创造与改变：'洛夫洛克创造了一种生态学的角度，思考人类与生境共存的奇妙语言。地球是活着的想法，曾是许多文化神化中共有的朴素想象，这个想象暗示我们，人类与其他所有生物都是巨大存在的一部分，且互为伙伴。洛夫洛克的论点就是指出这个巨大存在的整体，具有维护地球，并使地球成为适合生命存在的栖息环境的能力。'"[3]

文章以一种水生鞘翅目昆虫龙虱的生存困境来警示台湾的环境污染。龙虱这种看似微小的生物，以腐肉为食，是环境的清道夫，居于食物链中的底层，没有让人喜爱的外表，也常常被人误认为螳螂。小说以这种毫不起眼的生物为切入对象，与一个刚刚结束高考的正处于学业的压抑与人生的彷徨时期的青年人互相映照，以二者的形象和心境对既有的行为和秩序提出质疑和反抗。

文章以严谨的田野调查的方式来叙述龙虱的生活习性与外形特征，具有吴明益所主张的客观性与科学化的特点，同时又从龙虱的生活习性与外形上延伸出美

---

[1] 朱宥勋，《竹鸡》，《误递》，台北：宝瓶文化，2010 年，第 128 页。
[2] 朱宥勋，《竹鸡》，《误递》，台北：宝瓶文化，2010 年，第 115 页。
[3] 申惠丰：《论吴明益自然书写中的美学思想》，《台湾文学研究学报》第十期，2010 年 4 月，第 100 页。

学特质，以其复眼来反讽人类的现代化虽带来进步的表象，却"遗失了某种轻巧的记忆。在那个巨大的阴影背后，我们都拥有一双龙虱的眼睛，却瞎了"[1]。

散文以一个刚刚高考结束的年轻人来到三芝小镇去寻找龙虱为题材，转而以龙虱进行拟人化的自述，阐述自己面对人类的垃圾、尾气、城市改造，逐渐地失去了自己的身份与空间。小说通过昆虫之眼来观察世界，并在人与昆虫中互相切换视角，看似居于食物链顶层的人类与微小的昆虫的命运产生了共鸣，在同一片场域中生存的生物实际上都无法逃脱环境的惩罚。一如罗尔斯顿所言："人们不可能脱离他们的环境而自由，而只能在他们的环境中获得自由。除非人们能时时地遵循大自然，否则他们将失去大自然的许多精美绝伦的价值。他们将无法知晓自己是谁，身在何方。"[2]

龙虱的生存困境也隐喻了高三学子面对环境污染、工业化、城市化、消费主义的盛行所产生的失根感与身份危机，应该如何在工厂、高楼、电器、商场、夜市中寻回被文明掩盖的家园？同为微小的边缘群体，他们无人关注、失去自由生存的快乐，"我想飞远，却被风吹了回来，在这个无限回圈来回碰撞，却无法碰撞出什么奇迹。"[3]"也许屈服于现实会让生活更丰富。"[4]这些质问已经超越了环保议题的范畴，而进入人应该如何生存的反思，是降低道德的标准与自私庸俗的生活随波逐流，不再批判人类对环境的破坏从而获得更多的朋友？还是默默付出，为环保尽一份微薄之力，却只能在角落里擦抹孤寂？这是青年人在环保乃至人生道路上所面临的迷惘和困境。

文末鼓励大家走入台湾的山林，发现全新的台湾，摆脱逐利的阴影，用龙虱的眼睛重新认识土地，重视自然的根本目的是将自然与土地相结合，以自然为基础来建构根植于自然生态的独特的文化系统，在全球化、都市化的危机下重建身份认同。

---

[1]　吴睿哲:《龙虱的眼睛》,《九歌散文选》(2011 年),钟怡雯主编,台北:九歌出版有限公司,2012 年,第 235 页。

[2]　【美】罗尔斯顿 (Holmes Rolston) 著、杨通进译:《环境伦理学:大自然的价值以及人对大自然的义务》,北京:中国社会科学出版社,2000 年,第 454 页。

[3]　吴睿哲:《龙虱的眼睛》,钟怡雯主编,《九歌散文选》(2011 年),台北:九歌出版有限公司,2012 年,第 234 页。

[4]　吴睿哲:《龙虱的眼睛》,钟怡雯主编,《九歌散文选》(2011 年),台北:九歌出版有限公司,2012 年,第 234 页。

第五节　结论

台湾的 80 后世代基本成长于中产阶级家庭，他们的自然书写体现出台湾环境保护运动在高度城市化的情况下的深入发展与多元化，他们的自然书写不仅涉及人与自然，还扩展到社区营造、都市空间、生态旅游、生活方式等，体现了台湾80 后世代更加注重自我情感的特点，他们通过自然空间来拓展人类情感的表达，寻求都市与自然的平衡共存。他们对自然的观察和理解，以及他们参与组织的环保实践和环保运动，投射出台湾社会在 21 世纪的文化转型。

在全球生态危机的威胁下，自然书写在传递环保理念等方面具有正面的意义，但自然书写不能仅仅简化为以环境保护为目的的文本，其中还蕴含着阶级、党派、族群等文化政治意涵。何明修在《绿色民主：台湾环境运动的研究》中指出台湾的环境运动具有高度政治化的倾向："一方面，政治反对派将环境议题视为一个可以开拓选票的领域，许多政治任务积极介入地方环境抗争；另一方面，运动者也乐于利用反对党的政治资源，壮大运动的声势。因此，自从八十年代末期以来，我们可以看到这些政治化的现象：许多运动分子以民进党名义参选、环境运动采取政治民主的论述，例如'环境解严''反核即是反独裁'，甚至直接套用政治民主的抗争戏码，例如公投。"[1] 这在 80 后的自然书写中同样可以看到这样的问题，自然书写在现实主义的理念之下，往往会陷入肤浅化、庸俗化、工具化的问题之中，会形成"政府"—民间、外来—本土的简单的二元对立，甚至走向封闭的本土，缺乏对环境问题背后复杂因素的审视和探索。

---

[1]　何明修:《绿色民主：台湾环境运动的研究》，台北：群学出版社，2006 年，第 12 页。

第六章　情义、民俗与地方想象
——杨富闵小说创作论

　　杨富闵是台湾80后世代作家中相当耀眼的新星，他的作家之路在台湾青年世代当中非常具有代表性。在2005年—2009年就读台中东海大学期间，他的作品就在系上办的文艺营拿到第一个首奖，后陆续摘取了多个地方文学奖，他也获取了大量的关注，成为迅速崛起的新世代作家之一。2010年他的第一部小说集《花甲男孩》出版，以其对于乡土的独特感受与描绘，被论者认为是继承了王祯和与黄春明传统的"新乡土小说"。2017年《花甲男孩》展开一系列的跨界制作：电视剧《花甲男孩转大人》（导演：瞿友宁、李青蓉）、漫画书《花甲男孩转大人》（绘者：陈茧）、电影《花甲男孩转大人》（导演：瞿友宁），播出后创下傲人收视与讨论热潮，透过多种大众媒介方式，《花甲男孩》所塑造的乡土文化与乡土人物扩展出文本之外，还成为一个颇具象征性的文化现象，杨富闵也一跃成为跨越影视界与文学界的新兴作家。大学毕业后，杨富闵进入台大台文所读硕士与博士，其间他又陆续推出了《解严后台湾团仔心灵小史》（2013年）、《休书：我的台南户外写作生活》（2014年）、《故事书》（2018年）等多本散文集，试图通过自己成长的台南大内乡镇的人事与历史，描绘"真实"的台湾乡土。其中《我的妈妈欠栽培》被改编成同名闽南语歌剧，同样大受好评。

　　创作多年，杨富闵已然凭借乡土书写在80后世代中独树一帜，但是在台湾文坛上开拓乡土文学的新疆域不是一件容易的事情。乡土文学这块热土被不同世代的作家精心耕耘，结出了丰富且多元的硕果。在文学史上，台湾的乡土文学或寄托去国怀乡的家国情怀，或以强烈的现实主义关怀象征第三世界的民族主义寓言，展现了中国丰富文化中独特的地方美学与地域色彩。而杨富闵作为一个年轻的80后世代作家，扎根于自己鲜活的生活经验，通过日常性与庶民性展现乡土的视角，使其笔下的乡土既打上了时代的烙印，同时也以其鲜明的美学风格与艺术手法，代表了新世代青年对于乡土社会伦理、传统文化与历史演变的新感知。

第一节　杨富闵的创作特色

杨富闵说："我的书写以个人经验为主，遂也是我的自传书。"[1]他把自己台南大内的生活与成长经验，熔铸为一个极富人情味的乡土世界。年轻的作家步入文坛之时，故乡往往是他们探索这个世界的第一步阶梯，在新世代当中，杨富闵拥有独特的乡土经验。他出生于台南大内的杨姓大家族，祖上务农，父母是当地小企业的蓝领工人。大家族内部紧密、复杂的群己关系，使他醉心于从人与人之间关系的变化去观察自我的身份。乡土赋予人的生命状态是多重的，世代的变迁结构出纵向的时间性，庞大的亲属网络又动态地建构彼此的关系、阶序、位置，而维持关系势必牵动着忍耐、痛苦、约束，这种独特的视角与敏感度使杨富闵的文本不仅表现了传统的乡土伦理与新时代的碰撞，还着重于展现传统伦理规约下人的状态。人与人之间的亲疏关系，实际上就是人与乡土之间的互文，从老年人的敬畏天地，到青年人的疏离，这其中人与伦理的收放，就是人与乡土之间距离的演绎。同时家族内琐碎的人情世故、乡村的产业生态、传统民俗祭祀节庆活动、选举政治、参与务农、城乡移动的感受，都给了他相当丰富、真实的乡土经验。而在外求学，不断远离家乡，融入城市的过程使他在感受到城乡差距冲击的同时，又看到了全球化、现代化背景下乡土不断衰老的现状与边缘位置，促使他在文字中细细描绘乡土不断老去的容颜，以普通人的日常生活琐事，描绘乡土的庶民生活景象与传统民俗文化，展现乡土内质朴动人的亲情与人情之美。

从文学史的脉络上看，杨富闵的乡土书写具有多重意义。

一、杨富闵的乡土书写，是对于传统写实主义美学的回归。20世纪90年代兴起的新乡土浪潮，在美学上推翻传统写实，往往采用魔幻化的美学方式去展现乡土的神秘诡异，但也造成了片面追求异域化的美学情调，脱离现实关照的问题。而杨富闵对于庶民生活景象的生动描写，对于乡土风景与乡土历史的细致探索与表现，在传统乡土家庭里的琐碎日常中刻画乡土间小人物的悲欢离合，将民俗还原为庶民生活的有机组成，去除新乡土文学中民俗的神秘化色彩，"不极端粉饰人的个性，不刻意雕琢人的心理空间，而力求生活面貌的客观细节和事实，不太精心经营完整的结构，也不特意将情节戏剧化，而是遵照生活琐碎事务和平凡故事的运行"[2]，展现了一个有血有肉的乡土世界，体现了传统写实主义美学在乡土文学中的复归。

---

[1]　杨富闵：《我的妈妈欠栽培：解严后台湾囝仔心灵小史》，台北：九歌出版有限公司，2019年，第246页。

[2]　东年：《从写实·现代到新写实》，《联合文学》，2007年11月号，第277期。

二、杨富闵的乡土书写中展现的地方意识，体现了台湾 80 后世代的感觉结构与世代意识。杨富闵在书中追溯形塑自己创作的文化体制："我躬逢盛世，恰恰成长于一不断解释台湾的九十年代：古厝、老街、庙宇、河川、山岳……'国中'时期，我在大内乡迷你图书馆借出一整套外形如红砖的《南瀛文献丛书》，我猜想全乡一万村民大概也只有我在借，回家读至忘记天日、灵魂出窍，还当成工具书——实地勘察。我对于探索脚下每一寸土地之典故有难以言说的狂热，我从文史工作者笔下接收关于台湾的知识：地名的、作物的、祭祀的，兴奋几乎窒息，不到几个月整套书系被我消磨殆尽，我的'台湾'阅读史，想来就是我的心灵养成史。"[1] 可见，杨富闵的地方意识包含着对于地方知识的系统性建构。

文本中对于老人的书写与怀念，与黄春明作为老人对于乡村老人的境况书写意义是完全不同的，代表了新世代试图弥合世代之间的断裂，融合彼此之间的差异。同时青年对于精英文化的反叛，也在乡土的庶民文化当中得到了共鸣与释放。作为一个在偏乡成长的青年，他的乡土想象与真实乡土的距离，其中的裂缝，是探索台湾 80 后青年一代所期待建构的社会文化图景与精神面貌的重要线索。

三、杨富闵的乡土书写，展现了传统儒家文化在台湾乡土社会的生命力与新形态，呈现了台湾地方文化与中华文化深刻的历史性联系，是 80 后青年对于"解严"后所谓的"本土主义"思潮的反思与批判。从乡土到本土，乡土这一意象越来越呈现出平面化、封闭化、符号化的倾向，某些"本土主义"作家将乡土文学扭曲成为"国族主义"下排他性的本质主义文化符号，而杨富闵对于乡土庶民生活、社会问题以及人与人之间温情的展示，是对于这套意识形态政治的批判。乡土在他的笔下，不再只是一个空洞的地方化符号，不是狭隘地划定敌我身份的文化标签，而是台南大内村民在日常生活里的各项经验、举止、语言、风俗以及由此而形成的文化模式。这一文化模式打破了地域上的局限性，关照了普通人在互助互爱中激发的良善、坚韧、宽厚品质，展现了厚植于台湾中的中华文化基因，他在文中塑造的庶民形象、映照出的乡土特质，形绘了中华文化与伦理的内在肌理，对于后工业社会的资本主义、消费主义、现代化都有抵抗的意义。

第二节　杨富闵乡土书写的主题

杨富闵的书写始终围绕着他的故乡大内，他对于乡土的理解经历了一个过程。创作《花甲男孩》时，杨富闵正在台中东海大学读书，初次远离家乡的少年极度

---

[1] 杨富闵:《为阿嬷做傻事：解严后台湾囝仔心灵小史》，台北：九歌出版有限公司，2019 年，第 62 页。

不适应，健康也出现了很大的问题，相对于陌生、繁华的都市，熟悉的乡土带给他强烈的安全感，不断发烧生病的过程被他嫁接至《花甲》这篇小说当中。主人公花甲在台北不断回望台南故乡，刚刚二十二岁就开始极度渴望在台南买块地安定下来。这种由都市对乡村少年冲击所产生的怀乡情绪，混杂着青春期的自卑，导致他在故乡寻求认同感的急迫心理。故而此时文本中的乡土，往往呈现出一种封闭的、简单的、排他的小家庭意象。《我是陈哲斌》里古老的三合院犹如孤舟被菱角田包围，张痛与陈哲斌与世隔绝地生活在一起。《暝哪这呢长》里祖孙三人，《繁星五号》里中年离异的苏典胜与儿子，《神轿上的天》的孙女和阿公，都相依为命地一起生活。

在经过台湾大学台文所的学习，大量的创作与视野的开拓之后，杨富闵"发现知解世界的角度已经改变。如同现在的老家不是老家，它是交织于想象现实的复数所在"[1]。故乡不再只是停留在怀乡的意象，通过反复地书写乡土，杨富闵也在梳理自我与书写的关系，以及自我与故乡的关系。乡土不仅仅是故乡，还指涉自我的文化空间。回忆成长经历不仅仅是一种怀旧，而且通过教育的经历、知识的养成、家族的构成、民俗的演绎去探索乡土对于自我的塑造，涵括了作者对于个体与群体的人际关系、公共领域与私人空间的再认识、城乡差距的对比、传统与现代化的冲突的思考。

在《解严后团仔的心灵小史》《休书》《故事书》中，杨富闵以自己成长的大内为资源，开始渐渐从家族内部转向乡村空间，简单的小家庭转向复杂的家族关系，封闭的乡土转向偏僻、老化、荒废的乡土现状，有意识地呈现乡土的偏僻与荒废现状，人口老化导致的废校、偏乡交通的不便、农民在社会阶层中受歧视等社会问题。《解严后团仔心灵小史》将自己与亲人的点滴小事，化成文字与记忆，表达对故乡与亲人的深情，同时，作者试图分析"解严"这个时间对于自己思考世界的方式具有什么样的影响。

《休书》试图用休闲美学来重新感知乡土。祖母、父母亲，代代都辛苦工作，杨富闵自己也日日紧绷于学业与创作，这是现代性的节奏。故而，杨富闵通过休闲之眼，重新看到乡土的日常生活：家庭旅行、儿童游戏、乡间地景，把乡土间的寻常事物从功能性中解放出来。一个普通的脚踏车、洗水果的机器、一条小路、一个凉亭、一个公车牌，小说看到的不是它们的物质价值，而是它们的感情价值。小说抽去了所有者看待它的世俗眼光，人也因此从既定的规训与目标之中解脱出

---

[1] 杨富闵:《故事书：三合院灵光乍现》，台北：九歌出版有限公司，2018年，第192页。

来。杨富闵"通过闲散无边的漫游和无功利性的收藏"[1]，缓慢地讲述乡土的日常故事与历史，乡土的日常生活与景物也具有了不同的意义。从中可以看到，杨富闵试图在乡土间开掘出一种新的生活方式和感知方式，是晚期资本主义时期的青年对于前现代浪漫主义精神的怀旧与致敬。

《故事书》在书写亲情、爱情、友情之外，杨富闵开始探索我之何为我的问题，将自己的成长经历与台湾的文学史相对照，个人的生命经验从而具有了文学史的意涵，个人经验不仅仅是描绘乡土的一个方式，也是阐释乡土与构建乡土历史的切入点。成长过程所受到的乡土教育、阅读的乡土文学、流行音乐文化、家族关系，都从语言、情感、价值观上形塑了他的眼界、品位、知识脉络、想象自我、感受世界的方式等。民俗祭祀让他看到了敬天谢土的情怀，家族让他看到了人与人之间的脉脉温情，甚至家族内部的龃龉，都让作者自小就体会到人情世故，流行电视剧与流行音乐让作者更贴近大众文化，"国语"老师的故事激起了历史就是身边事的观点，个体的"养成如此复杂，来源极其多变"[2]，所以，乡土与自我是不可分割的整体，乡土潜移默化了主体，是个体的启蒙。

到了 2018 年的《故事书》的《这步田地》里，故乡不再只是一个温暖的家的港湾，杨富闵自述自己对于土地的复杂感情："出生农业世家，我深知农作的苦。农药费、肥料钱、水源、成批的果衣与植栽支出，这不包括天灾，或遇见歹价位时滞销堆积如山塔的绝望果实。有一年暑假，我陪阿嬷在果菜市场卖丑极的橡仔，和贩仔讨价还价，不被信任，还要求我们当场拆箱，说怕我们箱底暗藏烂掉的金煌。所以我不喜夏天，大概与田有关的记忆都与分产相连，分产太敏感了，寡妇阿嬷在争壤过程中败退，每块田都生满是非。……阿嬷走不动之后，十几块田日渐抛荒，父亲曾动念辞职回家耕田，被母亲与我力阻。我们开始把田拿来盖鸽笼、搭农舍，或被政府征收，好开心获得百万赔偿款。说很容易，不如回乡当农夫。我没把握自己真能甘心过成天满手泥渍的生活，日头炎炎，再多热情我都需要凉荫。在田里我话很少，草木比人群可爱是真，但总不能太自闭。最近回台南，我偶尔机车慢骑四处巡田去，停耕的田仔，人般高的草，分不清果树何在。无用铝制水塔，破败寮仔，家里运来的废沙发，茶具组东倒西歪如资源回收场。我痴望着终将归于我名下的废田出了神，才发现，我已是个弃土不顾的人。"[3]乡土并非世

---

[1]《闲散文学巡礼：繁忙与算计理所应当，懒散和闲逛已被遗忘》，https://www.sohu.com/a/395065480_99897611。

[2] 杨富闵:《故事书：三合院灵光乍现》，台北：九歌出版有限公司，2018 年，第 112 页。

[3] 杨富闵:《为阿嬷做傻事：解严后台湾囝仔心灵小史》，台北：九歌出版有限公司，2019 年，第 214—215 页。

外桃源，乡土充满了是非、矛盾、艰苦，即便付出艰苦的劳动，质朴的农民依然难逃被歧视的身份形象，传统农业所遗留下来的自力更生、勤劳致富的价值观念，也随着耆老的逝去、田地的荒芜而难以为继，新世纪的青年，即便是成长于农业世家，田地带给他们的感情也相当复杂，一方面，土地哺育了他们，另一方面，操持农业所带来的身体上的劳累与精神上的无趣，相应的农民不被尊重的底层形象，使青年逐渐远离土地，成为"弃土不顾"的人。这是贯穿作者小说的一个重要矛盾，作者越深入乡土，就越发现自己与乡土的疏离，这是所有离乡者不可避免的两难处境。而受科技、消费等声光电色哺育成长起来的新世纪青年，在揭去乡土的浪漫化面纱之后，能否真正接受土地所带来的真实的劳苦与无趣？这是杨富闵的书写试图提出的问题。

可见杨富闵的创作，个人经验是切入故乡的重要视角，随着他离故乡越来越远，他对于故乡的回望更加丰富。故乡不仅仅寄托着怀旧的浪漫情感，也融入了社会、政治、经济、文化等思考。他通过描绘故乡日常生活中的民俗、语言、家族，刻画出人与土地互相依恋的情感，以及家族内部血浓于水的亲情，探讨在现代化的情境下，乡土的内涵与价值以及对于现代人的意义，在传统与现代的碰撞中，展现出乡土凝固与变动的魅力。

一、有情乡土

在科技化、工业化、城市化的冲击下，农业乡镇经济衰退，面临年轻人大量流失，乡村老龄化的困境，老年人大量往生后的老乡村，未来的乡土还剩下什么？衰退的乡土，带给青年人一种无希望的颓废的无意义感。"急速的死亡也急速带着一个家族走向没落，一个家族的没落，往往牵动着一个老乡的衰退，这些被忽略的老乡，与那些早已无人祭拜的孤坟上面长满一季季的芒花、那些眼神呆滞等在养老院群居视听室看综艺节目的老人有什么差别呢？"[1]与其他获得开发的乡镇比起来，"我们的大内如此孤绝"[2]，乏善可陈，导致年轻的我"日子平板无聊"，"总感觉尚精彩的人生已经过去，就亲像大内一姐的青春凋落，阮的一切拢总无意义"[3]。新世纪的乡村青年，呈现在他们面前的是丰富的物质、现代化的技术与贫乏的乡土环境，但是乡镇的城市化、交通的便利、无远弗届的网络媒介，使他们的故乡不再是远离都市尘嚣的田园牧歌，不再能抵抗全球化与现代化的侵蚀，他们身处于都市与乡村的夹缝之中，充满了离散与失根的焦虑。如果仅仅从发展主义

---

[1] 杨富闵：《花甲男孩》，台北：九歌出版社有限公司，2010年，第27—28页。

[2] 杨富闵：《花甲男孩》，台北：九歌出版社有限公司，2010年，第28页。

[3] 杨富闵：《花甲男孩》，台北：九歌出版社有限公司，2010年，第28页。

的眼光看，乡土是衰落的、凋零的、灰暗的，偏乡只是现代化社会的边缘化存在，而杨富闵反其道而行之，在日常生活中看到乡土所独具的情义价值，以此来抵抗物质主义的规范。

年轻的"我"在《暝哪会这呢长》里面质问，"年轻人大量流失，而老岁仔大量往生后的老乡村"还剩下什么？大内一姐回答："有心，人有心，电脑无心。""换个说法，人有情，电脑无情。"[1]经济再发展、科技再进步，都无法取代乡土间浓浓的亲情与人情。正如《逼逼》里说的："生活从不是问题，感情才是问题。"[2]《暝哪会这呢长》里姐姐为爱离家，弟弟通过博客和离家出走的姐姐沟通谈心，治愈她的情伤，召唤她回归家乡，逐渐弥合祖孙之间的观念冲突，重新凝聚家族情感。《有鬼》里阿桂因为无法接受公婆犯下的种种罪孽，在丈夫死后带着孩子与信仰——观音菩萨离家自食其力。但在听到夫家败落的消息后，又义无反顾地回去帮助亲人。《神轿上的天》陈锡雯目睹父亲杀了母亲的悲剧，带着深刻的罪恶感，与祖父相依为命，祖孙二人为亲人的罪行向神不断地忏悔、赎罪。《逼逼》里农民出身的水凉阿嬷婚姻不幸，风流的丈夫家暴、出轨，她忍辱负重把孩子带大，年老时不忍抛弃病重的丈夫，临死前还遵守古礼回娘家报丧。这趟报丧之旅，犹如一场普渡，超度了水凉阿嬷多年的心结与生活的苦痛，死亡前的生命回溯，令阿嬷重新审视阿公过去的种种荒唐行径，在谅解的同时，阿嬷放下痛苦，挥别过去，开启新的生活。《听不到》的孙子为没有血缘关系的二爷爷奔丧，阿公阿嬷生前无法被子孙关心，子孙不愿意听他们内心的欲望与需求，阿公死后，"我"带着女友游览故乡的小镇，以疾病史、死亡史、家族史、家庭纷争、荒屋、废墟来回溯故乡的记忆，重建新故乡。死亡并不意味着乡土的消失，只要记忆还在、亲情还在、那么故乡还在。贯穿小说的是故乡与情义，情，不仅仅是亲情与爱情，还有人与人之间的互助、关爱，每个人都享有自己在家族网络中的位置，延续古老的传统，遵守良善的道德，敬畏天地。情义让整个乡土立体起来，有了历史、家族、集体与个体。而现代化的网络空间则是平面的，看似无远弗届，可以全球化地沟通，但是缺乏了血脉、历史的深刻联系，网络是没有内涵的，没有情感的空洞世界，连看似开放自由的沟通都是无根和虚无的。《我是陈哲斌》中陈哲斌从具有历史创伤的阿嬷所构筑的幽暗、隔绝、怀旧的乡土中成长起来，迅速掉入现代化的网络开放浪潮中，通过无数个账号和全世界的网友沟通，不断以肉体、感官、欲望、性别，突破禁忌与情感责任，突破乡土的血缘与历史界限，却"更清楚察觉

---

[1]　杨富闵：《花甲男孩》，台北：九歌出版社有限公司，2010年，第28页。
[2]　杨富闵：《花甲男孩》，台北：九歌出版社有限公司，2010年，第42页。

没有边际的世界更让人孤独"[1]。依附于网络、社交媒体、娱乐节目而生的青年人，对身边的乡土一无所知，网络消解了青年人的身份意识，他们是没有故乡的一代人。小说最后，陈哲斌在毁坏中新生，在与阿嬷的点滴记忆中感受到了厚实的、充满内容的生命意义，感受到乡土与自我的联结。

家是盛放情的最重要空间，杨富闵经常强调自己来自一个大家族，在这里每个人几乎都有亲缘关系。正如费孝通所说的，乡土是一个熟人社会，杨富闵的乡土是一个极为典型的中国传统儒家乡土社会，四世同堂在一个三合院中，虽然家族内有许多剪不清理还乱的龃龉与矛盾，但家还是最温情的地方。可以说，杨富闵的乡土是以家为中心向外辐射的，母亲、父亲、阿嬷、曾祖母、二爷爷，是他文学创作中着力描绘的人物与原型的来源。他仔细地回忆家事的点滴琐碎事件，通过家族的人际关系、家族耆老的口述经历、家族的祭祀、家族的死亡事件，去慢慢延伸至整个大内乡土的庶民世界。家是乡土的核心，所以杨富闵对于家的任何变动都非常敏感，分家、耆老的死亡、家族的纷争，这些家族内部的裂缝，都可能导致家族的分崩离析，而家一旦不再，那么乡土就无法再成为游子可以随时返归与安放的地方，所以杨富闵深入这些时间的缝隙中，从故乡的亲戚网络中打捞死亡与衰老的沉重亲情故事，细细描绘故乡不断老去的容颜。杨富闵曾说："我虽生长在大家族，家族亲密度并不牢固，为此养成自卑的性地，对别人没有期待，对自己缺乏信心。"[2] 因此，他在文本中最关注的就是情。他始终想要重新凝聚不断疏离的家族关系，化解父亲与阿嬷之间的坚冰，组织大家族去养老院为阿嬷过生日，怀念被父母亲排斥的二爷爷，将分家分田视为败德的征兆，甚至偏乡的政治选举，也是手足母子之间产生猜忌的导火索。小时候的家庭旅行、远足所维系的温馨回忆是他反复回忆的生命细节，父母的争吵、父亲与阿嬷之间的矛盾，不合群的偏乡少年、被孤立的二爷爷的形象，都进入他的小说创作当中。人与人之间依托着情感紧密地联系在一起，使得他的乡土摆脱了 20 世纪 90 年代以来席卷台湾文化界的破碎、离散、封闭、自我的后现代状态。

"对'文明'症候具有敏锐眼光的瓦莱里所说：'住在大城市中心的居民又退化到野蛮状态中去了，也就是说，又退化到了各自为营之中。那种由实际需求不断激活的，生活离不开他人的感觉逐渐被社会机制的有效运行磨平了。这种机制的每一步完善都使特定的行为方式和特定情感活动……走向消失。'"[3] 都市与电子网

---

[1] 杨富闵:《花甲男孩》，台北：九歌出版有限公司，2017 年，第 168 页。

[2] 杨富闵:《休书：我的台南户外写作生活》，台南：台南市文化局，2014 年，第 103 页。

[3] 【德】本雅明著，王涌译:《波德莱尔：发达资本主义时期的抒情诗人》，南京：译林出版社，2014 年，第 134 页。

络给予新世纪的青年大量的物质与交流的机遇，但是只有故乡小小的家庭才具有最真实的情意。有情的乡土慰藉着游子的灵魂，是新世纪青年的精神家园，为在都市孤独漫游的青年人提供了一个温暖的归属与认同。

二、民俗书写与中华文化认同

杨富闵的乡土是由民俗构成的，宫庙、乩童、葬礼、祭祀、绕境、收惊，民俗是高雅精致的都市文化的背面，代表了乡土文化的草根性与审美性，寄托了庶民的情感、期望，记录了家族内的悲欢离合，抚慰了每个人成长过程当中的伤痛、离别，也塑造了乡土的性格，简单的、直率的、爱乡恋土的、富有生命力的，扎根于中华传统文化的民间情感与记忆，也是民族文化语言的一部分。

杨富闵的民俗书写具有多重的内涵。1. 展现了中国文化大传统在台湾地区形成的根脉深厚的文化小传统。美国芝加哥大学人类学家芮斐德 (Robert Redfield) 于1956 年出版了《乡民社会与文化》(Peasant Society and Culture) 一书，"在该书中他提出'小传统'与'大传统'这一对观念，用以说在较复杂的文明 (civilization) 之中所存在的两个不同层次的文化传统。所谓大传统是指一个社会里上层的士绅、知识分子所代表的文化，这多半是经由学者、思想家、宗教家反省深思 (reflective) 所产生的精英文化 (refined culture)；而相对的小传统则是指一般社会大众，特别是乡民 (peasant) 或俗民 (folk) 所代表的生活文化 (Redfield，1960 (1956)：41—49)"[1]。小传统与大传统密不可分，互为有机的整体。大传统是中国几千年儒家思想的积淀，是整个民族文化的代表，而民间社会所产生的文化小传统，是大传统在不同的地域与族群中的不同形态，大传统统摄着小传统，是小传统的基础，而丰富多元的小传统其内在核心又与大传统高度契合。杨富闵笔下的民间信仰、民间文化、民间艺术、民间习俗，依托于差序格局的社会结构所产生的忠孝礼义等思想，接续了中国传统儒家文化的脉络，是中国儒家文化的大传统在台湾民间社会的具体表征。2. 20 世纪 90 年代以来台湾的新乡土文学，民俗作为"地方性"的象征意义被推向了极致，但是小说往往以魔幻化的民俗去突出独特的地方色彩，刻意抽离民俗内在的文化意涵，使之成为空洞的地方性符号。而杨富闵的民俗是庶民日常生活当中相当普遍的现象，在民俗与个体的互动之中，重新发现民俗与中华文化大传统之间的内在关系，展现中华文化对于台湾庶民精神的塑造。

杨富闵是个宫庙孩子："二舅公曲溪天文台附近的北天宫庙公，小舅公当妈祖乩童二十年，二爷爷曾文溪边的开灵宫主任委员，伯公父亲与叔叔更不用说了，

---

[1]　李亦园:《泉州学的新视野》,《泉州师专学报》, 2000 年第 1 期。

宋江与扛轿与扶鸾样样行，庙事即是家务事。"[1] 自小耳濡目染各种民俗仪式与鬼神之事，小说里的民俗仪式也是信手拈来，小说中的人物也主要是宫庙里的乩童、跳宋江阵八家将的男性。宫庙是台湾日常生活中一个相当普遍的文化空间，遍布街头巷尾的庙宇主持着迎神拜神的仪式、承担着居民的祭拜祈祷、凝聚着庶民的文化身份认同与信仰，以其生猛的、通俗的、大众的、坦诚的姿态见证着"世俗的、神圣的人间百态"[2]，相对于高雅、冰冷的都市精英文化，这一充斥着热闹的民俗活动与人情往来的庶民文化代表了乡土的文化形象，是"细节的、琐碎的、感官的、人情世故的"[3]，也是温情与悲悯的，是抵御虚无与沉沦的最根本力量。杜赞奇指出："地方政府与中央政府高度依赖于文化网络以建立自己的权威，正是文化网络，而不是市场体系、地理区域和其他组织，构成了乡村社会运作的基础。"[4] 杨富闵的乡土书写形绘出乡土社会的文化网络。通过民俗，杨富闵看到了乡土间的欲望、背叛、逐利、失德的阴暗面，同时也有义气、互助、良善、兼爱、无私等传统的道德。民俗在乡土间的呈现方式、精神内涵、指向问题在杨富闵作品中都有了新的开拓，体现了 80 后青年面对现代化重组下的乡土社会，重新思考乡土传统对于个体生命的意义。正如杨富闵所说："庙口与马路算是我生命的视听教室，课本不教的民俗实务、庶民精神史，锣鼓与汗臭与杨桃芦笋汁打成的庙会感官文化纷纷现身说法；我看见情色与道义并进、神圣与魔鬼同行，我的书写始于庙会、庶民、生活、人性，我努力挖掘人性顽强的生命力。"[5]

《听不到》通过二爷爷的葬礼，回忆二爷爷生前爱恨纠葛以及自己与他之间的亲情，为老去的故乡招魂。《神轿上的天》做妈祖乩身的阿公，渡人不渡己，背负着儿子的罪恶不断自我惩罚，做妈祖的乩身也是在向神赎罪。《有鬼》里面的阿桂在离开夫家之后，开坛设法，做观音的乩身，为"乱世阶层中各种失意与欢欣的人"[6] 指点迷津，号称慈宁宫，却是"专解柴米油盐夫妻失和与风水败坏之事"[7]，女儿苏惟玄戏称慈宁宫是"网路聊天室"，来求菩萨的人多是"无家寻家求家的"[8]

[1] 杨富闵：《我的妈妈欠栽培：解严后台湾团仔心灵小史》，台北：九歌出版社有限公司，2019年，第 101 页。
[2] 杨富闵：《我的妈妈欠栽培：解严后台湾团仔心灵小史》，台北：九歌出版社有限公司，2019年，第 102—103 页。
[3] 杨富闵：《为阿嬷做傻事：解严后台湾团仔心灵小史》，台北：九歌出版社有限公司，2019年，第 63 页。
[4] 杜赞奇：《文化权力与国家》，南京：江苏人民出版社，1996年，第 13、14 页。
[5] 杨富闵：《我的妈妈欠栽培：解严后台湾团仔心灵小史》，台北：九歌出版社有限公司，2019年，第 243 页。
[6] 杨富闵：《花甲男孩》，台北：九歌出版社有限公司，2010年，第 106 页。
[7] 杨富闵：《花甲男孩》，台北：九歌出版社有限公司，2010年，第 106 页。
[8] 杨富闵：《花甲男孩》，台北：九歌出版社有限公司，2010年，第 109 页。

可怜人。小说呈现民俗信仰对于民间生活的参与与抚慰人心的作用。苏惟玄是个宫庙小孩，年纪轻轻看尽人生百态，自己却是一个没有家的人，她不了解自己的家族，和母亲一起飘荡在异乡，和鬼一样没有根基，没有故事。而当她和表妹回到故乡，认祖归宗，才真正有了家的体验，不再沉迷于虚幻的网络故事与别人的经验，尝试将自我融入乡土。《暝哪会这呢长》中阿嬷的虔诚拜神就是讲规矩，是架设自己与自己、他人沟通的桥梁，让众人心安的媒介。每一个故事都与乡土的古老仪式有关，而仪式又铺陈出乡土的民间文化、伦理关系、生活经验、家族兴废、世代更替、情感传递。

　　民俗形塑着杨富闵的乡土性格："宫庙小孩是神的孩子，生性敏感，过早体验庶民生活，在木头神偶与威权父辈间寻求认同的平衡点，那世俗的、神圣的人间百态，混着符水与养乐多融铸成个性的一部分。"[1]《我是陈哲斌》里的陈哲斌，幼年丧父，家里供奉的清水祖师爷仿佛就是他的父亲，因此人与神的关系就有了微妙的变化，神既是偶像，又是亲人，神明的神圣性是建立在世俗的情感满足之上的，而人在参与祭祀、供奉等事情当中，也具有了神性，这就是杨富闵的乡土，世俗与日常中包裹着神圣性。

　　《暝哪会这呢长》一开篇就写家族的四个葬礼，生命的消亡带来家族与故乡的消逝，但杨富闵却反向思考死亡对于逐渐凋零的乡土的意义，而借由先祖辈的死亡，作者企图"张开一面家族血系的网"[2]，将逐渐冷淡的亲情重新联结起来。死亡让亲人之间抛弃了过往的龃龉，沉浸在同样的悲痛当中，死亡打破了后现代社会人的原子化状态，让沉浸在虚拟世界的年轻人回归至世俗生活，通过死亡，"我们都忽然有事可以做，而非茫茫渺渺于人世间。我们有家可归，有棺可扶。……多么怀念的送葬时光，次次我都不甘心地走在出殡回程的路，很怕这张以死亡之名牵起的大网就这样散了、断了。然后，再也无关。我们都哭就是哭、笑就是笑，没有想过跟全世界站在同一个线上，更像是要排挤全世界"[3]。乡土是紧密的、封闭的、排他的，也是真情实意的，青年人沉醉于虚拟网络所带来的全球化、开放性、多元化幻象，却因此与现实疏离，缺乏对现实的体察与关怀。死亡冲击了青年的现实感受，将他们从消费化的、虚拟化的状态中剥离出来。葬礼所召唤出来的回忆，是一部私人化的家族历史，通过记忆，每个人感受到自我不是一个独立的个体，而是整个家族血脉的一部分。

---

　　[1]　杨富闵：《我的妈妈欠栽培：解严后台湾囝仔心灵小史》，台北：九歌出版社有限公司，2019年，第102—103页。

　　[2]　杨富闵：《花甲男孩》，台北：九歌出版社有限公司，2010年，第16页。

　　[3]　杨富闵：《花甲男孩》，台北：九歌出版社有限公司，2010年，第27页。

葬礼所呈现的民俗文化，是最生猛的庶民文化，也是中国传统儒家文化在地化的形态。葬礼上的"头阵"：目莲挑经、《西游记》的三藏取经、五子哭墓、孝女白琴、即将失传的八音民间艺术，是儒家思想中视死如生的孝道，以及尊重热爱生命的生死观在民间文化中的具体体现，也使民俗具有了人道主义的人性关怀与历史厚度。而葬礼上的礼尚往来、跪拜哭诉、人情世故、长幼尊卑，不仅展现了乡土间家族网络的伦理秩序，也是以礼事生死、守死善道、乐生安死的传统文化的缩影。

而作者对于民俗趣味化的呈现，对于民俗语言、仪式的诙谐呈现与人物活泼性格的融合，也丰富了人们对于普通大众生活的审美认知。死亡带来的恐怖与狂欢、经典与通俗、庄严与诙谐的混杂，个体的痛苦通过仪式与集体共鸣的过程，也在形塑了作者的美学感受与世界观。代表神性的孙悟空在葬礼结束后可以和大家一起吃饭，穿过夜市的葬礼队伍和在夜市消费的人群并行不悖，头阵既是真情实意的表达也是礼俗规矩之下的表演。通过民俗，杨富闵写活了乡土的庶民文化的形态与内涵，乡土是丰富的，不是怀乡者美化下的世外桃源，也不是"本土化"理念下的神秘鬼魅世界。乡土是传统与现代并存的、不断更新、充满生命力的空间，也是融合着生活方式及价值取向的文化场域，呈现了乡土赋予人多元的生命观与自然观。

民俗也形塑着杨富闵看世界的位置与角度，民俗是庶民的文化，与主流的精英文化泾渭分明："老家三合院与朝天宫仅隔着一条宽不到五十公分的窄巷，两座建筑物背对着背，多么隐喻性的空间设计。"[1] 与庙的关系，也体现了家族的位置："关于庙后的堕落与救赎，两百年来形塑着我家看世界的角度，家族依庙而生，庙事当然是家务事。"[2] 热衷于民俗的人，大部分是"来自现实生活中失业、离婚、辍学、病乱童等畸零人族"[3]，决定了乡土的边缘位置，但正是这样的位置，才具有更丰富的空间与想象力。"庙口像是一座大型健身房，为我们上演着八点档，那些繁复奇异的宋江阵式在向我述说什么是强健体魄，什么是英雄气概，什么又是力与美，棍棒铁器对打的铿锵声响让我心惊，而我只是一名在外围观、多病怯懦，被鞭炮追赶的孩子。"[4] 乡土不仅仅是生于斯长于斯的地方，还决定着人的位置，作者从偏乡的边缘性位置出发，以更加包容的目光去观察世界。

---

[1]　杨富闵：《故事书：福地福人居》，台北：九歌出版社有限公司，2018 年，第 202 页。

[2]　杨富闵：《故事书：福地福人居》，台北：九歌出版社有限公司，2018 年，第 202 页。

[3]　杨富闵：《我的妈妈欠栽培：解严后台湾囝仔心灵小史》，台北：九歌出版社有限公司，2019 年，第 181 页。

[4]　杨富闵：《故事书：福地福人居》，台北：九歌出版社有限公司，2018 年，第 202—203 页。

三、传统与现代的碰撞

在杨富闵的小说中，传统与现代化呈现出多元并置的状态。乡土既是遵循着古老传统的社会，又渗透了现代化的体制。"农历的初一十五，庙的塔楼总是传来暮鼓晨钟；平日每个整点校园总是传来钟声，两股声音如此交错在半空之中，这就是我的日常生活，我多想知道，弥漫在我的生命的到底是一种怎样的时间？"[1]

古老的丧葬习俗由商业化的葬礼公司主持，往生咒由手机与耳机播放器播放。年迈的水凉阿嬷独自回家报丧，年轻的网络少年一路用电子信息护航。科技改变了形式，但传统内核不会因此而变化。"善化是越来越摩登了，牛墟却没因此失去它的特色，大抵就是这个小镇又现代又传统的魅力所在。"[2]善化"从仍有稻作的小镇退化成为科技卫星住宅"。可是杨富闵"不知为何也替它开心起来"[3]，可见，新世纪青年的理想乡土，是传统与现代相交融的空间。

传统与现代的碰撞，不仅仅体现在乡土物质条件的变化，乡土中的人也被杨富闵赋予了现代化的气质与形象。现实生活中，杨富闵的阿嬷和母亲都是隐忍、懦弱、善良的传统女性，为家庭和孩子默默付出，哪怕受了委屈、家暴也忍气吞声。而在小说中，女性却往往是一个强悍的、泼辣的、独立的现代形象，相对于父亲形象的缺失，祖辈的老辣反而给予孙辈强大的庇佑。孙辈对阿嬷的崇拜与依赖，阿嬷这一耆老成为乡土的新形象，他们历经波折，尝尽世间冷暖，不再低眉顺眼地一味忍让，反而相当强势。大内一姐快意恩仇，虽然年轻守寡，却有不愿被"压落底"的个性，独自抚养大两个孙子，反击羞辱孙女的老师，解救被家暴的女儿，为了分家和婆婆在大厅大骂出口，"三合院没人敢惹到她，祖产分瓜，动辄几百万的土地赔偿金，她一人代表我们这房去开会，声头真正亲像雷公块陈"[4]。大内一姐还颇有见地，当孙子怂恿阿嬷上网"可以跟全世界站在同一线上"[5]时，学历不高、土生土长的大内一姐批评了孙子的虚妄："野心这呢大！还想跟全世界站一起？恁大姐，那个不孝女，连自己置叨位拢不知哦……恁少年人，毋通连自己是谁都不知道喔？"[6]传统的乡土被新世代的青年灌注了现代化的性格，但是传统并非只能被现代化所替代，甚至也可以纠偏现代化发展的一系列问题。

[1] 杨富闵：《故事书：三合院灵光乍现》，台北：九歌出版社有限公司，2018年，106页。

[2] 杨富闵：《故事书：三合院灵光乍现》，台北：九歌出版社有限公司，2018年，41页。

[3] 杨富闵：《故事书：三合院灵光乍现》，台北：九歌出版社有限公司，2018年，41页。

[4] 杨富闵：《花甲男孩》，台北：九歌出版社有限公司，2010年，第17页。

[5] 杨富闵：《花甲男孩》，台北：九歌出版社有限公司，2010年，第29页。

[6] 杨富闵：《花甲男孩》，台北：九歌出版社有限公司，2010年，第29页。

第三节 结论

杨富闵对于乡土的书写，体现了台湾乡土文学新的美学风格与新的表现方式，展现了新世代感受乡土的新视野。在杨富闵笔下，乡土不仅仅是故乡，还是一个生命的烙印，既是他一切思考与冲突的出发点，也是他探索自我的媒介。他对于乡土现实与人情的关怀，对于日常生活的复归，展现了台湾 80 后世代的情感结构与文化认同。正如霍尔所说，日常生活、宗教实践和信仰中隐藏着一个民族最基本的文化基因，而杨富闵挖掘并展示了这种文化基因，乡土不再是历史悲情的隐喻，也不再是狭隘的"本土主义"，它就是中华文化在台湾的变量。他笔下的乡村人情、伦理、民俗文化，以及由此所展开的鲜活的乡村图景，皆是建构在深厚的中华文化根脉之上，体现了台湾民间社会涌动的强大的向心力，这种民间文化是扎根于普通民众之中，无法被政治力量所操控与改写，它所代表的普遍性意义，是对"本土主义者"所标榜的特殊性、二元对立逻辑的有力反击，是两岸凝聚力的重要根基。可以说，杨富闵的乡土书写，是对于"解严"后无所不在的狂热意识形态政治的祛魅，是对台湾长期以来意识形态扭曲文化的一种反抗，体现了在"解严"后成长起来的 80 后青年新的感觉结构与精神状态。在《我是陈哲斌》中，杨富闵通过主人公之口，反复宣告创造新乡土的企图，这无疑也是台湾 80 后世代渴望推翻旧的文学传统与笼罩在乡土文学上的历史阴影，走出影响的因袭，建构新的个体风格与自我认同的野心。一如文本中新旧世代的和谐相处，杨富闵将旧乡土与新世界完美地融合在一起，通过杨富闵的文化、精神隐喻，我们可以期待一场台湾的文化革命，以更为包容的、多元的视角展现原乡的想象，在复杂多变的时代中谱写更加广阔的原乡景象。

但是，杨富闵的乡土书写还存在着一些问题，这些问题恰恰体现了青年世代某些共通的盲点。

一、个人经验是杨富闵创作的重要资源，但是，杨富闵的创作似乎无法在个人经验之外开拓出新的空间。《花甲男孩》之后的散文创作，在题材、内容、对象上多有重复，局限在自己的童年、求学、亲人、家族经历以及家乡景物的速写上，如何走出自己熟悉的空间，去探索更丰富的课题，是杨富闵必须面对的问题。

二、杨富闵的创作虽然都是围绕着乡土，但是创作的前后也经历了一个变化。《花甲男孩》是他刚离开家乡的创作，初入城市的少年，在文字中写下对于故乡的思念与思考，此时的乡土书写还具有较大的丰富性。如《我的名字是陈哲斌》中反思本土的封闭性，批评消费主义社会将乡土异化成一个消费符号，青年人每天听着、说着爱土地的口号，却无法理解土地的内涵，甚至将乡土理解成清境农场等旅游景点。小说最后一把火烧光了古老的三合院，体现了杨富闵对于既定"乡土"话语的不满与反抗。但是从《解严后团仔的心灵小史》开始，他的乡土越来越平面化、概念化，乡土内部的矛盾性与冲突性消失了，或者说他对于乡土的理解越来越被主流意识形态所固定，乡土就是那个偏僻的乡村，乡土的意涵就是台湾地方特色，随着乡土的形象越来越"实"，乡土的内涵也越来越窄。这造成了地方感受的类同化、平面化、符号化，地方书写仅仅局限于在地的特色，却缺乏整体性的历史文化思考等问题，这些在杨富闵后期的创作当中都有一些体现。

三、日常化与世俗化是杨富闵的个人风格，但是他的作品往往将日常生活简单地再现，缺乏进一步的思考与探索。早期作品中日常性所具有的先锋意义，也成为一种迎合大众、反复使用的标签，缺乏对小人物深入的体会与认识。

第七章 异域与乡土的双重变奏
——连明伟小说创作论

连明伟毕业于暨南大学中文系、东华大学创英所。2009 年从东华大学毕业之后，连明伟远走菲律宾一年，在菲律宾奎松市尚爱中学教书，之后几年时间足迹远至加拿大、泰国、美国夏威夷、圣露西亚、西班牙。在一边打工一边旅行的过程中，连明伟感受到强烈的文化冲击，异域的现实问题仿若镜像，映照着故乡的存在。这些经历都写进他的小说《西红柿街游击战》《蓝莓夜的告白》当中，以或写实、或隐喻的方式，丰富了他对于世界、故乡、自我的认知，他的自我放逐，以及回归，塑造了独特的生命风景，开启了新世代作家新的想象方式与精神世界。

而在异域与乡土之间往返行走，连明伟对于乡土的思考具有了别样的视角，经过《番茄街游击战》的初试啼声，连明伟开始大胆构筑乡土世界。2016 年连明伟的《青蚨子》以瑰丽的乡土想象获得 2018 年"红楼梦奖：世界华文长篇小说奖"决审团大奖，展现了 80 后世代对于乡土的独特关怀与思考。

连明伟的小说中呈现了在全球化时代下，台湾青年人新的迁徙与离散经验。他们在全球资本主义经济的裹挟下，不得不远离故土，在迁徙与离散中追溯祖先的脚步，追问自己的命运与身世。他们面对着民族文化、历史、主体被消费主义、资本主义文化不断消解的时代情境，在异域与乡土的相互对照中，建构新的文化根脉与身份认同。

第一节 身份认同

《番茄街游击战》是连明伟的第一部小说集，是连明伟在菲律宾当替代役一年后的"人类学考察成果"。为什么写菲律宾？"连明伟表示，到异地看到不一样的华人就会有不一样的感想，他希望打破华人的概念，认为'华人'不仅指台湾人也不仅指大陆人。借菲律宾青少年的生活，写出土地的种种，无论是悲惨的贫民窟或脏臭的河流，将本土文学延伸至异域，以多数台湾创作者绝无关注的'异乡'

菲律宾为背景，试图涵盖他曾生活和碰触过的多重地层。"[1]

　　"'我的母亲是平埔人，父亲是闽南人，但我母亲在我开始研究族谱之前，其实都不知道自己的血缘。我是在有过一些旅游经验后，才发现自我定位、存在等疑虑，这问题不只是发生在台湾，各地皆有。'透过《番茄街游击战》，他以贴近孩子的口吻，与四位不同族裔的孩童相处，'是一种提醒，注意其他地方的孩子，其他地方的流亡、移民史，透过他们，台湾许多意识形态或许可以产生别的思考'。"[2] 显然，连明伟是将菲律宾这个东南亚岛屿与台湾进行对照，两个同样身处亚洲的岛屿，同样是因为中国受帝国主义侵略的离乱历史而被迫由大陆迁徙而出的华人群体，同样面临着身份认同与历史诠释问题，同样要在全球化与西方现代性的情境中追问"我是谁"的问题。同时，台湾与菲律宾都身处于以美国为首的帝国主义边缘的第三世界，是全球化不平等的资本主义剥削的一环，而台湾自认为已经跻身"脱亚入欧"的现代化地区行列，却不觉自己实属帝国主义资本主义的附庸者，其中隐含的不平等结构的共犯位置，都可以通过他者的处境映照出来。可以说，连明伟试图通过异域来看清本土，追问自己的身世，诉说自己的苦痛，巨大世界的卷动、后冷战的阴影、深远历史的苦难，都深刻地烙印在亚热带岛屿的懵懂少年身上，不同的岛屿风景，隐喻着相似的历史命题与现实问题。

　　身份认同是连明伟笔下反复探索的主题，华人向外迁徙的过程，既是身份认同不断裂解与混杂的过程，也是文化不断重塑、繁衍、变异的过程，同时从宏观的世界格局来看，每个现代人都是迁徙者，每个人都身不由己地被全球化的资本所左右，成为一个失根的流浪者，如何看待这一变化，如何在这一复杂多变的格局中寻求自我的文化认同，如何从传统文化与历史中攫取锚定自身的力量，是小说探索的问题。"连明伟自述：'我把在菲律宾所观察、所感悟的母题写入小说，其中包含身体、性别、种族、国家与文化。而'我是谁'是3部小说中必然面对的母题。'"[3]

　　《番茄街游击战》里的三篇小说都以主人公的自我介绍开头，但这种身份的确定性，随着少年的成长与成人世界的冲突展开而不断地陷于崩解，在混杂的血统与国族、历史当中穿梭，每个人的身份都存在着问题。

　　《番茄街游击战》里的四个小孩，身份、国族、阶层各不相同，但都来自迁徙

[1]　《菲律宾教授华文，连明伟"番茄街游击战"谈异域文化》，2015 年 8 月 19 日，https://newnet.tw/Newsletter/Comment.aspx?Iinfo=5&iNumber=16723。

[2]　汪宜儒：《台积电文学赏，动漫女孩的 cosplay 语汇》，2011 年 12 月 28 日，《中国时报》，https://www.ptt.cc/man/C_Chat/DE98/DFF5/D9E7/M.1326589455.A.89E.html。

[3]　陈柏青：《最远又最近的飞跃，连明伟与他的番茄街游击战》，《中国时报》，2015 年 8 月 19 日，https://www.chinatimes.com/newspapers/20150829000832-260116?chdtv。

家族，混杂的血统与国族都带给他们困扰。"我"是中菲混血，但是又看不起菲律宾人，当被爱芮莎当面质疑"不喜欢菲律宾可以离开这里啊"[1]的时候，"我"顿时哑口无言。否定菲律宾等于否定母亲、否定自我的一部分，身份的问题以非常切己的方式分裂了懵懂的少年。同样，《我的黄皮肤哥哥》里"我"作为华人家庭里收养的番人，既自傲于自己拥有一个华人名字，与"贫穷低贱的番人"不同，又自卑于自己的番人血统，不停地模仿哥哥，渴望能够拥有尊贵的黄皮肤，甚至变本加厉地认同华人比番人更加优等的种族歧视观点。"我"终日生活在被抛弃的恐惧中，每一个指认出自己原生血统的线索都会让"我"勃然大怒，陷入了自我否定、自我分裂的可悲境地，无法从自身血统中汲取美与认同，只能通过依附既有的权力话语来获得自己的身份。哥哥本以为自己是纯正的华人血统，对于底层贫民抱有同情，但发现自己是父亲和菲律宾仆人的私生子之后，陷入自我认同的困境，他试图自杀、砸破自家餐馆的玻璃、扔掉爸爸从大陆买回来的关公雕像、把爸爸交往过的妓女当作女友带回家。哥哥试图通过反抗爸爸所代表的父权与资本权力体系来重塑自己的身份，但却更加快速地被吸纳进成人世界的规则当中，这场复仇宛如一场短暂的少年叛逆，在结束之后哥哥逐渐成为第二个爸爸。

《番茄街游击战》中，"我的两个中文名字分别是吴荣国和吴耀国。在台湾，我的本名和身份是吴荣国，在番仔岛我是吴耀国，可是现在回台湾我只能是番仔岛的吴耀国了"[2]。多重的身份使"我"身处于何处为家，以及处处为家的矛盾认同中，"我不讨厌自己的名字，也不讨厌自己有那么多名字。……我喜欢台湾，也喜欢番仔岛，更喜欢事情可以变得简单一点，饿了就吃汉堡，渴了就喝可乐那样，想睡觉就上床睡觉"[3]。"生活所需要的不是从哪里来，而是钱，连取个名字都需要大笔的钱。"[4]这些玩世不恭背后的潜台词却包含着诸多的无奈，寻求单一确定的文化身份在现代社会是一个奢侈品，还不如去追求速食的生活来得简单快乐。

《番茄街游击队》的少年每天都在华文学校背诵自己的中文自我介绍，但是这种自我介绍在主人公"我"眼里毫无意义。爱芮莎介绍自己的爸爸在台湾做生意，妈妈在菲律宾卖芒果，但这些都是她编造的谎言。自从爸爸死后，她的妈妈就跟人跑了，她实际上已经是一个孤儿了。反复的自我介绍是迁徙者保存家族记忆与历史的举动，体现了海外华人对于身份的焦虑，必须通过不断的溯源来确认自己的身份脉络，但是这些回到本源的努力对青年的影响微乎其微，甚至遭到青少年

[1]　连明伟：《番茄街游击战》，新北：印刻文学生活杂志出版有限公司，2015 年，第 125 页。
[2]　连明伟：《番茄街游击战》，新北：印刻文学生活杂志出版有限公司，2015 年，第 134 页。
[3]　连明伟：《番茄街游击战》，新北：印刻文学生活杂志出版有限公司，2015 年，第 134 页。
[4]　连明伟：《番茄街游击战》，新北：印刻文学生活杂志出版有限公司，2015 年，第 40 页。

的抗拒，求真的目的与造伪的结果之间的矛盾冲突，恰恰说明了寻根之困难，失根是小说中所有青年面临的困境。

在这些孩童身上，身份的丧失首先是从家庭的崩解开始。《番茄街游击战》里"我"的爸爸到处做生意，妈妈在台湾打工，"我"与奶奶一起在菲律宾生活，我渴望能和父母在一起，但是过生日的时候，爸爸只是传了一个简讯，后来还带了一个情妇回去看望儿子。家庭已经名存实亡，远离父母与故乡的"我"整日游荡于街角、贫民窟、斗鸡场、市集，心中满怀愤怒。他和朋友打赌输了，对着斗鸡场大喊爸爸，所有的男人都转过头来看着他，他一副满不在乎的样子。"这根本没有什么大不了。阳光刺得眼睛有些痛，我才不在乎谁是爸爸，也不在乎爸爸在不在身边，我只是想着这些死掉的斗鸡会在哪个摊位变成可口的烤鸡。"[1] 顽童以恶作剧的形式象征了这些移民者二代无父、无家、无国的伤痛。

《我的黄皮肤哥哥》中的家庭结构非常国际化与现代化。爸爸在全世界做生意，他的存在意义只是给家庭提供稳定的经济来源，妈妈如同消费品可以不断地更替，哥哥是中菲混血，我则是纯正的菲律宾血统。"我们的家十分国际化，速食、方便且变动迅速。有些人随时都会消失，被替换，我不会感到难过，反正有钱总是会买到替代品。"[2]

在文化空心化、金钱至上、消费主义侵蚀社会的情况下，小说中的华人少年都陷入了身份认同的困境，这个建构在血统差别论之上的身份结构，与资本主义的阶级压迫，以及华人族群对于这一不公正社会结构的参与与建构，使无论上层还是底层的青年都充满了虚无感，每个人都是被金钱奴役的寄生虫。西方式资本主义的金钱与资本逻辑，迫使家庭崩解、人们远离故乡、泯灭了人性中的良善、公平与正义，人在跨文化的流动当中被不断地同质化，造就了一群法农所说的"没有锚地、没有视野、无色、无国、无根"的人，[3] 这是造成亚洲身份认同分裂的最重要原因。

连明伟非常敏锐地捕捉到华人在迁徙进入东南亚的时候，所面临的特殊的身份问题。一方面，华人是远离故土的异乡人，华人与自己的历史、文化产生了断裂。另一方面，华人在菲律宾社会当中又因为经济实力而掌握了知识、政治与经济的权力，产生了身份上的优越感，这种权力感遮蔽了华人自身所面临的身份冲突与认同问题。中华文化既是中心，又是外来的、边缘的，只有正视这一双重的

---

[1]　连明伟：《番茄街游击战》，新北：印刻文学生活杂志出版有限公司，2015年，第64页。

[2]　连明伟：《番茄街游击战》，新北：印刻文学生活杂志出版有限公司，2015年，第147页。

[3]　【英】斯图亚特·霍尔：《文化身份与族裔散居》，罗钢、刘象愚主编：《文化研究读本》，北京：中国社会科学出版社，2000年，第212页。

悖论，才能从根本上打破身份丧失的问题。

同时，隐藏在这一系列的历史编码与身份位阶背后，是西方资本主义的叙事逻辑，西方殖民主义对于亚洲的再现——贫穷、不发达、肤色歧视、异国传奇、热带风情、色情语言等，都伴随着新旧殖民主义，倒错在东南亚这个混杂的大陆上，在作者笔下，多样性、族裔散居的东南亚并没有带来多元化和承认差异的开始，华人与当地人之间复制了西方与东方的关系与西方的东方主义想象。

古老的中国文明通过迁徙散播海外，在东南亚的椰风蕉雨、多元信仰、异国族群中，凝固成为一个充满旗袍、雕龙画凤、毛笔字、清朝辫子的前现代的东方魅影，这一诡异的形象与华人日常的暴发户与精英商人的形象形成强烈的对照，金钱与肉欲加速了这一文化形式的空心化，只剩下实用主义的空壳。《我的黄皮肤哥哥》里成功的商人爸爸信奉的十戒条，融合了荀子、老子、颜之推、王永庆、耶稣、苏东坡、《圣经》等中国古代哲学家、基督教义、成功商人的各句名言，最后以自己的一句话"根字会不会写？"[1]来结束，充满了荒诞与滑稽感。中国古代圣人的哲学思想成为商人成功学的信条，祖国大陆的发展只是商人牟利的机会，因此那句居高临下的根的质疑更显得虚伪。实际上，文化的败坏就是从忘记自己的根脉开始的。苏家开的中餐馆，以及当地的中文学校，都在贩卖扭曲的中国的文化符号，中餐馆用扎着清朝辫子的当地侍者的滑稽形象招揽顾客。"餐厅员工戴着缝有辫子的员外帽，红寿衣，黑马褂，站在石狮子旁对路人大喊口齿不清的欢迎光临，非常中国风。"[2]在全球化的消费浪潮下，连文化都成了被消费的、被任意打扮、扭曲的对象，中华文化成为亚热带商业区的异域风情，而真正的华人在全世界的生意、全球化的消费空间中被消解了身份特征，成为全球统一的消费空间下共同哺育起来的面目模糊的"人"。正如《我的黄皮肤哥哥》中"我"所描述的上等华人的生活方式："我喜欢待在干净又安全的社区，警卫有礼貌，佣人听话，邻居都是体面有钱的华人和韩国人。我和哥哥会吩咐司机开车带我们去SM百货逛街，看好莱坞电影，买西班牙衬衫，舒服、清洁且自在，我不断想起爸爸说的：'当个人，就要有人的模样。'"[3]

而中文学校更为离谱。菲律宾华人社群虽然拥有资源丰厚的华人教育体系，却无法承担起传承和弘扬中华传统文化的责任，教育体系内部千疮百孔，华语在东南亚日常生活时完全使用不上，导致了华语学校对于中文教育的漫不经心与形式主义，以及基督教、道教、佛教等宗教对于学校教育的影响与结合，使华语教

[1]　连明伟：《番茄街游击战》，新北：印刻文学生活杂志出版有限公司，2015年，第160页。

[2]　连明伟：《番茄街游击战》，新北：印刻文学生活杂志出版有限公司，2015年，第207页。

[3]　连明伟：《番茄街游击战》，新北：印刻文学生活杂志出版有限公司，2015年，第148页。

育不仅不伦不类，甚至教育者自身都无法自洽。《番茄街游击战》里的学校校长是个虔诚的基督徒，却在房间里贴满了猛男画像，语文老师无法教中国宗教历史，就只能在课堂上放映中国电影。《我的黄皮肤哥哥》里，主人公辗转多个华校，有的学校课前要念佛经，有的学校校长是个花和尚，有的学校又要念《圣经》，中文老师在课堂里布道。荒诞不经的教育自上而下地割裂了少年的文化认同与价值观，折射出文中少年内心巨大的虚无感与无意义感，嘲讽与荒诞的描写，蕴含着少年内心与环境的强烈冲突。"我"是被苏家买来的菲律宾男孩，一直养尊处优地生活在华人高档社区，为了努力成为一个黄皮肤人，我努力学习中文，学习哥哥的言行举止，参与社区的中文演讲，讲稿的题目是"如何做一个活活泼泼的好学生？如何当一个堂堂正正的中国人？"讲稿是由台湾替代役老师和大陆志愿役老师共同写的，讲稿对于中国文化核心的完美诠释与演讲者"我"的菲律宾身份与不解其意的机械背诵，形成了一种强烈的矛盾与错位，小说尖锐地指出东南亚华人社会中的中华文化传承问题：中国的礼教文化与先古圣贤的智慧，在消费化、资本化的社会里，成为华人阶级装点门面的符号，能不能学到东西，或者学得好不好，对于这些或贫穷或富裕的孩子来说都不重要，传统文化失去了介入生活的能力与打动青年的力量。

《我的黄皮肤哥哥》当中爸爸的两位情妇折射出身份的丧失对人的异化，两个人在小说中形成一种鲜明的对比，菲律宾番人情妇极力想要成为华人，她迷恋一切中式风格的家具、服饰、餐具、食物，甚至还购买了中国人放骨灰的水晶棺。她对于中华文化的想象与模仿，极力营造的中国风，瓦解着华人稳固的文化位置。但是来自香港的情妇却崇尚现代化、国际化，作风洋派，满口英式美式英语，喜欢一切西式的装饰和风格，对菲律宾当地的落后充满了鄙视，觉得华人情夫即便赚再多钱也是"一副乡下人的模样"[1]，大陆人"实在太没有文化"[2]，理想是"移民到美国和欧洲"[3]，"这世界很大的，留在这里只会丧失竞争力"[4]。两位女性的审美品位不同固然受到自身的教育条件和成长经历的限制，但是二者实际上并没有本质上的区别，她们都厌弃自己的本来身份，渴望融入更高级的社会阶层。她们所追逐的肤色、财富，本质上都是西方现代性所规范的优劣区别的变种。可见，文化的丧失必然伴随着身份的丧失，亚洲在复制了西方现代化发展模式的同时，又将现代性与种族相结合，在东亚内部延续了这种现代性名义下的剥削结构。

---

[1] 连明伟:《番茄街游击战》，新北：印刻文学生活杂志出版有限公司，2015 年，第 257 页。
[2] 连明伟:《番茄街游击战》，新北：印刻文学生活杂志出版有限公司，2015 年，第 257 页。
[3] 连明伟:《番茄街游击战》，新北：印刻文学生活杂志出版有限公司，2015 年，第 257 页。
[4] 连明伟:《番茄街游击战》，新北：印刻文学生活杂志出版有限公司，2015 年，第 257 页。

第二节　迁徙家族

迁徙是连明伟笔下人物的宿命，从《番茄街游击战》的菲律宾，到《蓝莓夜的告白》的加拿大，描写的主体与对象都是迁徙的人群，即便是书写乡土的小说《青蚨子》，也将目光对准了离乡背井的东南亚移工、卖身给国际公司的跑船者、因为台湾经济衰退而搬迁至大陆的小企业者。迁徙在他的文本中不仅仅意味着空间的移动，还意味着故土的失落和身份的边缘化："离乡背井者行走异邦，举目低头弥漫一股恍若隔世的错觉，深沉的失落、寂寞、异化、反抗与飘零，让自己变得无所依归。……背离是抗议，亦是追寻。番薯岛虽然开茎散叶，匍匐扎根，却大不过亘古大陆，也小不过静好山城，自然资源缺乏，人力资源亦趋透支，伊人不得不选择离去，背离是无声抗议，亦是偏轨追寻。"[1]小说中的迁徙者被幻化成传说中的鲛人、学舌的鸟类，非人的意象突出了离乡者的苦痛与异化，而对故乡的眷恋则物化为跑船者离乡前割下的阑尾种成的小卷竹、庖丁解鱼时从鱼肚里的古老手机飘出的闽南语歌。陈映真笔下的资本主义巨灵之爪，在21世纪演绎成青年一代的失根与迁徙，陈映真笔下的人物尚能从城市逃向没有被资本主义笼罩的乡村，而连明伟笔下的偏乡青年，却只能被连根拔起，沦为被资本驱逐的劣币。"不断移动、反复穿梭于国土疆界，如同他的写作计划，一部异国、一部本土交叉进行。出走虽能活在另一种时间，却也带来更大的矛盾。人在异国想着何时能返乡，回家之后又觉得身处异地。连明伟想透过世界的文化了解自己的乡土，寻找自己与乡土如何抵达和谐的关系。"[2]可见异国与故乡的移动，形绘出台湾80后青年的困境，他们错过了60年代台湾中小企业向世界开拓的蓬勃时期，错过了80年代台湾资本主义的高速发展时期，因此他们看向世界的方式无不带着停滞的晚期资本主义的忧愁。异国与故乡，犹如两条不同的时间河流，故乡处于不断的衰败之中，同时资本的侵蚀又使故乡失却了传统的样貌，故乡的毁坏与重建，令故乡处于永恒的失落，而书写故乡，就具有了抵抗时间、留住记忆、探索生存意义的命题。而异乡的新鲜与活力则是另外一种时间样貌，敞开着另一种可能性与未来的想象。台湾日益成为一个狭窄、内卷的环境，经济衰退，失业率攀高，岛内政治恶斗，阶级固化，出走成为逃离衰败故乡、失败困顿的现实处境与历史苦难的途径，也体现了青年与故乡之间微妙的矛盾关系。迁徙不仅仅是一种生活在别处的美学想象，还折射了21世纪台湾社会经济衰落、矛盾丛生表象之下的内在裂解，

---

[1]　连明伟：《青蚨子》，新北：印刻文学生活杂志出版有限公司，2016年，第530页。

[2]　陈默安：《无穷的移动中寻找凝冻的时间：连明伟专访》，2019年1月18日，https://www.openbook.org.tw/article/p-32820。

试图"活在另一种时间",与"想透过世界的文化了解自己的乡土"的悖论,说明在"解严"之后,"本土化"的意识形态所笼罩的爱恋乡土话语,却依然无法提供青年"回归现实"的感受。在世界文化中寻找"我是谁",隐含着以多元文化来定位自身的意味,也就是说,连明伟文本中的迁徙包含了几个层次:1.本土向异域的空间移动所引起的离散与怀乡。2.在自我放逐和他者化的过程中产生文化身份上的自我边缘化与混杂化。3.向主流文化与价值观所构筑的文明世界之外的精神放逐。

《青蚨子》中呈现的小人物群像,不再是20世纪70年代乡土小说中闪着人性光辉的底层,而是不被现代性所规训的边缘人物,如老妓女、被戴绿帽子的鳏夫、流浪汉、从事色情电话营生的寡妇、疯子、失能的老人、菲佣外劳、外籍新娘、拾荒的老妇、父母双亡的孤儿、同性恋、最后的猎人与工匠。这些鳏寡孤独可怜可恨之人没有人愿意包容,"遭受歧视、鄙夷、恐吓、避讳与切割,选择流放自我,也流放他人"[1],游离于现实体制之外,是社会的弱势群体,但是他们"有血、有肉、有怨、有恨、有爱、有悔、有不忍窥看的疮疤"[2]。水泥匠文铁五十岁了依然孤身一人,沉默地专注于被现代社会淘汰的砌墙工作,每当他对烦琐的工作丧失了热情,就去山中异境自我放逐。猎人平贵只有在山上才充满了力量与智慧,一来到城市就"是一位普普通通、穿着破烂的死老百姓,没有山上的神勇姿态,没有生死两拼的兽性"[3]。芋头婆是个离群索居的拾荒老妇,脾气古怪为状疯癫,早年曾经能够窥破天机而大富大贵,晚年却看破红尘无欲无求。金生和羊头都是孤儿,他们顽劣的外表下隐藏着强烈的厌世与绝望。友忠伯与老妓女春妹子之间超越伦理的情欲,也仿佛在挑战着生命与世俗的极限。青简嫂年轻守寡后抛家弃女,却屡屡遇人不淑,蹉跎了青春年华,回到有余村变得势利刻薄贪财,甚至开始从事色情电话服务。这些人物皆是精英、体面、高雅、循规蹈矩的现代生活的反面,犹如流浪汉般"日复一日洗去僵化的文明外壳,返璞归真,落魄,不堪,以极度隐喻的口臭、烂齿、不修边幅探讨人所能触及的各种边界,松动世俗价值,以耻笑、欲望、衣不蔽体挑战既定观感,以残身、跛癫、受辱之身奉献给时日之河"[4]。现代化的文明用教条、职业、年龄、阶层、性别、国族,给人进行了各种分类与规训,并在此基础上建构了对立、分歧与偏见,而人只有将自我放逐至边缘化的位置,才能祛除现代性对人性的禁锢,回归至最初始的故乡,故而小说不惜

[1]　连明伟:《青蚨子》,新北:印刻文学生活杂志出版有限公司,2016年,第446页。
[2]　连明伟:《青蚨子》,新北:印刻文学生活杂志出版有限公司,2016年,第446页。
[3]　连明伟:《青蚨子》,新北:印刻文学生活杂志出版有限公司,2016年,第34页。
[4]　连明伟:《青蚨子》,新北:印刻文学生活杂志出版有限公司,2016年,第447页。

将人兽化、鬼魅化、欲望化、陌生化，种种非人的意象不断地消解与颠覆既有的体制，连接至更为古老、本能与原始的状态。既象征了人异化的痛苦，也象征着人对于现代文明体制的反抗。

作者反对用现代道德的眼光去对这些人物做出简单的评判，坦率地呈现他们的自私、自大、卑鄙、小气、唠叨、贪财，作者祛除了文明社会所限定的善恶观与价值观，细致地展现这些边缘人物不为人知的爱欲、伤痛、智慧，让这些躲在阴影处的人群鲜活了起来，他们"以自身的样态打开并平等地陈列在一起"[1]，展现了人之为人的复杂性与丰富性，以及顽强的生命力与活力。青筒嫂在做色情电话服务的时候却重新燃起爱欲与对男性的信任，也在父亲死去后体悟到自己对于父亲的深情。芋头婆本以为自己的下场就是孤贫贱，因为情感的空缺和寂寞而极度渴望一个孩子，结果天公伯送给她一个番薯孙，圆了她的母爱梦。老妓女春妹子虽然年老色衰还在从事性行业，却毫无可悲之状，职业化的风骚与热情之下，反而有着自尊独立的情感追求。被包养时心存感恩之心，被扫地出门时也淡然处之，在发现自己对友忠伯动了真心的时候，不愿意伤害友忠伯，就及时抽身重操旧业。小说刻画春妹子职业化所带来的细致、和气、温柔、坦然，这种饱经沧桑之后的包容，与风骚、逢迎、无奈、辛酸等情态相结合，塑造了衰败、庸俗却又有情有义的乡土情怀。羊头的爸爸是个可怕的疯子，但他的内心也有着强烈的痛苦与内疚。地狱中的魑魅魍魉宁可在地狱中受尽折磨，因为只有苦难方能体验到爱与存在。古老的乡土就是这样在生与死、爱与欲当中生生不息地轮转，永不泯灭对于善与爱的渴望。而当人们卸下文明、理性所建立的偏见、歧视、误解，平等地注视与倾听这些残缺者、失能者与被遗弃者，这些细微的声音就能够打破现代化社会以理性精神所树立起来的单一性屏障，而实现人的自由、平等的解放，正如小说中所指认的，流浪者是城市的失败者，但也是山林的野兽与神农。正如作者所说："望向他人，其实指涉自己，指涉他人，其实望向自己。所有的关系网络竟然能够在被孤立的状态之中，悄然开展，连接一个更巨大、更古老、更具有典范甚至布满污点的世界。"[2]

小说也试图回到历史去探索迁徙与家族、个体的关系，《番茄街游击战》中的迁徙家族，都背负着民族的苦难与个体的悲剧，祖辈因为大陆的战争而背井离乡，父辈被资本所裹挟身不由己，少年们在身份的迷失中苦苦挣扎与追寻。迁徙象征

---

[1]　瞿业军:《退后，远一点，再远一点！——从沈从文的天眼到侯孝贤的长镜头》,《文学评论》,2020年第2期。

[2]　朱国珍VS连明伟（四之四）:《房事》,《联合报》,2016年12月16日,https://paper.udn.com/udnpaper/PIC0004/307327/web/。

着整个民族颠沛流离的历史，虽然每个世代都面临着不同的时代情境，但是迁徙通过血脉洞穿了每个个体的命运与感受，是形塑他们的生命经验和感觉结构的重要外在结构，是将不同族群、阶级、世代与性别的群体相联系的重要脉络，他们在迁徙中失去故土、家庭与身份，并且与不同族群、阶级与性别的他者相融合。与早期台湾小说当中的迁徙书写不同的是，小说并不完全局限在迁徙所带来的身份问题，而是敏锐地把握住驱动迁徙背后的意识形态逻辑。《情人们》中开篇写奶奶的家族迁徙史："奶奶说过，喜欢樱花的日本人发动卢沟桥事变之后，紧接爆发了太平洋战争，所有的中国人都忙着逃难，曾祖父决定往南，不知从哪搞来黄金，贿赂厨房，跑上军舰假装帮手。军舰可以运送几百架飞机，两侧机翼都载着好几颗椰子形状的金刚弹头，准备轰炸小鼻子小眼睛的日本鬼子。一艘载着几百几千个白皮肤、金头发的洋鬼子特大号军舰，不知不觉间，正运载着我家族的命运。当时，辉煌的远景正在眼前展开，曾祖父搭上一艘勇猛的美国军舰，即使是神风特工队也无法击毁。人高马大的美国人拥有非常大的土地，控制全世界的经济，曾经养过黑人奴隶，甚至统治过番仔岛。不管怎样，我们都应该是美国籍，拥有光明未来，说一口没有奇特口音的完美英文，动不动就能攻打伊拉克。日本投降之后，紧接着爆发国共内战，外曾祖父一家人受不了，同样决定搭船往南，打算偷溜到美国改头换面，当假洋鬼子。不过，历史的发展始终出乎意料，如同一则笑不出来的笑话。我的家族并没有成功抵达整天吃汉堡、咬薯条、喝可乐的美利坚合众国，没有办法甩鞭子当牛仔，也没有办法在唐人街中闯出响当当的名号，载着我们家族命运的船与军舰没有开回美国，而是来到番仔岛……于是，我只能在电视的旅游节目上看自由女神举着火把，看恐怖分子攻击世贸大楼，看一堆好莱坞灾难电影一次又一次毁灭世界。"[1]

这段跌宕起伏的家族史演义，虽然是在描绘菲律宾华人的迁徙史，但却狠狠地嘲讽了弥漫于台湾历史的美国梦，爷爷想依赖美国这个大靠山来打败日本，成为上层美国人，摆脱华人的身份当假洋鬼子，享受美国的经济发展成就和光明未来，却被卷入冷战的战略格局，被美国的军舰载往第三世界的菲律宾，只能在这个边陲第三世界充当有钱的上等人。但是即便他们去不了美国，却依然幻想着在第三世界扮演着美国的形象——文明、现代化、文化霸权。这段迁徙史隐喻了战后台湾在冷战格局下，依附于美国经济政治的状态，成为美国人这条精神脉络一直或隐或现地隐藏于台湾社会，叙述者试图解构台湾历史叙述中长期塑造的悲情形象与悲情意识，其中想去美国却来到菲律宾的阴差阳错，非常辛辣地点出了长

---

[1] 连明伟：《番茄街游击战》，新北：印刻文学生活杂志出版有限公司，2015年，第270—271页。

期以来以美国为首的冷战体系对于台湾乃至东亚的影响，这种影响并不仅仅造成了两岸的分断和许多国家政局的动荡，而且是深刻地烙印在人的自我认知和行为取向上，甚至因此决定了一个家族的命运，造就了喝着可乐、吃着汉堡、看着美国电影、完全接受美式个人主义、自由主义价值观成长起来的青年一代。在连明伟看来，因为内战而迁徙的华人，试图登上美国这艘大船，跻身为第一世界的盟友的算计，并没有改变台湾的命运，他们对于以美国为代表的西方文明和成为美国人的渴望，这种身份认同的问题，普遍地根植于东亚地区，在台湾这个更为"文明化 / 西化"的地区尚被遮遮掩掩，却在菲律宾这种更为贫穷且同样深受冷战之害的地区被堂而皇之地接受为普遍的价值观和历史逻辑。

第三节　原乡想象

连明伟的异域背后始终隐藏着故乡的暗影："原乡不管如何再远，其实都近在眼前，妄言远方，不过只是近处复现。总有那么一天，遁走者，都会再次被原乡的神灵幽魂，以其陌生却又熟悉的母语，恳切邀请回来。"[1] 直至 2016 年的《青蚨子》，他以家乡宜兰为蓝本，虚构了一个乡土世界——有余村，故乡才从他的生命史中浮现出来，形成一个具有强烈象征意义与文化意义的空间。作者"以想象创造极限，以虚构解放真实，以颠覆力图反抗"[2]，创造了一个深深扎根于中华民族传统文化伦理，又以强烈的隐喻、虚构扩充乡土的现实边界，以想象再现乡土历史的苦难，并试图超越台湾历史上二元对立的叙事，开拓一个更为多元、包容的乡土空间。小说通过主人公金生的日常生活与地府冒险，串联起乡土过去、现在与未来的生命史，试图回溯记忆、逆转死亡、书写历史，并将乡土编织成一个既古老又魔幻的神人鬼世界。

小说开篇就是在墓地举行的长跑比赛，少年金生获得第一名，奖品居然是一个骨灰坛，死亡以一个诙谐的场景置入村民的日常生活，使乡土的记忆与场景融入死亡的阴影。四季相交、阴阳相屠、衰老离散，皆是死亡的变奏，乃至于鬼影憧憧，番薯岛几乎成为一个鬼岛，小说中母亲由生走向死的反复书写，将死亡的暴烈推向了极致，节气由初春走向酷暑，心境由慵懒平和走向焦虑恐慌，金生一遍遍地经历母亲的恐怖死亡，却不肯放开母亲的手，他不断地延宕死亡的逼近，最终还是在暴烈的太阳下，一切归于尘土。小说展现了死亡阴影下的生命极致状

---

[1]　连明伟：《掠童乩，跳过火》，《联合报》，2020 年 2 月 16 日，https://scrapbase.blogspot.com/2020/02/5_16.html。

[2]　连明伟：《青蚨子》，新北：印刻文学生活杂志出版有限公司，2016 年，第 610 页。

态，一草一木都是自然欲望的吞吐，地震是土地欲望的释放，墙壁的青苔是时间孕育的欲望之花，老年人的情欲犹如生命力的勃发汪洋恣意，欲望不断地消解、延缓时间的节奏，将时间不断地分解成细碎的感受，并喷发出强大的生命力。欲望的恣意弥漫，创造出一种酒神的状态，折射了台湾青年对于社会衰退的焦虑，现实的重压，使青年困守在低欲望当中，而小说借助欲望的挥洒，从衰颓的低欲望困境中突围，确立了乡土与自我的主体性。

小说以乡土物产、地理、节气建构了博大而无法穷尽的天地之度与四时之序，重建人对于原始自然山川的敬畏感。人被乡土自然滋养，孕育了山川河海一般沉寂悠长的自然观与人生观，又如万物精灵一般野性不驯，人与万物一同感受着节气的流转与自然的严酷，在土地上荣枯、挣扎，顽强地对抗贫困、疾病、背叛、离散，用爱之欲望点燃平凡的生命历程，用淡然与豁达直面死亡的威逼。这片土地既有残暴的历史，也有自然的润泽守护；既有离乡背井者，也有乐天知命者；即使鳏寡孤独者，也始终能在幽微平凡的人性中感受到爱的温暖；乡土代表着死亡的极限与终点，不可逆转的衰败中又孕育着新生。融汇了古老与现代、庄严与猥亵、纯真与色情，乡土在此之间永恒地摆荡，使乡土充满了丰富的意义。

乡土是对现代文明的反叛，乡土宛如现代化社会失落的传统中国的文化原乡，在有余村，儒释道佛的精神思想与日常生活相融合，讲究长幼有序、万物有灵，遵守天地之间生生不息的自然准则，谨守人与自然之间的距离，不涸泽而渔、不予取予求。人与人之间秉持着扶弱济贫、侠气仁义的古道热肠，邻里之间礼尚往来、互通有无，村里"种植野果方便贫穷者、缺钱者、饥肠辘辘者、挨饿受冻者自行采摘……果熟了，村人看见便顺手摘下品尝一番，极其自然，采摘者不会被冠上小偷等恶名"[1]。村人相信因果报应，遵循人在做天在看的天人关系，故而举善惩恶、民风淳朴。"不逾矩，不放肆，不张狂，相信举头三尺有神明，离地三寸成鬼魂"，[2]遵循着经世济民、齐家治国平天下的儒家思想，延续着敬天地祀鬼神的天人关系。

在这样的文化统摄之下，小说中的村民对于自然、生死都有着超越性的感受，有余村人非常敬仰天地万物，认为自然万物都是无情天地养育的有情之物。种金枣的直木伯在种植金枣的过程中悟出了"儒家所称的齐家、治国、平天下"[3]的哲理："这世界应该多向金枣树学习，枝叶侠气，果肉充满仁义道德，从发芽、苗壮、结果到腐烂都井然有序，体现经世济民大道理，彻彻底底是从心所欲而不逾矩

[1]　连明伟:《青蚨子》，新北：印刻文学生活杂志出版有限公司，2016年，第85页。

[2]　连明伟:《青蚨子》，新北：印刻文学生活杂志出版有限公司，2016年，第24页。

[3]　连明伟:《青蚨子》，新北：印刻文学生活杂志出版有限公司，2016年，第87页。

啊。"^[1]猎人平贵野性十足，在危险的山林中来去自如，能与村人恐惧的雾气与瘴气沟通，捕猎猛兽，脚踏泥土，不受文明社会的约束，宛如一个拥有兽灵的山之子，只有在山上才能获得天性与自由的释放。渔夫旺伯虽然粗俗、没水平、爱开黄腔，却"知道面对大海，得适度，得进退，不得横征暴敛"^[2]。渔获丰收季，旺伯督促渔会启动平准基金，推动休渔，阻止无节制的滥捕。荷香阿嬷面对死亡的坦然与平静，是乐天知命的生命哲学的美学再现。

乡土是具有神性的，百年老树是土地公土地婆的化身，瘴气是爱捉弄人的淘气鬼，地震是天公伯吃番薯放了一个屁，乃至于雷公、电母、龙王等前现代的自然想象在小说中纷至沓来，相对于现代化社会人与土地、传统的疏离，小说中的乡土以文化的、哲学的、感官的、世俗的形态与人的生命、生活紧密地结合在一起，并形塑着人朴素的诗意与生命体验。"村人对于天地万物，存有无法言说的感激，说不清彼此之间到底如何联系，却又时刻挂念，以直觉性、想象性，或延续性的概念诠释未知。"^[3]"有余村人始终透过超越物体形象的惊讶、震撼与惊悚，满足对于未知的探求，展现变形，以此证明自我近乎浅薄的存在。"^[4]

但一旦这种想象力被日常生活所占据，那么神性就会消失。平贵结婚之后，为了照顾妻子和家庭，操持起养鸡、买卖等事务，山林远去，兽灵不再，平贵再次上山被困在瘴气中不辨方向，曾经的山之子在山中迷了路，平贵终于褪去神性成为一个普通人。"当村人试图以有限的科学解释、概括、揣测所有可以被理解之外的神秘"^[5]，人就会失去自然所赋予人的灵性。"村人便不再跣足踏地，不再兽皮暖身，不再饮用溪涧泉水，不再林木筑巢，被教导以科技文明为护身符，一步一步质变祈天祷地的童者之身、巫者之术与灵者之体。虽是千里眼族裔，却只能眼视数尺；虽是顺风耳子嗣，却只能耳听声音。"^[6]人只有恢复对于神秘自然的想象与敬畏，才能重新恢复感知天地的能力。

作者以浪漫化的意象展现乡土与人之间的紧密的联系，青年人出海成为船员之时，会将盲肠割下，种在土地上幻化成小卷竹林，从此自己身体的一部分就永远地留在故土上；食牙兽专门吃儿童替换下来的乳牙，童稚的柔软与简单，被食牙兽所吞噬，成长在迎来疼痛的同时也要面对生活的坚硬与自我的割裂；人头瓜阴森恐怖，似祖先之灵魂化身，又似守护族群的那一团绵延不灭的精神幻化；在

---

[1]　连明伟：《青蚨子》，新北：印刻文学生活杂志出版有限公司，2016 年，第 89 页。

[2]　连明伟：《青蚨子》，新北：印刻文学生活杂志出版有限公司，2016 年，第 128 页。

[3]　连明伟：《青蚨子》，新北：印刻文学生活杂志出版有限公司，2016 年，第 45 页。

[4]　连明伟：《青蚨子》，新北：印刻文学生活杂志出版有限公司，2016 年，第 46 页。

[5]　连明伟：《青蚨子》，新北：印刻文学生活杂志出版有限公司，2016 年，第 606 页。

[6]　连明伟：《青蚨子》，新北：印刻文学生活杂志出版有限公司，2016 年，第 606—607 页。

外漂泊的游子因为远离故土，异化成为鲛人。魑魅魍魉，既是隐喻，也是答案。离乡者、已逝者、蜕变者，都以某种超自然的形式存在于乡土之上。

人们既受困于自身的欲望与局限，同时又因为与乡土的连接而具有了超越性的力量，乡土连接了生与死、真实与虚构、传统与现代、天地与人类、家族与个体、过去与现在、游子与根脉。故乡包含了天地的无情与有情，故乡是成长之地、失落之地、欲望之地。作者通过一次次的回望故乡，仿佛将时间倒回，召唤逝去之情爱，故乡不是一个物质空间，而是缀满了成长、衰老的伤痛、孤独、自毁、欲望。

小说依然采取成长小说的形式，但乡土视野的介入，使个体的成长有了不同的变化。《番茄街游击战》中愤怒迷惘的少年与成年人的冷漠、自私、世故形成强烈的对立，但他们一旦成长，就会被成年世界的规则所吸纳，因此，成长在小说中是具有原罪的，意味着主体被逐出精神的伊甸园，成长在小说中不具有任何能动性，成长反而让主体远离"家园"。但是在《青蚨子》当中，少年金生的成长却充满了积极的意义，是推动故事行进的一个重要因素，象征着故乡的发现、身份的确立与主体的蜕变。金生是一个无父无母的孤儿，终日无所事事地浪荡。一次他闯入地府，带走生死簿，引起阳间阴间生死大乱。他在地府中做鬼差，引导鬼魂投胎，鬼魂投胎之前的真诚忏悔，成了金生阅尽人生百态，品尝爱恨情仇、理解人间苦难的情感和历史启蒙。在逃避七爷八爷追杀的过程中，他回溯幽暗恐怖的河流，犹如回溯台湾充满苦难与纷争的历史，并最终跨越了死亡的极限，见到母亲的灵魂。母亲是生命的本源，也象征着饱受创伤的乡土，寻找母亲的过程也是在寻找故乡、回归故乡的过程。连明伟曾说："母亲是个容体，用以填充的，是这个故乡。"[1] 金生的地府历险，唤醒了被遮蔽的幽暗历史，救赎了辗转于苦痛的鬼魂，追寻生命的使命与意义，金生对自我、他者、历史的认识都有了重要的发展，对生命有了更深刻的体悟，让他从一个懵懂虚无孤独的少年，成长为一个热忱关怀的少年。这同样也是一个对现代化去魅的过程，现代化造成人与人之间的隔离、对立、斗争。小说中，现代化科技可以培育出无土之树，不需要土壤在玻璃培养皿中只需要营养针就可以迅速成长，但"享受空调恒温不受风雨侵扰的科幻异树"[2] 终究会自爆毁灭，只有扎根于土地的树或人才能茁壮成长。

小说也体现了对于台湾长期意识形态分裂下的状态的批判，人与人之间因为立场问题而互相仇恨，新自由主义经济在鼓吹个人主义的同时，将个人的成败、

---

[1]　蔡雨辰：《上下天地搬神弄鬼，让逝者在故事里继续存活——连明伟〈青蚨子〉》，2017年1月13日，okapi.books.com.tw。

[2]　连明伟：《青蚨子》，新北：印刻文学生活杂志出版有限公司，2016年，第610页。

发展全都归结为个人的问题，社会为了追逐财富，只论成败，丧失了伦理道德底线，贿选和贪污都不再可耻，自私自利、冷漠、道德沦丧的社会现象让青年们灰心丧气，因此连明伟在乡土中创造了一个爱的世界，亲人之爱浓烈，可以超越生与死，友人之爱清新，可以互相扶持，爱可以弥合差异，也可以救赎人心。荷香阿嬷的菲佣和媳妇虽然不是亲生女儿，却悉心照料她，耐心地陪伴她走完人生的最后旅程，临终时荷香阿嬷将自己准备送给女儿的两副手镯分别送给了媳妇和菲佣，而两位女性也在协同陪伴中，跨越了种族的差异和隔阂，建立了理解和信任。羊头的爸爸因为出轨杀了妻子，却因为发现妻子的爱而悔恨万分，终至癫狂。金生不断召唤死去母亲的灵魂，试图将时间倒回，并且闯入地府，割肉还母。

对于爱的大量铺写与渲染，体现了台湾青年对于长期政治对立与仇恨教育的反抗与批判以及对于人道主义的呼唤。地狱里日本军人的鬼魂整日怀念日本统治时期，上演轰炸台湾的场景。日据时期被派到东南亚的台湾军伕清发，因为日本的军国主义洗脑而发狂杀人。两个代表不同国族、阶级的鬼魂在地狱里因为互相的理解化解了对立和仇恨，清发最终用爱与尊重感化了军官。日本军官发现自己对台湾的眷恋而无法离开，作者试图用爱重新化解这些历史的纠葛，体现了他的历史视野与终极关怀。

第四节　结论

在异域与乡土之间穿梭，连明伟的创作打开了台湾文学的异域天地。长期以来，台湾文学的书写空间主要集中于乡村与城市，但书写域外，尤其是东南亚地区的文学还是太少。连明伟基于自己的迁徙经验所创作的小说，一方面展现了 80 后台湾青年新的生活方式，折射出台湾目前所面临的现实问题以及台湾青年的焦虑。另一方面，连明伟的异域书写也反映了他对于本土的关怀与思考。异域中的性别、国族、阶级、身份认同等问题，都关系着当代台湾青年的切身感受，连明伟以异域书写本土，不仅拓展了台湾本土文学的空间，也展现了 80 后青年试图突破现有的意识形态话语与文化体制的局限，寻求更为多元的论述空间。

连明伟的小说《青蚨子》对乡土的书写丰富了台湾乡土文学的新景观，小说涵盖了乡土的文化、历史、传统、自然、人文，对台湾的过去、现在、未来都有一个整体性的关照，作者以魔幻与写实共同交织的方法去建构乡土世界，在思想、美学、方法上都对现有的乡土文学传统有一个突破与创新。本土不再只是封闭、衰败、前现代的乡村与小镇，它既有着田园牧歌式的传统儒家价值观，同时也投射了人生来的种种欲望、罪恶、堕落，连明伟的乡土不是现代化的阴暗角落，也没有仅仅局限于探索身份认同，而是一个丰富、多元、开放的贯通传统与现代、未来的世界。

连明伟开创了独特的美学风格，中国古典辞赋对他的美学滋养形塑了他小说当中对于人与景独特的美学感受与叙述风格，象征着乡土悠久的文化传承，同时俚俗语言的混杂，又形成了乡土生动活泼的民俗空间，两种美学风格的交织，形绘了小说多声部、多层次、雅俗共构的风格形态，使乡土这一空间充满了张力与丰富性。

第八章　回归传统、历史意识与现实关怀
——林秀赫小说创作论

　　林秀赫，原名许舜杰，1982 年生，台湾师范大学博士，现任教于台南大学，研究当代文学与流行文化。短篇小说曾入围郁达夫小说奖、时报文学奖，并获联合报文学奖、林荣三文学奖、台北文学奖等。小说曾发表于《联合文学》《上海文学》《小说月报》等文学刊物。2013 年，以中篇小说《老人革命》获得联合文学小说新人奖中篇小说首奖，刊登于《联合文学》杂志第 349 期。2014 年以长篇小说《五柳待访录》获得全球华文文学星云奖历史小说奖。2015 年出版的长篇小说《婴儿整形》获第 47 届吴浊流文学奖长篇小说首奖。2019 年出版短篇小说集《傻：恐怖成语故事》和短篇小说集《深度安静》，引发社会关注，短篇小说《冰箱》一文被改编成电影，形成跨界效应。

　　林秀赫的小说取材丰富，擅长发掘深刻的社会问题——人体整形的伦理拷问、老龄化社会的世代矛盾、青年世代的失根与逃离、媒体的娱乐化与消费化、人工智能对人的异化等，细腻而深广地捕捉到全球化、现代化、都市化进程中所产生的新的个体经验和社会关系。在晚期资本主义社会中，个体不仅仅面对着传统的文化与记忆的断裂，还被迫置身于分歧和争端之中。面对时代的洪流，个体不得不采取逃离与隐逸的姿态来抵抗进一步的裂解。林秀赫承袭中国古典小说的美学形式，一方面书写出现代化社会荒诞、物化、空虚的恐怖景象，另一方面从中国传统文化与历史中汲取价值内涵与精神资源，突破西方资本主义文化与岛屿空间的局限，向民族历史根基与精神肌理中寻找现代化社会早已失落的精神家园与文化归属，探索构建理想社会的道路。

第一节　继承与创新——中华文化传统的回归

　　林秀赫创作中对于中华传统文化的自觉继承，象征着 21 世纪中华传统文化在台湾新世代中的复兴。他的《五柳待访录》继承了中国历史小说的书写传统，全书以陶渊明的生命历程为时间轴序，从三十七岁隐居，直到逝世及其后话。小说

以陶渊明的诗歌为纲，以大量史实的考据铺陈，并大胆根据陶渊明的诗句进行再创作，想象陶渊明的隐居生涯。小说通过陶渊明在不同历史时期与不同阶层、背景的人的交往，回归了中国的诗歌、传奇、士大夫、游侠、儒家、佛学传统，徐徐展开东晋末期的社会历史画卷。作者在小说和历史之间捭阖出入，既描写了社会动荡、战乱频发、灾难频仍、民不聊生、宗教林立的苦难，也描绘了人情世态、应酬唱和、政情习俗的社会风貌，抒发了抚剑行游、道济天下、归隐田园、锄强扶弱的儒家精神和民间道义，还原了一个丰富、优美、淳朴、浪漫的古典中国的文化世界。

　　小说名为陶渊明别传，表明了历史的态度，同时又有了传奇的意味，与文学史上已有的陶渊明传记不同。小说中的陶渊明不再只是一个饮酒采菊、悠然自得的士大夫形象，身处乱世，他兼具了隐士与侠士的身份，既接续了传统儒家的士大夫精神，又具有江湖游侠的侠气与刚猛。小说中的陶渊明是刘裕麾下足智多谋、决胜战局的谋士；是为了保护百姓，单枪匹马与刘统挑战的勇士；也是与刺客杨笙分庭抗礼的侠士。小说中月夜杨笙拜访陶渊明，出场就是一阵刀光剑影的武功比试。"杨笙终于转身，移动步伐的瞬间，怀中短刀弹出，和杨笙的脚一同跨越陶家的门槛。陶渊明一向谨慎，在此生死交关的时刻，偏了头，闪过直直射向自己的短刀。怎知杨笙还不收手，他抽出腰际的长剑朝陶渊明杀来。陶渊明狼狈拿起身旁的农具阻挡，锄头的木柄被削成两半，竹篓也被刺烂了。面无表情的杨笙持续出手，招招致命。陶渊明不良于行，只能把握对方每一次近身攻击的时候，设法夺取刀剑。"[1] 这一段描写，将陶渊明诗歌中抚剑行游的侠士，与武侠小说的传奇叙事相结合，江湖的风雨打破隐逸的宁静扑面而来，陶渊明的游侠形象跃然纸上。杨笙欲仿荆轲刺杀刘裕，向陶渊明索求名剑，陶渊明却不支持他的行动。两个曾经的战友已然分道扬镳，"他只觉得世间恶寒，抬起剑仿佛想照亮什么，却见陶渊明只是拿剑鞘拨拨炭火，对手上的剑俨然不够尊重"[2]。相对于杨笙对于个人功名的汲汲营营，陶渊明的无为也意味着对于江湖争斗的远离，对于家国、情义、生死、功名等问题的透彻，无为是为了更大的和平和安宁。正如黄锦树指出的，武侠是"近代中国人遁入想象世界的想象共同体的主要形式之一"[3]。小说通过陶渊明归隐田园的侠士形象的塑造，回归了中国精神史脉络。

　　小说的历史想象围绕着传统中国最为重要的两个层面——士族阶层和民间社

[1]　林秀赫:《五柳待访录》，台北：联合文学出版社股份有限公司，2017 年，第 122 页。

[2]　林秀赫:《五柳待访录》，台北：联合文学出版社股份有限公司，2017 年，第 133 页。

[3]　黄锦树:《否想金庸——文化现代的雅俗、时间与地理》，jingyong.ylib.com/research/thesis/6-31.htm。

会展开，一方面重现古典文学的雅致神韵，小说文字典雅，风格隽永，打破了现代白话小说的叙事范式，遥接文言文的叙事传统，整部小说犹如陶渊明的诗歌，朴实无华又气质超然，诗意地再现了历史中的人物。同时又向中国本位的小说艺术形式回归，游侠杨笙的出场化用了魏晋时期志怪小说的叙事手法。先是白狗的连日出现，引发了农人的焦虑，预示着奇闻逸事即将发生，后用白狗与杨笙的情谊，象征杨笙舍身取义的牵绊与不舍，延续了志怪小说的神怪色彩与人情味。另一方面构建了一个具有高度中国传统的文化氛围。小说细腻地描绘了东晋时期的习俗、名物、民风、政情、世态、地理、辞章、典故知识，再现了一个诗、书、礼、乐、儒、释、道、佛的文化中国，寄托了中国性的文化想象与历史记忆。如陶渊明大寿时，与一群好友进行曲水流觞的游戏，生动再现了当时知识分子的交际酬唱。刘裕拜访陶渊明时煊赫的车马坐乘的描绘，宛如历史场景的再现。杨笙依据《礼记·内则》料理食物展现了古典的饮食文化。陶渊明与东林寺慧远和尚的交往，是对儒家思想的阐释。正如杨照所说，"线性发展的情节在重要性上逐渐淡出，取而代之真正的主角是故事所发生的社会环境"[1]。从这一意义上说，林秀赫的这部小说也是一部"历史民族志"。

　　林秀赫的短篇小说集《傻：恐怖成语故事》同样也指向文化的回归。小说继承了中国志怪小说的传统，可以看作现代恐怖版的《聊斋志异》。小说以 100 则成语拼贴而成 100 则故事，汇聚了各类惊悚、怪异、奇诡的短篇或极短篇，故事的长度错落不一，最长可达数万字，最短仅有一行。按作者本人的说法，《傻：恐怖成语故事》这个标题突出了"短暂，虚幻，无常之意，象征人类永恒的迷惘"[2]。可以说，整部小说集都是一场接一场的梦境演绎："梦"的真假难辨与跳脱失序创造出充满鬼怪奇幻的扭曲世界，"恶"的血腥变态与骇人恐怖直面最黑暗的人性。小说的每一篇章都是对列为标题的那些成语的重新书写，体现出对于文学传统的解构式与创造式的回应。如《蕉叶覆鹿》一章，来自《列子》的一个故事。故事中，樵夫偶然打到一只鹿，用蕉叶覆盖，回家却以为梦一场。路人听到了他的话，拿走了鹿，不甘心的樵人通过做梦找到了取走鹿的路人，两人闹上衙门，法官也分不清梦境和真实，只得判两人各分一半的鹿。故事与庄周梦蝶一样，阐发虚实难辨、人生如幻的感慨。而林秀赫的小说借用这个故事所蕴含的真实与虚幻的纠缠，叙述城市里发生的一桩离奇凶杀案。女孩被杀死，尸体却被一群萤火虫覆盖带走消失。知名小说家鹿斌在被委托追查这个案件的过程中，进入女孩的噩梦，心甘

---

[1]　杨照：《历史小说与历史民族志：高阳作品中的传承与创新》，《高阳小说研究》，台北：联合文学出版社，1993 年，第 141 页。

[2]　林秀赫：《傻：恐怖成语故事》，台北：联合文学出版社股份有限公司，2019 年，第 317 页。

情愿地替她献祭，最终通过女孩父亲的控诉，我们才得知真正的魔鬼是鹿斌。整个故事荒诞不经，融合了科幻、童话、悬疑、犯罪等元素，但现代化的形式下面包裹着传统小说的内核，谁是真正的凶手，谁是真正的受害者？那个牵动所有欲望、进入潜意识梦境的女孩，就是蕉叶下的鹿，映照出人性的贪婪与丑恶。而虚实相扣的叙述模式，使小说具有了梦境一般的诗意与多重内涵。小说的叙事方式深受中国古体小说的影响，呈现随意取材、结构失衡的倾向，以最原始的叙事方式再现梦境。"叙述'粗陈梗概'，篇幅大多简短或不完整，缺乏外在景物与内心活动的描写，对话尤其精简，有时一两句话就是一则故事，有时又庞杂不知所云，唯有不断推进情节，如同梦境以一个镜头不断带你往前观看。追求'奇'的审美品位，荒诞脱离常轨。"[1]

在鲁迅看来，志怪小说、唐人传奇等都具有"搜奇记逸"[2]的基因："传奇者流，源盖出于志怪，然施之藻绘，扩其波澜，故所成就乃特异，其间虽抑或托讽喻以纾牢愁，谈祸福以寓惩劝，而大归则究在文采与意想，与昔之传鬼神明因果而外无他意者，甚异其趣。"[3]林秀赫小说的写作风格糅合恐怖奇幻、悬疑推理、黑色幽默、心理惊悚等各种元素，继承了解梦书《汲冢琐语》开创的"魏晋志怪、唐传奇、宋元明以来的笔记小说，以及清代文言小说双璧《聊斋志异》与《阅微草堂笔记》一脉相承的……反抒情的、中国乃至于东亚特有的'恐怖写实主义'传统"[4]。《后生可畏》里中年男子从口袋里不断循环地拉出一群少男少女，让他们在麦当劳聚会、离开。《皇帝之丘》里丈夫和妻子分别在自己的世界里死去并相遇，各自在自己的世界承担失去爱人的伤痛和重见对方的震撼。整个情节不断地循环，犹如六朝志怪小说《阳羡鹅笼之记》，每个人口中都能吐出一个秘密的世界，塑造出现代化都市与古典志怪文化相融合的奇幻景观。

林秀赫自述："古体小说从形式到内容，几乎具备梦的所有特点。因为无意建构，随意取材，有什么写什么，不可以表现自我，难以掌握作者的意图，各方面都展现不受控制的想象力，反而更接近潜意识与梦境。小说最末的评论，又仿佛梦醒之后的省思。这种被认为最原始、最不成熟的小说，无论何时阅读，都让我

---

[1]　林秀赫:《傻:恐怖成语故事》,台北:联合文学出版社股份有限公司,2019年,第316—317页。

[2]　鲁迅:《中国小说史略》,《鲁迅全集》第9卷,北京:人民文学出版社,2005年,第73页。

[3]　鲁迅:《中国小说史略》,《鲁迅全集》第9卷,北京:人民文学出版社,2005年,第73—74页。

[4]　林秀赫:《傻:恐怖成语故事》,台北:联合文学出版社股份有限公司,2019年,第317—318页。

觉得新奇,也觉得恐怖。"[1] 可见林秀赫的创作始终具有中国传统文学的自觉,通过中国古典小说的美学形式、内容,寄寓他对于现代都市、家庭、情感、未来的感受与想象,以古体小说里平淡、随意的叙述样态,书写暴力、死亡、血腥,揭露让人不寒而栗的命运、制度、人性,对当下台湾社会有着强烈的批判,同时也探索中国传统小说的新天地。

第二节　传统与现代性——历史意识与现实关怀

艾略特对于传统与个人的关系有过精彩的论述,传统"含有历史的意识……历史的意识又含有一种领悟,不但要理解过去的过去性,还要理解过去的现存性,历史的意识不但使人写作时有他自己那一代的背景,而且还要感到从荷马以来欧洲整个的文学及其本国整个的文学有一个同时的存在,组成一个同时的局面。整个历史的意识是对于永久的意识,也是对于暂时的意识,也是对于永久和暂时结合起来的意识。就是这个意识使一个作家成为传统性的。同时也就是这个意识使一个作家最敏锐地意识到自己在时间中的地位,自己和当代的关系"[2]。林秀赫的小说同样也呈现出强烈的历史意识和现实关怀。《五柳待访录》对于陶渊明的书写,不仅仅是对于历史的追溯,还有精神的承续和呼应。小说对于东晋末年动荡与危机的描绘,以及对陶渊明困顿、贫苦、挫折的一生的刻画,影射近代中国历史的变动与危机,反映了普通人在历史巨轮之下的命运。柴桑作为陶渊明的故乡与归隐地,是中国传统乡土社会的缩影,其中孕育的淳朴自然、与世无争、互助友爱的乡土文化与伦理关系,是构筑中华文化共同体最坚实的历史根基与精神肌理,也是现代化社会早已失落的精神家园。这一优美恬静的世外桃源几经战火、灾难焚毁又安然重建的历程,象征着中国文化传统历经战争、侵略、分断的历史波折,始终能够战胜分歧,凝聚着中华民族的文化认同。小说中的桃花源不再是一个没有时间性、历史性的神秘乌托邦,而是柴桑这一具体时空之下作为文化想象共同体的乡土民俗社会。作者故意引入木溪村与江溪村两村村民因为不同的捕鱼习惯陷入纷争,以及武陵地区的军阀拥兵自重、争权夺利,造成战乱频仍,与柴桑的平静祥和形成强烈对比,体现了作者对于时代的焦虑与关切。

台湾地区在历史上始终处于矛盾、冲突、分裂、纷争之中,从日据、冷战、

---

[1]　林秀赫:《傻:恐怖成语故事》,台北:联合文学出版社股份有限公司,2019 年,第 316—317 页。

[2]　【英】托·斯·艾略特著,卞之琳、李赋宁等译:《传统与个人才能:艾略特文集·论文》,上海:上海译文出版社,2012 年,第 2—3 页。

两岸隔绝的政治意识形态冲突，到族群、语言、阶级、性别、认同、世代的分歧，意识形态的对立在时间与空间上贯穿了世俗生活的每一个领域，塑造了每一个个体的历史经验。《老人革命》中五位不同职业、经历、省籍、阶层的普通老人，分别代表着台湾的日据、光复、美援、冷战的历史伤痕和时代经验所带来的种种偏见与冲突：外省老兵老赵经历了内战的撕裂，"解严"后又面临着族群矛盾；黄金次依靠英语进入象牙塔成为知识精英，却远离了原乡和普罗大众；秋良是台湾底层的流氓；宝村依靠美援吹来的西风，做面包发家，却在全球化时代失去了自己的位置。作者以普通老人的群像，纵深地展现台湾社会历史的多元复杂面貌，并通过他们跨越藩篱的友谊，以历史性的视野探索融合社会分歧和偏见的道路。

　　《五柳待访录》中的拜访者，从不同的角度质疑着陶渊明隐逸的意义，以名、利诱之、以人身安全威逼之，陶渊明自己也经历了诸多务农失败、饥荒行乞的磨难。这些都呼应了当代台湾的现实问题以及现代青年的困境——身处这个高度消费化的物质主义社会，面对时代的巨变、阶层的固化、经济的贫困、文化的断裂、理想的丧失、个体与集体的矛盾冲突时，应该如何坚持理想、安放自我？是按照主流价值观随波逐流，追逐个人利益最大化，还是坚持理想，以个人微薄的力量去改造世界？显然，传统中国历史中的陶渊明，提供了青年作家寻找安身立命、改造世界、化解争端、建构理想社会的思想资源。小说从陶渊明的思想中汲取达观知命、淡泊名利、安贫乐道、顺应天地自然的哲学观与价值观，传达出人与自然、人与人之间理想的社会图景。陶渊明的田园躬耕，既是对于统治阶级和精英阶层的反叛和批判，也是对于社会理想的躬身实践。"陶渊明每天必须劳动，才能勉强维持眼前的幸福，这些安稳、恬淡、欢笑和静谧，都不是天生得来的。陶渊明过的是一种让自己俯仰于天地之间，不怍不愧的生活。"[1] 陶渊明与颜延之的辩论，体现了作者对于理想与实践关系的理解。陶渊明主张："以机巧的方式领悟道理，终究是无法胜过用实践的方式去体悟的人。"[2] 颜延之则认为："彻底的道德实践，又谈何容易。"[3] 小说中陶渊明拒绝权势滔天的刘裕出仕的邀请："渊明既不想役使他人，亦不愿受他人役使。宁可世代务农，受役于天地自然，不愿作为官奴，为利欲所驱使。"[4] 可见，小说中的陶渊明，始终是一个孤独的、彻底的理想主义者，体现了现代的理性价值、改良主义的思想，反映了作者对于自我与社会关系的思考。他最核心的精神就是对万物生命的关怀。小说以两位文豪隐士陶渊明与

　　[1]　林秀赫：《五柳待访录》，台北：联合文学出版社股份有限公司，2017 年，第 235 页。
　　[2]　林秀赫：《五柳待访录》，台北：联合文学出版社股份有限公司，2017 年，第 226 页。
　　[3]　林秀赫：《五柳待访录》，台北：联合文学出版社股份有限公司，2017 年，第 226 页。
　　[4]　林秀赫：《五柳待访录》，台北：联合文学出版社股份有限公司，2017 年，第 263 页。

谢灵运的文艺思想进行对比，身为贵族，谢灵运的山水诗歌里面缺乏对于人的关怀，而陶渊明则认为："山林里的生命，对人来说，都已长成。你只有在田园，才能彻头彻尾看到生命的生长，进而知道这一切，不是无中生有。"[1] 这些人物背后飘浮着现代的幽灵，个体只有将自己融入中国文化与历史源流，体悟自己所来自的文化根脉，才能抵御西方现代化进程所造成的个体失根、解体的危机。

　　《五柳先生别传》是一曲挽歌，哀挽陶渊明所代表的中国传统文化与精神的消逝。但它又是一首序曲，显示深受西方文化影响的台湾青年世代，看到资本主义社会发展中的种种问题，转而从历史中挖掘精神资源，复活中华文化在现代社会中所拥有的活力与生命力。而这或许才是林秀赫真正要"建构"的新乌托邦。

　　《儌：恐怖成语故事》中体现了现代性统治之下历史的危机。现代社会随着科技的发展，对于永生的欲望无法遏制，人可以通过技术主宰时间与历史。《沧海桑田》里的生态瓶可以让人青春永驻、长生不老。进入生态瓶的少年成为瓶中永远长不大的孩子，仿佛获得永恒的青春，但一旦离开瓶子，就会"迅速老化成为干尸，每个都像白发苍苍的木乃伊"[2]。生态瓶里"有别墅、有花园、有森林、有湖泊，里头的花朵仿佛永远盛开，叶子也永不凋落，俨然一座阳光和煦的世外桃源"[3]。最后，瓶中那个贫穷的少数民族少年，超越了时间，成为岛屿永恒的存在，每个最新的领导者都要到他的生态瓶前获得他的认可，才能取得合法性。小说讽刺了现代社会的文化症候，现代科技将历史与时间封存起来，供人们顶礼膜拜，现代人以猎奇、怀旧的眼光去观赏古典时代的标本，但这种伪饰的历史精神，恰恰是将历史僵化与虚无化。《老人革命》中老人被年轻世代遗忘的命运，象征着进入现代化社会，老人所背负的日据、冷战、两岸分断、美援的集体记忆与历史也被迅速地遗忘和抛弃。老人为了维护自己的记忆和都市更新进行螳臂当车的对决，犹如现代社会的堂吉诃德式的英雄人物，向现代社会滑稽地举起长矛。《不忮不求》里两个未来人回到过去，一个只公布重大的政治、经济、历史事件，试图成为掌握权力的先知，另一个只公布搞笑的社会新闻，拒绝用未来来扰乱过去，只求活在现在。这几个故事讨论的都是如何看待历史、现在与未来。在现代性的历史视野下，现代人总是以为自己的观念是对的，以前人是错的，而林秀赫接续中国的精神史脉络，建构历史与文化的语境，以文化符码形构中华认同与乌托邦想象的实践，揭示历史对于当下台湾的意义。

---

[1]　林秀赫：《五柳待访录》，台北：联合文学出版社股份有限公司，2017 年，第 313 页。

[2]　林秀赫：《儌：恐怖成语故事》，台北：联合文学出版社股份有限公司，2019 年，第 185 页。

[3]　林秀赫：《儌：恐怖成语故事》，台北：联合文学出版社股份有限公司，2019 年，第 186 页。

第三节 逃离与隐逸——现代化社会的乌托邦实验

阿诺德在《文化与无政府状态》中说道："文化为人类担负着重要的职责；在现代世界，这种职责有其特殊的重要性。与希腊罗马文明相比，整个现代文明在很大的程度上是机器文明，是外在文明，而且这种趋势还在愈演愈烈。"[1]林秀赫在小说中时时反思工业文明和资本主义生产方式所孕育的文化，追念传统文化中未被破坏的有机共同体的人际关系和生活艺术。

隐者，是林秀赫小说中反复出现的意象。《五柳待访录》书写陶渊明高洁的隐逸思想和坚定的隐逸信念。《儚：恐怖成语故事》中的一则小故事《别开生面》，描绘了一个在台北中心买断土地，恢复生态保育，最终遁进城市森林的"台北隐士"。《深度安静》中全球化、数位化、消费化为当代青年提供了世界的流动、繁盛的物质、信息的爆炸、人工智能化的便利，但过剩时代的哺育，却产生了林秀赫笔下的隐逸青年/逃离世代，他们反其道而行之地拒绝了物质与人群的介入，以无欲无求的姿态隐逸在自我的空间当中。隐逸，象征着对于外界的拒绝与逃离，一方面反映了台湾青年在经历经济衰退、贫富分化、全球化流动情况下产生的集体挫折与困境，在这个充满感官与欲望刺激、标榜自由、解放的资本主义社会里，繁复过剩的物质与人群并没有提供给青年更多的机会与感受，反而全面压抑着个体的存在。家与故乡无法再提供安身立命的归属感与认同感，反而成为束缚自我成长的沉重包袱。小说中的人物，或背井离乡地逃离家园与故乡，或者大隐隐于市地做一名隐者，背后都展现了青年面对高房价、低收入、低成就感的焦虑与迷惘。离开，不再是精英阶层的特权，而是普罗大众的求生冒险。另一方面，隐逸也反映了台湾青年新的价值观与美学观。台湾 21 世纪以来的流行于青年当中的"小确幸"、佛系、丧等话语，都表达着类似的情绪与感受，但不同的是，林秀赫的隐逸姿态，既具有中国传统哲学中遁世避俗的处世观，同时也包含了西方追求自我价值、崇尚自由平等的价值观。可以说，林秀赫的小说通过青年日常生活的勾勒，非常敏锐地描绘出青年在现实挤压下的逃避与疏离。他们通过自我世界的去繁存简，不断地建构、追寻最为纯粹、真实的自我，以此来对抗世界的变动与侵蚀。犹如《一个干净明亮的厨房》中裴俊明所建构的简洁、空旷的房间，没有物品的掩盖，才能展现出房子本身的线条，更有家的感觉，自我也同样如此。因此，林秀赫的小说不断地进入极端情境，将人剥除了一切社会关系与情感联系，充分袒露出他们的伤痕与忧郁。

---

[1] 【英】阿诺德著，韩敏中译：《文化与无政府状态》，北京：生活·读书·新知三联书店，2012年，第 12 页。

　　林秀赫的小说风格一如他的短篇小说名称：深度安静——情感克制、言语洗练，人与人之间的相遇、分开所带来的情感的悸动、创伤，都犹如小船行驶过大海，只留下淡淡的痕迹。人物无论面对怎样的挫败——亲人离去、失恋、罹患绝症、背井离乡，都宛如沉于深海之下的冰山，忧郁地、静静地矗立，深度安静，也是深度的孤独与隔绝，他们在庞大的伦理、家族、社会体系的压抑面前，选择自我流放于家园与人群之外。《深度安静》中的谕明和丈人，虽然在情感上都同样经历着丧妻之痛与丧女之痛，却"既不分享悲伤，也不相互安慰，虽然共处一室，却一点依赖彼此的感觉也没有"[1]。但这并非只是一种个人化的情感表达，作者敏锐地捕捉到这种人与人之间的情感关系，实际上是整个现代化、数位化组织过程的产物，如果说工业化是把人异化为一个机器，那么数位化就是直接排除了人的存在。工业化时代人的异化仅仅发生在工厂当中，人一旦脱离了机器的场域，就可以在家庭、人群当中寻找到情感的依托与释放，但数位化时代，电子设备、网络媒介、信息科技不再是现代性或神秘性的象征物，而是以最寻常的风景融入人物的生活并塑造着人的情感关系与生活状态。谕明经历丧妻之痛，却立刻要面对职场的变动，银行虽然盈利却还要继续裁员，因为数位化的发展已经不需要那么多的人工参与。谕明从柜台升迁到新兴的网络银行部门，业务内容也从面对面地服务客户转为与电脑、网络打交道。虽然职位上升迁，但却越来越远离金融的本质，他感慨："其实数位化，有些人工被电脑取代，相对的一些业务就不是这么好推展，人和人之间也就显得冷漠，没有所谓的'见面三分情'。"[2] 情的消逝就是人的消逝与家的消逝，在职场上人逐渐被电脑所取代，人与人之间的情感关系也被礼节、身份所取代。在妻子的葬礼上，丈人冷静地指导谕明各种禁忌和礼节，尤其不能对客人说再见，但是丈人走的时候，谕明还是对他说了再见，可见谕明的情感流露与依赖。他期待跟丈人继续维持亲缘关系，因为他是妻子唯一的亲人和记忆。但妻子的去世，使家成为一个问题，失去妻子的情感维系，谕明和丈人两个没有血缘关系的亲人在同一屋檐下尴尬地生活在一起。家本该是一个充盈着情感的空间，却萎缩为缺乏交流与情感的冰冷场域，犹如图书馆的深度安静区域，即便空间上靠近，但依然充满了压抑、冷漠、克制、隔绝。丈人拒绝理解谕明的痛苦，反而体贴地将谕明的加班误解为他正在发展新的情感，这种客气背后隐藏的疏离无疑对谕明造成了更大的伤害。谕明的痛苦和孤独无处诉说，最后在城市中寻找到的唯一慰藉却是银行的自动柜员机。

---

[1]　林秀赫：《深度安静》，台北：精诚资讯股份有限公司，2019年，第329页。
[2]　林秀赫：《深度安静》，台北：精诚资讯股份有限公司，2019年，第338页。

不同于过去小说中家庭所包含的伦理、世代与性别关系的探讨，林秀赫的小说探索了家庭的新形态、他对家庭的想象极度的个人化。《一个干净明亮的厨房》中的裴俊明努力在过于拥挤的都市中寻找理想的"个人式空间"[1]。寸土寸金的都市，空间是权力与经济实力的象征。刚开始，裴俊明只能依靠精简物品来获得空间的自由，在获得专利收入之后，他辞掉工作，切断所有的社会关系，"他就这样一个人住着宽敞明亮的房子。虽然生活圈依旧在台北，但一整年下来和父母见不到一次面，与嫁到北京的姐姐也已经三年没有联络。照理说，纵向的亲子关系淡薄了，横向的朋友关系应该会加强才会。可是实际上却没有，他成了人群中一个孤立的点，既不会扩散，也与其他条线没有交集"[2]。讽刺的是，裴俊明只有在获得财务自由之后，才有权力构筑一个低欲望的理想家园形态，拒绝了一切物质和人际关系的介入，他的生活仿佛消费社会当中的孤岛，没有多余的、泛滥的、无意义的物质填充，甚至人与人之间的关系，亲情、友情也成了沉重的包袱。裴俊明通过做菜发展出的短暂的人际关系，充满了功利、算计与防备，正如布伯的关切于人际关系之间显而易见的异化："所有的善当中最珍贵的——人与人之间的生活在这个过程中失落了；自主关系变得毫无意义，私人关系枯萎凋零；人之精神使他自己为一官半职而受命于人。"[3] 最后裴俊明终于偶遇了一个知己式的女孩，他却因为害怕他者介入自己的生活而拒绝了这份爱情。他的个人生活仿佛一场现代都市社会的乌托邦实验，要寻找到桃花源，就只能在都市中当一个孤独的隐者。

逃离意味着失根与失语。《猴子米亚》将镜头对准了台湾21世纪以来赴澳打工度假热潮所折射出的青年困境。两个赴澳打工的青年，在异国他乡的机场短暂相遇又分离，他们对于故乡的逃离与矛盾情感，勾勒出在全球化浪潮下人的两难——一方面是故乡的衰败与停滞，一方面是新世界的诱惑，为何要离开以及何时归去的困惑，始终叩问着离乡青年的心灵，在异国的星空下交织着过去与未来的迷惘。"据统计，过去十几年来，台湾青年赴澳洲打工度假人数，高居全球第五，2017—2018年台青海外打工度假，近七成首选澳洲，澳洲也是对台湾开放16个打工度假国家中，唯一没有名额上限的国家，使得澳洲成为外漂首选。2017—2018年台青海外打工度假共3.1万多人，其中66.9%到澳洲，人数超过2万人。澳立留学经理邱明彦观察，目前台湾年轻人申请澳洲技术移民，以技工、厨师和护士领域最多。和第一代以投资、教育移民为大宗不同，新一代必须靠努力、技术闯

---

[1]　林秀赫:《深度安静》,台北：精诚资讯股份有限公司，2019年，第138页。
[2]　林秀赫:《深度安静》,台北：精诚资讯股份有限公司，2019年，第143页。
[3]　Buber,*Paths in Utopia*,London:Routledge & Kegan Paul,1949,p.132。

出一片天。"[1]小说中的颜开林和陈又芳,正是这股全球化流动大潮的一员,但是与六七十年代台湾经济上升期时开疆辟土、走向世界所洋溢的自信不同,作者用"逃离世代"[2]来形容这一世代流动所包含的忧郁与愤怒。陈又芳"将自己放逐到天涯海角的伯斯,即使反复做着枯燥乏味的工作,却宁愿凋零海外也不愿意回台湾"[3],甚至冷漠地割断与故土有关的一切关系。颜开林在异国生活得如鱼得水,虽然肯定会回去,但也不知道未来要做什么。虽然对于未来的规划并不相同,但他们的逃离与现状都反映着青年世代同样的伤痛:台湾已经无法提供给他们实现梦想与未来的机会,故乡越来越封闭与衰退,在无法改变的结构之下,他们的离开就充满了悲观消极的色彩。"这些都只是台湾年轻人集体挫败的缩影。过去新乡土小说那种对于家乡土地的热爱,以及私小说细数亲朋好友,不厌其烦建立自身成长系谱的迷恋,如今在许多年轻人眼中只是沉重的包袱,早已将他们压得喘不过气来。面对一个高房价、高工时却低薪、低成就、环境污染的台湾,他们正努力摆脱上一代所操控的社会制度,经济、文化和人际网络,如果不离开台湾,不和这里的人分道扬镳,如果不这么做的话,人生实在毫无希望可言。"[4]隐逸,成了失败青年逃离故乡的隐喻。值得注意的是,贯穿七十年代台湾留学文学中去国怀乡的失根与离散的文化认同问题在林秀赫小说中都消散了,这些在全球化时代出生的青年,离开只是一种选择,故土与家园是束缚自我成长的包袱,文化冲突已经完全不是问题,衰败的故乡是失败的自我的烙印,逃离与拒绝是唯一的方法。

可以看到,林秀赫小说中青年的逃离与隐逸也包含着对于现实的批判,并且试图建构一个理想的乌托邦。如果说短篇小说中的现代青年还只是一些"独善其身"的脆弱伤感的小布尔乔亚青年,那么《五柳待访录》中的陶渊明则是在隐逸中寻找到社会的出路和广大人民的幸福。小说中陶渊明的出世,带有强烈的入世关怀,借由督邮、武陵人、谢道韫、庐循、杨笙、王弘、慧远、颜延之、刘裕、檀道济、谢灵运等不同身份阶层的人在不同阶段与陶渊明的互动,展现他隐逸生活的收获与挫折,反复叩问陶渊明的思想以及经历贫病不改其志,宁固穷终生也要坚守清节的信念。陶渊明辞官归田园,不是消极地逃避现实,而是对现实与自我有着清醒的认识,具有深刻的批判社会现实的积极意义。陶渊明对于古老桃花源的想象,被林秀赫转化为现代社会的隐喻和人的反思。渔民武陵人迷路漂流到陶渊明居住的柴桑,柴桑地区民风淳朴、安宁祥和、互助友爱、风景优美,被苦

---

[1]　台青疯打工度假 七成直奔澳洲寻梦, https://www.gvm.com.tw/article/68543。
[2]　林秀赫:《深度安静》,台北:精诚资讯股份有限公司,2019年,第358页。
[3]　林秀赫:《深度安静》,台北:精诚资讯股份有限公司,2019年,第357页。
[4]　林秀赫:《深度安静》,台北:精诚资讯股份有限公司,2019年,第357—358页。

于战乱的武陵人奉为桃花源。他离开之后，南阳隐者刘子骥按图索骥来到柴桑，却入宝山空回，因为他所追寻的桃花源是"与世隔绝，是常人所不能寻至的秘境！据说那里的景物幽静而美好，那里的居民也非一般俗世的乡民，他们是一群上古遗民，既不知秦朝之后的汉朝，也不知道魏晋的纷乱，只是恬淡地居住在仙境一般的田园中，过着悠然宁静的生活"[1]。对桃花源的不同理解，决定了人能否寻找到桃花源的结果。刘子骥是贵族，他的隐逸是为了自己的成仙，故而他只看到田园生活的粗鄙和村夫野人的粗俗无知，而陶渊明的理想社会充满了对于斯土斯民的关怀与休戚与共。如果说陶渊明仅仅描绘出理想社会的景象，那么林秀赫的大同世界则进一步思考建构桃花源的方式与路径，它真实存在于纯真、与世无争的中国传统乡土生活之中，并且只有祛除了功利心、至真至朴的心灵才能接近真正的桃花源。

第四节　结论

马克思说："人们自己创造自己的历史，但是他们并不是随心所欲地创造，并不是在他们自己选定的条件下创造，而是在直接碰到的、既定的、从过去继承下来的条件下创造。一切已死的先辈们的传统，像梦魇一样纠缠着活人的头脑。"[2]

林秀赫的小说展现了 21 世纪新的历史意识与文学意识在台湾的崛起，他的创作在美学上深受中国传统志怪小说、诗歌的影响，在小说中再现了浪漫的古典中国文化，他的小说穿透现代青年在时代风潮下的个人经验与感受，进入历史的、古典的集体经验与记忆当中。传统不再只是一个美学上的回归，而是革新工业文明、资本主义所孕育的空虚、物化、功利文化，为失根的心灵提供安身立命的精神家园与滋养。林秀赫的创作，展现了中华传统文化的深远影响，体现了无论空间的阻隔与政治的干扰，台湾文学的书写、语言、意识始终处于中华民族的脉络之中，是中华民族集体潜意识的现代化再现。特别在西方现代性统摄全球，中国传统文学、中国文化在台湾影响日益"式微"的今日，林秀赫以回归中国文学传统姿态的小说之剑，突破了本质主义的、狭隘的、轻浮的历史文化想象，也是对不断增强的技术专制与商品化美学的反动，劈开了 21 世纪的文学与文化新路。

---

[1]　林秀赫：《五柳待访录》，台北市：联合文学出版社股份有限公司，2017 年，第 51 页。

[2]　马克思、恩格斯著，中共中央马克思恩格斯列宁斯大林著作编译局编：《马克思恩格斯选集》第一卷，北京：人民出版社，2013 年，第 669 页。

第九章　现代性下的主体危机与历史断裂
——黄崇凯小说创作论

　　黄崇凯是台湾 80 后小说家的代表性人物之一，云林人，台湾大学历史系硕士。他至今创作了四部长篇小说，《比冥王星更远的地方》（2012 年）、《坏掉的人》（2012 年）、《黄色小说》（2014 年）、《文艺春秋》（2017 年），一部短篇小说集《靴子腿》（2009 年），与朱宥勋合编《台湾七年级小说金典》（2011 年）。除了文学写作，他还参加了很多文学团体，如"小说家读者"、耕梓青年写作协会、秘密读者、字母会，担任过《联合文学》编辑，俨然台湾 80 后青年作家的领军人物。与其他 80 后作家一样，黄崇凯也是凭借文学奖逐步获得文学界关注。黄崇凯曾获台北文学奖、耕莘文学奖、联合文学小说新人奖。《黄色小说》获得 2014 年开卷好书奖，成为 80 后作家中获此荣誉的第一人，《文艺春秋》获得包括 2018 台北国际书展大奖、2018 年吴浊流文学奖小说正奖、第 42 届金鼎奖文学图书奖，奠定了他的影响力。评审盛赞其作品："以动人的文学姿态捡拾台湾历史碎片，纪实与虚构交错，却又层层逼近现实，书写句法饶富趣味。"[1]

　　目前黄崇凯在台湾学界获得了较多的讨论与关注。刘乃慈的《从伟大到日常——〈黄色小说〉的情色矛盾与自我技术》（《台湾文学研究学报》2020 年 4 月第 30 期）将《黄色小说》放在中西文学情色书写的脉络之下，认为黄崇凯的情色书写不再具有 20 世纪以来现代性话语下的国族、性别、历史、经济、政治、主体认同等激进性、批判性色彩，而是凸显了 21 世纪的日常性。詹闵旭《媒介记忆——黄崇凯〈文艺春秋〉与台湾千禧时代作家的历史书写》（《中外文学》2020 年 6 月第 49 卷第 2 期），通过媒介记忆理论分析《文艺春秋》透过漫画、电影、音乐等大众媒介召唤共同的世代记忆，勾勒台湾的历史图像，重建文化认同。朱嘉汉《当代文学史的自我经验——读黄崇凯〈文艺春秋〉》，认为《文艺春秋》是以过去的面孔书写 80 后世代的当代史。陈思的《珍尼佛来敲门——论黄崇凯〈坏

---

[1] 《第四十九届吴浊流文学奖揭晓》，《自由时报》，2018 年 3 月 21 日，https://ent.ltn.com.tw/news/paper/1185648。

掉的人〉对知识者的状态呈现与自我意识》(《桥》2015 年第 2 期),分析黄崇凯
《坏掉的人》作品中呈现的知识者崩坏的状态。2019 年 11 月 12 日《春山文艺创刊
号:历史在呼啸》开辟黄崇凯专栏,由赖香吟、关首奇、杨凯麟三个评论家分别
点评黄崇凯的作品,并刊登庄瑞琳对黄崇凯的长篇专访。

　　黄崇凯的小说以嬉笑怒骂的语言与戏谑、嘲讽、无厘头式的美学风格,描写
了普通青年在晚期资本主义社会的异化状态,刻画了一群失去生命理想与热情、
被平庸、碎片化的生活所吞噬而沉浸在孤独巨大的自我世界里的失败青年群像,
形绘出 21 世纪台湾青年颓废消极的精神症候,并以此探索他们所面对的时代问题。
这种对于日常生活的细腻关注,以及渺小个体与巨大世界相互对立的主体危机,
同样也进入黄崇凯的历史书写当中。《文艺春秋》通过虚构作家在大历史风暴中的
日常生活,来想象台湾文学史上作家的生命困境,以此来建构台湾的复杂历史与
精神史。而加入字母会之后,他进一步开拓性别、赌博、两岸、外劳等社会政治
议题,展现了他对于台湾社会不同层面的思考与把握。

第一节　日常生活下的主体危机

　　列斐伏尔说:"人的意识依赖于他的现实生活,他的日常生活。一种生活的意
义只能在那种生活本身中找到。一种生活的意义存在于那种生活之中,不能超出
那种生活。"[1] 现代社会的日常生活是黄崇凯小说中笼罩在人物身上的总体性危机,
日常生活的无聊、平庸、重复、单调,是造成主体陷入精神危机的重要原因,也
造就了一批失败的青年。黄崇凯描绘他们在制度化的工作和组织性的教育中被压
抑和排斥的向度、落空的期望、失根离家的困境。他们颓废、消极、虚无、自怜
自艾,并且如同生活本身一样平庸、虚伪、无意义、无价值与无深度,这些青年
人的症候,形绘出 21 世纪台湾社会中"人的失去"。

　　小说往往采用成长的视角去凸显自我的变化。过去有诗一样的聂鲁达女孩,
有健康的母亲,有充沛的性幻想,而成长进入现代日常生活,都伴随着自我的失
去,这种失去充满了挫折性,反映出主体的失败与脆弱。"长大成人后的平凡生活,
不再有梦,不再幻想,所有的想象空间全被没收到冷峻的现实。"[2] 那么小说中的
"现实"是什么样的呢?

---

[1]　【法】亨利·列斐伏尔著,叶齐茂、倪晓辉译:《日常生活批判》,第 1 卷,北京:社会科学文
献出版社,2018 年,第 133 页。

[2]　黄崇凯:《黄色小说》,新北:木马文化出版,2014 年,第 129 页。

《靴子腿》中的 KTV 是城市中"可以真实袒露心声和自我"[1]、宣泄情绪的空间。副经理失恋时找"我"吐槽，两个人像朋友一样一起 K 歌，"我"才得以窥见副经理不同于工作时的真性情，但这场跨越阶层的临时友谊随着日常工作关系的恢复就消失得无影无踪。同样，"我"偶遇一伙黑帮来 KTV 消费，他们与其他消费者大不相同地克制、卫生、安静，即便在唱歌时也谨慎遵守阶序与规矩，这种冰冷与不近人情显然与 KTV 的解放功能大相径庭，引发了"我"的强烈反感。《坏掉的人》当中，三个自怜自艾的孤独青年试图组成一个临时家庭，其"灵感"就是晚清时期的无政府主义与美国 20 世纪 60 年代的嬉皮士运动。

现代阶层制度的分化，不仅使人与人之间充满了隔阂，个体也处于孤独与异化之中。小说中的人物都是都市中的废人，维持着低限度的生存状态与精神状态，人与人之间的社会关系与社会场景极其简单，主要局限于家庭与学校，没有人物与环境的矛盾冲突，推动情节发展的主要是人物自身的心理感受与大段的独白陈述。《比冥王星更远的地方》中的年轻人长期陪伴着患癌症的母亲，在医院等待死亡的过程中，生活被压缩成没有任何起伏与色彩的单调重复。"把生活删减到最低限的状态大约是如此了。规律地晨起，早餐，看着前晚的八点档和晨间新闻交替重播，中餐，午睡，或发呆或再看重播的节目等晚餐。晚餐之后看八点档，接着等妈妈睡。我被困在这张该死的行军床，她被困在那具该死的身躯，而这整栋建筑事实上装满了该死的物件和躯体。生活的最低限逼近于该死，就跨过活着的底线一点点，我们生活。"[2]重复性的生活意味着封闭和死亡，如果说癌症意味着肉体的痛苦与折磨，那么平庸、单调、重复的日常生活则是精神上的癌症。《坏掉的人》中的青年也深陷于重复性的危机之下。小说以尼奥的废人生活开场——酗酒到半夜，中午才开始无所事事的一天，和老友阿威十年如一日地在同一个时间和同一家饭店吃饭，重复着同样的废话与动作，在网络上写日记，和充气娃娃做爱聊天。女博士崔妮娣的生活也同样如此，循规蹈矩的读书生涯成了一种桎梏，本该充满创造性的学术研究成了一个流水线工作。苍白乏味毫无意义、一成不变的生活麻醉与抽空了青年人的生命力与想象力，人物也如同被困在虚拟母体当中空洞麻木，无法进行任何变革。《黄色小说》用性具象化男性青年对于未来、成长、生命、情感、政治的恐惧与自嘲。当性个人化的时候，性是丰盛的，充满想象力与创造性，投射了成长的欺骗、失落、伤害与欲望，记录着世代的情感启蒙与成长记忆。而随着个人化的性走向文化工业制造出来的色情盛宴，性变得唾手可得，也失去了

---

[1]　黄崇凯：《靴子腿：音乐复刻私房集》，台北：宝瓶文化，2009 年，第 53 页。

[2]　黄崇凯：《比冥王星更远的地方》，桃园：逗点文创结社出版，2012 年，第 148 页。

与生命经验的内在联系，性成为商品被不断地复制与模仿，成为大众文化审美与文化工业的一环，被重复性、平面化、娱乐化、大众化的感官体验抹平，个体被千篇一律的细节所填充，丧失了对真实生活的感知力，成为后现代社会一切荒诞、滑稽、重复、无意义、虚拟的隐喻，象征着消费主义与物质主义冲击下的身份危机。小说中男性最迷恋的女性形象是如同塑胶娃娃般非人化、被产业流水线制造出来的 AV 女优，如同与尼奥同床共枕的充气娃娃珍妮弗，隐喻着现代青年物化的生存状态。

相对应地，小说开拓了 KTV、黄色小本、AV 视频、入室绑架等不同于日常生活的飞地，这些空间充满了夸张的情绪、膨胀的欲望、极端的情境，不同于日常生活的扁平，这些空间释放了个体在制度化、理性化生活压抑下的疏离感，并且通过真实人群与情绪的冲击，冲破阶级、身份、文化、性别之间的藩篱，感受到真实的情感与需求。可见，人与人之间的沟通、情绪的宣泄、心灵的打开，在小说中是具有革命性的，并不仅仅是为了消除孤独感，其反抗的是渗透于日常生活中的权力与阶层分化所造成的身份隔阂。当被体制化和规范化所遮蔽与压抑的"个性"呈现出来的一刻，也是主体得以建构的时刻。可惜，这样的革命性尝试在小说中都宣告失败。

《比冥王星更远的地方》中母亲代表着温暖的亲情与起源，聂鲁达女孩象征着炙热的、青春的、诗意的爱情，她们的存在充实着个体对于生命与世界的感知，而她们的伤逝也切断了"我"与世界的所有联系，将个体再度抛入孤独冰冷的世界，于是他只能毫无希望、行尸走肉地活着，缺乏诗意、生命力与意志力。"年轻人消极又苍白，无力又无奈地想着一些没结论的事，那个世界欠缺声音，总是安安静静，很客气地保持礼貌。死去的母亲、离开的女孩、从头至尾都不属于他的老屋子，偶尔跑龙套的人物，没了。他的世界就是这样简单、低限地运转。"[1] "最低限的生活是把种种事物从中删除，最低限的人生就像这样，把所有人都从脑袋里消除，不记得谁，也不被谁记得，无所依靠地晃荡款摆着。"[2] 所谓的最低限度的生活就是低欲望与低需求，意味着年轻人在物质、人际关系上的简单、匮乏，也象征面对死亡、社会、政治这种庞大又无法抗拒的命运面前，个体是如此地无足轻重，他们无法掌控自己的生活，只能向"极致隔绝"[3] 的自我世界坍缩而去。小说以黑洞比喻这种极致隔绝的状态："黑洞内的时空将会错乱不定，可能会产生时间变成空间，空间变成时间，时空相互交换座位的情状。因为再没有了光，此后

---

[1]　黄崇凯：《比冥王星更远的地方》，桃园：逗点文创结社出版，2012 年，第 227—228 页。

[2]　黄崇凯：《比冥王星更远的地方》，桃园：逗点文创结社出版，2012 年，第 150 页。

[3]　黄崇凯：《比冥王星更远的地方》，桃园：逗点文创结社出版，2012 年，第 231 页。

的事件再也无法观察得知,所以黑洞内的情况也仅是猜测。总之,这是一种彻底绝对的极致隔绝。"[1]

高中历史教师的生活似乎是孤独青年的反面:"事物的秩序在我的世界里都条理井然,妻子和女儿都很妥帖地走在像轨道那样平顺的线路上,我是个普通而知足的高中教师。每天看电视都能清楚知道电视里的人事物都离我很远,我的小世界是由这三人小家庭架设起来的,我们各自负责一个角,以不等边三角形的方式存在着。这一切都像行星好端端地运转,就不会突然发狂急驰撞向太阳或其他星球一样的自然。"[2]他虽然拥有工作、妻子与孩子,但其稳定的个体世界同样也是排斥他者的封闭世界。

这种孤独状态走向极致,自我世界与外在世界都产生了割裂,个体甚至可以随意地修改定义客观的事实与历史。小说开篇即否认了人类曾经踏上过月球的事实:"我从来都不愿意相信人类曾经踏上过月球。那段陪着妈妈的时间里,我更加确认这一点。当然你可以反驳我说有影像记录、有文字记录还有图片为证,可以精确地说出日期是公元一九六九年七月二十日,可以指出是哪两个美国太空人踏上月球表面,甚至可以背诵那一句世界知名的太空名言,即使亮出月球现在还插着一面美国星条旗的照片,这些完全都不能说服我。就像我从来都认为地球是圆的那样,人类其实从没有登陆过月球。何况不相信人类登录月球,丝毫不会影响我继续以右手刷牙,也不会让我的忧郁大肠突然畅通,更不会让我妈不死。"[3]人类登月是冷战时期美苏两极军备争霸的产物,这一划时代的历史性事件,曾经重建了人类对于世界的定义与想象,对于世界局势的影响至今也余波荡漾。但是在黄崇凯的笔下,人类登月却成为一个与个人生活无关紧要的可有可无的历史事件。登月事件,象征着人类过往的宏大历史与意识形态纷争,而"我"轻而易举地就否认了它的真实性,开启了"唯我论"的世界,这是一个宏大历史与个体经验相互脱节的时代,人类命运、意识形态纷争、宇宙探索等这些命题都过于宏大,而个体只能退缩到微小的生活经验当中。《黄色小说》中不仅仅铺陈大量私人化的身体感官经验,甚至想象通过时光机将不同时期的"我"汇聚在一起,通过身体的交合,创造只属于自己的世界。

所以,一方面个体与外界的关系不断删减,趋近于零度,呈现出废人的状态,但废人的另一面又是自我的无限膨胀,内在的自我世界被放大,外在世界的合理与否都由"自我世界"决断。借由个体对于大历史的据斥,外部世界的参照功能

---

[1]　黄崇凯:《比冥王星更远的地方》,桃园:逗点文创结社出版,2012 年,第 231 页。

[2]　黄崇凯:《比冥王星更远的地方》,桃园:逗点文创结社出版,2012 年,第 48 页。

[3]　黄崇凯:《比冥王星更远的地方》,桃园:逗点文创结社出版,2012 年,第 24 页。

被大幅降低；而个体不断地退缩回到封闭的自我世界之中，从而与宏大叙事相抗衡。

小说中反复出现的美人鱼、登月这些具有超越性意义的事件或意象，象征着崇高的爱情、无私的奉献、美好的幻想、古典的诗意、强烈的悲剧性、史诗性、开拓性等，其核心是个体意识、情感的无限张扬和个体对于世界的积极介入与改造。个体与世界的关系是双向的，即便个体在外界遭到挫折，这种挫折依然充满了意义感与使命感，但这些被纳入发达工业社会的日常生活之后都消失了。美人鱼在现代社会上岸后，没有任何浪漫美好的邂逅，还因为身无所长去做了妓女谋生，在百无聊赖中失望透顶，一跃而下回到了海洋。登陆月球是人类历史上的壮举，是人对于宇宙的征服与探索的重要一步，但是"我的一小步，人类的一大步"这种将个体与世界相关联，个体的进步能够推动世界进步的主体形象，在小说中崩解了。在《比冥王星更远的地方》中，小说关注的不是因为登月而载入史册的阿姆斯特朗，而是最靠近月球却没有登月的宇航员科林斯。聂鲁达女孩离开的时候，"我"以科林斯自况："而其实我是那个没有跟两个伙伴一起踏上月球的科林斯。我看着他们两个忙碌且艰难地在月面移动，艰辛地试图插上那面愚蠢的旗帜，略带跑跳地在我的视线范围来回游荡。然后我们完成任务要一起回地球，但我是那个唯一最接近月球却没有登月的人。"[1] 文本中，科林斯置身于事件之外，嘲讽地凝视阿姆斯特朗等人的登月行动，他的疏离，呈现出对于整个事件意义的否定。

这种外界与我无关的冷漠感，源自外界的压抑与挫折，小说开篇描写的一段儿童记忆提供了重要的情感线索。小时候家里买了一辆新车，我对车充满了好奇，认为"在这个小小的新世界里，不可能没有我"[2]。但这种自信与热情却遭到现实的打击，"我"在车里昏睡了一个下午，妈妈却对我的失踪毫不关心，找到的时候也只是冷漠地让"我"去吃冰冷的蛋炒饭。对于年幼的"我"，车象征着一个新世界，我自以为是地认为新车需要自己的探索与认识，认为新世界必然"有我"，但是妈妈的反应表明了自己的存在其实是无足轻重的，世界没有自己的参与也可以正常地运行下去。外界与个体的关系从"有我"走向"无我"，这一变化体现了黄崇凯所建构的发达工业社会下的新主体形象：在抑制性总体的统治之下，整体性需求凌驾于个体的情感、价值、需求之上，压抑与控制无处不在，个体是整体当中微不足道的一小部分，个体无力对世界进行任何的作用与改造，个体与外界也无法建立紧密的联系。个体必须通过否定人类登陆月球这种客观历史事件的真实性与

---

[1]　黄崇凯：《比冥王星更远的地方》，桃园：逗点文创结社出版，2012 年，第 39 页。

[2]　黄崇凯：《比冥王星更远的地方》，桃园：逗点文创结社出版，2012 年，第 27 页。

意义性，才能推翻外界规则的压抑与限制，建构起超越性的自我意识。正如小说中所描述的："他的无所事事跟冥王星被无所事事地逐出九大行星一样，他觉得自己应该要不相信一些事，然后相信反面另一些事。那些登陆月球的事，他必须要不信，才能以一个孤儿的状态继续活。"[1] 所谓"孤儿的状态"，是指青年人在面对无根失家的现代人困境时，构筑了一个纯粹主体经验的世界，个体与外界无关，这个世界只对"我"存在。正如列斐伏尔所说："当个人主义倾向塑造了个人生活，从字面上讲，个人生活就是一种对生活的剥夺，一种被剥夺了的生活：剥夺了现实，剥夺了与世界联系的生活。在这种生活中，人的每一件事物都异化了。……这种意识不是去扩大世界、征服世界，而是蜷缩它自己。"[2]

这种个体的挫折感在《坏掉的人》当中以更为清晰的人物形象呈现。尼欧是个可怜的失败者，父母各自在外面发展感情，哥哥被关进疯人院，代际亲情淡漠，原生家庭四分五裂，家庭已经徒有虚名，硕士肄业、一事无成，与家庭主妇发展不恰当的性关系、与充气娃娃同居，但这些又是他面对坏掉的时代主动放弃选择的结果。"如果已经知道这世界的真相，还能容忍虚伪的假象，那必然要放弃够多才行。例如感觉。活着不能有太多细腻的感觉，那种挫败、沮丧或低落的负面感觉是不被容许的。因为那靠近弱者。他的办法就是不要去成就任何事，那么就与强者或弱者无缘，他只是芸芸众生中一个面目模糊且可有可无的人。这样就够了。他不需鲜明的情绪或感受，不要对任何事提起兴趣，就不会对什么事情失望。"[3] 这里的"放弃""不去成就任何事""不需鲜明的情绪或感受，不要对任何事提起兴趣"，来自社会权力、财富、文化资源等分配不公所造成的各种所谓中心和边缘、成功和失败，而青年人身为弱势群体，自然而然落到边缘人和失败者的位置，他们无力排解身为边缘人和失败者的身心苦恼与磨难，只能采取去欲望的无奈之举，一方面把外界视为压抑个体、控制个体、异化个体的巨大机器，现代社会是虚伪的、冰冷的、单一的，只有个体的细腻感受才是真实的、丰富的、鲜明的，外部世界与个体世界相互对立，抽象理念与实体对象高度分离，外部世界的单一性压抑了个体的感觉与存在。在这样的外界与个体关系的想象之下，小说中的主体性只能遁入极端个人化的境地，每个人不仅是原子化的，甚至还有反社会的倾向，个体与外界无法建立起和谐、顺畅的关系，日常生活不仅毫无意义感，现代社会所建立起来的平面化、规范化的体制还扼杀了各种可能性。因此，小说中坏掉的

---

[1]　黄崇凯:《比冥王星更远的地方》，桃园：逗点文创结社出版，2012 年，第 228 页。

[2]　【法】亨利·列斐伏尔著，叶齐茂、倪晓辉译:《日常生活批判》，第 1 卷，北京：社会科学文献出版社，2018 年，第 137 页。

[3]　黄崇凯:《坏掉的人》，台北：联合文学出版社股份有限公司，2012 年，第 143 页。

主体不仅仅意味着孤独、疏离等症候，更是个体在空洞理论建构起来的世界无法贴近生活、无法安顿身心的一种状态。正如尼欧所说："其实我们现在所遇到的所有生命难题都是资本主义害的。这里面有个东西叫作'现代性'，modernity……'现代性'让我们全部都异化变成一颗碱性电池。"[1] 现代社会只注重人在经济与政治上的有用性，为了与之抗衡，尼奥选择让自己成为无用的人。

小说借用人物与身份相悖离的荒腔走板行为与枯竭萎靡的精神状态，既写人物的毁坏，也写毁坏的时代。追求卓越的精英学院体制却制造出庸俗化的人物，崔妮娣盲目地做着博士研究，阿威学术研究的终极目标就是与师姐一同到美国学院镀金，两个人作为历史专业的研究者，时不时地插科打诨各种历史知识与西方理论，却丝毫看不到他们对于自己研究的对象与中国历史有任何共鸣与体认。他们一方面"没命地买书，没命地读书"[2]，却又对知识的作用产生了无尽的怀疑："读那些旁人越来越难理解的民国遗事（知道晚清民初的无政府主义风潮有什么用？知道严复翻译的《天演论》根本不是达尔文写的《物种原始》有什么用？）为的就是合理推测某些当时的思想气候或趋势。"[3] 一方面掌握着知识的生产和阐释的权力，却强调过量的知识使他们不断地朽坏："我的身体正在烂掉，脑子也因为塞了太多这些东西慢慢在烂掉哦……"[4] "又因为读的东西太密集，脑子就像泡在瓶子里，虚浮又多杂讯。"[5] 科技、知识不断发展，人的精神却在倒退和颓废。

他们对博士毕业以后的生活充满绝望："抱怨以后毕业就是流浪博士，却还是继续待在学院里。"[6] 厌恶一成不变的生活模式，却不知该如何去改变。恐惧独居的幽暗，却继续陷入孤独和疏离。这场悖论式的追问和努力并没有诞生西西弗斯式的悲剧英雄，反而导向了荒诞的后现代喜剧，知识并没有带给他们启蒙和理性，他们的行动也越发偏离正常的伦理规范，成为社会的边缘者与异化者。

即便是代表理性与智慧的学院，也充满了各种僵化的权力体系——文本中美国所象征的西方知识话语（无论是学院的理论，还是好莱坞的流行电影），不仅是这些青年学子模仿、憧憬、追逐的对象，也是他们理解自身所处社会的路径——尼奥用《骇客帝国》解释自己所处的社会，阿威用后殖民理论来误读痴汉的行为，崔妮蒂也时常批判资本主义的问题——知识的堆砌与啼笑皆非的误用，强化了知识的问题与精神上的扭曲，仿佛没有了这些空洞知识的装置，他们的精神世界就

[1]　黄崇凯：《坏掉的人》，台北：联合文学出版社股份有限公司，2012年，第60—61页。
[2]　黄崇凯：《坏掉的人》，台北：联合文学出版社股份有限公司，2012年，第28页。
[3]　黄崇凯：《坏掉的人》，台北：联合文学出版社股份有限公司，2012年，第102页。
[4]　黄崇凯：《坏掉的人》，台北：联合文学出版社股份有限公司，2012年，第43—44页。
[5]　黄崇凯：《坏掉的人》，台北：联合文学出版社股份有限公司，2012年，第46页。
[6]　黄崇凯：《坏掉的人》，台北：联合文学出版社股份有限公司，2012年，第28页。

会轰然倒塌。

而几位学子的历史系出身更加隐喻了这种错位，黄崇凯毕业于台大历史系，硕士论文研究的是晚清知识分子章士钊思想，这些经历在他的小说《坏掉的人》中有所反映。里面两个博士都是历史系，师姐崔妮娣硕士论文的题目是"晚清民初知识人社会角色的转变这种重要议题（以一个大家都不太熟的章士钊为例）"[1]，一边勤恳地学习，一边又质疑历史知识的作用。学弟虽然研究中国历史，引经据典的却都是西方理论，自称学历史的人最开放多元化，却只认同西方中心所建构的知识体系与价值观，憧憬的学术规划就是与学姐一起到美国学术界镀金。他们的精神困境表面上是象牙塔里的知识青年的颓废与对未来的迷惘，但历史研究者的精神困境隐现着他们对于历史的焦虑，中国历史作为文中重要的研究对象与历史背景，碎片化地穿插至文本当中，成为人物插科打诨的工具。阿威拿孔子的境况自嘲，认为孔子生活在礼乐崩坏的时代，身为没落贵族，他也是一个丧家之犬。"他周游列国为的就是找到可以实践政治理想的国度，结果只是证明这个世界从来没好过。"[2]孔子的理想主义改造实践被现代的台湾青年嘲讽为失败者的螳臂当车。晚清知识分子的无政府主义主张与 20 世纪 60 年代的美国嬉皮士青年运动并置，历史在碎片化的时候，成为剥离了历史背景的知识点，熟读中国历史却依然充满了陌生感，他们对于中国历史的感受，很大程度上是西方对中国文化看法的一种折射。他们对于中国的想象是建立在西方的学术规范之内的。

现代化强化了知识分子边缘化的问题，黄崇凯在小说中多次采用科幻文学的形式，展现网络媒介、视听技术等科技对于文字书写与阅读的颠覆与摧毁。在现代化图景下，文字越来越边缘化，作品可以用情景再现的方式体验，作家即便去世了也可以投影再现对话。未来世界里书籍全部电子化，人们无法用心地去文字里寻找意义与答案，随着技术的进步，人的精神世界也不断地萎缩。

依靠知识和理性建立起来的现代社会，在进入后现代的时候愈发面临精神枯竭的状态。马克斯·韦伯认为："启蒙运动的遗产却是有目的的——工具理性……的胜利。理性的这种形式影响并浸染了社会生活与文化生活的整个领域，包括经济结构、法律、官僚机构，乃至艺术。有目的的——工具理性的发展并没有导致普遍自由的具体实现，却导致了造成一个官僚理性的'铁笼'，没有什么东西能从中逃逸出来。"[3]如果说现代性曾经使人处于极度丰富的可能性之中，但是到了晚期

---

[1]　黄崇凯：《坏掉的人》，台北：联合文学出版社股份有限公司，2012 年，第 57 页。

[2]　黄崇凯：《坏掉的人》，台北：联合文学出版社股份有限公司，2012 年，第 103 页。

[3]　【美】大卫·哈维著：《现代性与现代主义》，参见周宪主编：《文化现代性精粹读本》，北京：中国人民大学出版社，2006 年，第 209 页。

资本主义，这种丰富的可能性已经被扼杀了。小说中人人都过着死水一般的生活。小说中的博士崔妮娣"认为以她的平庸本质，不管去哪里都只能过着平庸的日子。即使一开始有激情、有冒险、有不安和疑惧而觉得生活不凡，最后都会走上直线一样的平稳，而尽头等着的就是平庸"[1]。

历史、现在以及未来都是不可认知的，于是文本中的青年干脆放弃了现代性所具有的改造现实的自信和努力，放弃了启蒙时代以来的个人主义的旗帜，而把自我放逐到巨大的空虚和庸常之中。"他们解决现代生活之混乱的办法无非是，企图根本就不生活，对他们来说，'成为平庸是唯一讲得通的道德'。"[2]

人在后现代社会中已经无法统一成一个完整的主体，正如詹姆逊所说，在后现代美学中，"主体的疏离和异化已经由主体的分裂和瓦解所取代"[3]。小说中的三个主人公，对于自我和外部世界丧失了整体性的把握，世界不再是一个统一的、有联系的整体，而是断裂成不断游移的片段，他们拒绝建立起全局性、前瞻性的规划，也无力通过实践来获得更多的可能性，只能通过介入、窥视他人的生活来打破这一封闭的状态。小说中三个年轻人各自过着单数的生活，偶然交织在一起时才获得了复数的时空。高度模式化的现代生活导致现代人的经验高度趋同，他们的知识和经验不再通过个人实践获得，而是修补、引用他人的经验和知识。也就是说，他们不再有能力生产经验，也很难有什么独特的个人经验。

他们的身份也产生了裂解，无法成为一个完整的个体。崔妮蒂平时在城里做一个勤奋刻苦的女博士，暑期时又在乡下做一个妓女，网络上她又成为拯救世界、对抗母体的崔妮蒂。她在各个空间、身份之间不停地转换，身份之间似乎毫无关系，平行存在，每个身份都是一个抽掉内涵的符号，行动之间毫无逻辑联系，根本无法建构起完整的人。"她在城里过着妈妈一家和亲戚们不了解的博士生生活，又同时在城里过着跟那些散落在各乡镇水泥盒子截然相异的日子。一层两层三层，她不断后退研究者的心，解构之后再解构。接着就停住了"[4]。

第二节　历史的断裂与碎片化

为了抵抗丧失自我的异化，黄崇凯创造了一个巨大的个体，这个巨大是说在生活中只看到自己，自我的主体性、个体性是宇宙中心，但是相对于外界，自我

[1]　黄崇凯：《坏掉的人》，台北：联合文学出版社股份有限公司，2012年，第198页。

[2]　黄崇凯：《坏掉的人》，台北：联合文学出版社股份有限公司，2012年，第25页。

[3]　【美】詹明信著，张旭东编，陈清侨等译：《晚期资本主义的文化逻辑》，北京：生活·读书·新知三联书店，2013年，第366页。

[4]　黄崇凯：《坏掉的人》，台北：联合文学出版社股份有限公司，2012年，第46页。

又是非常渺小的。在《文艺春秋》当中，这种主体的异化形式更清晰地转化为历史创伤下的身份认同问题。他塑造了许多身处时代潮流之外的知识者形象，终生用日语创作的"失语者"黄灵芝、自况为悲哀白薯的钟理和、因为白色恐怖出走美国的聂华苓、面对新殖民情境的乡土作家王祯和、试图再造杨德昌的落魄老板、在文学营努力讲冷笑话活跃气氛却最终自杀的袁哲生，乃至 21 世纪的青年作家，在北京与大陆同胞聚会时，依然处于一种局促的"局外人"状态。黄崇凯刻意将这些文学史上不同历史脉络、不同思想、不同政治光谱的作家，用边缘的、异质的、不合时宜的身份线索串联起来，作家思想中对于时代的强烈回应与介入消失了，只剩下被时代所创伤的"失败者"形象，象征着台湾自日据以来因为殖民、内战、冷战而不断处于失语、被剥夺、被中心所放逐的精神脉络。

　　至此，萦绕于黄崇凯早期作品中的废人主体与外部世界之间的矛盾关系，在《文艺春秋》之中又有了新的发展，演变成个体与历史之间的矛盾。黄崇凯曾经评价聂华苓的作品："整部小说随处可见反差对比的并置，从两种叙事声腔，到小我的生存对照家国的存续，大段落的个体生命每每插入匕首般的集体事件，于是小说呈现的并非以小见大的差序结构，而是抽象的国族意识不比具体的自我觉醒更重要。此书不仅在聂华苓全部作品中处于核心，也在当年的肃杀气氛下显得难能可贵。……小说潜藏着另类版本的历史，在以多声道噪音挑战，乃至突破了封印结界。"[1] 这个评价同样也可以用来阐释他对于个体与"国族"之间关系的塑造与思考。《文艺春秋》中的两种声调俯拾皆是。《三辈子》中的国民党情报人员自诩为最理解聂华苓的读者，象征着政治机器对于文学无孔不入的监控与压制，而其沾沾自喜的自述，折射了白色恐怖下人性的扭曲。《当我们在谈论瑞蒙·卡佛的时候，我们在谈论》以四个青年的一次咖啡馆聚会，显露出两岸青年在大陆政治经济崛起的时代背景下，微妙的心态变化下的沟通和隔阂。《去年在阿鲁巴》孙子与爷爷之间围绕王祯和的不同理解，折射了不同世代对于原乡的不同认知。在《文艺春秋》当中，政治力量往往是一个压制的权威形象，而个体则是政治的受难者，个体代表了大历史掩盖下的丰富性与多元性。黄崇凯曾在访谈中说道："书写《文艺春秋》像一次了解台湾的自我教育，但从个人迁徙出发，再触及一整片土地的离散，他始终不是想为某种大历史叙述赞声，而是捡拾历史间隙中的碎片。"[2] 他试图通过书写历史中的异质性，打破大历史叙述对于个体的定义。正如书中的聂华苓，"她不管在哪里都是局外人，都不能跟当地融为一体。或许讲到后来，台湾就是无

---

[1]　黄崇凯:《黄崇凯与聂华苓的机遇之歌》，https://www.unitas.me/?p=12643。

[2]　《各有乡，愁得其所——黄崇凯谈〈文艺春秋〉》，https://ent.ltn.com.tw/news/paper/1123802。

法跟任何事情完整妥帖地融合在一起，但因为自己长出很多特色，也无法被真正收编"[1]。

《迟到的青年》中，黄灵芝终生用日语创作，语言是政治身份的象征。日据时期他是被歧视的被殖民者，被迫学习日语、使用日本名字，光复之后他又因为不会"国语"而失语，在光复后日文刊物屡屡遭禁的情况下，"他就遁入一种与语言之间最纯粹的连接，写给唯一的读者：自己"[2]。他始终处于边缘的异质状态："我既无法逃脱编户齐民的'国籍'牢笼，只能以无国籍的文学来脱去束缚。在不被承认、无法流传的年代，这无用的写作反倒成了保护自由心灵的铁墙。这是双向的，一方面我保有了自我，另一方面也受到了拘束。语言就是这样的一种东西。而我以无根、无繁衍、无互动的语言书写，那也不过是我个人的事。正因与他人无关，更可让我专注于语言的淬炼，进而在那语言占地一席，把握着只属于我一人的语言。"[3]小说中，黄灵芝通过不被国民党当局所接受的语言，创造了一个自我的宇宙，这个自我是"无根""无繁衍"、与外界无互动的自我，体现了黄崇凯在面对台湾复杂历史变迁的时候，无法理解其中内在的根源，只能将其理解为一种弱小者的历史悲情，从而采取祛除固定的身份认同来逃避。

《夹竹桃》里在北京的台湾青年，"自我懂事以来，中国几无一日平静，或者便是如此，造成我对外界的诸多变动、风潮有些不感兴趣罢"[4]。因为两岸剧烈的政治变动，"集体压倒了个性"[5]，造成了"我""在大时代却只想过小日子"[6]的疏离心态。钟理和作品中的孤儿情结被放大，老舍的小说在"我"的信中被反复提起，成为与钟理和作品对照的一个大陆作家，老舍"写小人物的悲喜，映照大时代酷烈转变，总是有人要遭到牺牲"[7]，反映了黄崇凯对于历史中的个体与世界关系的片面理解，集体与个性的关系是割裂的，小人物与大时代成为一个矛盾，人只能被历史的洪流裹挟着前进而没有自己的任何能动性。

《三辈子》中政治对个体的控制与伤害化身为国民党情报人员与聂华苓的读者—作者关系，全文以国民党情报人员之眼，凝视聂华苓的创作及生活，象征着无孔不入的政治权力对于作家的干涉与影响。聂华苓由书写者转换成被书写者，国民党情报人员的声音统摄全文，宛如全知全能的上帝叙述聂华苓被迫害、囚禁、

---

[1] 《人各有乡，愁得其所 ——黄崇凯谈〈文艺春秋〉》，https://ent.ltn.com.tw/news/paper/1123802。
[2] 黄崇凯：《文艺春秋》，新北：卫城出版社，2017年，第86页。
[3] 黄崇凯：《文艺春秋》，新北：卫城出版社，2017年，第97页。
[4] 黄崇凯：《文艺春秋》，新北：卫城出版社，2017年，第108页。
[5] 黄崇凯：《文艺春秋》，新北：卫城出版社，2017年，第132页。
[6] 黄崇凯：《文艺春秋》，新北：卫城出版社，2017年，第108页。
[7] 黄崇凯：《文艺春秋》，新北：卫城出版社，2017年，第109页。

监视以及被美国情人所解救，最终奔向美国的浪漫情节，展现了白色恐怖对于人性的扭曲。而聂华苓最终依靠美国的力量突破这个体制的牢笼奔向"自由"，象征着那个时代的落幕，其中隐含的意识形态倾向值得玩味。

历史的焦虑贯穿着黄崇凯的小说。他用人性深处的种种矛盾，生命的彷徨、挣扎、虚无、自我怀疑，展现台湾历史的断裂与大叙事在世界末的坍塌对个体造成的冲击与毁坏。

历史的断裂在台湾青年身上已经成为一个问题，《你读过〈汉声小百科〉吗？》中《汉声小百科》是"解严"前的台湾儿童百科全书，是大中华文化认同与历史观教育的缩影，小说书写了国民党历史文化观念和政策对于台湾青年世代的文化认同、美学感受、价值取向、空间想象的塑造。在这样的教育之下，阿桃坚信万物都有来由，孺慕着古老的文化中国。但面对苏东剧变、柏林墙的倒塌等事件，以及岛内的各种"学运"与"本土化"运动的兴起，《汉声小百科》的历史大叙事与现实产生了断裂，让阿桃陷入了历史虚无主义的困境。

《夹竹桃》里在台南出生、在北平长大的青年，历经抗战、五四、解放战争、中华人民共和国成立等历史，在历史的洪流中不断质疑自己的身份与命运，他与钟理和的通信，宛如早逝的钟理和的生命续写。"我"在祖国大陆生活，却"对自己的台湾人出身感到别扭，不好意思让人知道我是台湾人。"[1] "说我是北京人吗，肯定有人不以为然；说我是台湾人吗，那段时间只占我人生中的不足五分之一。读到您的《原乡人》的时候，我从另一方向思索了原乡。小说中孩子与奶奶的对话，使我不断地想自己从何而来，又何以身在此地。真追溯起来，我的祖先或也从福建一带，越过海峡，到了台南落地生根。而多少年后我父亲也因为'那边住不下人'，带着我返回'原乡'。这当然是依着宽松的定义下的原乡，因为我们去的是北平，而非福建。也确如小说中的奶奶后来又对孙子说的'我们可不是原乡人呀！'，因为'已经住到台湾来了。'正如我住到北京，从此待了下来。对我来说，原乡反成了台湾。小说主人翁的父亲、三哥乃至所受的日本教育，在刺激他求索原乡人的含义，终于他离开台湾到大陆去。他说：'我不是爱国主义者，但是原乡人的血必须流返原乡，才会停止沸腾！'是的，说不准哪天我也会返回台湾看看的罢。"[2]《如何像王祯和一样活着》里的未来世界，全球化已经过时，远征宇宙，生活在异星才是未来青年的宿命。当他们重读几百年前的乡土作家王祯和的作品，从来没有回过地球的青年，该如何体悟乡土，重建乡土认同？

---

[1]　黄崇凯：《文艺春秋》，新北：卫城出版社，2017 年，第 108 页。
[2]　黄崇凯：《文艺春秋》，新北：卫城出版社，2017 年，第 117—118 页。

第三节 形绘台湾的精神史脉络

黄崇凯在《文艺春秋》的创作自述中说道："一直致力'发现'当代台湾，以及战后台湾社会面貌的形塑。依然呈现当代台湾的变动轨迹和内在骚动。小说描述的未来常带些欺瞒气味。实际上更像是对当今时空的变奏演出。我们所处的时空正在多重叠加。粗略区分，我们肉身所处的现实世界是一层时空，而所有人造的文字或影像文本都可视为想象时空，但20世纪末迅速普及的网际网络空间，则带来新的虚拟时空夹层。于是我们此时的生活，基本上是游走于三层时空，时时切换的状态。"[1] 黄崇凯的《文艺春秋》就是以这三个时空展开。小说以文艺为中心书写了11个故事，涉及小说、电影、流行音乐、漫画、教科书、科普读物等不同领域，从日据时期到未来150年之后，时间跨度长达200年，堪称一部台湾的文艺志。黄崇凯说："我想取名做《文艺春秋》，就是让文艺的范畴可以更宽阔一点，不限于特定狭窄的领域。至于春秋这个词，感觉比较重，反正我们这个时代做重的东西，也会变成轻的，我觉得无所谓。而且《春秋》比较能描述这本小说想要说的东西，它的时间序列是从日本殖民时期到150年后，这200年的时候内，不管什么时代，都是在回应我们当代的感受。"[2] 通过这些文艺史上的微光，黄崇凯试图在台湾的经典文学与大众文化之间建构起台湾社会的精神史脉络，通过虚构的读者与作家作品形成对话与互文，去讨论认同、语言、原乡、历史、殖民、性别、婚姻、爱情等问题，历史的文艺被装进现实的经验与想象，回应着当代台湾青年的困惑与情感。从文学延伸至音乐、电影、漫画，乃至于伴随80后青年成长的《百科全书》《英汉字典》，都成为作者描绘世代精神史的一个重要媒介。作者选取的作家，无一不是带着时代创伤的人，被时代的巨轮拍打，摆荡于不同的身份认同当中，成为无根、离散的人，他们自我放逐于语言、身份的疆界之外，文学成为他们超越时代性的重要媒介。

《向前走》用流行音乐串联起台湾二三十年以来的民众史，从80年代的反抗音乐，到90年代的通俗歌曲，再到2000年以后的多元化、全球化娱乐产业，时代如同音乐产业一样不断下探——"九〇年代烂透了，我们来得太晚，无法理解八〇年代，对九〇年代懵懵懂懂，二〇〇〇年后据说是音乐产业不断下探的深渊。我们在坏毁颓圮的废墟中缅怀着偶尔闪现的灵光。"[3] 出生于80年代的青年被这样

[1] 黄崇凯：《我但愿这些写作能具备地层构造的质地》，http://www.chinawriter.com.cn/n1/2018/0909/c405057—30281847.html。

[2] 江昺崙：《专访黄崇凯》，《文学的日常微光》，https://www.thenewslens.com/amparticle/110920。

[3] 黄崇凯：《文艺春秋》，新北：卫城出版社，2017年，第206页。

的消费主义所塑造，小鸡从一个摇滚爱好者，成长为一个循规蹈矩的保险销售员，成为整齐、平庸、量产、实用的时代精神的产物。新世纪看似多元化、全球化的形式之下，是更加脱离生活、社会的异化景观，有着许多可能性的个体，逐渐变成一个商品，如同小说中"小鸡的转变，最可怕的不在于他变成保险业务，而是变得无趣乏味。他会跟小如一起听 Adele，反复听她少女年纪超展开的欧巴桑伤怀，并真心被打动。他就跟大多数唱片公司试着砸钱堆砌出的偶像明星一样，跟着烂俗的旋律，唱着无聊的歌，努力扮演一个商品唱唱跳跳。只有成为商品才能贩卖其他的商品"[1]。这就是新世纪的台湾文化，所谓的台味已经从身份认同转变为一种贩卖至全世界的文化商品，地方性混杂着多元化，进军全世界的市场，连抵抗与文化身份都被资本逻辑收编的时代，新世纪的台湾青年该如何确认自己的身份与位置？

80 后青年面对的最大政治情境，是两岸关系的新变化。黄崇凯的小说中处处隐现着大陆的巨大身影，在大陆崛起的时代情境下，他对于大陆的书写体现了台湾 80 后世代完全不同于前行世代的经验。

黄崇凯小说中的青年世代对于大陆的感知非常直观，大陆不再只是家族迁徙历史记忆中遥远而陌生的原乡，或者教科书上的地理历史知识，而是以非常切身的方式介入了台湾青年的日常生活经验。《广州朋友》中"我"落魄潦倒的朋友去广州淘金，宛如盖茨比一样衣锦还乡，以成功人士的价值观质疑"我"的文学创作的价值，大陆的崛起搅动着台湾青年的生活、价值观与社会关系。《当我们谈论瑞蒙·卡佛，我们谈论什么》中，两岸关系在小说中被隐喻为爱情与婚姻的关系。"我"与妻子在咖啡馆工作时，朋友李有吉与妻子的来访唤起了"我"对于曾经的大陆恋人的回忆。李有吉在大陆经商，娶了一个大陆妻子。他大大咧咧地在妻子面前对大陆的卫生、医疗、交通状况大肆批判，嘲笑妻子对《射雕英雄传》的喜爱，以此引申出两岸拥有不同的历史记忆，毫不掩饰地与妻子争执两岸统"独"问题。相对于政治上的分歧，两个人在世俗观念上又相当地一致，如认同传统的传宗接代观念、儒家式的家庭伦理、代际关系等。

相较之下，"我"与大陆前女友的互动则细腻展现了台湾 80 后青年对于大陆的复杂感受，"我"是一个内敛敏感的文青，与读社会学研究所的女友看起来琴瑟和谐，谈论的也多是电影、书籍、创作等艺术话题，但是他与女友同学、家人相处时的局促，流露了他内心的疏离。大陆的飞速发展使大陆社会更加多元化与国际化，同性恋、出国留学、旅游、台商已经司空见惯，北京已经俨然成为新的国

---

[1]　黄崇凯:《文艺春秋》，新北：卫城出版社，2017 年，第 209 页。

际中心，这种无形的优越感让"我"对自己的台湾人身份感到自卑，他在交谈时刻意加重卷舌音，试图掩饰自己的台湾口音，心里甚至觉得万一被识破就坚称自己是福建人，绝不承认自己是台湾人，"好像被认出是台湾来的会很丢脸似的"[1]。同时大陆朋友对于台湾的了解还仅仅停留在流行文化的肤浅层面，当"我"面临祖国大陆同胞令人尴尬的询问之时，"那时我往往希望谈话内容可以转向更大范围的世界级话题，比如说 NBA 总冠军赛、网球公开赛或好莱坞电影。接着我会庆幸至少李娜的朋友们都是文科社科背景，跟他们聊重量级的思想家"[2]。主人公隐晦地借助流行文化与西方普世性话语来沟通彼此，投射出两岸青年之间难以突破的现状——虽然喜欢同样的流行歌曲，奉行同样的文学品味（喜欢杨德昌、金庸小说和简·奥斯汀等），探讨同样的理论话语（后现代主义、女性主义等），但一旦脱离这些表层的符号，他们又似乎寻找不到更多的价值观与文化上的共鸣。

在聚会上，北京恋人李娜的中学同学对台湾肤浅的了解仅止于蔡智恒的流行小说和满街的摩托车。"就我突兀出现在李娜高中或研究所同学们的聚餐桌边之时，我时常被迫成为台湾同胞发言人，对一大串我根本没那么熟悉的政党选举战略或媒体乱象表达意见，他们大多只是想印证原本已经知道的事：好比马英九很帅很有范儿、周杰伦真的很红、五月天是台湾最火红的乐队；还有很多是属于固定透过 PPS 收看每天的《康熙来了》《"全民最大党"》会知道的台湾演艺圈和流行话题，这些我就支支吾吾说不上什么了。"[3] 两岸在各种扁平化的流行文化渗透与密切的经济交流之下，看似已经抹平了曾经因内战隔绝而造成的对峙和恐怖的精神隔阂，实际上，得益于两岸关系的缓和，以及消费主义的席卷全球，身处后冷战时代的两岸青年共享着同样的文化话语和感觉结构，他们的生命经验似乎被同样的话语所填充起来，而全球化加深了这种表面的联系。相比起两岸曾经相互隔绝的上一世代或者同一地区内隔代冲突的差异，两岸的 80 后青年似乎更容易跨越历史和空间上的障碍，但冷战的结束并没有消除分歧与冲突，旧的历史伤痕与问题还在继续形成两岸的意识形态对立，潜伏在两岸普通民众的生活之中，正如在李友吉与大陆妻子的口角中可以看到，政治的分歧也介入夫妻的日常生活当中，也同样导致了我的恋情无疾而终。

同时，这场两岸婚姻对话的潜在对象又是美国的作家，两个家庭以美国作家的作品为婚姻与社会关系想象的切入点和范本，再分别进入台湾和大陆的时间和空间，将这场对话导向了一个意义丰富的层次。瑞蒙·卡佛的小说不断书写 20 世

---

[1]　黄崇凯：《文艺春秋》，新北：卫城出版社，2017 年，第 10 页。

[2]　黄崇凯：《文艺春秋》，新北：卫城出版社，2017 年，第 19 页。

[3]　黄崇凯：《文艺春秋》，新北：卫城出版社，2017 年，第 18—19 页。

纪七八十年代美国普通人困顿、无望、堕落、自毁的生活和精神状态，当金钱和欲望逐渐摧毁家庭关系和个体存在价值的时候，当资本主义将社会关系解体为利益关系的时候，任何永恒的、神圣的价值和理想都已经死亡，自由主义和个人主义将个体重新从启蒙的理性社会抛至蒙昧和非理性的状态之中，而个体只能在这样的状况之下孤独生存。正如撒切尔夫人在 20 世纪 70 年代末推行新自由主义时所说："'没有社会，只有个体的男人和女人，以及他们的家庭。'所有形式的社会团结都要因个人主义、私有权、个人责任和家庭价值的理由而瓦解。"[1] 同时瑞蒙·卡佛又是经由村上春树引介进入台湾的文学场域，所以小说中瑞蒙·卡佛的潜在读者和评论者又是风靡台湾文化与文学界，对台湾 80 后青年文学有很大影响的村上春树。藤井省三认为，村上春树在东亚的传播现象是根据"顺时针法则"和"经济成长趋缓法则"展开的，日本 20 世纪 80 年代开始经济下行，"台湾则从 1964 年起，十年之间的经济成长率为 11.1%，八七年更达到 13% 的高点，后来则跌为 6% 左右。日本的'村上春树现象'传来时，台湾也和日本一样经历高度经济成长的结束，眼前是过度的都市化、都市风景与人际关系产生激烈变化的结果，迎向经济成熟的时期"[2]。2000 年，一位台湾 80 后青年写道："那些在 60 年代日本发生的全共斗学潮、披头士旋风与我自己本身的历史一点关系也没有，但是他笔调中那种压迫、虚无和破碎感一直在我生活中不断出现。所以，某种在村上年轻时发生的焦虑和怀疑，在今日我代的年轻人身上依旧存在。"[3]

所以，这部小说将 20 世纪 80 年代逐渐没落和发展停滞的美国、日本资本主义与 21 世纪台湾青年的精神状态与感觉结构相连接，美国作家笔下所描绘出的糟糕的婚姻和个人状态，既成为"我"恐惧婚姻和生子的一个依据，也是几位青年讨论如何处理人生的一个负面范本。正如柄谷行人所说，村上春树是将有意义的历史无意义化，反映历史的终结之后的历史意识——追求空无化。[4] 在面对不可避免的乏味、孤独、无意义的生活之时，应该以何种态度去寻找生存的意义？在一个普通平常的咖啡馆里的琐碎对话，展现出 80 后台湾青年面对宏大政治的无力感和挫折感。我作为一名知识分子，敏感于政治对于人与人关系的影响，而处处标榜政治认同的朋友，却在大陆如鱼得水，还娶了一个大陆女孩。如何在宏大的政

[1] 【美】大卫·哈维著，王钦译：《新自由主义简史》，上海：上海译文出版社，2016 年，第 24 页。

[2] 【日】藤井省三著，张明敏译：《〈挪威的森林〉与两岸三地的村上春树现象》，台北：联合文学出版社有限公司，2009 年，第 110 页。

[3] 朱立亚：站在朦胧惑边缘，http://www.readingtimes.com.tw/authors/murakami/reviews/review028.htm。

[4] 【日】柄谷行人著，王成译：《历史与反复》，北京：中央编译出版社，2018 年，第 142 页。

治话语与历史脉络中安放自我的位置与他人的关系，是 21 世纪青年面对日益密切的两岸关系时，所必须思考的重要问题。

值得注意的是，在这场对话当中，相对于美国与日本是以丰富清晰的精神内涵隐现于其间，大陆的精神特质和文化形象是以实体化的形式出现的（唯一出现的大陆文学文本是余华的《兄弟》），最典型的是年轻女性的形象，吸引着台湾男性的青睐，在她们柔弱的形象背后，又矗立着大陆高大的建筑和巨大的空间感，这种空间感显然给这些台湾男性一种压迫和畏惧的感受。在无法完全掌控这种巨大的历史和空间感以后，他们又回归到台湾小而精致的咖啡馆。这一方面体现了台湾青年由于长期吸收美日的"民主"文化而毫无主体性，在对于祖国大陆历史文化缺乏深入理解的同时，对于崛起后的大陆也充满了敬畏和渴望被接纳的复杂情绪。值得注意的是，大陆在他们经验里的呈现，是非常生活化的。这与骆以军等外省第二代作家的大陆书写是截然不同的。骆以军的大陆书写呈现出一种非常虚幻和不真实的状态，小说总是不断地质疑上一代大陆记忆的真实性和虚构性，并以此来质疑两个世代之间的不可沟通和隔绝，实际上就是呈现了台湾历史的断裂和虚无。但是 80 后作家的大陆经验以一种非常真实的状态进入台湾的生命经验当中，这其中固然有历史的因素，但更多的是现实的因素，呈现了两岸经验在跨越历史情境后在新的时代语境下的一种重新接合和对话。这些缺乏原乡记忆和家族经验的台湾青年世代，通过对大陆的观察来反思台湾的现在以及自我的定位。

第四节　结论

黄崇凯的小说，是对历史与现实、个体与整体、过去、现在与未来的思考，他塑造出"坏掉"的青年群像，形绘出新的时代背景下青年所面临的精神困境与创伤。在这个高度科技化、理性化以及充满冲突的世界，黄崇凯用层层记忆、轶事掌故、琐碎的对话、虚构与想象，将人物内心之幽暗、复杂推向极致，塑造了一个形而上的、不确定的世界。当现代科技已经可以窥探到遥远宇宙的秘密时，人与人之间却依然如同月球的暗面一样晦涩难测，琐碎平凡的日常生活也因此具有了与宇宙一样广袤深远的意涵，而他的小说就致力于探测这个幽深、广袤、孤独的个人世界。相对应的，小说通过幽微个体叙事窥视宏大历史的缝隙，历史不再是能够引导个体认识自我的舞台，而是导致主体危机与认同错位的意识形态场域。

第十章 亚文化风格及"新二代"书写
——陈又津小说创作论

陈又津，1986 年出生于台湾新北市，台北市立第一女子高级中学，台湾大学戏剧学研究所剧本创作组硕士。著有《少女忽必烈》（2014 年）、《准台北人》（2015 年）、《跨界通讯》（2018 年）、《新手作家求生指南》（2018 年）、《我妈的宝就是我》（2020 年）。合著有《华丽岛轶闻：键》（2017 年）、《我们这一代：七年级作家》（2016 年）、《耳朵的气息与散步：记忆台北声音风暴》（2016 年）、《九歌 2015 年小说选》（2015 年）。2013 年，陈又津以风格鲜明的《少女忽必烈》登上《印刻文学生活志》封面，成为创刊以来最年轻的封面人物。2010 年起，陈又津曾获角川华文轻小说决选入围、香港青年文学奖小说组冠军、时报文学奖短篇小说首奖。《跨界通讯》入围台湾文学奖。著作发表并收录于《中国时报人间副刊》《联合文学》《上海文学》《萌芽》《短篇小说》《亲爱的，外星人！》《中华日报》《幼狮少年》《幼狮文艺》等杂志，作品已被译为日文及法文。2020 年起担任东华大学杨牧书房青年驻校作家，曾任美国佛蒙特艺术中心驻村作家。曾任职广告文案、编剧、出版社编辑、记者。

陈又津的小说始终关注都市更新、拆迁、老龄化、少子化、游民、核争议、失业、青年贫困、性别认同、外籍新娘、移工、"新二代"等社会现实问题，以漫画式、搞笑的方式去书写城市边缘群体的生活困境，无论是非虚构的家族史书写还是虚构的都市冒险，陈又津的创作始终在探索如何面对死亡、迁移、过去、未来，如何在既定的社会规则、偏见当中寻求自我的道路，建构自己新的身份认同。

第一节 叙述的风格：在二次元时空展现的少女冒险

陈又津的小说具有鲜明的二次元美学风格与叙述特点。所谓"二次元"，来自日本的御宅族文化，指的是日本 ACGN(Anime 动画、Comic 漫画、Galgame 以美少女游戏为代表的日式电子游戏、Novel 轻小说）等文艺作品中创造的虚拟世界与文化空间。二次元文化是流行于青少年当中的次文化，对台湾当代社会、青年亚文化有着重要的影响。

冬浩纪认为，御宅族文化充分展现了后现代社会的本质，从现代往后现代发展的潮流中，我们失去了大叙事，转向了资料库式的、界面式的消费模式。故事的逻辑是否符合现实不再重要，人物的重要性被凸显出来，角色形象被拆解成为一个个资讯要素集合体，组成"萌要素资料库"。"在御宅族系文化里所流通的'角色'，与其说是由作家特质所创造出的固有设计，倒不如说是将事先登录的要素加以组合，依据每个作品的小说策略所生成的输出结果。"[1]陈又津的小说戏仿了大量的电影、漫画、游戏等人物形象与情节，拼贴了中国的古代历史、神话传说、星座塔罗、日本的洛丽塔文化、男色文化、萌系文化、百合文化等二次元文化的要素，无论是情节、人物、语言都是对萌要素资料库的应用。

小说情节被弱化，如《少女忽必烈》的情节线索是：忽必烈和"我"初见——"我"跟随忽必烈逛沙洲——"我"借钱买香肠碰见应召女郎——沙洲上演《在动物园散步才是正经事》的戏剧——"我"在剧场碰见化身黑猫的夜游神——"我"与忽必烈登上夜游神的画舫——"我"和游民在沙洲上演战争游戏回顾三重历史——"我"与忽必烈去天台电影院看最后一场电影《极乐世界》——帮助土地公等神明回到极乐世界——"我"与忽必烈逛废弃的样品屋引发对于文明的思考——忽必烈捡到亚特兰蒂斯王子的瓶中信——沙洲游民抗争当局强拆失败——树死去——"我"和忽必烈回到校园碰到校园抗争喜剧。人物犹如在五光十色的游乐场里嬉戏，犹如游戏过关一样在不同场景中转换，情节之间没有有机的上下联系，情节被分解成为各个场景，场景与场景之间并没有必然的逻辑深度与前后发展的关系。虽然主线是对都市更新的批判，但是旁枝末节的情节不断逸出，有些情节对于主题的展现并无作用，甚至出现得毫无逻辑性可言，只是为了展现萌要素，如遇见化身黑猫的夜游神、树神，突然遇见高级应召女郎，面对美丽女郎的诱惑"我"依然坚守小小的爱情，向她借钱买香肠等。

人物如同萌要素的集合体，一出场就具有了这些特点，随着情节发展慢慢地展示出来，萌要素的组合充满了随机性，只是视其受欢迎程度，在不同场景中展现不同的要素，要素与要素之间也没有统一性，人物并没有随着情节的推进而有所成长与变化。《少女忽必烈》中忽必烈是集萌、可爱、清纯、独立、聪慧、无厘头、吃货等元素于一身的美少女，"我"是呆萌老实平庸的男研究生。《跨界通讯》中的鬼魂永恒星岚是个毒舌游戏宅男，六爷是个好色的老头，莉莉是个酷酷的跨

[1]　【日】东浩纪著，褚炫初译：《动物化的后现代：御宅族如何影响日本社会》，台北：大鸿艺术，2012年，第71页。

性别者。

人物宛如从二次元的少女从漫画中走出来。少女忽必烈一出场就是迈着机械步，在台湾最具市民生活气息的夜市中闲逛。鞋带坏了，她从店家那里借了两个纸杯，"将脚尖踏入纸杯，从背包掏出宽胶带，自杯口绕过她美好的脚踝，以芭蕾舞者的姿态，蹦跳出了这条晦暗的巷道。"[1] 这个来自日本青春电影导演岩井俊二《花与爱丽丝》的经典场景，强化了忽必烈的青春纯美。接下来，忽必烈不断地展现不走寻常路的特质。她拿庙里供奉的奶糖，以内裤做赌注，和游民大叔下棋，赢来了一双木屐。没钱买饭吃，就去超商拿过期的食物煮成茶泡饭。充满想象力的她不自卑、自弃，完全不受现实陈规的制约。她自称"忽必烈"，命名"我"为大将军破，邀请"我"一起拯救世界。但作为一个主要人物形象，忽必烈没有一个合理的成长轨迹和性格逻辑，她是一个孤儿，由游民照顾长大，没有上过学。但在抗争都市更新过程中，忽必烈相当有主见，有战斗力，虽然没有上过学，却能够不时口出哲理，在游民的战争游戏当中胜出，在与"我"的关系当中扮演着引导者的角色。

但是到"我"的家里做客时，忽必烈又变身日本漫画中天真无邪、不谙世事、乖巧顺从的机器人女友，被家中陈设所"震撼"，化身为一个乖巧可爱的女仆，称呼"我"为少爷，"只要你开口，不管是什么我都会尽力去做，像是背书包、磨墨、掏耳朵、擦防晒油、把头靠在大腿上午睡、去鬼屋玩、做便当、交换日记，我都不会拒绝"[2]。当"我"提出一起洗澡的玩笑后，忽必烈一本正经地帮"我"洗了头，并且恭恭敬敬地退下。

如此多矛盾的元素集合在一个人身上，并没有展现人物的复杂性，反而加剧了人物的非真实感。同样的特点也存在于小说的其他人物身上。沙洲主是一棵上千年的茄冬树，他是一位"绝世美男子，薰衣草色的和服上细细绣了几朵卷云，腰间系着驼色的唐草宽带。美人！毫无疑问是美人中的美人"[3]。夜游神是一个流浪神，平时化身为黑猫，住在一个画舫里。"古典的建筑风格，橘黄色的宫廷飞檐上方盘踞两条青龙，船身边缘设置了朱红色雕栏，纸窗内人影憧憧，少说也有百来名宾客。船身四周点满了灯笼，在暗夜的淡水河中熠熠生辉。穿着浴衣的猫耳少年，端着清酒在淡水河中熠熠生辉。"[4] "穿过点着蜡烛的阴暗长廊，两旁的灯台都是罗汉形象，每个都不一样，太逼真了，就好像是封印了真人一样。长廊的尽头，

[1] 陈又津著：《少女忽必烈》，新北：印刻文学，2014 年，第 23 页。
[2] 陈又津著：《少女忽必烈》，新北：印刻文学，2014 年，第 238 页。
[3] 陈又津著：《少女忽必烈》，新北：印刻文学，2014 年，第 88 页。
[4] 陈又津著：《少女忽必烈》，新北：印刻文学，2014 年，第 89 页。

顺着螺旋阶梯爬到二楼，穿过一道又一道的纸门，从精巧细致的花鸟虫鱼到金碧辉煌的古树老松，纸门后还有一扇纸门，最后一道纸门之后，是澡堂入口，一边是男汤，一边是女汤。"[1]这里的神以及画舫的描写，像极了宫崎骏《千与千寻》里面的魔幻场景，而神是美男子与可爱黑猫的设定，也是御宅族文化中男色文化与萌系文化中固有的呈现方式。连中国古代的战神关羽，也被萌化处理，染着时髦的长发，骑着白马，喜欢穿漂亮的衣服，浮夸的造型宛如一个不良少年，战斗力和智力已经不再是传说中的战神，反而呆萌到决斗的时候被"我"哄骗，以玩电子游戏"真三国无双"的方式决胜负，结果以失败告终。

东浩纪在其著作《游戏性写实主义的诞生》中区分了"自然主义的写实主义"与"游戏性写实主义"两种创作原则。"自然主义的写实主义"即纯文学与传统通俗文学中的"现实主义"创作原则，发生于大叙事尚未崩解的时代，社会成员共享同属于一个"现实"的想象，描写的对象是现实社会和真实自我。"游戏性写实主义""则发生于宏大叙事解体、对现实的认知变得多样化的后现代语境之下"，[2]"多数的故事并非依据在现实上，而是依据在以大众文化的记忆被形塑成的人工环境上"[3]。因此，"游戏性写实主义"描述的是"像动画或漫画般的另一个假想现实"[4]。陈又津的小说展现了鲜明的"游戏写实主义"的特征。

1. 小说的语言轻快，叙述之间夹杂着大量无厘头、吐槽、自嘲的对话与独白。在叙述当中，人物往往会直接跳出来进行独白式的吐槽，以一种口语化、短平快的方式直接呈现出意图。叙事被不断地打断，故事被碎片化，吐槽不断消解着大叙事的严肃性，连作者的权威性都被吐槽所消解。如《少女忽必烈》中土地公等神明回归极乐世界的时候遭到恶鬼的攻击，解决方法是用讲故事或吐槽来掩护全员逃到银幕里面，"我"分别讲了妇产科故事、写剧本的意义、日本的鬼怪故事、日本武士祖母死亡的故事，几个故事分别指向了新生、责任、道义、欺骗、死亡等意涵，但这些大叙事并没有达到感化的效果，最后"我"不得已念一些无意义的社会新闻来充数，居然也同样能够起作用。文中无处不在的吐槽看似指向了现实社会的荒诞与不公平，但吐槽与现代主义或现实主义对于现实问题的批判性与隐喻性不同，它只是发泄不满情绪，对于现实却没有任何撼动作用，在后现代世

---

[1] 陈又津：《少女忽必烈》，新北：印刻文学，2014 年，第 89—90 页。

[2] 王玉王：《以游戏经验重审现实：游戏化的网络文学——以颜凉雨〈鬼服兵团〉为例》，《文艺理论与批评》，2017 年第 5 期。

[3] 【日】东浩纪著，黄锦容译：《游戏性写实主义的诞生：动物化的后现代 2》，台北：唐山出版，2015 年，第 63 页。

[4] 【日】东浩纪著，黄锦容译：《游戏性写实主义的诞生：动物化的后现代 2》，台北：唐山出版，2015 年，第 52 页。

界，大叙事已经解体，追逐意义已经毫无作用，呈现在我们眼前的只是碎片化、无意义、情绪化的随机插入。

小说的情节也有相当多对于经典动漫、电子游戏、电影、传统文化的恶搞，如用耽美的同性情结来恶搞男性之间的关系。夜游神与破在画舫上玩游戏，输了的破要被亲吻，夜摆出花花公子的样子，对破大肆挑逗。这种耽美情节强化了情节的趣味性和人物的搞笑。同样，《跨界通讯》中的好色六爷整天缠着莉莉，不是求亲脚，就是求摸手，甚至到死了还要求葬在路边，被年轻人踩在脚下，而文中莉莉勉为其难的敷衍态度，则加重了这种关系的漫画感与夸张感，彰显出文化学意义上的二次元症候。

小说以战争游戏重现历史上曾经发生在台湾的战争。"其实三重曾经发生过巷战，这里从前是茶乡，也是量米运送所经之途，与艋舺只有一河之隔。清中叶之时，一群农民在这里发动起义，反对政府的横征暴敛，刚开始周遭地区如新庄、艋舺、淡水都群起而呼应，但随着万人大军压境，经过一番血腥清洗，只剩下一些零星的战斗。那是利用原本弯曲的道路进行的小型攻防战。今天我们所看见的笔直干道，是日本时代所做的市区改正计划，也就是截断原有的巷弄，方便统治者管理和控制。"[1]战争过后签订条约，战胜者忽必烈自称美国大兵，"要对全世界负责"[2]，"大家对美国大兵就只有这个印象，也许他们还有很多别的贡献，但现在我们都想不起来了。大伙有了这个目标，战后的经济发展也如火如荼地复苏。"[3]接着沙洲上的男性全部男扮女装，开始组成后宫。这一场战争游戏模拟的是台湾的殖民史、战后依赖美援经济的发展史，其中又涉及对于台湾多种语言、多重历史的吐槽。在这里，历史不再具有高高在上的启示录意义，而是如同游戏脚本一样提供给玩家进入游戏的背景，战争游戏既是对历史的模仿，同时也将历史游戏化、娱乐化、二次元化了，历史如同漫画、电子游戏、电视剧一样，成为这个人工环境数据库的一部分，可以被随意地改写、吐槽。如同小说中关羽的哭诉，他只记得战争是吃树根，历史的深度意义消失了，也不具有对现实的有力回应。

2. 小说打造了一个青春、热血、自由、随性的乌托邦世界，不同于庸俗市侩、无趣疲惫的成人世界。小说中的人物始终处于漫游状态，忽必烈与"我"在城市中游荡，碰到了游民、神明、鬼怪、应召女郎，这对于循规蹈矩的"我"来说，无疑是打开了一个新世界的大门，历险的意义不在于结果如何，最重要的是

---

[1]　陈又津：《少女忽必烈》，新北市中和区：印刻文学，2014 年，第 112 页。

[2]　陈又津：《少女忽必烈》，新北市中和区：印刻文学，2014 年，第 124 页。

[3]　陈又津：《少女忽必烈》，新北市中和区：印刻文学，2014 年，第 124 页。

让"我"体验到一种新的生活方式和价值观。《跨界通讯》中的高龄老人不顾年龄、身体的问题环岛旅行，并坦然走向死亡。老人旅行途中遇到困惑的环岛青年，不同世代所持有的不同历史经验与生活经验、生死观、人生观得以相互交融。跨界意味着跨越了真实／虚拟、性别、生死、情爱、世代的藩篱与偏见，进入更为平等与多元化的理想世界。非虚构的家族小说《准台北人》，两岸的隔绝与印尼的内乱所造成的颠沛流离被放下不表，"我"通过生活经验所看到的父母是勇敢的冒险者，而非悲情的离乡者。历史的迷雾、是非曲折、政治纷争都成为人物改变命运的注脚，父母在大陆之间的迁徙，不仅仅是身份的转换，而且是一场从旧世界来到新大陆的华丽冒险。个体的游历，是一个寻找自己的过程以及展现个体的欲望、勇气与认同的过程。通过这些，作者建构起了一个真诚的、狂欢的、纯粹的自我世界。

因此，在小说当中，天花乱坠、毫无逻辑的幻想情节，是一种对于平庸现实的反击，"我"和少女是一个对照关系，"我"是一个平庸的在校大学生，循规蹈矩，生活缺乏经验，而少女则是一个孤儿，在城市里流浪，没有接受过教育，经常与三教九流打交道，言谈行事不按常理出牌。我跟随少女在城市历险的过程，也是一个突破平庸的常规，解放自我，关注现实的过程。小说借用忽必烈之口对"我"进行尖锐的批评："因为你在一个普通的环境下成长，只谈过普通的恋爱，不但接受普通的教育，还被普通的教授指导，所以只能用普通的观点看待事情，写出这样普通的作品，叫他不要要求什么有深度还有社会关怀的东西，现在时代不一样了，普通才是真正的现实。"[1] 要打破这种普通的局面，就要进入二次元的世界。在二次元的文化世界中，人物可以超越现实的局限，表达真实的自我，打造属于自己的文化观念和精神世界。

第二节　意义的指向：现实的反抗与理想社会的建构

陈又津在萌数据库里建构了一个虚拟世界，但这个虚拟世界并非是对现实的完全逃避和拒绝，借由对于现实议题的关切，陈又津将青年对于真实、公正、平等、纯粹、无功利性、无私、反权威等追求融入小人物的荒诞故事，展现她对于现实的反抗与理想主义社会的建构。

陈又津在青少年的时候就必须面对父亲的衰老与死亡，母亲是菲律宾华侨，

---

[1]　陈又津：《少女忽必烈》，新北：印刻文学，2014年，第183页。

还没成人就和母亲一起经历满是陷阱的都市更新，[1] 在从事自由创作期间，也常常面临种种不公。陈又津笔下的小人物，不再默默忍受，而是直截了当地挑战社会的陈规与偏见。被都市更新驱逐的游民组织起来抗争，不被子女理解的孤独衰老的父亲选择自杀，从小就认为自己是女生的男孩勇敢面对性别歧视，厌恶教育体制的孤僻女孩离家出走，孤独厌世的少年跳楼自杀，被盘剥的文字工作者拿起法律武器保护自己，拿婚姻做赌注的东南亚新娘逃离家乡，被腐败的教育体制压榨的学生掀起校园革命，招不到学生的戏剧系教授依然站在鸡蛋的一边。陈又津描绘都市中每个个体对于不公正的抗争，如同《跨界通讯》中老人的心声："为什么人一定要好相处啊？就是难相处才独居啊，就算在我家变成一团烂肉，我也不要别人随便同情我。有同样困扰的人一定不只我们吧，我们应该组织起来，跟这个社会正面对决！"[2]

《少女忽必烈》是一个历险守护模式，两个少年在都市中的历险最终目标是为了守护被都市更新计划所摧毁的神性世界。都市更新导致旧事物的消失，记忆被遗忘，旧的审美趣味、旧的习俗、信仰、规矩都在随着现代化的推进而被时代所淘汰，小说中的天台电影院将被地铁工程所征收，在快速变动的世界里，土地公也无法守护土地，只能化身为电影院社长，播放最后一部电影《极乐世界》，观众穿过银幕，进入永恒的电影极乐世界。电影世界象征着被急功近利的都市更新消灭的乌托邦，现实充满了腐败的道德，公权力机构、企业为了金钱不择手段，人们失去了对于神明、自然的敬畏。小说以土地爷与恶鬼的斗争，来比喻都市更新中新旧更替的不公正。土地公将最后的荧幕交给破和忽必烈保管，因为"新势力的神明要来了"[3]。小说中的土地公不再是传统的憨态可掬的民间形象，而是穿白色西装戴绅士帽拄拐杖，充满了优雅与文明，相反现代化的神明则粗鲁贪婪，不讲规矩："测试期的长短，就取决于新神明有多快铲除旧的势力——我们属于旧的这边。捷运会吸引恶鬼前来，都是些粗鲁的家伙，从来不留任何退路，就算造成走山也不择手段。天台很早就呈现废墟状态，不知道你有没有发现，果菜市场也大不如前了，海洋的鱼、农地都渐渐消失，这样我们的市场又能撑多久呢？"[4] 旧的

---

[1]　"又津在就读研究所期间，遇上建商来家中谈都市更新，她才发觉大部分的人都不很了解都更议题，自己也是研究后才发现都更的法规和程序非常复杂，于是写了《少女忽必烈》，用自己拿手的写作传达都更运作的荒谬与无奈，'也是因为我喜欢写作，才用这个方式来表达都更的议题，不然我应该是要帮家里处理法律相关事务。'"引自：《读戏剧系，写小说。迷惘，谁没有过？——专访小说家陈又津》，https://ioh.tw/articles/ioharticles-%E5%B0%88%E8%A8%AA-%E9%99%B3%E5%8F%88%E6%B4%A5。

[2]　陈又津：《跨界通讯》，新北：印刻文学，2018年，第190页。

[3]　陈又津：《少女忽必烈》，新北：印刻文学，2014年，第154页。

[4]　陈又津：《少女忽必烈》，新北：印刻文学，2014年，第154—155页。

神明黯然离去，而新神明就像黑帮一样冲进来赶尽杀绝。传统在现代化面前逐渐凋零，文中优美、与世无争、活了上千年的神——树，居然也在都市更新中被推土机连根拔起，当局无视小人物的生存权利，动用警察强拆、官僚强压的方式强行推进都市更新，而树的死亡就像一个悲剧将小说的情绪推向了顶点，接下来的校园抗争喜剧，继续延续和强化了这种站在鸡蛋一边的抗争伦理。

小说以漫画式、游戏式、夸张、无厘头、搞笑的方式去刻画社会的荒诞与不公正，用轻盈的方式消解了尖锐的社会矛盾冲突，化解悲情与煽情，将他们的弱势转换为游戏人间的潇洒——游民不是无家可归的可怜人，他们拥有不受资本主义规则支配的自由。而抗争也并非全是悲情，沙洲被当局征收以后，警察队伍进行强拆，沙洲的游民就和树神、关公、夜游神联合起来，与警察队伍进行对峙。大学学生在校园抗议迫迁，学校的校长与警察联合起来压制学生抗争，引发了议员、教授站在学生一边与校长在校园里展开特异功能比拼。结果特异功能是 3D 投影，用换景和灯光做的。抗争结束，学生投降，媒体关注的却只是特异功能的噱头，而不是抗争的原因。改变世界的抗争不仅失败了，而且还毫无意义，在庞大的行政机器和媒介之前，个体的力量极其薄弱，只能以闹剧的形式去进行拟仿和讽刺。

《跨界通讯》中的莉莉和李飞篇是应试教育和冷漠家庭的牺牲品。她们厌世、自闭、反社会。从第一天开学，李飞篇就不去学校，躲在学校的防空坑道里读书，住在校外的货物柜里面，父母对她的关心只有分数，但她却感到绝望，无法满足父母的要求，考不上他们想要的大学、他们想要的科系，她只想要跟那个家切断关系，彻底消失。莉莉是个跨性别者，从小就认为自己是女生，无法适应社会，只能在家里接受教育，他想要报考女校，却被学校拒绝。家庭和学校是冰冷、功利的地方，压抑了青年真正的自我，两个少女在书中愤世嫉俗地质疑："如果家庭和父母不是什么好东西，那也不用勉强留在那里。但是社会局、社工和老师，也都只会说些屁话，像我们这样未成年的个体，被认为没有思考能力，就算提出自己的意见，也常常说你还小，以后会懂。但是谁来决定谁有思考能力，而谁没有？是谁来决定以后和现代？难道你不想知道，离开保护伞以后，解除封印以后，自己真正的样子吗？"[1]小说借由两个少男少女的越界，展开人对于真正自我的追寻，小说预设了在家庭、学校与社会关系中的个体是不会有真正的自我，只有放弃了这些外在关系的束缚，才能找到真正的自我。就像小说中很多人将自己的心爱之物寄存在货物柜里面，犹如将外界无法看到的真正的自我放进去。"对我来说，物

---

[1]　陈又津：《跨界通讯》，新北：印刻文学，2018 年，第 110 页。

件就是个人的一部分。像是在照护机构里，很多老人会坚持物品的摆放位置，因为他的空间、他的物件就是个人内在的展现，然而照护机构不见得会统一他们的行为。当我们年轻的时候，可能是个初、高中生，没有自己的空间，也没有经济能力搬出去住，那我们可以做什么？个人仓库或许是个答案。你可以把自己的秘密、西化您的东西藏在那里，不会被家人发现或是丢弃。而被你选择放进个人仓库里的东西，也许才是最真实的自我。"[1] 但什么是真正的自我呢？自己喜欢的衣服、摩托车、游戏机、钻戒、葬礼上使用自己喜欢的歌单、按照自己的意愿死去、按照自己的意愿成为男性或者女性、去保护弱小者、去写作。这种自我意愿的表达，象征着个体对于家庭、学校、政府、他者的反叛。

《少女忽必烈》中的忽必烈以及《跨界通讯》中离家出走的少女，代表了作者渴望离开家庭、逃脱教育体制束缚、打破社会常规的理想少女形象。大多数人的生命轨迹是循规蹈矩的风景——"大学毕业。在求职网页上搜寻不可能适合自己的工作：业务、行政、技术员……对于职业的想象发散在不断分歧的网页上，却没有一项自己能嵌合进去，而是陷入更广大迷茫的可能性——然后当兵，朝九晚五，偶尔喝喝啤酒，看看村上春树的小说，结婚或者不结婚，可以的话就买房地产，暗恋来公司做员工训练的日语老师。"[2] 但是"少女的木屐敲碎了这种想象，她会走出一条我们所不知道的路径，我知道，她拥有把修罗场变成游乐场的超能力。"[3]

《跨界通讯》同样也是历险模式，特别的是历险的目标是要处理如何死亡的问题。陈又津在访谈中指出："如果死亡是确切的断代，那么在我们活着的时候，早已经历过各式各样的死亡了。年轻时代自我的死亡、老年时代的失能或失智……我想写的不只是生死两茫茫的动人故事……最后勇敢地把网路和鬼魂放入小说里，借此增加更多关于生命、死亡与存在的讨论空间。"[4]

小说由银发族开启直面死亡的冒险之旅。书中以外省老兵的特殊群体切入死亡的追问，老人面对衰老和死亡的恐惧，他们的记忆和历史会随着死亡消失，而年轻人不仅要面对高龄化社会带来的赡养压力，还深陷对未来的迷惘当中。死亡，不仅仅是肉体的消亡，更是记忆与历史的消亡，老人所代表的冷战记忆随着时间的流逝而消失，但"过去那些事，越来越没人提。年轻人不爱听，咱们自讨没趣，

---

[1]　杨胜博，陈又津：《小说的存在意义，是为了淬炼独特的观看视角》，https://www.unitas.me/?p=1482。

[2]　陈又津：《少女忽必烈》，新北：印刻文学，2014 年，第 26—27 页。

[3]　陈又津：《少女忽必烈》，新北：印刻文学，2014 年，第 26—27 页。

[4]　杨胜博，陈又津：《小说的存在意义，是为了淬炼独特的观看视角》，https://www.unitas.me/?p=1482。

最后统统都进了棺材"[1]。死亡在小说中不再可怕，可怕的是衰老带来的失能、痴呆，作者认为死亡对于这些老人是一种救赎。老年人环岛旅行选择死亡的方式，年轻一代，是送终世代，通过父母辈的死亡，慢慢认识父母亲，从此更加关怀与了解老人群体的需求，加入跨界通信，致力于服务老人的身后事。跨性别的男孩碰上想要自杀的女孩，彼此超越了性别的藩篱，寻找到共鸣与认同。小说最终的指向，是爱与认同。

《跨界通讯》提供了一种温情浪漫、现代化的死亡想象：人死了意识可以在网络上复生；小人物通过网络发声，网络记录了最后的历史记忆。小说中的鬼魂附身在手机上，老兵的聊天室记录着这批冷战受害者的最后声音。网络是作者提供给这个冷漠都市的最后救赎。网络也是人物自我实现的最重要途径。

通过死亡的思考，陈又津展开了《少女忽必烈》当中尚且模糊的对于未来世界的想象。《跨界通讯》中将理想的人与人之间关系的想象建构在网络社群之上。在小说当中，网络不是造成原子化的因素，而是连接了各个孤独、迷惘个体的重要媒介。通过网络聊天建立起来的朋友关系，是脱离了贫富美丑等功利性目的的最为纯粹的关系；孤独无依的老人们通过网络聊天室缔结起互助式的关系，犹如一个家族共同携手面对死亡；网络使人更加地自由与平等，不受身体、年龄、性别的约束；网络可以打破生死、性别、美丑、老少、贫富的界限。

第三节　身份认同的探索："新二代"书写

陈又津自诩自己的创作是"新二代"书写。"新二代"是指东南亚混血的孩子，陈水扁时期称为"新台湾之子"，现在台湾称为"新二代"。据台湾相关部门统计："到了二〇三〇年，台湾二十五岁青壮年世代，将有一成三十新住民二代，也就是每八位当中，一位就来自新住民家庭。"[2]可见，"新二代"在台湾现有人口当中的比重不可小觑。近来因为台湾当局推行"新南向政策"，"新二代"书写成为配合政策的热点，"新二代"书写往往从成长记忆的角度切入家族变迁，书写自身的独特性。

陈又津的父亲是退台老兵，21岁时从福建来到台湾，母亲是印尼华侨，小时候听闻恐怖的"930"排华事件，为了寻求安定的生活毅然离乡，把未来全赌在台湾这块土地。高龄老兵与东南亚新娘的婚姻既背负了复杂的两岸、东南亚历史，

---

[1] 陈又津：《跨界通讯》，新北：印刻文学，2018年，第13页。

[2] 《台湾"新二代"布局东南亚的尖兵》，联合新闻网，https://vision.udn.com/vision/story/7689/735688。

又涉及了外省、移民等族群身份认同。父母辈的迁徙历程，记录着离散的伤痛、开创新生活的勇气、20世纪两岸与东南亚动荡下颠沛流离的个体命运。作为不断消失的外省群体的最后见证人，同时也作为外籍新娘的先锋产物，陈又津的创作既上承眷村文学的谱系，又开创了"新二代"书写的先河，书中始终贯穿着"我是谁""我来自哪里"的追问。陈又津在访谈中提到自己书写"新二代"的动机："她在阅读的过程中发现台湾大众对于新移民二代议题的讨论度很低，大部分只着重'外语优势年薪百万''造成治安问题的越南帮'两种极端的形象，和她本身作为'新二代'的生活经验完全不同；她于是着手书写自己的经验，采访'新二代'朋友，试图挖掘父母亲的移动故事，寻找标签下的意义。"[1]

王德威认为台湾的文学一直徘徊着"遗民"的幽灵。"遗民指向一个与时间脱节的政治主体。作为已逝的政治、文化的悼亡者，遗民的意义恰巧建立在其合法性及主体性摇摇欲坠的边缘上。……如果遗民意识总已暗示时空的消逝错置，正统的替换递嬗，后遗民则可能变本加厉，宁愿更错置那已错置的时空，更追思那从来未必端正的正统。"[2]"眷村文学"被他称为后遗民写作谱系的代表。早期眷村文学以外省后代的身份来书写父/兄的回忆，父亲的过去代表着"大中国"的家国信仰和传统的文化根基，这一历史脉络随着父亲的死亡面临着消亡的威胁，而后代以死亡为起点来进入历史，通过对父亲的回忆来召唤出对于君父/家国的想象与信仰。从白先勇至朱天心，外省二代的作家们无一不在悼念着父辈的巨大身影，诉说着无父的创伤，在现代化的时间巨流前甘心做一个缅怀过去、背对未来的老灵魂。因此，将80后作家陈又津的《准台北人》放置在这一文学脉络下去考察，就可以看到她对于外省这一族群身份背后所隐含的历史意识和文化认同的追问与阐释发生了重大的变化。这不仅造成了离散的认同困境，还导致了父权架构的坍塌，随之解体的还有国族/历史的大叙述，君—父/家—国之间的对位关系被亲情所消解。早期外省书写中具有的悲情和怀旧意识也在80后世代中淡化，代际的历史认同冲突减少，他们转而以多元的视角重新想象祖国大陆。这一变化是建立在世代意识的转型之上，深刻展现了全球化、晚期现代性背景下台湾80后世代的国族认同和历史想象，而这一转型又与台湾整个社会的文化政治经济变迁相结合，展现了从工业社会至后工业社会、从冷战对立至全球化、从两岸的分断到世界范围内的跨国劳工移民这一整体格局之下，大陆这一原乡想象在台湾文化场域内所发生的变化，以及台湾80后世代面对祖国大陆的复杂心态。

---

[1]《读戏剧系，读戏剧系，写小说。迷惘，谁没有过？——专访小说家陈又津》，https://ioh.tw/articles/ioharticles—%E5%B0%88%E8%A8%AA—%E9%99%B3%E5%8F%88%E6%B4%A5。

[2]　王德威：《后遗民写作》，台北：麦田出版，城邦文化出版，2007年，第47页。

《准台北人》描绘了一个成长于新移民家庭的 80 后通过书写父母的离散经验来寻找自我身份的过程。小说的题目很容易让人联想到白先勇的《台北人》，两个相隔差不多 50 年的文本，同样选取了一个离散者的视角来展现这个都市，但其中所蕴含的价值观、历史观以及美学的差异跨越了时间的线索而形成典型性的对照。台北既是异乡人的客居地，也是一个身份符号，是各种文化、历史记忆碰撞交融的地方。如果说《台北人》关注的是两岸分断体制下造成的一批失乡人在台北的空间里悼亡已逝的历史文化，那么《准台北人》则是 80 后世代借对台北的空间、风俗、人情、语言的反复书写，展现出父母双重移民身份所赋予的成长记忆。这种成长记忆表明台湾 80 后既背负着旧的历史创伤，同时也是全球华人离散社群的一部分。因此，分析台湾 80 后的认同除了必须注意历时的、历史的层面外，还要强调共时的、结构的层面。如果说《台北人》是建立在冷战的世界格局之下，"体现了以阶级、民族、国家和超级意识形态为基础的社会认同"[1]，那么《准台北人》则体现了 21 世纪全球化背景下"社会和个人认同趋于多元化甚至分裂的状态，全球化增加社会群体和个人的跨区域流动，家的含义、所属社区的认同、国家归属感都不再单一和精致。多重的、分裂的、依赖环境的认同在相当一部分人中流行，认同混成化，则表明传统的实质主义的文化认同观被逐渐解构"[2]。正如霍尔所说，他们对于身份的追问，"与其说是'我们是谁'或'我们来自何方'，不如说是我们可能会成为什么、我们一直以来怎样表现以及我们有可能在怎样表现自己上施加了怎样的压力"[3]。从后遗民到新移民，80 后身处文化与政治的夹缝之中不停地回首父辈与母辈的原乡，身份不再是无法回归的桃花源，而是可以不断流动与杂交的过程。他们对自己的边缘位置具有相当的自觉，试图拓展出新的世界主义与多元主义的身份。

《准台北人》描述了华人族群经历的两种离散状态，虽然涉及外省二代对外省族群的历史与记忆的反思，但主人公具有多重的身份：外省二代、80 后、新移民、老兵父亲、华裔母亲，这些多重的身份交织让这部小说溢出了眷村文学这一族群身份的框架，具有了阶级、国族、世代、性别、现代性等多层次、多角度的反思。小说描述了台湾在冷战体系与跨国资本主义运作下形成的多重离散路径，随着小说中父亲在两岸之间、母亲在中国大陆—东南亚—台湾地区之间的迁移路线，小

---

[1]　陈国贲:《漂流：华人移民的身份混成与文化整合》，香港：中华书局有限公司，2012 年，第 48 页。

[2]　陈国贲:《漂流：华人移民的身份混成与文化整合》，香港：中华书局有限公司，2012 年，第 48 页。

[3]　【英】斯图亚特·霍尔:《导言：是谁需要"身份"？》，载斯图亚特·霍尔、保罗·杜盖伊编著:《文化身份问题研究》，庞璃译，开封：河南大学出版社，2010 年，第 4 页。

说以宏观的全球视野多层次地带入华人群体在不同历史阶段所遭遇的各种身份的分裂以及新旧住民冲突等问题。而这一状况延续到移民第二代身上，呈现出一种身份混杂的状态。作者通过对父母生命历程的回溯，试图来确认自己的身份源头，却在台湾与大陆空间的错置、父亲失败的返乡之旅当中，发现个体在经历了不断的迁徙、混杂后，已经无法寻回和到达故乡。

正如霍尔所说，身份"绝不是永恒地固定在某一本质化的过去，而是屈从于历史、文化和权力的不断'嬉戏'。身份绝非根植于对过去的纯粹'恢复'，过去仍等待着发现，而当发现时，就将永久地固定了我们的自我感；过去的叙事以不同方式规定了我们的位置，我们也以不同方式在过去的叙事中给自身规定了位置，身份就是我们给这些不同方式起的名字"[1]。

小说着重描写了父母作为外来者，不断奋斗在陌生的城市扎根的历程。赴台的外省底层阶级，在抵台之后，不仅面临着旧政治体系的崩解，同时还面临着资本、阶级的差异冲击，面对现代性和离散制造的差异、排外与边缘化，他们不得不告别过去，努力地成为"台北人"。与早期文本中强悍、权威、怀旧的外省父亲不同，《准台北人》里的父亲孱弱、衰老、沉默，他从不向后代诉说自己的历史，"不说是他唯一的抵抗"[2]。"父亲毫不留恋，独立于眷村和'国宅'之外，和建设公司交涉，绝口不提自己的过去，重新开始"[3]。他改了姓名，娶了本省籍的姑娘，做上假冒的董事长，家国的破碎和离散并没有让父亲染上乡愁，他急切地切换身份，拥抱现代化，渴望在这一空间的迁徙之中获得阶层和身份上的改变。小说提醒我们，外省族群在被本质化、历史化的过程中，有许多被消音、同质化的支配关系存在，这些关系在回忆历史的过程中遭到压制或祛除。这也是台湾族群论述中阶级问题长期被遮蔽的现象，正如陈映真指出的，台湾的族群问题本质上都是阶级问题。

空间的移动，不仅造成了离散的认同困境，还导致了父权架构的坍塌。《准台北人》里父亲婚姻失败，丢失了体面的工作，成了拾荒者，在孩子还未长成的时候就垂垂老矣。父亲如同异邦人路得，参与了台湾的历史，最后却还是被排除在历史文本之外。母亲外来者的身份，也稀释了他血统的纯粹性和正当性。

"我"回首父亲，最大的印象就是不熟悉，表面的原因是因为父亲在夜市卖饼，

---

[1] 【英】斯图亚特·霍尔：《文化身份与族裔散居》，载罗钢、刘向愚主编：《文化研究读本》，北京：中国社会科学出版社，2000年，第 211 页。

[2] 陈又津：《准台北人》，新北：印刻文学生活杂志出版有限公司，2015年，第 13 页，第 12 页。

[3] 陈又津：《准台北人》，新北：印刻文学生活杂志出版有限公司，2015年，第 13 页，第 12 页。

平时都很晚回家，和女儿缺乏沟通。再加上代沟的问题，当我长大的时候，父亲就已经垂垂老矣。但随着父亲种种固执、古怪、可怕的习惯的呈现，如不可理喻地抠门，固执地拾荒，不讲卫生，回到大陆被骗。女儿这场对于父亲的追寻，不仅没有让父亲的形象更加地立体和清晰，反而更加体现了父女之间的隔阂。于是寻父不是为了寻根，而是作者对于父亲的告别，因为父亲的时代是如此无法进入和理解，父亲象征着内战、冷战历史所带来的人的异化，无论女儿如何尝试去解读和靠近，父亲的形象依然暧昧不清。小说体现的，不是去继承、回归父亲所代表的单一的悲情历史，而是试图开创出新的身份认同与文化想象。

第四节 结论

迪克·赫伯迪格把亚文化诠释为一种抵抗形式，认为亚文化体现了被统治阶级对于统治意识形态的反对意见。"亚文化的风格蕴含着丰富的意义，它的转化'违背了自然'，打断了'正常化'的过程。就其本身而言，表现出了类似于演说的姿态和行动，冒犯了'沉默的大多数'，挑战了团结一致的原则，驳斥了共识的神话。"[1]陈又津小说中的二次元风格，是台湾80后青年亚文化的体现，在形式上，深受日本御宅族文化萌数据库的叙事形式影响，建构了一个集动漫、电影、游戏等诸多元素的幻想世界。通过这个幻想世界，陈又津质疑了现实社会"正常化"的过程，以青年人的吐槽、搞笑等方式来挑战主流意识形态，具有青年对于真实、公正、平等、纯粹、无功利性、无私、反权威等理想主义的追求，体现了她对于理想社会的构想，具有一定的反叛性。

陈又津的"新二代"书写展现了在冷战—后冷战的世界格局中形塑而成的文化意识和认同，她对于乡土—原乡、家族—自我、时空—历史的思考与追溯都内涵了这一历史脉络，而浮现在文本表层的全球化、现代化等直接冲击他的时代命题又与历史命题形成互相缠绕与对话的复杂关系，促使她从具体的生命经验出发，不断地探索政治身份问题。从陈又津的创作可以看出，这一世代对于伴随全球化而来的阶级分化和资本流动有相当的自觉，全球化的触角已经深入到台湾这个小岛的每个角落，甚至已经改变了台湾文化场域当中的文化机制，形塑了这一世代的独特美学和感觉结构。他们比前行世代更加深刻地感受到身份的混杂和分裂，他们以自己的成长经历来反思全球化体系、资本流动、阶级分化、市场机制在生活中的影响，体现了台湾21世纪以来文化场域内的新转型。

---

[1] 【美】迪克·赫伯迪格著，胡疆锋译：《亚文化：风格的意义》，北京：北京大学出版社，2009年，第20页。

第十一章　视觉世代的恐怖记忆
——陈柏青小说创作论

陈柏青，1983 年生于台中。曾就读于东吴大学中文系，台湾大学台湾文学研究所毕业。曾获全球华人青年文学奖、联合报文学奖、林荣三文学奖、台湾义学奖、梁实秋文学奖等。作品曾入选《青年散文作家作品集：中英对照台湾文学选集》《两岸新锐作家精品集》，并多次入选《九歌年度散文选》。被《联合文学》杂志誉为"台湾四十岁以下最值得期待的小说家"。2011 年曾以笔名叶覆鹿出版小说《小城市》，以此获九歌两百万文学奖荣誉奖、第三届全球华语科幻星云奖银奖。2016 年出版的散文集《Mr. Adult 大人先生》入围 2016 台湾文学奖散文创作奖。2020 年出版长篇小说《尖叫连线》，获得 2020 年度 Openbook 好书奖。

陈柏青的小说以后现代都市为背景，描绘出在新的资讯传播模式之下人的异化。视觉文化是这一世代新的主宰文化，诞生了新的价值观与行为模式，在无限膨胀的观看欲望下，人的主体性和存在方式被改变，社会也陷入更大的冲突与分裂。他通过回忆与怀旧，以恐怖为美学，在血浆、鬼怪、诅咒中打开一条只属于80 后世代的青春黑暗记忆。恐怖犹如一场集体记忆创造的幽暗诡异梦境，呈现出陈柏青世代意识中的焦虑与恐惧，一方面他通过塑造 80 后世代的集体记忆与世代意识，打破社会对 80 后世代的刻板标签。另一方面，台湾当代社会的混乱、人性的黑暗、世代更替的焦虑、自我的反抗，都进入这场恐怖之中，而小说人物战胜恐怖、解开谜团的过程，也是突破世代局限，走向更加美好的未来的过程。

第一节　视觉经验的呈现

陈柏青在他硕士学位论文《内向世 / 视代小说研究——一种视觉的诠释》中借用黄锦树的内向世代，提出内向世 / 视代的概念，认为出生于 20 世纪 60—70 年代的作家既具有内向性的特征，也受到了电视等媒体的影响，形成新的视觉经验和感觉结构，内向世 / 视代书写具有图像化、视觉化、经验的匮乏、故事性的削弱等特点，作家以视觉方式书写、观看成为目的而非途径，小说文本转换为视觉空间。

这篇论文的研究对象虽然是 20 世纪 60—70 年代的作家，但是实际上是陈柏青对 80 后世代经验的自我剖析。视觉经验是他小说创作当中着力呈现的一个时代症候。在早期获奖小说中，他着重呈现个体经验与电影、电视、手机等传播媒介的关系，在新媒介时代，感官、视觉经验已经深刻地介入社会，成为自我想象与认同的基础，个体在新的技术形式当中塑造着自我。

《武侠片编年史》（2004 年）将父子之间的代际情感与世代矛盾，类比成武侠片的人物关系与情节冲突，以武侠电影里戏剧化的爱恨情仇来具象化生命中的成长与衰老。

《手机小说》（2007 年）里家庭内部情感的流动、秘密的倾诉、家族的记忆、个体的生命都被压缩成只有 70 个字的手机简讯，手机的诞生不仅仅是沟通媒介的转变，还决定了现代都市人的生存方式与情感感受的转变。

在《自拍小史》（2010）里，未来人类的发展史由自拍技术来断代，人在追求自拍中的完美形象过程中不断异化，自拍激发出个体强烈的自恋、攀比与寻求关注的欲望，为了美丽，个体不惜把自己平面化，世界的深度消失了，只能以表象的形式存在，最后虚拟覆盖了真实。自拍也造成了世界的单一化与标准化，每个人都遵循着同样的美丽标准。自拍也割裂了个体与世界的有机联系。"自拍持续将我们这代人变成一座又一座荒岛。……自给自足，那动作便是我们这代孩子的宣誓，一个人就能生存在世界上，拥有一条网络线，自己拍，自己上传，自己架 BLOG，认识另外一个人，看或者是被看，那时候我们会有一种错觉，以为，自己是爱着或是被爱。"[1] "自拍的极致无非如此，一个人就是整体。我就是世界本身。"[2] 自拍是一种极致的自我表达与自我沉溺，自我世界通过自拍无限地膨胀，因此自拍垄断下的观看是单向度的，取消了人与外界的互动，"拍摄者就是被拍摄者，看外面就是看里面"[3]。这是将人彻底地物化，人的内涵与丰富性被抽空，人与一张照片并无二致。

进入长篇小说的创作后，陈柏青从视觉上去想象和理解世代经验与现代社会，更加细腻地形绘后现代社会中视觉经验的表征和世代意识中视觉经验的呈现。

《小城市》中午夜灵异节目所制造出来的都市恐怖传说"红衣小女孩"，象征着都市血色历史所带来的恐怖视觉形象。而母亲的复仇、作家的赎罪、孤儿的寻父、警察的追捕都抽丝剥茧地与城市中一场绑架案引发的悲剧有关。因为台北市民观看到电车出轨死伤惨重的血色画面，从而产生了恐怖不安的记忆，影响到整

[1]　陈柏青：《自拍小史》，《文讯》，2010 年 8 月，第 298 期，第 103 页。

[2]　陈柏青：《自拍小史》，《文讯》，2010 年 8 月，第 298 期，第 104 页。

[3]　陈柏青：《自拍小史》，《文讯》，2010 年 8 月，第 298 期，第 106 页。

个城市的运行。城市的运行者为了消除这一恐怖记忆，透过媒体新闻的强力报道，用都市怪谈中恐怖意象红衣小女孩，取代真实的恐怖记忆，试图重塑 80 后的世代记忆。电视中的看取代了现实的看，也就是说用媒介的经验取代了真实的经验。观看成为小说重要的装置。城市被视觉所笼罩，《小城市》中开篇即对电视媒体进行刻画，一群媒体人彻夜守候报道消防员解救被困猫咪事件，一群看热闹的年轻人，借机把手机和相机拿出来自拍。所有人都热衷于观看，并且渴望被别人看到，视觉成为这个时代最为神圣的意象。正如海德格尔所说："世界图像并非意指一幅关于世界的图像，而是指世界被把握为图像了。……世界图像并非从以前的一个中世纪的世界图像演变为一个现代的世界图像。毋宁说，根本上世界成为图像，这样一件事情标志着现代之本质。"[1]

《尖叫连线》中台湾流行致命病毒，视觉成为决定生死的关键感官因素，只要看到了火，就会触发病毒开关，唤起人的原始欲望，变异成为渴望血肉的怪物，并且在三天内死亡。几个少年为了抵抗这个病毒，想要利用《午夜凶铃》中看完录像带七天内就会死亡的诅咒，来延缓死亡的到来。恐怖片成为疾病的解药，而几个恐怖片的少年主角——贞子、俊雄、学姐等，则在末日、怪物、死亡的威胁下，上演了一场恐怖对决。

陈柏青呈现了网络媒体制霸时代的权力机制——人通过视觉经验来体验现实，视觉经验生成了人的生活，无所不在的视觉主宰着每个个体。《小城市》当中的台北市失去了物质的实体，已经成为一个记忆都市，一个人在被他者观看的过程中成为他人的记忆，而这些外在的记忆又反过来书写着自我。个体是没有自主意识的，是被他者的视觉所书写和定义。同样，多年前看不见的绑匪引发人人自危的恐惧，作家杜若也的小说犹如摄影机般将案件的细节与未来呈现在读者面前，现实成为小说的复制品。《尖叫连线》中电子科技下无处不在的视觉媒介充斥、监控、介入着每个人的生活。电视已然成为前现代的产物，视觉通过网络、手机等新的媒介技术，更大更深地渗透至日常生活当中。小说充满各种各样的视觉符号——电视、电影、监控器、私人手机摄像头、网络直播、录影带、玻璃窗、街边透视镜等。小说中强大的怨灵俊雄寄生在视觉媒介当中，破坏人心，引诱着人类为了活下去成为加害者。正如陈国伟所说："从《小城市》到《尖叫连线》，他不断质问在这个数位媒体已然全制霸的时代，牵动大规模群众爱憎的，究竟是什么？特别是台湾这几年历经了各种网路平台所进行的政治与情感动员，无论是文字还是影像为媒介，都以视觉的愿（怨？）力向我们袭来，将我们席卷其中，成为召唤黑

---

[1]　【德】马丁·海德格尔著，孙周兴译：《林中路》，上海：上海译文出版社，2014 年，第 84 页。

暗之心的基本配置。吊诡的是，早已习惯被科技载具装载的我们，身体与心灵都被这些数位原生资讯所穿透与浸润，我们陷入同时来自'看不见'与过度'看得见'的恐惧，一如小说中透过视觉的感染者，仍必须透过视觉治疗，仿佛完全无法逃脱。"[1]

在小说中，电影、电视是形塑 80 后世代的美学感受、价值判断与经验来源的最流行、最强大、最显著的视觉文化形式。陈柏青在创作中直接将小说文本视觉化。1. 直接插入电影术语，如导演、剧本等。《尖叫连线》将文本化为电影的分镜，一个不在场的导演不断地插入文本，创造出电影拍摄的现场感，导演的各个指令调控着小说的转场、时间的流动、人物的行动、情绪的释放。如：导演喊卡。[2] 导演说，要拍日常，那就找一个胖子来被欺负吧。[3] 导演说，给我一尊奥斯卡奖。[4] 导演说，方法演技。[5] 导演说，给他一个特写。[6] 导演说，在这一幕插入细胞膨胀的画面。[7] 小说被拟造成为一个剧本，如"场景：教学大楼三楼侧翼厕所。道具：全新环保空气触媒消臭白瓷小便斗。人物：我、歪猪。技安。小喽啰若干。"[8] "我"和歪猪在学校遭受霸凌，霸凌场景犹如电影剧本以各种结局反复展演，到了一个点就喊卡重来，情节不断地繁殖和膨胀，但是情节始终没有推进，只是不断地倒带重来，不断地重试现实能够产生的不同变量。犹如黑暗漫长的青春，永远都看不到未来和出路。2. 充满画面感、电影感的叙述方式。语言干脆利落，着墨于对话、动作与场景，较少心理状态的铺陈。《小城市》开篇犹如好莱坞电影分镜头一般，以时间倒数的方式，快节奏地拉开各个场景，将三个人的三条线索穿插进行叙述，每个人的生活徐徐展开，每一次转换犹如电影镜头的切换，制造了充分的悬念。淡入、蒙太奇等电影语言和叙述方式也随处可见。3. 对已有电影情节、元素的拟仿。《尖叫连线》吸纳东西方恐怖片精华，集合了《咒怨》《七夜怪谈》《异形》《半夜鬼上床》《十二号星期五》《鬼店》《魔鬼终结者》《灵动：鬼影实录》《德州电锯杀人狂》等恐怖电影的恐怖元素，如鬼、外星人、异形、丧尸、传染病、杀人狂、恐怖录像等。《小城市》中启动 80 后集体记忆的是各种各样的电视节目："天龙特攻队、霹雳游侠、天才保姆、银河飞龙、异形终结者、马盖先、美少女战

[1]　陈柏青：《尖叫连线》，台北：宝瓶文化事业股份有限公司，2020 年，第 11 页。
[2]　陈柏青：《尖叫连线》，台北：宝瓶文化事业股份有限公司，2020 年，第 53 页。
[3]　陈柏青：《尖叫连线》，台北：宝瓶文化事业股份有限公司，2020 年，第 53 页。
[4]　陈柏青：《尖叫连线》，台北：宝瓶文化事业股份有限公司，2020 年，第 55 页。
[5]　陈柏青：《尖叫连线》，台北：宝瓶文化事业股份有限公司，2020 年，第 55 页。
[6]　陈柏青：《尖叫连线》，台北：宝瓶文化事业股份有限公司，2020 年，第 68 页。
[7]　陈柏青：《尖叫连线》，台北：宝瓶文化事业股份有限公司，2020 年，第 91 页。
[8]　陈柏青：《尖叫连线》，台北：宝瓶文化事业股份有限公司，2020 年，第 54 页。

士、爱天使传说、雷神王、大无敌、龙神传说、万能麦斯……"[1]《小城市》中的关键恐怖意象红衣小女孩，既是台湾本土所生产的都市传说，也套用了日本经典恐怖片《咒怨》等经典情节，如漂亮女生用手机自拍的视频，定格后会出现可怕的鬼脸和可怕的尖叫声，自拍诞生了女鬼，象征技术对人性的扭曲。《尖叫连线》中电视屏幕上的鬼影召唤出每个人在绝境中的自私、怀疑、埋怨、背叛，引诱他们自相残杀，视觉象征着每个人心中最黑暗的鬼魅。陈柏青用现代化的视觉形式对传统传说进行现代化的再现，体现了后现代都市潜伏的不安全感。

小说中网络时代的视觉媒介呈现了地狱般的恐怖景象。《尖叫连线》中肆虐台湾的病毒 HLV 引发人吃人的恐怖末日，这个病毒犹如视觉时代的象征，经由影像、视觉迅速地在岛内传播。小说开篇即通过龙山寺祭天仪式直播、士林夜市游客自拍棒录影、外省老兵现场采访、台北市议会直播等现代社会的公共媒体、自媒体等形式，在呈现病毒传播场景的同时，也刻画了台湾当代社会的乱象。

在病毒肆虐的危急时刻，台北市议会却因为封城策略吵成一团，心怀叵测的政客，出于各自的政治目的在议会上攻防，导致会议中断。小说末尾一句"暂时未能判断是因为食客入侵还是单纯派系斗殴"[2]，讽刺了台湾政客的尸位素餐，以及政治在党派斗争之下的混乱。士林夜市游客的自拍录影，拍摄了一群游客在夜市因为价格问题争吵，进而互相斗殴，最后引发病毒爆发的整个恐怖过程。文本中，镜头是观看的主宰者，引导着读者的视线——"镜头停下时""镜头聚焦在争执双方""镜头拍摄左右人群""如果这时镜头拉到最近""背对镜头那个回过头来""镜头一晃""镜头转向身旁""摄影机落地""最后摄入镜头的，是游客自己的脸"。[3]这场游客在夜市的自拍，有别于公共媒体的观看，凸显了观看与被观看的主客体都是普罗大众，但这里所呈现的大众，却充满了非理性的情绪，为了一点价格争得面红耳赤，同样，围观群众也如同乌合之众，"热的天，皮肤上都是湿亮亮的汗，一双又一双眼睛兴致勃勃"[4]，这些围观者犹如鲁迅笔下愚昧的大众，在看的过程当中异化了，成为吃人的野兽。外省老兵的现场采访叙述了中正广场上一群不同政见的抗议人群互相对峙，最终变成食客的恐怖场景。"一开始是'抗议'吧。但很快出现'对这波抗议的抗议'，一开始是要求正名，但很快是'对正名的正名'，于是字体被换上去又立刻被拿下来。人群包围了中正纪念堂。后来这波人又被另一群人包围。可以说是包围的包围。几轮攻防下来，你看那工程车甚至都没撤，

[1] 叶覆鹿:《小城市》，台北：九歌出版社有限公司，2011 年，第 88 页。

[2] 陈柏青:《尖叫连线》，台北：宝瓶文化事业股份有限公司，2020 年，第 39 页。

[3] 陈柏青:《尖叫连线》，台北：宝瓶文化事业股份有限公司，2020 年，第 33—34 页。

[4] 陈柏青:《尖叫连线》，台北：宝瓶文化事业股份有限公司，2020 年，第 33 页。

工具都在啊，反正贴上去的石膏大字又要被拿下来了。广场到底该叫什么还是不清楚，但俺真正清楚的只有'群众'存在的本身，他奶奶的人多就会乱，一开始谁不知道要理性，但你待久了看看，广场空气里一股子骚味，耳朵嗡嗡都是麦克风和扩大器的回音，他和他以及他后来变成他们，本来坚持什么不是重点，重要的只有打倒对方。打倒不够，要啃咬，要撕裂，要吃对方的肉，要啃对方的骨头。你原本的理念是什么没关系，最后会发现，大家都有同一个坚持，就是关于反对。"[1]小说刻画了一个被各种盲目的社会运动、派系斗争、民粹动员、族群矛盾、省籍冲突所主宰的分裂的、焦虑的、躁动的社会。21世纪以来风起的台湾社会运动，表面上是在诉求"公民权利"，采用了所谓的"公民社会""台湾人民""民主平等"等话语，但实际上还是陷在族群对立与政治对抗的高度政治化与排他性的逻辑之中。虽然台湾社会历经政党轮替和"民主转型"，社会却依然笼罩在分裂与冲突之下，"公民运动"沦为政党争夺权力的政治工具，成为反智识、反精英、本土偏狭、排外情结、暴躁激进的民粹主义运动，理性、公开、民主的精神已经丧失殆尽。中正广场屡次更名，但其所象征的权威体制的幽灵依然存在，黑暗的历史记忆没有被真正清理，21世纪外省老兵对于采访者依然色厉内荏地质疑："什么你说现在改名'自由广场'了，你什么颜色的你？"[2]而他割下蒋介石塑像的头颅杀死"食客"的一幕无疑是对台湾历史与"党国信仰"的虚伪本质的讽刺，俨然是这个"不问是非，只问立场"的病态社会的写照。

网络媒介的发展加剧了社会道德、媒介生态的沉沦。《小城市》中的电视媒体只关注无聊耸动的花边新闻，只会煽动对立情绪，加剧社会的分裂混乱。这样一种"劣币驱逐良币"的媒体沉沦现象，反映了台湾当代公共舆论场域的恶化。《小城市》当中在市政大楼下的抗议人群，被RED描绘成为像一群感染了病毒的僵尸，"没有脑，光会吵，一直来一直来"[3]。他们"无政府。混乱。暴民。……他们没有信仰，失去思考，只凭着本能和肾上腺素行动"[4]。社会运动风潮迭起，各种不同诉求的社会运动撕裂着台湾社会，社会是非不明，没有秩序，这些看似立场对立的人群，实际上如同僵尸一般盲目和非理性。可见，在小说当中，病毒是一个隐喻，象征着台湾社会的混乱，而加剧和传播这种混乱的是代表民主、平等的视觉媒介技术，台湾地区女领导人为了安定民心去龙山寺祭天并现场直播，这次有史以来

---

[1] 陈柏青：《尖叫连线》，台北：宝瓶文化事业股份有限公司，2020年，第35页。
[2] 陈柏青：《尖叫连线》，台北：宝瓶文化事业股份有限公司，2020年，第34页。
[3] 叶覆鹿：《小城市》，台北：九歌出版社有限公司，2011年，第38页。
[4] 叶覆鹿：《小城市》，台北：九歌出版社有限公司，2011年，第38页。

"领导人发言竟然比当红偶像剧还要多人看"[1] 的观看事件,却造成一千多万人的感染。视觉影像技术的爆炸性传播,造成了人人都是看客的社会现状,投射出人最深层的欲望——攀比欲望、物质欲望、窥探欲望、控制欲望以及最恐怖的黑暗之心——自私自利、自我中心、排他之心、妒忌之心、猜忌之心。在媒介控制之下,人人都如感染病毒、丧失理智的"食客",只被原始的欲望所驱使。可以说,视觉媒介就是后现代社会危机的一个表征,开启了台湾民粹主义的图景。"'冲突升温,群众人数持续增加。'电视荧幕上跑马灯滚动。献给全台湾一千五百万新闻频道收视用户的视觉肾上腺素。新闻以空照方式呈现行政大楼广场前的情形。切换到下一个频道,子母画面,空照图变得好小,大框框里几位名嘴争论事情开始的起因,目前为止还没人搞得懂发生什么。"[2] 通过视觉媒介,社会的冲突被放大、加剧,视觉时代制造了一批盲从的、无知的人群。

同时,网络媒介笼罩下的观看,已经成为无限复制和繁殖的网络体系,将自我与真实割裂。一方面,电子媒介带来的信息爆炸,让 80 后世代通过电视、电影、网络等过早地习得经验,陈柏青在《大人先生》中定义 80 后世代:"电视是我们这一代爱的教养,是经验,我们在电视中学习一切。但其实电视所带来不过是超浓缩的经验。而我得到不过是经验的经验。"[3] 另一方面,人的主体性,早已湮没在庞大的资讯网络里。"这也刻画了内向世 / 视代的身世矛盾,他们一方面历经沧桑,出身仿佛文明臻至巅峰果烂花靡的书写成熟期,却又实是一初出茅庐的少年。……'我'之视界与世界零距,但经验与体验却存在永恒之距,这其中主体的飘零,无法统合的内在,太过庞大的经验灌输与自我载体相对应的空翻、理性与感性之冲撞,便显现为一种裂缝的存在。昭示于文本上,便是分裂:包括主体与自我的分裂,性别的自我增殖与裂变……"[4] 在后现代社会,视觉文化替代了真实的经验,正如费尔巴哈所说:"对于影像胜过实物、副本胜过原本、表象胜过现实、外貌胜过本质的现在这个时代……只有幻想才是神圣的,而真理却反而被认为是非神圣的。是的,在现代人看来,神圣性正随着真理之减少和幻想之增加而上升,从而在他们看来,幻想之最高级也就是神圣之最高级。"[5] 正如鲍德里亚指出的,电视、网络视觉传媒技术"使得人们越是接近真实资料、直播,越是用色彩、突出等手

[1] 陈柏青:《尖叫连线》,台北:宝瓶文化事业股份有限公司,2020 年,第 25 页。
[2] 叶覆鹿:《小城市》,台北:九歌出版社有限公司,2011 年,第 41 页。
[3] 陈柏青:《大人先生》,台北:宝瓶文化事业股份有限公司,2016 年,第 55 页。
[4] 陈柏青:《内向世 / 视代小说研究——一种视觉的诠释》,台湾大学文学院硕士论文,2012 年。
[5] 【德】费尔巴哈著,荣震华译:《基督教的本质》,北京:商务印书馆,202 年,第 20 页。

段来追踪真实,真实世界的缺席随着技术的日臻完善就会越陷越深。"[1]视觉媒介的介入,产生了新的文化逻辑。人变成了影像的拟像,拟像取代了真实的经验。

第二节　恐怖日常与怨灵复仇

陈柏青在小说当中创造了一个恐怖世界,从《小城市》里的都市传说,到《尖叫连线》的恐怖片集大成者,陈柏青塑造出成长中的恐怖日常,表达了80后世代的集体焦虑。

陈柏青挪用鬼魂、妖怪、丧尸等这些荧幕上制造出来的恐怖形象,以及恐怖电影情节,制造出恐怖的气氛。这种氛围充满了时代感,是陈柏青对于少年记忆的复归。恐怖小说、恐怖电影是80后世代的流行文化与共同记忆,是打开世代文化的密码。20世纪70年代,因为经济复苏等多重原因,西方的恐怖文化被引进亚洲,开启了恐怖电影的盛世。90年代台湾电视台兴起了一系列的灵异节目,其中红衣小女孩就是当时特有的都市传说鬼话。所以,陈柏青小说中的恐怖氛围的塑造,是对形塑80后世代的大众文化氛围的怀旧。

陈柏青在讨论台湾恐怖小说的时候认为,恐怖小说"首先致力营造并启动的,不是恐怖,而是一种乡愁。……表面上是一部惊悚小说,事实上却是对童年的秘密与缄默的礼赞。也描写一个我们已经失去(或即将失去)的童年世界。……它打造的不是猛鬼或是某种怪兽。而是一个宛然的'六零年代少年眼光看出去的世界',它要做的不是聊斋,而是天工开物"[2]。而打造这种怀旧感与时代感的关键,就是找到潜伏在世代记忆中的恐怖记忆。他认为台湾的恐怖小说不成功的原因在于没有找到密码去提领集体记忆。"这些记忆还没有真的进入恐怖小说,甚至是各类文本或影视中。我们缺乏共同的记忆结构,还没有召唤出这样的集体潜意识,还没有办法好好用一些好作品或好语言去提领、去兑现这个庞大的资产。那不只是台湾恐怖小说的问题,而是整个台湾小说的问题,也许有些珍稀的作品曾经提领出几个零头,但台湾之'子'——'在台湾,在每个年代,童年是怎么过的'还没有成为一个集体的概念。"[3]可见,陈柏青的恐怖小说,并不注重于创造一个恐怖的情节,或者吓人的怪物,恐怖在他的小说当中,充满了浪漫化的色彩,只有

---

[1]　【法】鲍德里亚著,刘成富、全志钢译:《消费社会》,南京:南京大学出版社,2014年,第113页。

[2]　陈柏青:《笨蛋,问题不在小说不恐怖,而在于我们还没有台湾之子——〈夏之魇〉》,2019.1.4,https://www.mirrormedia.mg/story/20181231cul002/。

[3]　陈柏青:《笨蛋,问题不在小说不恐怖,而在于我们还没有台湾之子——〈夏之魇〉》,2019.1.4,https://www.mirrormedia.mg/story/20181231cul002/。

脆弱敏感的少年才能感受到，而一旦成长为市侩麻木的大人就会失落的纯真情感，书写恐怖就是对于青春阵痛的怀旧，旨在唤醒读者内心对于成长、青春时期的孤独、疏离、自卑的焦虑与恐惧。

陈柏青的恐怖主题是怨灵复仇，小说中的主人公化身为强大的怨灵，对不公正、不公义的社会进行复仇，而恐惧，就是他们对这个系统造成的最大的混乱和冲击。《尖叫连线》中一群被霸凌的弱小少年，经历了重重的欺骗、背叛、孤独，最后化身为贞子、咒灵等怨灵，向世界进行复仇，以少年对抗一个世界的黑暗凸显了黑暗的社会现实与人性的丑恶。校园是青春的地狱，"不是吃人，就是被吃。不过，学校就是这样的地方，我们不都知道了吗？"[1]陈柏青的小说大多以青春校园为背景，描述发生在校园里的霸凌、被害、复仇、杀戮。小说《尖叫连线》的情节在一层层的梦境与现实当中无限循环，僵尸、异形、鬼怪层出不穷，每一个看似充满善意与责任感的青年，在下一个循环又被揭示出黑暗之心，受害者成为加害者，想要救赎却实际上是想要博取注意、获得理解、被群体接纳的玻璃心，显示在恐怖日常下，没有人是旁观者。《小城市》中的混乱都是小人物制造出来的，叶红蛮认为儿子是被霸凌致死，用信鸽向当局复仇，黑压压的信鸽压碎市政府的玻璃，而这一幕通过电视直播形成了大规模的群众恐慌。韩欢是一个游手好闲的骗子，靠钻法律的空子谋生。为了逃避铁兵卫的追捕，他从高架桥上驱车一跃而下，恰巧落在市政府门口，冲破了警察设置在门口的拒马，为原本就混乱不堪的局势火上添油，无意中成为革命领袖。RED是一个典型的80后青年，先是嘲笑广场上的抗议者犹如没有思想的僵尸，看到警察来镇压后，她又坚定地支持抗议者，大喊警察打人了，朝广场扔椅子，启动图书馆的消防系统。她用《红衣小女孩》的恐怖录影带带领杜若也进入80后的世代记忆，在80后聚会上她企图向柳子骥开枪，她就是恐怖的制造者和混乱本身。如果说市长柳子骥、警察、媒体这些社会精英的责任是祛除恐怖，维护社会和谐稳定，保持社会按照既定的轨迹与阶序来运作的话，那么恐怖就是普通人射向既定命运与阶序的一颗子弹。后现代社会的革命没有明确的目标与纲领，就是在井然有序的都市中制造混乱。恐怖也因此具有了反抗意义。

陈柏青说："撰写《尖叫连线》期间，面临同婚公投差距甚大的挫败，赤裸的恶意让他喘不过气，看不见且不被看见的黑暗，竟成为一种包容。'在黑暗里反而觉得静谧并得到安慰。很多时候，我们需要的仅仅是一个可以置放自己的地方。'而一片漆黑的沉默中，其实充斥无声的尖叫，我有时候会想起电影《异形》

---

[1]　陈柏青：《尖叫连线》，台北：宝瓶文化事业股份有限公司，2020年，第170页。

slogan。在太空中，没有人会听到你的尖叫是一种恐怖。而这个世界正在变成太空，人们听不到。这是异形都无法想象的恐怖。整个世界是一片真空，我想要写出大家的尖叫声。"[1]21 世纪同志运动逐渐从妇女平权运动中独立出来，成为台湾社会的一个具有鲜明世代色彩的重要议题，伴随着性别运动成长的陈柏青，很早就坦荡地亮出同性恋身份，也是同性婚姻平权运动主力之一，但是在长期的公投恶伤中，他感受到强烈的孤独感与异类感，因此，恐怖既是他内心痛苦的表达，也是他自命为异类对于主流意识形态的反叛。他在小说中化身为惊世骇俗的鬼或者怨灵，挑战既定的规则与价值观。"鬼是一切被排除的时间。鬼是脏污。是与周旁格格不入的不合时宜。……鬼是城市黄金地段且冠名'新'的公园里探求身体欢愉于厕所或凉亭相摸索的游魂。鬼是旧区大庙前据一方草席就这样睡去的游民。鬼是更新计划范围里不肯走的钉子户。鬼是路边的乞儿。是推着车红砖道上猛磕头的残疾人儿。是挡住捷运路线不让'进步与文明'横冲直撞的重症疗养院旧址。在'我没有歧视他们这种人但请他们不要出现在我面前'这句话出现的同时，你就现形变成鬼了，要不隐身，要不成人，成为他希望你变成的人。这些都是属于城市的鬼话。在我居住的城市里，现代式的驱魔是试图用水柱冲淋游民。是趁钉子户离家抗议时呼告'天赐良机'大举操兵拆除。是集中管理、是迁移、是'可能导致人兽交'、是'整批抓起来送到阳明山野放'、是'烧毁'、是'可以去国外定居结婚啊'、是拉起的封锁线还是拒马刺流笼所圈出'举牌三次径行告发'……"[2]所谓的鬼，实际上建构的是作者的自我认同。"陈柏青说自己就像恐怖片里的丑陋配角，他写出歪斜丑怪的角色，每一个都不正常，每一个都至少是真的。对恐怖片的认同也在被赐死的 B 咖：'里面的那些 bitch，那些一定会死的角色，我好想让他们活到最后……那就是我们啊，恐怖片里 gay、黄种人、做爱的人，一定会死。我们是规则里一定会死掉的人。'写小说，把这些人捞回来。"[3]也就是说，恐怖投射的是惨绿少年的自我认同。

第三节　打造七年级——集体记忆与集体意识的再现

陈柏青在硕士学位论文说道："小说所操作引动的，是此一世代之共同感觉，唤起共有之感觉，将读者也卷入，不是反应，而是诉诸，是操作，是启动。也就

---

[1]　爱丽丝：《专访〈尖叫连线〉作者陈柏青：我要把那些刻板印象的恐怖诅咒，都变成祝福》，2020.07.04，https://www.thenewslens.com/article/137278。

[2]　陈柏青：《大人先生》，台北：宝瓶文化事业股份有限公司，2016 年，第 82—83 页。

[3]　BIOS monthly：《演到矫情，最后只想躺下来——专访陈柏青〈尖叫连线〉》，2012.8.21，https://www.biosmonthly.com/article/10473。

等同塑造。"[1] 他在小说中心心念念的就是世代意识的塑造。

《小城市》的核心是讨论何为 80 后世代,人物的塑造、情节的推进、背景的描写、悬念的设置、氛围的营造,都是为了不断地追问和回答,什么是 80 后世代?身为 80 后世代的一员,应该如何面对过去、现在与走向未来。应该如何在各个世代的更替与时代的变迁中,认识自己,找到自己的认同?小说中的七年级是即将成为社会领导者的中坚世代,也是最后一届联考时恰逢地铁出轨的恐怖事件的受害者;他们既是上一世代眼里无可救药的七年级生,又是拥有鲜明时代经验与个性化特征的群体。80 后世代充满着矛盾、冲突、断裂,他们是承前启后的关键世代,也是充满着断裂与失忆的世代。小说的命题,就是以集体记忆为线索,抽丝剥茧出 80 后世代这一群体的总体特征与面貌。

小说以 80 后最为熟悉的后现代都市为背景,搭建起 80 后的成长舞台,后现代的都市已经没有宏大的叙事,只余下碎片化的生活经验,世代的更替也不再依赖于重大的历史事件推动,而是一些个人化的经验区隔。小说宛如 80 后世代的怀旧大展演　外星宝宝回收桶、浴火凤凰、霹雳车、纸娃娃、灰色半筒袜、贴纸搜集簿、废弃思乐冰台、放学后在麦当劳定制 BB 机音乐、《飞狼》主题曲、养电子鸡等等。小说的高潮是市政府举办的七年级同学会,召集了全市的 80 后青年到场怀旧。"会场天花板悬垂各类旧童玩,哥吉拉不是酷斯拉,哆啦 A 梦那时候还叫小叮铛,所有记得的都应该存在,它们从来不是错误,记忆没有错,而我们都爱这个错……同学会的高潮,在柳市长按下按钮启动'时光走廊'的那一刻,往事如潮涌动,半空光束甩着拉着,里头千军万马涌动。"[2]《小城市》的 80 后世代在聚会上"讨论'飞狼',讨论'美少女战士',讨论'大无敌',哼两句小虎队的红蜻蜓,曲不成调,却一下子拉近彼此的距离,方便他们拿出手机或相机自拍,铃声响起还是那么久远的'忧郁派对''一代女皇''失恋阵线联盟'……"[3] "头顶的怀旧玩具。宴会桌上的柑仔店食玩。走廊上电视播放的老影集老卡通。BBCall 响声。手机原始的铃音。穿着学生制服的男子女子。"[4]

作者通过这些相当个人化、私人化的经验去召唤世代的认同与典范,借由怀旧来彰显上下世代之间的差异。"面对充满不稳定与风险的世界和社会变迁、面对许多新兴事物可能挑战他们逐渐接手但还不太稳固的位置,他们试图在旧事物中

[1]　陈柏青:《内向世 / 视代小说研究———一种视觉的诠释》,台湾大学文学院硕士论文,2012 年。
[2]　叶覆鹿:《小城市》,台北:九歌出版社有限公司,2011 年,第 184 页。
[3]　叶覆鹿:《小城市》,台北:九歌出版社有限公司,2011 年,第 252 页。
[4]　叶覆鹿:《小城市》,台北:九歌出版社有限公司,2011 年,第 253 页。

找到传统价值与稳定熟悉的力量。"[1] 正如电视台综艺节目的李组长怀念 90 年代："那真是综艺节目的美好年代。观众的要求不多，第四台有线电视还没抢市场，艺人还很单纯，并且知道有一种东西叫作形象，美好年代。玫瑰之夜。一去不返啰！"[2] 青春如同被下架的综艺节目一去不复返，所以，这部小说实际上是陈柏青写给 80 后世代的伤悼之书。"杜若也忽然有点明白七年生的心态。因为时间已经过了。七年级成为风潮的主要原因正在于他们已经体悟到，连自己都将成为回忆了。蜡烛烧到尾端时爆出极限的光焰。派对尾声时再也忍不住哈哈大笑。那一切的一切。笑得最阔气，话讲得最大声，彼此凝视的眼神泛着水光，繁花将尽。"[3]

记忆在小说中成为恐怖的焦点，杜若也在追查的过程中不断遇到记忆被修改的诡异现象，最后一届联考生集体消失，《玫瑰之夜》电视节目被终止，象征时间所带来的世代更替，造成了社会不断的断裂、失忆。联考末代生意味着 80 后世代跨越了两种教育模式和价值观模式，他们经历过政治"解严"、社会富裕、社会运动风起云涌的年代，夹在中华传统教育与更加现代化、开放、多元化的思潮之间。曾经年轻的少年，尚还在做梦，新世纪却要面对更为年轻世代的来袭。小说中叶渐渐说："在那之前，我明明还是高中生，却忽然跳成二十七二十八就要三十的男人了。本来我是一群人中最小的那个，大人会宠着你，一边虽然很严肃的戳着你的额头：'你看看你们七年级喔'，但你知道那里头有点纵容。现在呢？你觉得自己才刚开始，人家八年级已经出来混了。像是舞台的灯光一下被拿开，现在你会被人家说：'你也开始老了吧！'你变成自嘲的那一群了。"[4] 个体在这个急速变化的社会中迅速老化，集体记忆无法延续与传承。小说的恐怖，实际上是世代剧烈更替的隐喻，红衣小女孩"是七年级整个世代恐怖记忆的关键……她就是我们记忆本身的象征。会消失。会遗忘。所以要被找到。"[5] 这些旧的文化记忆的重现，体现了贯穿陈柏青小说中的世代身份的焦虑，记忆被不断地修改和重建，回忆成为建构世代身份、区分我群与他者的最重要媒介。——在这个现代化、多元化的都市里，每个人都想要做自己，每个人又都被别人的目光所定义，每个人都只向前看追逐潮流，那么旧的记忆该如何保存？那么 80 后世代如何打破原子化的状态寻求集体的身份认同，如何打破前行世代的书写定义自己？陈柏青给出的答案是用记忆来抵抗时间，用记忆来连接时间造成的缝隙。"有'缝隙'，才有连接的必要。

[1]　郑亘良：《论"年级论"——年级现象的初步探讨》，http://sex.ncu.edu.tw/reset/?p=606。
[2]　叶覆鹿：《小城市》，台北：九歌出版社有限公司，2011 年，第 155 页。
[3]　叶覆鹿：《小城市》，台北：九歌出版社有限公司，2011 年，第 233 页。
[4]　叶覆鹿：《小城市》，台北：九歌出版社有限公司，2011 年，第 232 页。
[5]　叶覆鹿：《小城市》，台北：九歌出版社有限公司，2011 年，第 66 页。

我们是'缝隙'的一代，何尝不是'连接'的一代……"[1]

面对世代更替带来的焦虑，陈柏青产生出末日感。他用集体记忆来划分自我与他者，挖掘记忆是为了缔造 80 后的集体，正如哈布瓦赫的记忆研究所说："记忆具有社会性，首先它产生于集体又缔造了集体。其次，个人记忆属于群体记忆；人们不是单纯地活着的，人们是在与他人的关系中进行回忆的；个人记忆正是不同社会记忆的交叉点。"[2] 但小说恐怖的是，尽管作者心心念念地去建构世代论述，小说中的 80 后几乎都是失声的，80 后的叶渐渐是靠妈妈的思念才能存活，80 后的韩欢对自己的父亲和身世一无所知，最为讽刺的是撰写"七年级专栏"的作者是 50 后的杜若也，而当杜若也的专栏一炮打响、沾沾自喜的时候，他又发现冥冥之中有一只无形的大手，主宰着一切的行动。在这样一个世代结构当中，每个人都处于被定义、无法发声的恐怖中。

面对上一世代强加给自己的各种标签，陈柏青在小说中大胆宣告出自己的七年级宣言。"记忆赋予我们意义。记忆是一种资产，是记忆构成了我们。在别人耳里，是嘈杂的，没有意义，甚至连旋律都没有的铃声，却是我们七年级专属的密码，只有我们知道他的秘密。那让我们这一代人不同于别的世代。因为记忆不一样，所以才有不一样的我们。"[3] 这些专属 80 后世代成长的集体记忆是划分自我与他者的标志，是对伴随 80 后成长而来的世代负面标签的反抗。"当人们谈起七年级……人们总会说，'草莓''躁进''抗压力低''没经验'……但我不免想问，这些名词定义的，是所谓七年级的特质还是所有年轻人都可能有的？人们是因为新世代年轻，所以忧惧还是忘了自己曾经年轻？或者，正因为自己不再年轻，所以，他们忧虑的其实不是关于七年级，而总是关于自己。七年级生，请站出来。现在是你们大声说的时候。不要让别人定义我们。今天起，我们要挖掘属于我们的记忆。辛苦也好有点俗也罢，好的坏的都可以，也许有点害羞，想到时脸好红心跳好快，说了没两句就跺脚眼掉泪。但那就是我们。那就是七年级。"[4] "草莓族"一词最早由翁静玉于 1993 年提出，原指当时三十岁以下的年轻人（五年级生，即出生于六十年代的青年）自我中心主义、抗压力差、外表光鲜、内里一压就烂。随着世代之交，这些负面标签也随之转移到 80 后青年身上。"草莓"一词在每个世代中被反复使用，代表着上一个世代对于新生世代的傲慢与偏见，以及世代结

[1]　叶覆鹿：《小城市》，台北：九歌出版社有限公司，2011 年，第 184 页。

[2]　冯亚琳、【德】埃尔主编，余传玲等，译：《文化记忆理论读本》，北京：北京大学出版社，2012 年，第 23 页。

[3]　叶覆鹿：《小城市》，台北：九歌出版社有限公司，2011 年，第 93 页。

[4]　叶覆鹿：《小城市》，台北：九歌出版社有限公司，2011 年，第 94 页。

构中年轻世代处于失权与失声的不公正状况。因此，陈柏青书写被遮蔽的集体记忆，就象征着 80 后世代反抗主流意识形态的定义，以及夺回话语权的斗争。也就是说，陈柏青试图反抗的就是文化中既定的权力规则。从小说一开始，报纸聘请杜若也撰写"七年级"专栏，杜若也兴致勃勃地以为自己正在制造一个世代，到最后发现自己也不过只是整个巨大舆论机器的一个傀儡。他醒悟道："成为七年级的秘诀就是，拒绝成为七年级。不要变成你们将变成的，你们就会变成自己。"[1]

《小城市》中，城市管理者不惜动用媒介制造舆论，去修正 80 后世代在整个城市运作当中的错误记忆："七年级是我们这座岛，记忆与创造之间的冲突造物。"[2]80 后的青年文化不再是不负责任、幼稚任性软弱的文化，而是具有革命性与改造性的力量，"象征着潜在的、存在的无政府状态，而且还可以作为一种真实的语意紊乱的机制：再现系统中的一种暂时堵塞"[3]。小说最后几位主人公通过记忆回到过去，弥补了错误，救赎了灵魂，城市又重新回到和谐、稳定的状态。回望过去是为了走向未来，正如小说中的杜若也说："你带领我们回望过去，将来一定也能引领我们走向未来，难怪人家说，记忆是人类最大的资产。"[4]

小说反复以柏拉图的《理想国》为意象，与现代台湾社会相对照，展现作者试图在党派斗争与非理性的分歧永无宁日的时代坚持一定的批判精神与理想主义，构建 80 后世代的理想国。

---

[1]　叶覆鹿：《小城市》，台北：九歌出版社有限公司，2011 年，第 264 页。

[2]　叶覆鹿：《小城市》，台北：九歌出版社有限公司，2011 年，第 292 页。

[3]　【美】迪克·赫伯迪格著，鲁道夫、胡疆锋译：《亚文化：风格的意义》，北京：北京大学出版社，2009 年，第 111—112 页。

[4]　叶覆鹿：《小城市》，台北：九歌出版社有限公司，2011 年，第 260 页。

结　论

　　台湾 80 后作家的崛起，是 21 世纪初期台湾文学史上的重要文学现象。这些生于 20 世纪 80 年代的作家，于 21 世纪初期走上文坛，代表着文坛迭代更新的力量，呈现出新世纪台湾文学强劲的生命力与活力，带来台湾文坛结构的深层次变化。同时他们多元化的创作实践与美学风格，象征着台湾文学的突破与范式的更替。台湾 80 后作家对于自我的探索与对社会的回应，不仅仅展现了整个世代的独特经验，也是他们深层的集体意识、集体表征与集体想象的复杂呈现，形绘了 21 世纪初期台湾社会整体的感觉结构。

　　台湾 80 后小说，也是中国文学总体发展格局之下的有机构成与发展。他们的文学书写与文化实践，承载着台湾 21 世纪以来的社会变迁与文化转型，更是中华文化当代转型过程中审美、情感与文化变迁的一部分。台湾 80 后小说与大陆 80 后文学，共同构成了 21 世纪初期中国青年面对全球化、信息化、多极化等全球性、总体性变局与挑战的回应。同时，台湾曾经经历殖民、冷战与内战的特殊历史，以及与祖国大陆暂时隔绝的现状，促使台湾 80 后世代对于殖民、冷战、移民、性别、两岸产生独特的思考与回应，从而溢出了中国文学的主要脉络，丰富了当代文学的美学与主题，并成为中国当代文学在台湾的独特形态。尤其是台湾 80 后文学对于乡土、民俗、传统以及中国古典文学的书写与继承，体现了"两岸文学在深层上始终存在着一条整合的精神纽带"[1]。可以说，中国近百年来的反殖民、反帝国、反分裂的激荡历史，以及几千年的文化基因，都成为台湾 80 后世代文学想象中或隐或现的思想资源。

　　从文学史脉络上看，台湾 80 后文学创作始终与台湾社会的政治社会文化思潮共振，呈现出几个特点：

　　1. 世俗的转向：台湾 80 后世代全然放下知识分子的启蒙姿态，在文学中转向民间性、日常化与世俗化。他们热衷于刻画普通劳动者、平凡的乡野村夫与都市中的颓废青年，展现乡土中的民俗文化、庶民生活与民间图景，在形式上也不再追求

---

[1]　刘登翰、庄明萱主编：《台湾文学史》，北京：现代教育出版社，2007 年，第 899 页。

实验性与先锋性，而是以口语、写实主义的方法，呈现鲜活、生猛的世俗景象。

2. 自我的开掘：台湾 80 后世代的文学创作向碎片化与个人化经验深入开掘，创作出复杂、丰富的主观世界。他们从内向视角出发，划分出"自我世界"与"现实世界"两种感受方式，"自我世界"与"现实世界"处于相互冲突、对抗及价值的抉择之中，一方面个体与外界的关系不断删减，趋近于零度，呈现出废人的状态，但另一面又是自我的无限膨胀，内在的"自我世界"被放大，"外在世界"的合理与否都由"自我世界"决断。外部世界的客观性被大幅降低，自我轻而易举地就可以否认它的真实性，开启"唯我论"的世界。

而这种自我意识的展现也是不断深化的现代化、都市化所导致的人的危机的表征，体现了晚期资本主义社会人的主体性危机。这是一个宏大历史与个体经验相互脱节的时代，人类命运、意识形态纷争、宇宙探索等这些命题都过于宏大，而个体只能退缩到微小的生活经验与封闭的"自我世界"之中，与宏大叙事相抗衡。

3. 多元的趋向：台湾 80 后世代的小说创作不仅仅体现了多元的题材、美学、主题、内涵，更融汇了多元文化主义价值观。因此，他们的创作百无禁忌，在性别、历史、乡土、国族、身份中不断越界，也以边缘、非主流、异端的位置，对台湾地区单一的主流叙事进行解构与颠覆。

4. 断裂的经验：21 世纪初期台湾社会发展的总体变局、文学体制的转型、新媒介与次文化的冲击，重塑了 80 后世代的文学观念、文学形式与审美经验，改变了文学的代际结构，他们在创作与市场、创作与批评、创作与媒介、个体与群体、大众与精英之间的关系上与前行世代产生了较大的断裂，他们的文学从形式到内涵上都产生了前所未有的变化。

5. 世界的视野：全球化、信息化以及全球失序、全球发展不均衡等背景下全球与本土的冲突，赋予了 80 后世代相当敏锐、丰富的世界感知，促使他们走向更为开放的视野。他们的小说在描述乡土的变迁、个体的浮沉、劳动者的悲欢、历史的兴衰时，都隐隐展现出世界风云的变幻。

本书在对台湾 80 后小说创作进行总体性的观照，以及对文本进行深入的美学分析与客观的艺术评价的同时，将台湾 80 后小说放置在社会结构、意识形态与历史的层面，聚焦 80 后世代小说中的历史想象，深入探索台湾 80 后世代历史书写所展现的时代精神、思想认识，理解他们情感结构背后的内在根源。政治上的"本土化"与民粹化、经济的衰退、全球化的深化、数字化科技的进步、多极化的世界格局，使他们的历史想象与文化认同也和当代台湾社会的转型契合在一起，产生巨大的重构。在新的代际结构与社会关系之下，他们对于台湾历史的解构／再建构，敏锐地反映着台湾新世纪复杂的文化政治思潮变迁，与岛内意识形态纠缠在一起，呈现出复杂的两面性：

1. 台湾 80 后世代的历史想象引入了左翼、边缘、少数者的视野，继承了中华文化与中华历史的想象，一方面对于台湾岛内"本土主义"思潮下狭隘的、本质主义的历史叙事有所突破，同时他们的历史叙事也受到复杂意识形态和后现代主义历史观的侵蚀，呈现出偏差、矛盾、混乱等问题，展现了冷战与后冷战格局下，台湾的历史断裂与意识形态冲突等问题对于青年个体造成的精神创伤。他们对于历史的理解，更多还是停留在对于自我经验的反复书写之上，他们难以突破世代所带来的经验的局限性，缺乏大的历史观与时代感，呈现出"历史的无关"的知识状况与精神症候。这不仅仅是因为他们的个人经验被高度地规范化与模式化，还主要是由于台湾历史意识形态的对立、冲突对于他们历史观混乱的影响，导致他们虽然对于现实有着积极的介入，却往往"将构成现实的历史纵深（以及经常连带着的——空间广度），进行一种'经验主义'式切割，将现象／议题的历史源流以及空间尺度高度压缩，如此一来，空间就是'我们台湾'，而时间则是'最近''近几年来'，而最远似乎也不过是'解严以来'，等'立即过往'"[1]。他们对于日据历史的美化，对于台湾悲情历史的演绎，就是这种历史匮乏感的典型体现。

2. 进入 21 世纪以来全球化与信息化的飞速发展，带来跨国文化的传播，导致身份认同不断地裂解与混杂，与文化不断地重塑、繁衍、变异。面对这一复杂多变的格局，台湾 80 后世代深入民俗、家族、乡土与庶民生活，从传统文化与历史中攫取锚定自身的力量，展现了内在于中国文化格局之下的文化认同叙事。另一方面，他们对于日本殖民文化与西方新自由主义文化的认同，对所谓的"混杂身份"的建构，都是复杂的历史与政治经济结构下，文化认同混乱的典型症候。

作为一个新兴的文学世代，台湾 80 后世代的小说创作也存在着诸多问题：

1. 以世代来界定一个作家群体，具有命名上的问题。80 后世代本身具有多样化的创作风貌，没有统一的文学理念、艺术风格与文艺思潮，因此，把这些创作方法、美学风格各不相同的作家仅仅因为年龄相近而纳入同一个群体当中，显然会遮蔽内部所存在的特殊性，存在以简单的共性遮蔽个性的问题。正如韦勒克和沃伦的《文学理论》所说的："探讨文学的普遍法则的努力终归要失败。……没有任何的普遍法则可以用来达到文学研究的目的：越是普遍的就越抽象，也就越显得大而无当、空空如也；那不为我们所理解的具体艺术作品也就越多。"[2]

---

[1]   赵刚：《台社是太阳花的尖兵吗？——给台社的一封公开信》，《台湾社会研究季刊》，2016 年 3 月，第 102 期。

[2]   【美】勒内·韦勒克、奥斯汀·沃伦著，刘象愚等译：《文学理论》，杭州：浙江人民出版社，2017 年，第 6 页。

　　2. 作为文学史的在场者与后来者，相较于前行世代，台湾 80 后世代还缺乏独特的文学标识。从文学思潮来看，台湾文学史上的不同阶段始终受到不同文学思潮的影响，60 年代的现代主义、70 年代的现实主义、80 年代的"本土主义"、90 年代的后现代主义与后殖民主义，这些文学思潮都先后形成了台湾文学史上不同阶段的文学风貌，体现了不同的时代精神。但进入 21 世纪以来并没有一个足以统摄整个文坛的文学思潮与文学流派，各种文学思潮已经失去了思想史上的意义而仅仅成为一种时髦精巧的创作方法被 80 后世代所继承和使用。从作家世代来看，目前的台湾文学研究中出现了日据世代、跨语世代、流亡世代、战后世代（细分为战后第一代、战后第二代等）、沉默世代、保钓世代、回归现实世代、乡土文学世代、野草莓世代、内向世代、后乡土世代等诸多世代论述。这些世代划分或是以重大的历史事件、文学事件，或是以独特的美学风格、突出的创作主题为世代命名。而台湾 80 后世代显然不具有这样的标识，他们的创作题材与艺术方法分散，美学经验模糊，创作者的文本还不够丰富，大多数作家还只具有一两本作品，尚未出现具有代表性和影响力的作家作品，在批评界也没有得到足够的关注与阐释。

　　台湾 80 后世代小说的多元混杂，孕育着文学与文化的多种可能性，试图描绘这样一个复杂并且尚还在不停地变化的世代的总体文学状况，显然并非易事，随着 80 后作家阅历的丰富，他们对于世界的感知将越来越深刻，美学技巧也将更加娴熟。台湾 80 后小说开创的新的美学形式与历史想象，已经影响着更新世代的文学创作，他们在推翻旧的范式的同时，也树立起新的方向。而随着两岸文化交流的深化，80 后作家的历史意识与文化认同写作必将呈现出更加丰富、深厚的文学气象。

　　台湾 80 后小说不仅仅展现了 21 世纪初台湾文学的发展变化，同时也是理解台湾青年文化的重要路径，青年决定着历史的进程，青年文学的历史想象蕴含了台湾 80 后青年独特的感觉结构与文化形式，描绘出台湾青年文化的具体形态、内涵与表征。既展现了台湾地区青年文化的反叛性、追求公平正义、政治冷感等特征，同时也是全球范围内"青年震荡"[1] 的重要一环，烙印着 21 世纪初期经济全球化、政治多极化、消费主义和财富分化急剧扩大背景下全球青年文化的共性。深入探讨台湾 80 后文学，对于了解台湾青年文化，以及他们对于两岸关系的新的感知，进一步促进两岸青年文化交流与推进两岸关系发展具有重要的意义。

---

　　[1]　"青年震荡"入选 2017 年《牛津词典》的年度词语，这个词的定义是："年轻人的行为或者影响力带来的重大文化、政治或者社会变化。"它代表着在全球动荡不安的局势下，寻求变革的千禧一代的觉醒。

参考文献

一、台湾作家作品

1. 陈柏青（叶覆鹿）:《小城市》,台北:九歌出版社有限公司,2011 年。

2. 陈柏青:《大人先生》,台北:宝瓶文化事业股份有限公司,2016 年。

3. 陈柏青:《尖叫连线》,台北:宝瓶文化事业股份有限公司,2020 年。

4. 包冠涵:《敲昏鲸鱼》,台北:九歌出版社有限公司,2013 年。

5. 包冠涵:《B1 过刊室》,台北:九歌出版社有限公司,2015 年。

6. 陈又津:《少女忽必烈》,新北:印刻文化生活杂志出版有限公司,2014 年。

7. 陈又津:《准台北人》,新北:印刻文化生活杂志出版有限公司,2015 年。

8. 陈又津:《跨界通讯》,新北:印刻文化生活杂志出版有限公司,2018 年。

9. 陈又津:《新手作家求生指南》,新北:印刻文化生活杂志出版有限公司,
2018 年。

10. 陈育萱、何敬尧:《佛蒙特没有咖喱:记那段驻村写作的日子》,台北:九
歌出版社有限公司,2016 年。

11. 陈育萱:《不测之人》,桃园:逗点文创结社,2015 年。

12. 陈育萱:《南方从来不下雪》,桃园:逗点文创结社,2020 年。

13. 方清纯:《动物们》,台北:九歌出版社有限公司,2017 年。

14. 黄崇凯:《靴子腿:音乐复刻私房集》,台北:宝瓶文化事业有限公司,
2009 年。

15. 黄崇凯:《比冥王星更远的地方》,桃园:逗点文创结社,2012 年。

16. 黄崇凯:《坏掉的人》,台北:联合文学出版社股份有限公司,2012 年。

17. 黄崇凯:《黄色小说》,新北:木马文化出版社,2014 年。

18. 黄崇凯:《文艺春秋》,新北:卫城出版社,2017 年。

19. 黄崇凯:《新宝岛》,台北:春山出版有限公司,2021 年。

20. 黄暐婷:《捕雾的人》,台北:九歌出版社有限公司,2016 年。

21. 黄暐婷:《少年与时间的洞穴》,台北:时报文化出版企业股份有限公司,

2020 年。

22. 何敬尧:《怪物们的迷宫》,台北:九歌出版社有限公司,2016 年。

23. 何敬尧:《妖怪台湾:三百年岛屿奇幻志·妖怪神游卷》,台北:联经出版事业股份有限公司,2017 年。

24. 何敬尧:《妖怪鸣歌录 Formosa:唱游曲》,台北:九歌出版社有限公司,2018 年。

25. 何敬尧:《妖怪台湾地图:环岛搜妖探奇录》,新北:联经出版事业股份有限公司,2019 年。

26. 何敬尧:《妖怪鸣歌录 Formosa:安魂曲》,台北:九歌出版社有限公司,2021 年。

27. 何敬尧、杨双子、陈又津、潇湘神、盛浩伟:《华丽岛轶闻·键》,台北:九歌出版社有限公司,2017 年。

28. 连明伟:《番茄街游击战》,新北:印刻文学生活杂志出版有限公司,2015 年。

29. 连明伟:《青蚨子》,新北:印刻文学生活杂志出版有限公司,2016 年。

30. 连明伟:《蓝莓夜的告白》,新北:印刻文学生活杂志出版股份有限公司,2019 年。

31. 李屏瑶:《台北家族·违章女生》,台北:麦田出版社,2019 年。

32. 李屏瑶:《向光植物》,桃园市:逗点文创结社,2016 年。

33. 李琴峰:《独舞》,台北:联合文学出版社股份有限公司,2019 年。

34. 林玟霜:《配音》,台北:九歌出版社有限公司,2016 年。

35. 林秀赫:《婴儿整形》,台北:联合文学出版社股份有限公司,2015 年。

36. 林秀赫:《老人革命》,台北:联合文学出版社股份有限公司,2016 年。

37. 林秀赫:《五柳待访录》,台北:联合文学出版社股份有限公司,2017 年。

38. 林秀赫:《深度安静》,台北:精诚资讯股份有限公司,2019 年。

39. 林秀赫:《傻:恐怖成语故事》,台北:联合文学出版社股份有限公司,2019 年。

40. 李奕樵:《游戏自黑暗》,台北:宝瓶文化事业股份有限公司,2017 年。

41. 林佑轩:《崩丽丝味》,台北:九歌出版社有限公司,2014 年。

42. 刘梓洁:《父后七日》,台北:宝瓶文化事业有限公司,2010 年。

43. 刘梓洁:《亲爱的小孩》,台北:皇冠文化出版有限公司,2013 年。

44. 刘梓洁:《遇见》,台北:皇冠文化出版有限公司,2014 年。

45. 刘梓洁:《爱写》,台北:皇冠文化出版有限公司,2017 年。

46. 刘梓洁：《外面的世界》，台北：皇冠文化出版有限公司，2018 年。

47. 刘梓洁：《自由游戏》，台北：皇冠文化出版有限公司，2019 年。

48. 刘育瑄：《身为在台湾的新二代，我很害怕》，台北：创意市集，2020 年。

49. 赖志颖：《匿逃者》，台北：印刻文学生活杂志出版有限公司，2008 年。

50. 赖志颖：《理想家庭》，新北：印刻文学生活杂志出版有限公司，2012 年。

51. 赖志颖：《鲁蛇人生之谐星路线》，新北：印刻文学生活杂志出版有限公司，2016 年。

52. 邱常婷：《怪物之乡》，台北：联合文学，2016 年。

53. 邱常婷：《怪谈系列 1：魔神仔乐园》，台中：晨星出版有限公司，2018 年。

54. 邱常婷：《天鹅死去的日子》，台北：秀威资讯科技，2018 年。

55. 邱常婷：《新神》，台北：联经出版事业股份有限公司，2019 年。

56. 祁立峰：《台北逃亡地图》，台北：时报文化出版企业股份有限公司，2014 年。

57. 盛浩伟：《名我之为物》，台北：麦田出版社，2017 年。

58. 神小风：《背对背活下去》，台中：白象文化，2008 年。

59. 神小风：《少女核》，台北：宝瓶文化事业有限公司，2010 年。

60. 神小风：《消失打看》，台北：宝瓶文化事业有限公司，2011 年。

61. 神小风：《百分之九十八的平庸少女》，台北：宝瓶文化事业有限公司，2012 年。

62. 台北地方异闻工作室：《唯妖论：台湾神怪本事》，台北：奇异果文创事业有限公司，2016 年。

63. 台北地方异闻工作室：《寻妖志：岛屿妖怪文化之旅》，台北：晨星出版有限公司，2018 年。

64. 潇湘神：《台北城里妖魔跋扈》，台北：奇异果文创事业有限公司，2015 年。

65. 潇湘神：《帝国大学赤雨骚乱》，台北：奇异果文创事业有限公司，2016 年。

66. 潇湘神：《殖民地之旅》，新北：卫城出版社，2020 年。

67. 潇湘神：《魔神仔：被牵走的巨人》，新北：联经出版事业股份有限公司，2021 年。

68. 杨富闵：《花甲男孩》，台北：九歌出版社有限公司，2010 年。

69. 杨富闵：《休书：我的台南户外写作生活》，台南：南市文化局，2014 年。

70. 杨富闵：《故事书：福地福人居》，台北：九歌出版社有限公司，2018 年。

71. 杨富闵：《故事书：三合院灵光乍现》，台北：九歌出版社有限公司，2018 年。

72. 杨富闵:《我的妈妈欠栽培:解严后台湾团仔心灵小史》,台北:九歌出版社有限公司,2019 年。

73. 杨富闵:《为阿嬷做傻事:解严后台湾团仔心灵小史》,台北:九歌出版社有限公司,2019 年。

74. 游善钧:《骨肉》,台北:宝瓶文化事业有限公司,2015 年。

75. 叶佳怡:《溢出》,桃园市:逗点文创结社,2012 年。

76. 叶佳怡:《不安全的欲望》,台北:宝瓶文化事业有限公司,2013 年。

77. 叶佳怡:《染》,新北:木马文化事业股份有限公司,2014 年。

78. 杨双子:《捞月之人》,台北:奇异果文创事业有限公司,2016 年。

79. 杨双子:《花开少女华丽岛》,台北:九歌出版社有限公司,2018 年。

80. 杨双子:《台湾漫游录》,台北:春山出版有限公司,2020 年。

81. 杨双子:《花开时节》,台北:奇异果文创事业有限公司,2022 年。

82. 张郅忻:《我家是联合国》,台北:玉山社出版事业股份有限公司,2013 年。

83. 张郅忻:《我的腹肚里有一片海洋》,台北:九歌出版社有限公司,2015 年。

84. 张郅忻:《织》,台北:九歌出版社有限公司,2017 年。

85. 张郅忻:《海市》,台北:九歌出版社有限公司,2020 年。

86. 朱嘉汉:《礼物》,台北:时报文化出版企业股份有限公司,2018 年。

87. 朱嘉汉:《里面的里面》,台北:时报文化出版企业股份有限公司,2020 年。

88. 朱嘉汉:《在最好的情况下》,新北:印刻文学生活杂志出版股份有限公司,2021 年。

89. 朱宥勋、黄崇凯编:《台湾七年级小说金典》,台北:酿出版,2011 年。

90. 朱宥勋:《误递》,台北:宝瓶文化事业股份有限公司,2010 年。

91. 朱宥勋:《垩观》,台北:宝瓶文化事业股份有限公司,2012 年。

92. 朱宥勋:《暗影》,台北:宝瓶文化事业股份有限公司,2015 年。

93. 朱宥勋:《湖上的鸭子都到哪里去了?》,台北:大块文化,2019 年。

94. 朱宥勋:《作家生存攻略:作家新手村 1·技术篇》,台北:大块文化,2020 年。

95. 朱宥勋:《文坛生态导览:作家新手村 2·心法篇》,台北:大块文化,2020 年。

二、研究相关论著

(一)国外学者书目

1.【美】Don Tapscott 著,罗耀宗、黄贝玲、蔡宏明译:《N 世代冲撞——网络新人类正在改变你的世界》，台北：麦格罗希尔，2009 年。

2.【英】雷蒙·威廉斯著，倪伟译：《漫长的革命》，上海：上海人民出版社，2012 年。

3.【英】雷蒙·威廉斯著，高晓玲译：《文化与社会：1780—1950》，北京：商务印书馆，2018 年。

4.【日】东浩纪著，褚炫初译：《动物化的后现代：御宅族如何影响日本社会》，台北：大鸿艺术，2012 年。

5.【日】东浩纪著，黄锦容译：《游戏性写实主义的诞生：动物化的后现代 2》，台北：唐山出版，2015 年。

6.【法】罗·埃斯卡皮著，王美华、于海译：《文学社会学》，合肥：安徽文艺出版社，1987 年。

7.【美】诺瓦尔·D.格伦著，于嘉译：《世代分析》（第二版），上海：格致出版社、上海人民出版社，2012 年。

8.【美】勒内·韦勒克、奥斯汀·沃伦著，刘象愚等译：《文学理论》，杭州：浙江人民出版社，2017 年。

9.【德】卡尔·曼海姆著，徐彬译：《卡尔·曼海姆精粹》，南京：南京大学出版社，2002 年。

10.【美】海登·怀特著，陈永国、张万娟译：《后现代历史叙事学》，北京：中国社会科学出版社，2003 年。

11.【美】凯特·米丽特著，钟良明译：《性的政治》，北京：社会科学文献出版社，1999 年。

12.【英】吉登斯著，夏璐译：《现代性与自我认同：晚期现代中的自我与社会》，北京：中国人民大学出版社，2016 年。

13.【加】迈克尔·布雷克著，孟登迎等译：《青年文化比较：青年文化社会学及美国、英国和加拿大的青年亚文化》，北京：中国青年出版社，2017 年。

14.【印】阿罕默德著，易晖译：《在理论内部：阶级、民族与文学》，北京：北京大学出版社，2014 年。

15.【美】哈罗德·布鲁姆著，徐文博译：《影响的焦虑：一种诗歌理论》，北京：中国人民大学出版社，2019 年。

16.【美】霍米巴巴著，张颂仁、陈光兴、高世明主编：《霍米巴巴读本》，广州：南方日报出版社，2010 年。

17.【美】詹明信 (Frederic Jameson)，唐小兵译：《后现代主义和文化理论》，台北：合志文化事业股份有限公司，2001 年。

18.【英】凯斯·詹京斯，江政宽译:《后现代历史学：从卡耳和艾尔顿到罗逊与怀特》，台北：麦田出版，2000 年。

19.【美】索杰（Soja,E.W），陆杨等译:《第三空间：去往洛杉矶和其他真实和想象地方的旅程》，上海：上海教育出版社，2005 年。

20.【美】爱德华·W. 苏贾著，王文斌译:《后现代地理学——重申批判社会理论中的空间》，北京：商务印书馆，2004 年。

21.【日】三浦展著，陆求实、戴铮译:《下流社会：一个新社会阶层的出现》，上海：文汇出版社，2007 年。

22.【日】大前研一著，姜建强译:《低欲望社会："丧失大志时代"的新国富论》，上海：上海译文出版社，2018 年。

23.【英】阿诺德著，韩敏中译:《文化与无政府状态》，北京：生活·读书·新知三联书店，2012 年。

24.【美】罗尔斯顿（Holmes Rolston）著，杨通进译:《环境伦理学：大自然的价值以及人对大自然的义务》，北京：中国社会科学出版社，2000 年。

25.【英】托·斯·艾略特著，卞之琳、李赋宁等译:《传统与个人才能：艾略特文集·论文》，上海：上海译文出版社，2012 年。

26.【美】爱德华·萨依德著，王淑燕等译:《东方主义》，台北：立绪文化事业有限公司，1999 年。

27.【美】大卫·雷·格里芬著，王成兵译:《后现代精神》，北京：中央编译出版社，1998 年。

28.【法】莫里斯·哈布瓦赫著，毕然、郭金华译:《论集体记忆》，上海：上海人民出版社，2002 年。

29.【德】马克思·韦伯著，钱永祥等译:《学术与政治》，桂林：广西师范大学出版社，2004 年。

30.【加】查尔斯·泰勒著，程炼译:《现代性的隐忧：需要被挽救的本真理想》，南京：南京大学出版社，2020 年。

31.【德】本雅明著，王涌译:《波德莱尔：发达资本主义时期的抒情诗人》，南京：译林出版社，2014 年。

32.【美】希尔斯著，傅铿，吕乐译:《论传统》，上海：上海人民出版社，2016 年。

33.【法】孟德斯鸠著，张雁深译:《论法的精神》，台北：台湾商务印书馆，1998 年。

34.【英】霍尔，【英】杰斐逊编，孟登迎、胡疆锋、王蕙译:《通过仪式抵抗：

战后英国的青年亚文化》，北京：中国青年出版社，2015年，

35.【美】丹尼尔·贝尔著，高铦等译：《后工业社会的来临——对社会预测的一项探索》，北京：新华出版社，1997年，

36.【美】罗纳德·英格尔哈特著，张秀琴译：《发达工业社会的文化转型》，北京：社会科学文献出版社，2013年。

37.【日】柄谷行人，王成译：《历史与反复》，北京：中央编译出版社，2018年。

38.【美】哈罗德·布鲁姆：《西方正典》，南京：译林出版社，2011年。

39.【美】贝斯特·凯尔纳著、张志斌译：《后现代理论——批判性的质疑》，北京：中央编译出版社，1999年。

40.【英】Tim cresswell 著，徐苔玲、王志弘译：《地方：记忆、想象与认同》，台北：群学出版有限公司，2006年。

41.【法】伊夫·瓦岱著，田庆生译：《文学与现代性》，北京：北京大学出版社，2001年。

42.【英】安东尼·吉登斯著，赵旭东等译：《现代性自我认同》，北京：生活·读书·新知三联书店，1998年。

43.【美】劳伦斯·格罗斯伯格著，庄鹏涛等译：《文化研究的未来》，北京：中国人民大学出版社，2017年。

44.【美】理查德·罗蒂著，张国清译：《后形而上学希望》，上海：上海译文出版社，2009年。

45.【美】理查德·罗蒂著，黄勇译：《后哲学文化》，上海：上海译文出版社，2009年。

46.【美】詹姆逊著，王逢振主编：《詹姆逊文集·第3卷·文化研究和政治意识》，北京：中国人民大学出版社，2004年。

47.【加】帕米拉·麦考勒姆著，蓝仁哲等译：《后现代主义质疑历史》，北京：中国社会科学出版社，2008年。

48.【俄】巴赫金著，白春仁等译：《巴赫金全集》，石家庄：河北教育出版社，1998年。

49.【美】玛格丽特·米德著，周晓虹、周怡译：《文化与承诺：一项有关代沟问题的研究》，石家庄：河北人民出版社，1987年。

50.【英】斯图亚特·霍尔，保罗·杜盖伊编著，庞璃译：《文化身份问题研究》，开封：河南大学出版社，2010年。

51.【美】张诵圣著，刘俊等译：《台湾文学生态：从戒严法则到市场规律》，

镇江：江苏大学出版社，2016 年。

52.【美】张诵圣著：《当代台湾文学场域》，镇江：江苏大学出版社，2015 年。

53.【英】李斯托威尔著，蒋孔阳译：《近代美学史评述》，上海：上海译文出版社，1980 年。

54. Mannheim, karl, *the problem of generations*, edited by Paul Kecskemeti. London:Routledge &Kegan Paul,1952

55. 马克思、恩格斯著，中共中央马克思恩格斯列宁斯大林著作编译局编：《马克思恩格斯选集》，北京：人民出版社，2013 年。

56.【法】亨利·列斐伏尔著，叶齐茂、倪晓辉译：《日常生活批判》，北京：社会科学文献出版社，2018 年。

57.【德】马丁·海德格尔著，孙周兴译：《林中路》，上海：上海译文出版社，2014 年。

58.【法】鲍德里亚著，刘成富、全志钢译：《消费社会》，南京：南京大学出版社，2014 年。

59.【美】迪克·赫伯迪格著，鲁道夫、胡疆锋译：《亚文化：风格的意义》，北京：北京大学出版社，2009 年。

60. 冯亚琳、【德】埃尔主编，余传玲等译：《文化记忆理论读本》，北京：北京大学出版社，2012 年。

61.【美】大卫·哈维著，王钦译：《新自由主义简史》，上海：上海译文出版社，2016 年。

62.【美】麦克洛伊著，连城译：《日本恐怖电影》，长春：吉林出版集团有限责任公司，2009 年。

63.【日】藤井省三著，张明敏译：《〈挪威的森林〉与两岸三地的村上春树现象》，台北：联合文学出版社有限公司，2009 年。

64.【日】桥本恭子著，涂翠花、李文卿译：《岛田谨二：华丽岛文学的体验与解读》，台北：台达出版中心出版，2014 年。

65.【日】尾崎秀树著，陆平舟、间扶桑子合译：《旧殖民地文学之研究》，台北：人间出版社，2004 年。

66.【日】西川满著，致良日语工作室编译：《华丽岛民话集》（1.2），台北：致良出版社，1999 年。

67.【日】西川满著，叶石涛译：《西川满小说集》（1.2），高雄市：春晖出版社，1997 年。

68.【日】佐藤春夫，《殖民地之旅》，台北：前卫出版社，2016 年。

69.【美】詹明信著,张旭东编,陈清侨等译:《晚期资本主义的文化逻辑》,北京:生活·读书·新知三联书店,2013 年。

70.【日】竹内好著,李冬木等译:《近代的超克》,北京:生活·读书·新知三联书店,2016 年。

71.【德】哈贝马斯等著,周宪主编:《文化现代性精粹读本》,北京:中国人民大学出版社,2006 年。

(二)中国大陆学者书目

1. 池雷鸣、王列耀:《华人史书写研究》,北京:中国社会科学出版社,2020 年。

2. 陈新、彭刚主编:《文化记忆与历史主义》,杭州:浙江大学出版社,2014 年。

3. 陈映芳:《在角色与非角色之间——中国的青年文化》,南京:江苏人民出版社,2002 年。

4. 樊洛平:《当代台湾女性小说史论》,郑州:河南人民出版社,2005 年。

5. 费孝通:《乡土中国》,北京:人民出版社,2018 年。

6. 郭艳:《像鸟儿一样轻而不是羽毛:80 后青年写作与代际考察》,北京:文化艺术出版社,2012 年。

7. 古远清:《世纪末台湾文学地图》,台北:扬智文化事业股份有限公司,2005 年。

8. 古远清:《台湾当代文学理论批评史》,武汉:武汉出版社,1994 年。

9. 古远清:《当代台港文学概论》,北京:高等教育出版社,2012 年。

10. 刘登翰、庄明萱主编:《台湾文学史》,北京:现代教育出版社,2007 年。

11. 罗钢、刘象愚主编:《文化研究读本》,北京:中国社会科学出版社,2000 年。

12. 刘俊:《从台港到海外——跨区域华文文学的多元审视》,广州:花城出版社,2004 年

13. 刘俊:《跨界整合——世界华文文学综论》,北京:新星出版社,2005 年。

14. 刘俊:《世界华文文学整体观》,北京:人民文学出版社,2007 年。

15. 鲁迅:《鲁迅全集》,北京:人民文学出版社,2005 年。

16. 刘小枫:《现代性社会理论绪论》,上海:上海三联书店,1998 年。

17. 黎湘萍:《文学台湾:台湾知识者的文学叙事和理论想像》,北京:人民文学出版社,2003 年。

18. 黎湘萍、李娜主编:《事件与翻译：东亚视野中的台湾文学》，北京：中国社会科学出版社，2010 年。

19. 刘小新:《阐释台湾的焦虑——当代台湾理论思潮解读（1987—2007）》，台北：人间出版社，2012 年。

20. 刘小新、朱立立:《两岸文学与文化论集》，镇江：江苏大学出版社，2013年。

21. 陆卓宁:《20 世纪台湾文学史略》，北京：民族出版社，2006 年。

22. 陆卓宁:《边缘诉求与跨域经验》，广州：花城出版社，2016 年。

23. 马中红:《中国青年亚文化研究年度报告》，北京：清华大学出版社，2013 年。

24. 南帆:《后革命的转移》，福州：福建教育出版社，2019 年。

25. 南帆:《隐蔽的成规》，福州：福建教育出版社，1999 年。

26. 南帆:《文学理论十讲》，福州：福建教育出版社，2018 年。

27. 孙桂荣:《新世纪“80 后”青春文学研究》，北京：人民出版社，2016 年。

28. 石培龙:《第二媒介时代的文学景观：“80 后”写作现象研究》，北京：中国社会科学出版社，2016 年。

29. 苏文清:《“80 后”写作的多维透视》，北京：中国社会科学出版社，2011年。

30. 陶东风主编:《文化研究读本》，南京：南京大学出版社，2013 年。

31. 陶东风、胡疆锋主编:《亚文化读本》，北京：北京大学出版社，2011 年。

32. 汪晖:《汪晖自选集》，桂林：广西师范大学出版社，1997 年。

33. 王列耀等著:《趋异与共生——东南亚华文文学新镜像》，北京：中国社会科学出版社，2011 年。

34. 王列耀、颜敏等:《寻找新的学术空间——汉语传媒与海外华文文学研究》，北京：中国社会科学出版社，2016 年。

35. 汪民安:《现代性》，南京：南京大学出版社，2020 年。

36. 王诺:《欧美生态文学》，北京：北京大学出版社，2013 年。

37. 王涛:《代际定位与文学越位——“80”后写作研究》，成都：巴蜀书社，2009 年。

38. 王鑫:《妖怪、妖怪学与天狗：中日思想的冲突与融合》，北京：社会科学文献出版社，2019 年。

39. 王岳川:《后殖民主义与新历史主义》，济南：山东教育出版社，1999 年。

40. 朱立立、刘小新:《近 20 年台湾文学创作与文艺思潮》，镇江：江苏大学出版社，2012 年。

41. 朱立立：《身份认同与华文文学研究》，上海：上海三联书店，2008 年。

42. 朱立立：《阅读华文离散叙事》，北京：人民出版社，2015 年。

43. 朱双一：《台湾文学思潮创作简史》，北京：九州出版社，2010 年。

44. 朱双一：《近二十年台湾文学流脉——"战后新世代"文学论》，厦门：厦门大学出版社，1999 年。

45. 张京媛主编：《新历史主义与文学批评》，北京：北京大学出版社，1997 年。

46. 张京媛主编：《后殖民理论与文化批评》，北京：北京大学出版社，1999 年。

47. 张旭东：《全球化时代的文化认同：西方普遍主义话语的历史》，上海：上海人民出版社，2021 年。

48. 赵稀方：《后殖民理论》，北京：北京大学出版社，2009 年。

49. 张羽：《台湾文学的多种表情——关于台湾文学研究的思考》，厦门：鹭江出版社，2008 年。

50. 张羽、陈美霞：《镜像台湾——台湾文学的地景书写与文化认同研究》，福州：福建人民出版社，2014 年。

（三）中国台湾地区论著书目

1. 陈翠莲：《台湾人的抵抗与认同（1920—1950）》，台北：远流出版事业股份有限公司，2008 年。

2. 陈芳明：《殖民地摩登：现代性与台湾史观》，台北：麦田出版社，2004 年

3. 陈芳明：《后殖民台湾——文学史论及其周边》，台北：麦田出版社，2011 年。

4. 陈芳明：《台湾新文学史》，台北：联经出版事业股份有限公司，2011 年。

5. 陈国贲：《漂流：华人移民的身份混成与文化整合》，香港：中华书局有限公司，2012 年。

6. 陈光兴：《去帝国——亚洲作为方法》，台北：行人出版社，2007 年。

7. 陈光兴、李朝津编：《反思〈台湾论〉：台日批判圈的内部对话》，台北：台湾社会研究季刊社，2005 年。

8. 陈光兴、杨明敏编：《Cultural Studies：内爆麦当奴》，台北：岛屿边缘杂志社，1992 年 2 月版。

9. 陈光兴主编，《超克"现代"：台社后 / 殖民读本》，台北：台湾社会研究杂志社，2010 年，

10. 陈建忠：《记忆流域：台湾历史书写与记忆政治》，新北：南十字星文化工作室，2018 年。

11. 陈建忠：《岛屿风声：冷战氛围下的台湾文学及其外》，新北：南十字星文化工作室，2018 年。

12. 陈建忠：《被诅咒的文学：战后初期（1945—1949）台湾文学论集》，台北：五南图书出版公司，2007 年。

13. 陈少廷：《台湾新文学运动简史》，台北：联经出版有限公司，1977 年。

14. 陈映真：《陈映真全集》，台北：人间出版社，2017 年。

15. 陈映真、曾健民编：《1947—1949 台湾文学问题论议集》，台北：人间出版社，1999 年。

16. 陈昭瑛：《台湾文学与本土化运动》，台北：台湾大学出版中心，2009 年。

17. 陈宗延等著：《岛国关贱字：属于我们这个世代的台湾社会力分析》，新北：左岸文化出版社，2014 年。

18. 董启章：《地图集》，台北：联经出版事业股份有限公司，2011 年。

19. 封德屏主编：《乡土与文学：台湾地区区域文学会议实录》，台北：《文讯》杂志社，1994 年。

20. 范铭如：《众里寻她：台湾女性小说纵论》，台北：麦田出版社，2002 年。

21. 范铭如：《像一盒巧克力——当代文学文化评论》，中和：印刻出版有限公司，2005 年。

22. 范铭如：《文学地理：台湾小说的空间阅读》，台北：麦田出版社，2008 年。

23. 范铭如：《空间 / 文本 / 政治》，台北：联经出版事业股份有限公司，2015 年。

24. 高嘉励：《书写热带岛屿：帝国、旅行与想象》，台北：晨星出版社，2016 年。

25. 郭力昕：《真实的叩问：纪录片的政治与去政治》，台北：麦田出版社，城邦文化事业股份有限公司，2014 年。

26. 顾玉玲：《我们：移动与劳动的生命记事》，新北：印刻文学生活杂志出版有限公司，2008 年。

27. 顾玉玲：《回家》，新北：印刻文学生活杂志出版有限公司，2014 年。

28. 黄凡、林耀德主编：《新世代小说大系》，台北：希代出版社，1989 年。

29. 黄金麟、汪宏伦、黄崇宪：《帝国边缘：台湾现代性的考察》，台北：群学出版社，2010 年。

30. 黄美娥：《重层现代性镜像——"日治"时代台湾传统文人的文化视域与文学想象》，台北：麦田出版社，2004 年。

31. 何明修：《绿色民主：台湾环境运动的研究》，台北：群学出版社，2006 年。

32. 郝誉翔:《大虚构世代——当代台湾文学光谱》,台北:联合文学出版社有限公司,2008 年。

33. 黄英哲:《"去日本化""再中国化":战后台湾文化重建(1945—1947)》,台北:麦田出版社,2017 年。

34. 九把刀:《依然,九把刀——透视网络文学演化史》,新店:盖亚出版社,2007 年。

35. 纪大伟:《正面与背影——台湾同志文学简史》,台南:台湾文学馆,2012 年。

36. 纪大伟:《同志文学史》,台北:联经出版事业股份有限公司,2017 年。

37. 刘亮雅:《后现代与后殖民:解严以来台湾小说专论》,台北:麦田出版社,2006 年。

38. 林佩蓉主编:《从闺秀到摩登——台湾女性书写》,台南:台湾文学馆,2012 年。

39. 李时雍主编:《百年降生:1900—2000 台湾文学故事》,新北:联经出版事业股份有限公司,2018 年。

40. 李有成、张锦忠主编:《离散与家国想象:文学与文化研究集稿》,台北:允晨文化实业股份有限公司,2010 年。

41. 林耀德:《重组的星空》,台北:业强出版社,1991 年。

42. 吕正惠、赵遐秋主编:《台湾新文学思潮史纲》,北京:昆仑出版社,2001 年。

43. 吕正惠:《殖民地的伤痕:台湾文学问题》,台北:人间出版社,2002 年。

44. 林宗弘、洪敬舒、李建鸿等著:《崩世代——财团化、贫穷化与少子女化的危机》,台北:台湾劳工阵线协会,2011 年。

45. 李宗荣、林宗弘主编:《未竟的奇迹:转型中的台湾经济与社会》,台北:"中央研究院"社会科学研究所,2018 年。

46. 孟樊、林耀德主编:《流行天下——当代台湾通俗文学研究》,台北:时报文化出版社,1992 年。

47. 梅家玲:《性别,还是家国?》,台北:麦田出版社,2004 年。

48. 彭瑞金:《台湾新文学运动 40 年》,台北:自立晚报社文化出版部,1991 年。

49. 邱贵芬:《仲介台湾·女人》,台北:元尊文化企业股份有限公司,1997 年。

50. 邱贵芬:《后殖民及其外》,台北:麦田出版社,2003 年。

51. 邱贵芬主编:《日据以来台湾女作家小说选读》,台北:女书文化,2001 年。

52. 邱雅芳：《帝国浮梦：“日治”时期日人作家的南方想象》，台北：联经出版事业股份有限公司，2017 年。

53. 邱子修编：《跨文化的想象主体性：台湾后殖民 / 女性研究论述》，台北：台湾大学出版中心，2012 年。

54. 阮斐娜：《帝国的太阳下：日本的台湾及南方殖民地文学》，台北：麦田出版社，2010 年。

55. 生安锋：《霍米巴巴》，台北：生智文化，2005 年。

56. 孙大川主编：《台湾少数民族汉语文学选集评论卷》上，台北：印刻出版社，2003 年。

57. 施敏辉：《台湾意识论战选集》，台北：前卫出版社，1989 年。

58. 施淑：《文学星图：两岸文学论集》，台北：人间出版社，2012 年。

59. 单玉丽主编：《台湾经济 60 年》，北京：知识产权出版社，2010 年。

60. 石婉舜、柳书琴、许佩贤编：《帝国里的“地方文化”：“皇民化”时期台湾文化状况》，台北：播种者出版有限公司，2008 年。

61. 思想编委会编著：《乡土、本土、在地》，《思想》6，台北：联经出版事业股份有限公司，2007 年 8 月。

62. 思想编委会编著：《台湾的日本症候群》，《思想》14，台北：联经出版事业股份有限公司，2010 年 1 月。

63. 思想编委会编著：《太阳花之后》，《思想》27，台北：联经出版事业股份有限公司，2014 年 12 月。

64. 王德威：《历史与怪兽》，台北：麦田出版社，2004 年。

65. 王德威：《后遗民写作》，台北：麦田出版社，城邦文化出版社，2007 年。

66. 王德威、黄英哲主编，涂翠花、蔡建鑫译：《华丽岛的冒险：“日治”时期日本作家的台湾故事》，台北：麦田出版社，2010 年。

67. 王国安：《小说新力：台湾一九七零后新世代小说论》，台北：秀威经典，2016 年。

68. 王宏仁、李广均、龚宜君主编：《跨戒：流动与坚持的台湾社会》，台北：群学出版有限公司，2008 年。

69. 王洛夫：《妖怪、神灵与奇事：台湾少数民族故事》，台北：联经出版事业股份有限公司，2016 年。

70. 吴密察、石婉舜、柳书琴等著，石婉舜、柳书琴、许佩贤编，杨永彬、林巾力、温浩邦译：《帝国里的“地方文化”：“皇民化”时期台湾文化状况》，台北：播种者出版社，2008 年。

71. 吴明益：《台湾现代自然写作的探索 1980—2002：以书写解放自然 BOOK》，新北：夏日出版社，2012 年。

72. 王盛弘、宇文正主编：《我们这一代：七年级作家》，台北：麦田，城邦文化出版社，2016 年。

73. 萧阿勤：《回归现实：台湾 1970 年代的战后世代与文化政治变迁》，台北："中央研究院"人文社会科学研究所，2008 年。

74. 萧阿勤：《重构台湾：当代民族主义的文化政治》，台北：联经出版事业股份有限公司，2012 年。

75. 萧高彦、苏文流编：《多元主义》，台北："中央研究院"人文社会科学研究所，1998 年。

76. 薛建蓉：《重写的"诡"迹——日据时期台湾报章杂志的汉文历史小说》，台北：秀威资讯科技，2015 年。

77. 许俊雅：《台湾文学论——从现代到当代》，台北：南天书局有限公司，1997 年。

78. 徐秀慧：《光复变奏——战后初期台湾文学思潮的转折期（1945—1949）》，台南：台湾文学馆，2013 年。

79. 杨逵著，彭小妍主编：《杨逵全集》，台南：文化资产保存研究中心筹备处，2001 年。

80. 叶石涛：《台湾文学史纲》，高雄：春晖出版社，1987 年。

81. 叶石涛：《台湾文学的悲情》，高雄：派色文化出版社，1990 年。

82. 叶石涛编译：《台湾文学集，日文作品选集》，高雄：春晖出版社，1996 年。

83. 游胜冠：《台湾文学本土论的兴起与发展》，台北：前卫出版社，1996 年。

84. 游胜冠：《殖民主义与文化抗争：日据时期台湾解殖文学》，台北：群学出版社，2012 年。

85. 晏山农：《岛屿浮光——我的庶民记忆》，台北：允晨文化出版社，2009 年。

86. 杨照：《高阳小说研究》，台北：联合文学出版社，1993 年。

87. 杨照：《雾与画——战后台湾文学史散论》，台北：麦田出版股份有限公司，2010 年。

88. 曾健民：《台湾光复史春秋：去殖民、祖国化和民主化的大合唱》，台北：海峡学术出版社，2010 年。

89. 张锦忠、黄锦树：《重写台湾文学史》，台北：麦田出版社，2006 年。

90. 张茂桂、罗文辉、徐火炎主编：《台湾的社会变迁一九八五—二〇〇五：传播与政治行为，台湾社会变迁基本调查系列三之四》，台北："中央研究院"社会学研究所，2013 年。

91. 郑明娳：《当代台湾女性文学论》，台北：时报文化，1993 年。

92. 张铁志：《燃烧的年代——独立文化、青年世代与公共精神》，新北：印刻文学生活杂志出版有限公司，2016 年。

93. 张小虹：《后现代 / 女人：权力、欲望与性别表演》，台北：时报文化，1993 年。

94. 钟怡雯主编：《九歌散文选》（2011 年），台北：九歌出版有限公司，2012 年。

95.《台湾乡土文学 . 皇民文学的清理与批判》，《人间思想》，台北：人间出版社，1998 年。

96. 杨凯麟、胡淑雯、陈雪、童伟格、黄崇凯、骆以军、颜忠贤、潘怡帆著：《字母会》（A-Z），台北：春山出版有限公司，2018-2020 年。

三、相关博硕士学位论文

1. 陈柏青：《内向世 / 视代小说研究——一种视觉的诠释》，台湾大学文学院硕士学位论文，2012 年。

2. 陈建芳：《新的审美经验的诞生——论台湾新乡土小说》，福建师范大学博士学位论文，2013 年。

3. 陈明柔：《典范的更替 / 消解与台湾八〇年代小说的感觉结构》，台湾东海大学博士学位论文，1999 年。

4. 崔末顺：《现代性与台湾文学的发展 (1920—1949)》，政治大学中国文学系博士学位论文，2004 年。

5. 陈巍仁：《台湾当代文学跨文类写作现象研究》，台湾师范大学"国文"系博士学位论文，2008 年。

6. 黄崇凯：《晚清民初知识人社会角色的转变——以 1903—1920 的章士钊为例》，台湾大学硕士学位论文，2008 年。

7. 胡疆锋：《亚文化的风格：抵抗与收编——伯明翰学派青年亚文化理论研究》，首都师范大学博士学位论文，2007 年。

8. 林黛漫：《文学场域的雅俗之争——1980 年代小说族现象分析》，世新大学硕士学位论文，2002 年。

9. 邱楷恩：《"草莓"世代的建构与想象》，政治大学硕士学位论文，2014 年。

10. 沈俊翔：《九〇年代台湾同志小说中的同志主体研究》，成功大学硕士学位论文，2004 年。

11. 孙燕华:《当代台湾自然写作初探》,复旦大学博士学位论文,2005 年。

12. 吴鹍:《台湾后乡土文学研究》,山东师范大学博士学位论文,2014 年。

13. 朱芳玲:《被压抑的台湾现代性:六〇年代台湾现代主义小说对现代性的追求与反思》,台湾师范大学博士学位论文,2006 年。

14. 曾琼臻:《从七年级还原个人——黄崇凯小说研究》,台湾清华大学硕士学位论文,2020 年。

四、报纸期刊论文

1. 陈国伟:《重写台湾的"装置"栖身于大众文学里的妖怪》,《联合文学》,2017 年 2 月,第 388 期。

2. 陈思:《珍尼佛来敲门——论黄崇凯〈坏掉的人〉对知识者的状态呈现与自我意识》,《桥》,2015 年第 2 期。

3. 陈思和:《从"少年情怀"到"中年危机"——20 世纪中国文学研究的一个视角》,《探索与争鸣》,2009 年第 5 期。

4. 陈婉倩:《新世代面目模糊》,《联合文学》,2009 年 9 月号。

5. 陈星:《社会运动、政治动员与台湾政治生态的变迁》,《台湾研究》,2018 年第 4 期。

6. 陈昭瑛:《论台湾的"本土化"运动:一个文化史的考察》,《中外文学》,1995 年第 23 卷第 9 期。

7. 陈美霞:《从 2007 年度"时报文学奖"看当今台湾文坛新态》,《现代台湾研究》,2008 年第 3 期。

8.【日】池田敏雄:《三周年の回想》,《原生林》,1938 年 6 月。

9.《陈雪、胡淑雯、黄丽群、黄崇凯看二十一世纪台湾小说——青壮作家座谈侧记》,《中外文学》第 49 卷第 2 期,2020 年 6 月。

10. 丁帆:《青年作家的未来在哪里》,《文艺争鸣》,2017 年第 1 期。

11. 范铭如:《后山与前哨:东部和离岛书写》,《台湾学志》创刊号,2010 年 4 月。

12. 郭俊超:《地方性、存在感与魔幻色彩——中国台湾地区新乡土小说管窥》,《烟台大学学报》(哲学社会科学版),2015 年第 4 期。

13. 关首奇:《黄崇凯与文学作为一个虫洞——〈比冥王星更远的地方〉书评》,《春山文艺创刊号:历史在呼啸》,2019 年 11 月 12 日。

14. 郭艳:《代际与断裂——亚文化视域中的"80 后"青春文学写作》,《中国现代文学研究丛刊》,2011 年第 8 期。

15. 古远清：《台湾"七年级"作家的"新乡土"创作》，《江汉论坛》，2017 年第 7 期。

16. 黄健富：《此界．彼方：七年级小说家创作观察》，《幼狮文艺》，2016 年 4 月，第 748 期。

17. 黄健富：《之间的风景，与（应有的）潜行——青壮世代台湾小说家创作观察》，《联合文学》，2020 年 12 月，第 434 期。

18. 黄锦树：《内在的风景——从现代主义到内向世代》，《华文文学》，2014 年第 1 期。

19. 黄锦珠：《文字、故事与"玩"！——读〈台湾七年级小说金典〉》，《文讯》，2015 年 5 月，第 307 期。

20. 季季：《新乡土的本土与伪乡土的吊诡——侧看 80 后台湾小说新世代现象》，《文讯》，2010 年 8 月，第 298 期。

21. 刘大先：《"裸命"的新归去来辞》，《桥》，台北：人间出版社，2016 年第 4 期。

22. 李春玲：《代际认同与代内分化：当代中国青年的多样性》，《文化纵横》，2022 年 4 月。

23. 李国伟：《文学的新生代》，《中外文学》，1973 年 5 月，第 1 卷第 12 期。

24. 刘俊峰：《自我的发现与建构——试论"80 后"世代写作的文化意义》，《文艺争鸣》，2010 年第 12 期。

25. 刘俊峰：《世代研究与 80 后文学的文学史建构》，《小说评论》，2015 年第 6 期。

26. 刘克襄：《台湾的自然写作初论》，《联合报》副刊，1996 年 1 月 4 日。

27. 刘乃慈：《从伟大到日常——〈黄色小说〉的情色矛盾与自我技术》，《台湾文学研究学报》，2020 年 4 月，第 30 期。

28. 林强：《台湾文学研究所课程分析与批评——以台湾大学、政治大学、台湾清华大学台湾文学研究所为例》，《华文文学》，2012 年第 1 期。

29. 林淇漾：《超文本、跨媒介与全球化：网络科技冲击下的台湾文学传播》，《中外文学》，2004 年，第 33 卷第 7 期。

30. 刘小新：《乡愁、华语文学和中华性》，《福建论坛》（人文社会科学版），2016 年第 12 期。

31. 刘小新：《重写台湾文学史中的"南方问题"》，《东南学术》，2019 年第 2 期。

32. 刘小新：《解严后台湾文化场域中的女性主义思潮与性别政治》，《福建论坛·人文社会科学版》，2017 年第 10 期。

33. 赖香吟：《提早开催的玩具展——文艺春秋书评》，《春山文艺创刊号：历史在呼啸》，2019 年 11 月 12 日。

34. 刘再复：《五四的语言实验及其流变史略》，《现代中文学刊》，2009 年第 1 期。

35. 林宗弘：《失落的年代：台湾民众阶级认同与意识形态的变迁》，《人文及社会科学集刊》，2014 年 12 月，第 25 卷第 4 期。

36. 马中红：《文化资本：青年话语权获得的路径分析》，《中国青年社会科学》，2016 年第 3 期。

37. 南方朔：《涸渴——文学之蚀》，《联合文学》，2002 年 11 月，第 217 期。

38. 邱贵芬：《千禧作家与新台湾文学传统》，《中外文学》，2021 年第 50 卷第 2 期。

39. 邱贵芬：《在地性论述的发展与全球空间：乡土文学论战三十年》，思想编委会编著：《乡土、本土、在地》，《思想》6，台北：联经出版事业股份有限公司，2007 年 8 月。

40. 邱贵芬：《寻找台湾性：全球化时代乡土想象的基进政治意义》，《中外文学》，第 32 卷第 4 期，2003 年 9 月。

41. 申惠丰：《论吴明益自然书写中的美学思想》，《台湾文学研究学报》第 10 期，2010 年 4 月。

42. 苏建州、陈宛非：《不同世代媒体使用行为之研究：以 2005 东方消费者营销数据库为例》，《信息社会研究》，2006 年第 10 期。

43. 单昕：《数字时代的文学景观——对自媒体与当代文学关系的一种考察》，《江苏大学学报》（社会科学版），2020 年第 6 期。

44. 王德威：《世事（并不）如烟——"后历史"以后的文学叙事》，《文艺争鸣》，2010 年第 10 期。

45. 王国安：《台湾"80 后"小说初探——以黄崇凯、神小风、朱宥勋的小说为观察文本》，《中国现代文学》，2013 年 6 月第 23 期。

46. 吴俊：《文学的世纪之交与"80 后"的诞生——文学史视野：从一个案例看一个时代》（上），《小说评论》，2019 年第 2 期。

47. 吴俊：《文学的世纪之交与"80 后"的诞生——文学史视野：从一个案例看一个时代》（下），《小说评论》，2019 年第 3 期。

48. 王家祥：《我所知道的自然写作与台湾土地》，载《自立晚报》第 19 版，1992 年 8 月 28—30 日。

49. 王文捷：《现实的困顿与精神的探望——论青年亚文化中的“80 后”》，《文艺评论》，2011 年第 1 期。

50. 吴义勤：《1990 年代以来的大陆“新生代”小说家论》，《文讯》，2013 年 12 月。

51. 王玉玊：《以游戏经验重审现实：游戏化的网络文学——以颜凉雨〈鬼服兵团〉为例》，《文艺理论与批评》，2017 年第 5 期。

52. 肖宝凤：《消解历史的秩序：20 世纪末台湾文学中的后现代历史叙事研究》，《台湾研究集刊》，2014 年第 6 期。

53. 西川满：《纸人豆马》，《文艺台湾》，1942 年第 5 卷 3 号。

54. 徐国能：《孤独自语或浪迹天涯——新世代散文观察》，《文讯》，2004 年 12 月，第 230 期。

55. 杨光：《逐渐建立一个自然书写的传统——李瑞腾专访刘克襄》，《文讯》第 134 期，1996 年，第 97 页。

56. 杨凯麟：《黄崇凯与 essai——字母会作家论》，《春山文艺创刊号：历史在呼啸》，2019 年 11 月 12 日。

57. 杨宗翰：《从出天下到领世代——台湾七年级诗人的机遇与挑战》，《幼狮文艺》，2016 年 4 月号。

58. 赵刚：《台社是太阳花的尖兵吗？——给台社的一封公开信》，《台湾社会研究季刊》，2016 年 3 月，第 102 期。

59. 赵刚：《多元文化的修辞、政治和理论》，《社会学研究》，2006 年第 3 期。

60. 朱嘉汉：《当代文学史的自我经验——读黄崇凯〈文艺春秋〉》，《文讯》，2021 年 10 月，第 384 期。

61. 曾丽琴：《再论台湾的酷儿书写：颠覆或妖化》，《华文文学》，2017 年第 2 期。

62. 张良泽：《战前在台湾的日本书学——以西川满为例——兼致王晓波先生》，《文季》2 卷 3 期，1984 年 9 月。

63. 詹闵旭：《媒介记忆——黄崇凯〈文艺春秋〉与台湾千禧时代作家的历史书写》，《中外文学》，2020 年 6 月，第 49 卷第 2 期。

64. 詹闵旭：《新南方视野：连明伟的〈蓝莓夜的告白〉里的台籍打工度假青年与国际移工》，《淡江中文学报》，2021 年 12 月，第 45 期。

65. 庄瑞琳、黄崇凯：《小说家·历史的隐藏摄像机》，《春山文艺创刊号：历史在呼啸》，2019 年 11 月 12 日。

66. 邹平林、杜早华：《时间与历史：人的命运及其存在的意义——马克思、海德格尔比较研究》,《社会科学论坛》,2010 年第 21 期。

67. 翟业军:《退后,远一点,再远一点!——从沈从文的天眼到侯孝贤的长镜头》,《文学评论》,2020 年第 2 期。

68. 张郅忻:《相映如镜:读顾玉玲〈我们〉与〈回家〉》,《桥》,台北:人间出版社,2016 年第 4 期。

69.【美】V. 本特森,M. 弗朗,R. 劳弗著、戴侃译:《世代分析的主要论点及争议问题》,《国外社会科学》,1984 年第 11 期。

五、网络评论文章:

1. 夏晓鹃:《解构新自由主义全球化下的“台湾第五大族群——新住民”论述》https://www.thenewslens.com/article/107733.

2. 陈柏青:《笨蛋,问题不在小说不恐怖,而在于我们还没有台湾之子——〈夏之魇〉》,2019.1.4,https://www.mirrormedia.mg/story/20181231cul002/.

3. 爱丽丝:《专访〈尖叫连线〉作者陈柏青:我要把那些刻板印象的恐怖诅咒,都变成祝福》,2020.07.04,https://www.thenewslens.com/article/137278.

4. 陈默安:《无穷的移动中寻找凝冻的时间:连明伟专访》,2019 年 1 月 18 日,https://www.openbook.org.tw/article/p-32820.

5. 黄崇凯:《黄崇凯与聂华苓的机遇之歌》,https://www.unitas.me/?p=12643.

6.《各有乡,愁得其所 ——黄崇凯谈〈文艺春秋〉》,https://ent.ltn.com.tw/news/paper/1123802.

7. 朱立亚:《站在朦胧惑边缘》,http://www.readingtimes.com.tw/authors/murakami/reviews/review028.htm.

8. 赵刚:《说说“小确幸”,台湾太阳花一代的政治认同》,https://www.guancha.cn/ZhaoGang/2014_12_24_304278.shtml.

9. 樊鹏:《青年震荡,西方左翼政治的炮灰》,http://news.ifeng.com/a/20180104/54789883_0.shtml.

10.《台湾鬼怪与它们的产地》,https://www.openbook.org.tw/yaomoquigua.

11. 汪宜儒:《台积电文学赏,动漫女孩的 cosplay 语汇》,2011 年 12 月 28 日,《中国时报》,https://www.ptt.cc/man/C_Chat/DE98/DFF5/D9E7/M.1326589455.A.89E.html.

12. 陈柏青:《最远又最近的飞跃,连明伟与他的番茄街游击战》,《中国时报》,2015 年 8 月 19 日,https://www.chinatimes.com/newspapers/ 20150829000832-260116?chdtv.

13.《台湾"新二代"布局东南亚的尖兵》，联合新闻网，https://vision.udn.com/vision/story/7689/735688.

14.《读戏剧系，读戏剧系，写小说。迷惘，谁没有过？——专访小说家陈又津》，https://ioh.tw/articles/ioharticles-%E5%B0%88%E8%A8%AA-%E9%99%B3%E5%8F%88%E6%B4%A5.

15. 陈国伟：《台湾六、七年级作家：记忆内爆与伦理承担——以陈柏青的〈小城市〉与伊格言的〈零地点〉为例》，http://www.chinawriter.com.cn/bk/2015-07-10/82071.html.

16. BIOS monthly：《演到矫情，最后只想躺下来——专访陈柏青〈尖叫连线〉》，2012.8.21，https://www.biosmonthly.com/article/10473.

17. 爱丽丝：《专访〈尖叫连线〉作者陈柏青：我要把那些刻板印象的恐怖诅咒，都变成祝福》，2020.07.04，https://www.thenewslens.com/article/137278.

18. 游胜冠：《后殖民？还是后现代？陈芳明文学史书写的论述困境》，爱思想网站，网址：http://www.aisixiang.com/data/20451.html.

19. 郑亘良：《论"年级论"——年级现象的初步探讨》，网络杂志《重装Reset》，2004 年 9 月 3 日，网址：http://reset.dynalias.org/blog/archives/000279.

20. 刘纪蕙：《林耀德现象与台湾文学史的后现代转折——从〈时间龙〉的虚拟暴力书写谈起》，http://www.srcs.nctu.edu.tw/joyceliu/mworks/mw-taiwanlit/LinYiaoDe.htm.

21. 须文蔚：《X 世代的现代诗人与现代诗》，1997 年宣读于文讯杂志社主办的"第一届青年文学会议"，https://www.poemlife.com/index.php?mod=libshow&id=332.

22. 杨宗翰：《还要新世代多久？》，https://paper.udn.com/udnpaper/PIC0004/229134/web/index.html.

23. 朱国珍 VS. 连明伟（四之四）：《房事》，《联合报》，2016 年 12 月 16 日，https://paper.udn.com/udnpaper/PIC0004/307327/web/.

24. 祁立峰：《七年级面目狰狞？》，《联合报》，2019-06-29，http://paper.udn.com/udnpaper/PIC0004/341723/web/.

25. 蔡雨辰：《上下天地搬神弄鬼，让逝者在故事里继续存活——连明伟〈青蚨子〉》，2017 年 1 月 13 日，okapi.books.com.tw.

26. 黄锦树：《否想金庸——文化现代的雅俗、时间与地理》，jingyong.ylib.com/research/thesis/6-31.htm.

27. 江昺崙：《专访黄崇凯》，《文学的日常微光》，https://www.thenewslens.

com/amparticle/110920.

28. 黄崇凯:《我但愿这些写作能具备地层构造的质地》,http://www.chinaw-riter.com.cn/n1/2018/0909/c405057-30281847.html.

29.《读戏剧系,读戏剧系,写小说。迷惘,谁没有过？——专访小说家陈又津》,https://ioh.tw/articles/ioharticles-%E5%B0%88%E8%A8%AA-%E9%99%B3%E5%8F%88%E6%B4%A5.

30. 杨胜博,陈又津:《小说的存在意义,是为了淬炼独特的观看视角》,https://www.unitas.me/?p=1482.

31.《虚构变种及其扩散路径,新兴媒介与次文化如何养成当代的创作者：陈又津 vs. 陈栢青》https://www.openbook.org.tw/article/p-65746.

32. 陈栢青 vs. 颜讷:《成为作家的第一年》,《联合报》,2019 年 5 月 6 号,https://mypaper.pchome.com.tw/asaint/post/1378574377.

33. 朱宥勋:《亲爱的,我们压缩了整部文学史——七年级小说写作者的文学位置》https://paper.udn.com/udnpaper/PIM0002/233393/web/.

34. 詹闵旭:《千禧世代作家的崛起：2019 小说出版观察》https://www.unitas.me/?p=12056.

后 记

　　本书是国家社会科学基金青年项目"台湾 80 后小说家的历史想象和文化认同研究"（16CZW056）的结项成果，课题的结束仅仅意味着研究的开始，要感谢一直给予我无私指导的老师们：刘小新、朱立立、黄琪椿、李娜、贺照田、赵刚、吕正惠、蓝博洲、徐秀慧老师，他们从不同方面对我的研究提出了宝贵建议与批评，督促我不断完善、深化自己的研究。也要感谢我亲爱的家人，他们的支持与包容，是我前进道路上最坚强的后盾。

　　感谢郝军启老师为本书的出版付出的许多心力。本书因为出版周期较长，很多内容都来不及修订与深化，只能留待论文中继续推进。

张 帆

2024 年 9 月